KB274413

해마도시

해마도시

초판 1쇄 발행 | 2013년 11월 25일

지은이 김휘
발행인 이대식

책임편집 김화영
마케팅 임재홍 윤여민 **디자인** 모리스

주소 서울시 종로구 평창길 329(우편번호 110-848)
문의전화 02-394-1037(편집) 02-394-1047(마케팅)
팩스 02-394-1029
홈페이지 www.saeumbook.co.kr
전자우편 saeum98@hanmail.net
블로그 saeumbook.tistory.com
페이스북 facebook.com/saeumbooks

발행처 (주)새움출판사
출판등록 1998년 8월 28일(제10-1633호)

© 김휘, 2013
ISBN 978-89-93964-65-3 03810

• 잘못된 책은 바꾸어 드립니다.
• 책값은 뒤표지에 있습니다.

해마 도시

김휘 장편소설

새움

I

해마

순간, 머리가 흔들린 건 또 그 증상 때문이었다. 관자놀이가 타들어가는 듯한 싸늘한 현기증. 젠장. 티가 난 걸까. 내 얼굴을 훑는 사내의 눈이 상한 굴처럼 번들거렸다. 허옇게 마른 얇은 입술에 걸린 미소까지 야릇하다. 상담을 진행해야 하는데 미친놈처럼 사람을 뜯어보는 통에 겨우 참아 넘긴 오싹한 경련이 도질까 두려울 지경이다.

나는 내 두툼한 볼과 턱을 어루만지며 테이블을 마주하고 앉은 사내를 보았다. 이십대 후반의 저 사내는 패잔병이다. 취업전선에서 스물아홉 군데나 미끄러진 낙엽 인생 말이다. 내가 상대하는 상담고객 삼분의 이가 대략 이런 부류지만, 그래도 스물아홉 군데라니. 이틀 전에 왔던 스물네 번 떨어졌다는 인간은 아무것도 아니었다. 사내는 이력서 쓰는 데 지쳐 지금은 다 관두고 TV 퀴즈 서바이벌 프로그램 예선전에 매진 중이라고 했다. 그럼 그렇지. 별수 없겠지. 나는 다 이해한다는 의미로 고개를 끄덕여주었다.

그런데, 왜 자꾸 저따위 눈빛으로 사람을 뜯어보는 거지?

더러워진 기분을 가래처럼 확 뱉을 수 있다면 저 기분 나쁜 면상에다 날렸을 것이다. 모니터에 입력사항 몇 가지를 채워 넣다가 나도 맞서듯 사내를 가만히 보았다. 불쾌할 정도로 느물거리는 작은 눈, 까칠한 피부와 미간에 패인 세로 주름, 우물거리며 말을 뱉는 허옇게 마른 입술, 그리고 눈썹까지 내려온 떡 진 머리칼까지. 저런 꼬락서니를 하고 와서 나한테 시비라도 걸겠다는 심사인가.

그런 그가 하던 말을 멈추더니 입가에 불가사의한 미소를 지었다.

"저어……."

아예 내 얼굴을 빨아먹을 참인지, 불쾌한 눈빛이 더 강렬해졌다.

"김석기 고객님, 어려워 마시고 말씀하세요."

이럴 땐 친절해지기도 고통이다. 김석기는 끈적끈적한 말투로 말을 이었다.

"저어, 그런데 상담사님, 성함이 마윤수가 맞나요?"

엉뚱한 질문이다. 안내원이 시간 예약을 하면서 이름을 알려줬을 텐데, 두 눈으로 내 가슴명찰을 보면서도 이름을 물은 것이다. 나는 어이가 없어 내 명찰을 손가락으로 가리키며 마윤수가 맞다고 대답했다. 내 표정에서 물음표를 읽었는지 그가 머리를 긁었다.

"아니, 그냥 아는 사람과 좀 닮은 것 같아서요. 죄송합니다."

그는 그렇게 말하면서도 나를 보며 또 고개를 갸웃했다.

뭐야. 겨우 닮았다는 얘길 하려고 사람 얼굴을 뜯어본 거였나.

나는 맥이 빠져서 하던 이야기로 돌아가라고 말했다. 그는 헛기침을 몇 번 한 뒤, 말을 잇기 시작했다. 고시원에서 만난 친구의 소개로 해마에 오게 됐다고.

이곳을 방문하는 사람들은 하나같이 그렇게 말한다. 아는 사람의 소개로 해마를 알게 됐다고. 그 밖에 입소문을 들었다거나 여기저기 물어봤다고도 말한다. 신기한 건 광고는커녕 그 흔한 홈페이지조차 없는데도 사람들이 개미떼처럼 찾아온다는 것이다.

G공원 후문 쪽에 위치한 해마는 대로변에서는 잘 보이지 않는다. 초행길이라면 헤맬 수 있다. 대규모 초고층 아파트 단지 담벼락을 끼고 키 큰 가로수가 도열한 사잇길로 약 200미터쯤 들어가야 하니까. 세 번째 커브를 돌면 시커먼 유리로 외벽을 두른 20층 높이의 빌딩을 만나게 될 것이다. 바로 해마빌딩이다. 간판도 붙어 있지 않아 그냥 지나칠 수 있으므로 잘 봐야 한다. 미심쩍다면 건물 꼭대기에 첨탑 같은 상징물이 있는지 확인해보라. 실고기목 실고기과에 속하는 바닷속 해마상이 허공

에서 반짝이는 걸 알아봤다면 제대로 찾아온 것이다.

전에 어떤 고객은 길을 헤맸다면서 이런 말을 했다.

'해마상만 봐선 바다생물 해마를 연구하는 해양학술기관쯤으로 착각할 수 있겠는데요.'

그럴지도 모른다. 하지만 해마는 해마처럼 생겨서 해마라고 불리는 뇌 속의 작은 기관을 의미한다. 그놈은 해부학적으로는 기억을 관장한다. 아이러니하게도 그 사실이 밝혀진 건 한 간질병 환자에게 닥친 불행한 의료사고 때문이었다. 수술 뒤 환자는 누구를 소개받건 어떤 이야기를 듣건 오 분 뒤 아무것도 기억하지 못했다. 과거가 날아가버린 것이다. 뇌수술을 집도한 스코빌 박사가 간질병을 치료한답시고 환자의 뇌 속에서 제거한 게 바로 해마였다. 환자의 발작이 대뇌 측두엽의 한 부위인 해마 때문이라고 본 것이다. 착오로 인해 밝혀진 결과는 두렵고도 놀라웠다. 곧 한 인간의 시간이자 존재이며, 시간의 흐름에 따라 기억을 편집하고 정리하고 보관하는 기억 관리소가 해마였던 것이다.

해마는 그런 의미에서 기억 클리닉센터다. 해마빌딩에는 기억의 모든 문제를 해결해주는 해마군단이 주둔해 있다. 해마군단이란 우리 상담직원들끼리 있을 때 부르는 칭호다. 사실 나는 그들을 본 적은 없다. 몇 개의 팀인지 한 팀 안에 몇 명이 있는지도 모른다. 직원교육 때 뇌과학 연구원들로 구성된 여러 팀의 집합체라고만 들었을 뿐이다.

정보 일체는 일급 보안사항이다. 해마군단에 대해서도, 시술 방법에 대해서도, 내부 조직에 대해서도. 따라서 나는 물음표를 달지 않는다. 그런 걸 궁금해할 만큼 한가하지 않다. 상담고객들을 상대하는 일로도 하루 시간은 부족하다.

김석기가 계속 말했다.

"고시원에서 만난 친구가 그러는데 A형 시술효과가 끝내준다면서요."

그러면서 그는 비용 때문에 망설였다고 했다. A형 시술이란 인지력강화시술로 비용이 만만치 않다. 비용 마련을 위해 시간제 아르바이트를 세 군데나 뛰었다는 그는 한눈에 궁색기가 줄줄 흘렀다. 취업 실패 뒤, TV 퀴즈 서바이벌 예선전에서도 실패하자 잠을 이룰 수 없었으며, 자살을 생각한 게 한두 번이 아니라는 심경을 토로할 땐 퀭한 눈을 내리깔았다.

"여자친구도 연락 없고. 동창모임에도 못 나가겠고. 사는 게 아니라 아주 지옥 속으로 기어들어가는 기분입니다. 일주일 뒤 예선전에 또 도전해야죠. 이번에도 떨어지면 전 자살할지도 모릅니다. 이 말 장난 아니라구요."

또 지긋지긋한 자살타령. 자살, 자살, 자살.

자살은 경쟁이라는 적자생존 시대의 대표 전염병이다. 자살 뉴스에 놀라는 사람은 없다. 통계를 따지지 않더라도 자살 이유를 짐작하는 것이다. 정부는 대책이랍시고 자살예방센터를 체계적으로 가동시키는 데 의미를 두었다. 하지만 자살자 수는 줄어들지 않았다.

경쟁에서 살아남기. 그건 이 시대의 정언명령이다. 방송사마다 '서바이벌' 콘셉트의 퀴즈 프로그램을 아귀다툼하듯 내보내는 것만 봐도 그랬다. 진행 MC들도 하나같이 신뢰감이 묻어나는 어투로 경쟁의 미덕과 합리성을 속삭인다. 그래서일까. 그런 프로그램을 볼 때마다 나는 이런 생각이 든다. 경쟁은 중독성 강한 게임이라고. 때문에 그런 프로그램이 같은 시간대에 최고의 시청률을 올리는 건 물론이고, 프로그램 예선전에 신청자가 떼로 몰리는 현상은 더 이상 이변도 화젯거리도 아닌 것이다.

몰리는 이유? 복잡하게 생각할 것 없다. 바로 고액의 상금 때문이다. 돈은 언제나 강력하고 솔직한 이유이니까.

첫 번째 이유가 상금이라면, 그럼 두 번째 이유는? 역시 강력하다. 그건 철저히 준비하고 덤비면 로또보다 가능성이 높다는 사실이다. 얼마나 매력적인가. 그 덕분에 해마의 상담 예약 건수는 삼 년 전부터 매년 증가 추세다.

물론, 우리 해마 고객이 다 퀴즈 프로그램 참여를 목적으로 오는 건 아니다. 중요한 시험을 앞둔 아이의 학부모와 회사원과 고시생의 문의 전화 역시 빗발친다. 연봉이건, 석차건, 온갖 능력시험의 응시접수번호건 모든 게 숫자로 환원되고, 분류되고, 지칭되는 세상이고 보면 남들보다 우위에 서려는 욕망은 아주 눈물 나도록 처절한 생의 의지인 것이다.

쉿. 이건 정말 비밀인데, 유명인들도 꽤 찾아온다. 지금까지 내가 상담해준 유명인만 해도 현재 TV 9시 뉴스를 진행하는 미녀 앵커 두 명, 오락프로그램 아나운서 여섯 명, 국회의원 스물세 명, 그리고 이름만 대면 알 만한 대학교수들도 상당수다. 그들은 짙은 선글라스에 깊은 챙 모자를 눌러쓰고 나타난다. 변장은 기본이다. 괜히 사람들의 눈에 띄었다간 곤란해질 수 있으니까.

상담실 역시 보안 콘셉트가 적용된 구조로 설계되어 있다. 그래서 옆방에서 누가 상담을 받는지, 내방자가 어느 계층 사람인지 알 수 없다. 마찬가지로 시술방법과 과정도 알 수 없다. 간혹 이런 불만을 말하는 고객들이 있긴 하다. 시술한 선생님을 보지 못했다, 시술 준비를 끝내고 엘리베이터 앞에서 대기하는 동안 잠이 들어버리더라…….

그럴 땐 나는 어깨를 으쓱하면서 교육받은 대로 대답해준다. 이렇게.

"저희 해마는 시술부터 모든 게 비공개가 원칙입니다. 보안유지상 그런 것이니 이해 바랍니다."

보안이라는 이유. 그걸로 질문 종료다. 눈치 빠르고 현명한 고객은 금방 수긍하고 더 묻지 않는다. 해마군단의 '마술 같은' 시술을 받는 것에 만족하면 그만이니까. 또 자신이 해마에서 시술받은 사실이 노출되지만 않으면 되므로.

은밀함과 보안성. 그건 암묵적인 편리한 거래다.

나는 김석기에게 억지 미소를 지어 보였다.

"효과 있으실 거예요. 시술 뒤 효과가 약 한 달간 지속될 겁니다. 믿으셔도 좋습니다."

김석기는 또 뜯어보는 눈빛으로 나를 바라보았다.

"그런데요……."

"네?"

"저기…… 시술을 어떤 방식으로 하는 겁니까? 수술인가요? 많이 아픈 건……."

또 질문이다.

"걱정 안 하셔도 됩니다. 수술하는 건 아니거든요. 아픈 것도 없어요. 잠에 빠져 있는 사이에 끝납니다. 뭐 여섯 살짜리 아이도 시술받는데요. 자세한 건 저도 말씀드릴 수가 없습니다."

"힌트 좀 주세요. 비용도 비싼데 그 정도는 고객에게 알려주는 게 의무 아닙니까?"

짜증날 정도로 느린 어조였다. 나는 아랫입술을 살짝 물고는 이렇게 대답해주었다.

"고객님 죄송합니다. 저희 해마에서는 보안유지상 그 어떤 과정도 비공개로 진행하고 있습니다. 이 점은 미리 안내 전화에서 들어 아실 텐데요. 양해해주시기 바랍니다."

나는 재빨리 키보드를 두드려 상담내용을 정리해 등록한

뒤, 결제비용이 찍힌 청구내역서와 시술신청서를 프린터에서
뽑아 건넸다.

"자, 그럼 수납창구에 가셔서 비용을 결제하시고요, 10층 복
도 끝으로 가시면 엘리베이터가 있는데, 거기 대기 중인 시술
준비요원에게 시술신청서를 주시고 안내에 따르시면 됩니다."

"저, 그런데."

김석기는 내 얼굴을 계속 들여다보았다.

"또 왜 그러시죠? 거참."

나는 짜증을 억누르며 손가락 끝으로 책상을 톡톡 두드렸다.

"얼굴도 그렇고 체구도 꽤 살이 있으셔서 처음에는 잘 몰랐
는데 말이지요. 가만히 뜯어보니까 제가 아는 사람을 많이 닮
은 것 같아서요. 정말 많이 닮았어요."

닮았는데 어쩌란 소린지. 김석기는 느물거리는 눈빛으로 계
속 나를 살폈다.

"세상에 닮은 사람들이야 얼마든지 있죠."

나는 내 두툼한 볼살을 문지르며 입술 끝으로만 웃어주었다.
김석기는 상담실 문을 열고 나가면서도 뒤돌아보았다. 나와 시
선이 마주치자, 어색한 미소를 지으며 발을 끄는 것처럼 걷더니
주춤거리며 문밖으로 사라졌다.

나는 그가 사라진 문에 시선을 주었다. 지금까지 느낀 적 없
는 피로와 알 수 없는 불쾌감에 휩싸였다. 목에 가둬뒀던 숨을
짧게 내뱉었다. 물고 늘어지는 질문과 느린 말투 그리고 누굴

닮았다면서 살피는 눈빛 때문에 아침부터 기분이 구겨졌다.

구겨진 기분?

순간 내 안으로 침묵이 스며들어왔다. 모니터를 바라보며 가만히 생각해본다. 구겨진 기분. 그건 단지 김석기의 짜증나는 질문과 눈빛 때문만은 아닌 것 같았다.

이내 이유를 깨달았다. 그렇다. 김석기는 낯이 익었다.

어디서 본 일이 있나?

모르겠다. 처음 보는 얼굴이 아닌 것만은 분명했다. 꼭 집어서 말할 수 없는, 낯익다는 그 느낌은 그의 상한 굴 같은 눈빛만큼이나 불쾌했다. 아니 불안과 고통스러움에 가깝다고 해야 한다. 왜지? 상담 중간에 관자놀이를 그어대던 날카로운 통증 때문일지 모른다. 얼마 전부터, 한 번도 본 적 없는 장면들이 불쑥 떠오르곤 했는데, 그때마다 느꼈던 통증도 그랬다. 얼굴과 손이 소름으로 오싹해지기까지 하는 그런 통증이었다.

섬뜩한 장면들이 떠오를 때는 더 했다. 혹시 공포영화를 즐겨보는 데서 오는 부작용일까.

아까부터 벌떡대기 시작한 심장박동이 쉬이 가라앉지 않았다.

✝

똑-딱 똑-딱.

시냇물소리에 실린 경쾌한 메트로놈 박자음이 천장 스피커를 울렸다. 머리가 맑아지는 청량감을 느끼며 나는 옅은 숨을 허공에 뱉었다. 그때 핸드폰 액정에 뜬 메시지가 깜박거렸다.

"702번 상담실에 예약 고객 정선화 씨가 도착했습니다."

정선화. 아침에 통화했던 여자다. 기억을 팔고 싶다고 말하는 목소리에 망설이는 기색이 역력했었다. 기억을 판다는 걸 신체 일부를 파는 것과 같다고 여긴 모양일 터. 하긴 그런 의뢰인 중 몇은 매춘 행위를 하러 온 기분이라고 은밀한 눈빛으로 속삭이기도 했다.

하지만 세상사가 다 그렇듯이 그것도 판단하기 나름이다. "영혼이 시공간적으로 확장되는, 칸트도 상상 못했을 철학적 행위죠."라고 느끼한 어투로 말한 이도 있었을 뿐 아니라, 정신적 유전자가 사후에도 살아남을 수 있다면 자식을 남기는 것보다 안심되는 일이 아니냐며 만족스러워 했던 사람도 있었으니까.

나는 손목시계를 보았다. 서둘러야 했으므로 김석기의 상담 페이지를 저장한 뒤 모니터를 끄고는 619번 상담실을 나왔다.

702번 상담실 문을 밀고 들어갔을 때, 정선화는 핸드폰을 귀에 대고 있었다. 내가 자리에 앉자, 그녀는 급히 전화를 끊었다. 또렷한 눈매와 웨이브 진 단발머리. 지적인 분위기를 풍기는 여자였다.

나는 그녀를 천천히 살피면서 고객상담용 프로그램을 모니터에 띄웠다.

"전 아주 행복한 기억을 가지고 있답니다."

여자가 꺼낸 첫마디였다. 입가에 문 은밀한 미소가 불안해 보였다. 어색하다고나 할까.

나는 헛기침을 한 뒤, 입을 열었다.

"기대되는군요. 젊으신데 유년기, 청년기 중에 일부를 파시겠다는 건가요?"

그녀는 그렇다고 대답했다. 그러고는 내가 묻는 대로 찾아오게 된 경위를 댄 뒤, 기억을 판다는 걸 어떻게 생각하는지 말했다. 그녀의 대답은 맘에 들었다. 행복했던 기억이 타인에게 행복을 줄 수 있기 때문에 헌혈하는 것과 같다니. 그건 매춘이니 정신적 유전자니 철학적 행위 어쩌고 하는 비유보다 훨씬 인간적이었다. 또한 우리 해마의 이미지와도 부합되는 발상이기도 했다.

나는 그녀가 마음을 편하게 가질 수 있도록 고개를 끄덕여주었다.

"좋습니다. 그럼, 팔고 싶은 기억에 대해 들어볼까요."

그녀는 한 손을 턱에 괸 채, 기억을 말하기 시작했다. 나는 모니터의 상담일지 칸에 이야기를 입력했다. 손가락은 그녀가 입술을 움직일 때마다 느려졌다가는 빨라졌다. 그녀가 발설한 내용은 운명 같은 남자를 만나 운명 같은 사랑을 했다는 연애 이야기였다. 그걸 다 말하는데 약 한 시간 반이 넘어 걸렸다. 듣는 내내 나는 산만한 느낌을 받았다. 화려하고 퍽 드라마적이

긴 한데 뭔가 이상했다. 정확히 말하면 그녀의 말 속에 녹아들지 않은 불순물이 있었다.

"음, 좋습니다. 이야긴 잘 들었습니다. 그럼 그 기억을 뜨기 전에 먼저 투영검색으로 들어가봅시다."

그녀가 눈을 동그랗게 떴다.

"투영검색이라뇨?"

투영검색은 고객이 말한 기억 내용이 실제 기억과 얼마나 일치하는지 확인하는 절차다. 상담프로그램에 입력된 기억내용이 코드화되어 기억투영기기로 전송되면 고객은 거기에 연결된 헬멧을 쓴다. 그러면 오 분 안에 투영지수가 액정화면에 표시되는데, 투영지수가 80% 이상인 경우에만 고객은 기억을 팔 수 있다.

내가 그런 과정을 간략하게 설명하자, 그녀가 눈을 깜박이며 나를 쳐다보았다.

"제가 거짓말을 했다는 겁니까?"

그녀의 말투는 밝았던 좀 전의 느낌과 달랐다. 얼굴은 당황한 기색이 역력했다.

"오해하지 마십시오. 누구나 거쳐야 하는 절차입니다. 기억을 파시는 고객님들은 다 이 절차를 통과하셔야 비로소 가치에 합당한 금액을 받고 파실 수 있는 거거든요."

"기껏 기억을 다 말하니까 투영검색 한다고요? 그런 절차가 있다는 거 미리 알려줬어야 하지 않나요?"

그녀는 눈을 내리깔더니 나지막한 목소리로 "됐습니다."라고 내뱉고는 일어났다. 그런 뒤, 말없이 문을 밀고 나가버렸다.

나는 그녀가 기억을 지어냈다는 걸 단박에 짐작했다. 그게 아니라면 투영검색 절차를 거부할 이유가 없다. 그녀는 과거를 대충 지어내 말하면 된다고 생각한 모양인데, 돈 생각에 그랬겠지만, 그따위 수작은 투영검색 절차에서 다 드러난다.

이런 케이스도 있다. 기억을 조작했다는 사실을 스스로도 의식 못한 경우다.

보름 전에 다녀간 56세의 중소기업 사장 부인이 그랬다. 그녀는 행복한 결혼생활의 기억을 팔고 싶다고 했지만, 뜻밖에도 투영검색 결과 투영지수가 제로에 가깝게 나왔다. 실제 기억이 털어놓은 이야기와 완전히 다르다는 의미였다. 충격에 휩싸인 그녀는 한참 울먹이더니, 다시 과거를 더듬으며 입을 열었다. 들어보니 그녀는 이십대 중반에 직장 상사에게 강간을 당해 아이가 생기자, 그 남자와 서둘러 억지 결혼을 했다. 동창들을 만나면 속도위반을 한 거라 둘러대며 행복한 모습만을 입에 올렸다. 결혼 후에도 남편에게 손찌검과 무시를 당했는데, 그때마다 상실감과 공허를 고가의 옷과 명품 마크가 붙은 가방과 보석으로 달랬다. 자신을 속이며 스스로를 길들인 것이다. 그게 자신의 모습이고, 삶이라고 착각하면서.

사실, 딱한 경우를 말하자면 기억을 사는 사람들이다.

기억을 산다는 건, C형 시술을 받는다는 의미이다. 정확하게 말하면 기억부분이식시술인데, 이 시술을 희망한 고객에게는 상담을 더 은밀하게 심리적 안정까지 서비스해야 한다고 심 교육관은 강조했다. 이들은 자살 시도 경험이 있거나, 정신과 치료 중인 경우가 대부분이므로 기억으로 인한 고통에 한 번 더 귀 기울여주고, 치료가 이루어지도록 안내해야 한다는 것이다. 그 일은 심 교육관 말마따나 행복한 삶으로 인도하는 성스런 작업이다. 그런 의미에서 나는 이 일에 자부심을 느낀다.

스케줄표를 확인하니 점심 뒤에 마침 C형 시술 상담 한 건이 예약되어 있다. 이번엔 또 어떤 사연을 가진 고객이 기다리고 있을까.

손목시계를 보았다. 곧 교육강연 시간이었다. 삼 분밖에 남지 않았다. 앞자리에 앉으려면 적어도 십오 분 전엔 강당에 들어가야 한다. 정선화의 쓸데없는 소리를 들어주다가 좋은 자리를 놓치게 생긴 것이다. 확 짜증이 일었다. 서류철과 파일을 재빨리 포개들고 의자에서 일어섰다.

탁자 옆으로 한 발짝 움직이려는 찰나, 그녀가 앉았던 의자 위에 핸드폰이 눈을 잡아당겼다. 그녀가 깜박한 모양이었다.

나는 입술 끝으로 마른 숨을 뱉고는 핸드폰을 집어 들고 복도로 튀어나갔다. 화장실에 있는 걸까. 엘리베이터를 타고 내려갔을까. 그녀가 상담실을 나간 건 약 일 분쯤 됐다. 나는 엘리베이터 앞으로 달려갔다. 문이 열리려면 기다려야 한다. 비상계단으로 뛰어 내려갔다. 강당이 있는 3층을 지나 1층까지 내려가

서 로비를 둘러보았다. 건물 밖으로 나간 건지 정선화는 보이지
않았다.

회전문 가까이 다가갔다. 회전문 유리 너머 바깥세상은 오전
인데도 어두컴컴했다. 하늘은 온통 시커먼 구름으로 뒤덮여 있
었다.

＋

가까스로 잡은 자리는 왼쪽 통로인 데다 맨 뒷줄이었다. 무
대가 대각선으로 보이는 자리. 다행인 건 빛의 속도로 뛴 덕분
에 시작 전에 착석했다는 사실이다. 나는 텅 빈 무대를 향한 숨
죽인 시선들 속으로 조용히 내 시선을 묻었다. 곧 시작될 강연
을 흠뻑 빨아들일 태세로.

왜 나는 매달 반복되는 강연을 기다리는 걸까. 그 질문을 나
자신에게 던질 때면 슬그머니 미소가 스며 나온다. 강연을 듣
는 동안 내가 가치 있고, 중요한 일을 한다는 자부심을 충전받
기 때문이다.

나는 고개를 돌려 주위를 한번 훑어보았다. 침 삼키는 소리
도 크게 들릴 것 같은 적막이 사방을 짓누르고 있다. 이윽고 무
대 위에 사회자가 나타났다.

그가 무표정한 얼굴로 말했다.

"이 시대의 마지막 휴머니스트이기를 자처하는 심 교육관님이 오늘도 유익한 시간을 선사해주시겠습니다. 자, 큰 박수로 환영해주십시오."

박수가 강당을 뒤흔들었다. 사회자가 무대를 내려가자, 무대가 어두워지더니 이내 강당 전체가 캄캄해졌다. 어둠 속에서 은은한 첼로 선율이 낮게 들려왔다. 잠시 후 조명이 들어왔다. 내 눈은 심 교육관을 알아보았다. 검은색 연미복 차림인 그는 마임 분장을 한 듯한 흰 얼굴에 시커먼 선글라스, 챙 넓은 검은색 중절모를 쓰고 있다. 그는 매번 그런 메피스토 같은 기묘한 분위기를 풍기며 강연장에 나타난다.

"치닫는 경쟁의 끝은 과연 올까요? 오늘도 자살 행렬은 계속되었습니다."

심 교육관의 목소리가 침묵을 갈랐다. 그는 무대에 집중된 시선들을 향해 고개를 끄덕이며 객석 구석구석을 살폈다. 다시 입을 열었다.

"그들은 왜 자살을 선택했을까요. 무엇이 그들을 죽음으로 내몰았나요. 그걸 누가 모릅니까. 다 압니다. 알면서도 막지 못하죠. 도태되고 스스로 자신이 쓸모없는 존재가 됐다는 자괴감, 불안감 그리고 어둡고 공포스러웠던 기억에서 오는 강박과 공허감, 무력감은 참으로 무섭습니다. 그런 것들은 인지력, 집중력, 기억력을 어떻게 조절하느냐에 달려 있습니다. 우리 해마만의 시술로 문제는 말끔히 해결되는 겁니다. 상담원 여러분들은 이 시대의 나약하고 불쌍한 영혼들에게 희망과 생명을 주는 아주 중요한 역할을 하고 있습니다. 자부심을 가져야 합니다.”

그의 우렁찬 목소리 뒤로 한차례 박수소리가 쏟아졌다. 심 교육관이 무대 위를 천천히 걷기 시작했다. 적막을 가르는 둔중한 구두 소리가 내 귓속을 채웠다.

“사실 온갖 정보와 뉴스, 이미지들의 홍수 속에서 머릿속에 저장된 생각과 기억들이 순수하게 자기 것이라고 자신할 수 있는 사람이 과연 있을까요? 어차피 온전하고 순수한 자아는 없습니다. 이런 사실을 직시한 현명한 사람들은 해마의 문을 두드립니다⋯⋯.”

매번 반복되는 이야기들이다. 기억 클리닉의 가치와 해마의 인류애적 기여에 대해, 상담고객을 대하는 태도와 그들에게 설명해줄 수 있는 내용에 대해, 그리고 해마에서 상담사의 역할이 얼마나 중요한가에 대해.

하지만 신기하게도 나는 지루하지 않다. 들을수록 해마에서 일한다는 자부심으로 가슴이 벅차오를 뿐이다. 심 교육관의 카리스마와 명쾌한 언변은 또 얼마나 감탄스러운가. 직원들은 지나가는 말로 수군대곤 한다. 그가 해마의 입이며 귀이며 눈이라고. 또한 그가 해마의 내부와 외부 사이에 있는 인물이며, 마술사일지도 모른다는 모호하고 해괴한 소문도 돌아다닌다. 확인되지 않는 유령 같은 소문일 뿐이지만, 어쩐지 나는 그런 이야기들이 나도는 데는 그만한 이유가 있다고 생각한다. 아무래도 심 교육관은 보통사람이 아닌 것 같았다. 얼마 전 봤던 영화 속 주인공처럼 이계에서 건너온 특별한 능력의 천재 같은 인물일 수도 있지 않을까.

심 교육관이 두 손을 객석을 향해 뻗었다.

"불행한 기억 때문에 고통 받는 사람들을 생각해봅시다. 그들의 고통은 당사자뿐 아니라, 심한 경우엔 그 주변 사람들까지 고통과 불안에 시달리게 하죠. 정신과 치료를 받아봐야 소용이 없습니다. 완치되지 않거든요. 하지만 우리 해마에서는 그 암세포 같은 불행한 기억을 말끔히 해결합니다. 아주 말끔히 말입니다. 이건 혁명이자 축복입니다. 여러분은 그 중심에 있습니다."

또 한 차례 박수가 터져 나왔다. 나는 나도 모르게 어깨와 목에 힘주어 열렬히 박수를 쳤다. 몸 안에 따뜻한 무언가가 가득 차올랐다. 주위로 시선을 돌려봤다. 무대를 향해 시선을 고정한 얼굴마다 벌겋게 상기되어 있었다.

심 교육관은 이어 최근 해마시술 부작용 소송 문제를 언급했다. 얼토당토않은 소리라면서 고개를 저으며 웃었다.

"……두통이 생겼네, 건망증이 심해졌네, 심지어 자신들이 처신을 잘못해서 이혼당하고 해고되는 일까지 시술부작용이라고 우깁니다. 그게 말이 됩니까? 여러분들은 아무 신경 쓰지 말고 일에만 전념하시면 되겠습니다. 그런 억지와 잡음이야 늘 있는 거니까요."

그는 단상 위에 놓인 물컵을 들어 길게 마셨다. 그런 뒤, 검은 선글라스 밑으로 입술 끝을 올리더니 다시 두 손을 객석을 향해 뻗었다.

"이 세상에 조절되고 편집되지 않는 것은 없습니다. 우리가 잘 만든 영화 한 편에 박수치고 감동하는 건 얼마나 정교하게 또 어떤 주제를 향해 편집했는가에 달렸습니다. 마찬가지로 성공적이고 완성도 높은 인생을 살고자 하는 현대인은 자신의 기억력과 인지력과 집중력을 업그레이드하거나 부분편집을 합니다. '나는 생각한다 고로 나는 존재한다'는 명제는 옛날 철학자들의 것이죠. 이 시대는 달라야 합니다. 달라야 살아남습니다. 우리 시대는 '나는 욕망하고 편집한다. 고로 나는 존재한다'여야 합니다."

여기저기서 박수 소리가 터져 나왔다. 심 교육관이 한 손을 들어 보였다.

"감사합니다, 여러분."

그가 우아하게 고개를 숙였다.

"자신의 행복하고 만족스러운 삶 속의 기억들을 팔겠다는 분들을 보면 참 존경스럽습니다. 왜냐하면 그들은 따뜻한 이타주의자들이니까요. 자신의 행복한 기억으로 타인을 행복하게 할 줄 아는 겁니다. 자신의 내밀하고 사적인 기억을 선뜻 판다는 건 대단한 결심 아니면 힘든 거죠."

그는 검지를 치켜 올리며 말했다.

"언젠가 자살하려던 사람을 만나 죽음에서 구해낸 일이 생각나는군요. 그 사람은 몹시 견디기 힘든 기억 때문에 지옥 같은 현실에서 탈출구를 찾아 헤매던 상황이었던 모양입니다. 자살을 탈출구라고 생각하고 고층빌딩 난간 앞에서 바들바들 떨고 있었어요. 난 그때 바람이나 쐴까 해서 옥상에 올라가 담배에 불을 붙이려던 찰나였습니다. 그 사내가 난간 앞에서 신발을 벗는 걸 봤죠. 그에게 다가갔습니다. 그리고 부드럽게 말을 건넸어요. 죽음 말고도 다른 탈출구가 있다면 난간에서 내려오시겠습니까, 하고 말이죠. 그는 한참 생각하더니 주저하는 표정을 짓다가 내려섰습니다. 나는 괴로웠던 기억을 지우고 다른 이의 행복한 기억으로 교체해 넣으면 삶은 달라질 거라고 길게 설명했지요. 그러자 그는 내 말에 귀를 기울이기 시작했죠. 그는 현재 아주 건강하게 잘 살고 있습니다."

심 교육관의 음성은 속삭임으로 변해 있었다. 뒤따른 정적 속에서 은은한 첼로 소리가 다시 들려오기 시작했다. 그는 갈고리처럼 긴 입술만으로 웃으며 양 손바닥을 앞으로 뻗었다. 시커먼 선글라스가 조명에 하얗게 빛났다.

"얼마나 뜻깊은 일입니까." 그가 말했다. "누군가의 평온했던 기억이 자살하려던 또 다른 생명을 살게 한다는 게 말입니다."

심 교육관이 박수를 세 번 치더니 바닥에 구두를 세게 내리찧는 소리를 냈다. 순간 무대는 캄캄해졌고, 약 오 초 후 다시 환해졌다.

무대는 텅 비어 있었다. 아무것도 놓여 있지 않은 나무 테이블만이 스포트라이트를 받으며 자리를 지키고 있었다. 보이지 않는 스피커에서 심 교육관의 실체 없는 음성이 증폭되어 흘러나오기 시작했다.

"나는 욕망하고 편집한다. 고로 나는 존재한다. 순수한 자아는 없다……."

심 교육관은 늘 이렇게 사라진다. 더 듣고 싶다는 아쉬움을 남기며 한순간 거짓말처럼 증발해버리는 것이다. 그럴 때마다 나는 놀라운 마술을 관람한 것처럼 황홀한 기분에 휩싸인다.

아무튼 이번에는 그에게 인사를 건네볼 생각으로 다른 동료들보다 먼저 일어나 로비로 뛰어나갔다. 통로로 이어진 대기실로 향했다.

청소부 유니폼을 입은 비쩍 마른 중년의 사내가 바닥을 쓸고 있었다. 계단이나 복도에서 마주치면 눈인사를 하는 청소부인데, 챙 모자 밑으로 보이는 미간의 콩알만 한 점 때문인지 더 순박해 보이는 인상을 가지고 있었다. 내가 두리번거리며 심 교육관님이 벌써 나갔냐고 묻자, 그는 어깨를 으쓱해 보이며 모르겠다고 대답했다. 나는 급한 마음에 로비를 가로질러 회전문 쪽으로 달렸다.

심 교육관은 어디로 갔는지 보이지 않았다. 회전문을 밀고 나갔을 때 거리엔 시야를 가릴 정도의 빗줄기가 쏟아지고 있었다. 빗소리에 귀가 다 먹먹했다. 한꺼번에 세상의 모든 비닐을 구기고 찢는 듯한 아주 요란한 소리였다. 낭패감에 사방을 살피던 내 눈이 커진 건 잠시 뒤였다. 거친 빗줄기 너머 검은색 리무진 한 대가 희미하게 보였다. 차체가 길고 육중한 리무진은 차창까지 온통 검어 그 속이 들여다보이지 않았다. 저 안에 심 교육관이 있다는 확신으로 나는 계속 눈으로 따라갔지만, 리무진은 세찬 빗줄기에 녹아내리듯 저 멀리 도로 끝에서 사라졌다.

✝

콜라의 싸한 느낌이 혀끝을 지나 목구멍을 감싼다. 목을 쏘면서 훑어 내리는 느낌에 이어 입안에서 맴도는 담배 한 모금. 나는 점심식사 뒤, 휴게실에서 누리는 콜라 한 캔과 담배 한 개비의 이 여유가 좋다. 나른한 오후의 하얀 햇살에 샤워하는 기분이랄까. 문득 강연 뒤에 봤던 검은색 리무진을 떠올렸다.

정말 심 교육관이 타고 있었을까.

그런 의문이 스쳤지만, 곧 머릿속을 비웠다. 다음 강연에서 그를 다시 보면 될 일이었다. 한 달은 금방 간다. 허공에 연기를 뿜으며 캔을 입에 댔다.

그때였다. 그녀가 이쪽으로 다가오고 있었다. 시술준비 B팀 고은님.

내게 미소를 지어줄까.

나와 눈이 마주치면 그녀는 희미한 미소를 보이곤 했다. 안면 있는 직원 누구에게나 보내는 미소일 뿐인 걸 알지만, 나는 그런 미소에도 달달한 상상에 가슴이 설레는 것이다. 이번엔 날 보지 못했는지 보고도 못 본 체하는 건지 그녀는 복도 끝으로 사라졌다.

그녀를 처음 본 건 두 달 전 아침 출근길에서였다. 회사 회전문을 향해 뛰다가 깨진 보도블록에 발이 걸려 그만 넘어졌다. 한 여자가 "괜찮으세요?" 하고 내 가방을 집어주었다. 나는 바지를 털며 일어서다가 그녀를 보고는 숨이 막혔다. 노랗게 물들인 긴 단발에 동그란 얼굴, 둥근 이마에 통통한 볼, 도톰한 입술, 살짝 들린 귀여운 들창코. 그런 그녀가 입술을 열어 내게 웃어주는 게 아닌가.

그날부터 그녀가 어디 소속인지 동료들에게 캐묻는 작업에 돌입했다. 수확은 있었다. 그녀의 이름과 시술준비 B팀이라는 정보까지 얻어냈다. 나는 사무실과 상담실을 오가며 시술준비실이 있는 10층에도 올라가곤 하는데, 이전엔 그녀를 왜 보지 못했는지 알 수 없었다. 아무튼 그 뒤로 그녀는 눈에 자주 들어왔다. 동료 여직원과 커피를 마시며 이야기하는 모습, 서류를 훑어보며 통로를 걷는 모습, 시술준비실에서 시술고객에게 시술가운을 입히고 시술캡을 씌우는 모습. 그런 그녀를 볼 때마다 내 가슴은 콩닥콩닥 뛰었다.

퇴근시간을 기해 회전문 앞에서 우연을 가장해 아는 척을 해봤다. 가방 집어준 일을 상기시키면서 저녁을 사겠다고 하자, 그녀는 "가방 집어준 것 가지고 그럴 것 뭐 있어요, 저녁 얻어먹은 셈 치죠." 하고는 손목시계를 거듭 보더니 뒤도 안 돌아보고 택시를 잡아타고는 가버렸다. 거리에서 보기 좋게 무시를 당하고 나니 화가 났다. 화가 날수록 그녀가 더 도도해 보일수록 그녀에 대한 욕망은 살살 타올랐다.

지금도 나는 그녀가 사라진 복도 끝을 바라본다. 콜라 캔을 든 채 우두커니.

옆에서 담배를 피우던 곱슬머리 동료가 팔꿈치로 내 팔을 툭 쳤다.

"이봐, 너 저 여직원 맘에 있냐? 시술준비 파트 은님 씨던가? 응?"

나는 뜸을 들이다가 낮은 목소리로 대답했다.

"은근히 도도한 게 매력 있잖아. 예쁘기도 하고."

동료는 내 말에 동의하지 않는 듯 벌레 씹은 표정으로 말을 이었다.

"넌 저런 스타일이 이상형인 모양이구나. 사실 흔한 면상이지. 일명 '미저리'라고 하잖아. 영화 〈미저리〉 괴물 여주인공 말야. 얼굴 둥그렇고 심통스레 부푼 볼따구니에 부리부리한 검은 눈. 저런 얼굴이 무척 고집 세고 집착스럽다고들 하지."

"미저리?"

"그래, 미저리. 하긴. 프란츠 카프카가 첫눈에 반해서 결혼했다는 여자도 거의 괴물 수준의 말상이었지. 언젠가 문학 다큐에서 그 여자 사진 봤는데, 도무지 이해가 안 가더라. 아무리 해괴한 환상소설을 쓰는 소설가라지만 반할 얼굴이 따로 있지. 이름이 펠리체 바우어던가 그래. 뭉개진 듯한 코, 뻣뻣한 머리카락, 넙데데한 턱, 끔찍한 치열 속에 번득이는 의치. 그런 얼굴에 반할 수 있는 걸 보면 다 제 눈에 안경이란 말이 맞다니까. 뭐 지 취향인 걸 어쩌겠어. 너도 마찬가지야. 은님 씨 뭐 메주까진 아닌데, 으아! 매력은 무슨."

나는 하도 불쾌해 곱슬머리를 쏘아보았다.

"그래서 뭐 어쩌라고. 네 말대로 제 눈에 안경이니까. 너도 이러쿵저러쿵하지 마라."

가만히 생각해보니 내 눈에는 그녀가 린다 블레어를 닮았다. 호러영화의 고전물인 〈엑소시스트〉의 여주인공 말이다. 악마 들리기 전의 그 깜찍한 소녀의 모습. 원래 영화 속에서 귀신이나 괴물로 변하는 여주인공은 다 반할 만큼 예쁘고 곱다. 그래야 끔찍한 괴물로 변했을 때 두 배 세 배 섬뜩해지는 법이니까.

곱슬머리가 흰 치아를 드러내며 웃더니 눈을 찡긋했다.

"그럼 사귀자고 한번 대시해보든가."

"한번 말 걸어는 봤지. 씨알도 안 먹히던걸. 저런 매력덩어리가 사귀는 사람 없겠냐."

곱슬머리는 갑자기 턱을 쳐든 채, 하이에나 울음소리를 내며 웃었다.

"매력덩어리는 무슨. 내가 좀 알아봐 줘?"

그때, 뒤에서 신문을 보던 다른 동료가 끼어들었다.

"이것 좀 보라고. 또 이런 기사가 났네."

동료는 신문을 흔들며 기사 헤드라인을 입에 올렸다.

아. 그거.

나는 전날 밤에 인터넷 기사 검색에서 읽었기에 무심히 신문을 건네받았다. 해마에서 시술받은 고객들이 단체로 소송을 준비한다는 내용으로 피해자모임연대 권인권 총무의 인터뷰 일부를 인용해 다룬 기사였다. 권 총무라는 자의 주장은 어이가 없었다. 해마가 돈만 챙기고 시술효과를 과장해 속인다는 억지 비난이었다. 두통이 생겼다, 우울증이 생겼다, 고통스런 기억이 꿈속에 튀어나와 잠자기가 무섭다……. 이런 걸 부작용이라고 주장하다니.

나는 페이지를 펼쳐 뒤적뒤적하다가 웃으면서 말을 보탰다.

"신경 쓰지 마. 부작용 운운하는 기사 한두 번 보냐. 그런 부작용이 우리 해마에서 시술받은 것 때문이라는 증거가 있냐고. 심 교육관 말마따나 우리 회사 이미지에 흠집 내고 보상금 명목으로 돈 챙기려는 거야. 여기 인터뷰 실린 권 총무라는 작자가 딱 그런 인간이라니깐. 두통이 있는 거며, 악몽을 꾸는 거며 그런 건 평상시에도 누구나 생길 수 있는 문제잖아."

나는 그렇게 말하고는 그 기사 아래로 눈을 내렸다. 대기업 S사의 비리를 폭로한 J씨 관련 기사에 시선이 닿았다. J씨가 자신이 한 폭로 자체를 뒤집었다는 내용이었는데, 어이가 없었다. 그가 일주일 전 S사의 부패 실상을 처음 폭로했을 때, 온 나라가 떠들썩했다. S사가 그 정도로 썩었는지 몰랐다, 탐욕적인 기업인 게 이제야 드러났다, 세상이 뒤집어지는구나, 하며 신문과 인터넷이 다 그 이야기로 도배될 정도였다. 그런데 J씨가 말과 태도를 바꾼 것이다. 고작 일주일 만이었다. 기사 곳곳에는 세계적인 기업 S사의 도덕성과 위엄을 확인시키는 매끈한 문구로 가득했다. J씨의 자작극이자 해프닝으로 끝나버린 허탈감을 언급한 대목은 눈 씻고 찾아봐도 없었다.

곱슬머리가 내 어깨 위로 고개를 빼 기사에 곁눈질하더니 중얼거렸다.

"이거 뭐야. 결국 J씨의 자작극이었어? 그럼 그렇지. S사잖아."

"그럼. S사가 괜히 S사냐고."

나는 고개를 끄덕이며 페이지를 넘겼다.

GBC 방송 퀴즈 서바이벌 프로그램 예선전에 수많은 신청자가 몰렸다는 기사에 이어 최근 일주일 사이 발생한 43건의 자살사건 기사가 망막을 스쳐 지나갔다. 시선을 더 내렸다. 맨 하단에는 실종자를 찾는 심인광고 박스가 여섯 개나 붙어 있다. 심인광고. 이 역시 신문지면을 메우는 사건 사고들 중에 하나일 뿐이다.

볼 게 없군.

나는 고개를 젖혀 남은 콜라 한 모금을 털어 마신 뒤, 캔을 구겨 쓰레기통에 던졌다.

똑-딱 똑-딱.

시냇물소리에 실린 메트로놈 박자음이 천정 스피커에서 울렸다. 순간 머릿속이 맑아지는 기분을 느끼며 나는 신문을 동료에게 돌려주고는, 휴게실 벽시계를 보았다. 다음 상담고객이 올 시간이었다.

╬

"그에 대한 기억을 지우고 싶습니다."

삼십대 초반의 이 여성 고객은 죽은 애인에 대한 기억을 지우고 싶다고 했다. 한눈에 봐도 해골에 가까운 무척 마른 몰골이었다. 나는 흠칫 놀랐지만 내색하지 않은 채 가만히 살폈다. 어떤 사연이 있는 걸까. 그녀는 상담실에 들어서서 상담 목적을 밝힐 때까지만 해도 냉정하다 싶을 만큼 차분했다. 기억을 떠올리면서 이야기를 시작하자, 표정은 조금씩 흔들렸다. 입안이 마르는지 여러 번 물을 마셨다. 숨을 고르기도 했다. 하지만 눈물은 한 방울도 흘리지 않았다. 눈가에 물기조차 없었다. 알 수 없이 서늘한 분위기에 나는 은근히 긴장이 되었다.

사연은 이랬다.

일 년 전 여름, 그녀는 계곡으로 피서 갔다가 애인을 잃었다.

애인은 깊은 곳에서 허우적대는 그녀를 구한 뒤, 빠져나오지 못하고 익사했다. 그 일로 그녀는 충격과 상실감에 휩싸였다. 직장도 그만두고, 술을 마셔댔다. 약 석 달간 그렇게 살았다. 그러다가 주위 사람들의 위로와 도움으로 다시 새 직장을 다니기 시작했다. 또한 죽은 사람은 빨리 잊고 다른 인연을 만나라는 지인들로부터 남자도 소개받았다.

그런데 소개받은 남자와 대화를 시작하는 자리에서 그녀는 마시던 커피잔을 떨어뜨리고 말았다. 건너편 테이블에 앉아 그녀를 바라보는 죽은 애인과 눈이 마주친 것이다. 그 뒤 남자를 소개받아 만날 때마다 죽은 애인이 나타났다. 그뿐이 아니었다. 비 오는 어느 날은 차를 운전하다가 신호대기로 멈춰 섰는데, 뻑뻑 소리를 내는 와이퍼의 움직임 너머 앞 차량 지붕 위에 앉은, 죽은 애인과 눈이 마주치기도 했다. 그날 그녀는 교통사고를 낼 뻔했다. 어딜 가든 눈 돌린 곳에 그가 보였다. 잠도 잘 수 없었다. 정신과 상담까지 받아봤지만, 소용이 없었다.

나는 테이블 위에 올린 손을 떨기까지 하는 그녀를 바라보았다. 죽은 애인에 대한 기억은 암세포와 다르지 않았다. 삶을 갉아먹고 병들게 하는 암세포. 나는 해마의 시술로 여자를 구해주리라 안도하며 내가 지을 수 있는 가장 부드러운 표정을 지어 보였다.

"기억이식을 부분적으로 시술하면 모든 게 편해질 겁니다."

그녀는 두 손을 모아 잡고 미소를 물었다. 나는 그녀가 지우고 싶은 기억의 투영자료코드와 이식받을 샘플코드를 입력한 뒤, C형 시술신청서를 출력해 주었다. 신청서를 받아든 그녀의 얼굴에 생기가 돌았다. 그녀는 내게 감사하다는 말을 건네고는 상담실 문을 열고 나갔다.

그러고 보니 며칠 전에 왔던, 결혼을 앞둔 한 사내가 생각났다. 깍두기 머리에 곰만 한 체구를 가진 그는 한때 조폭 일원이었다. 한 여자를 만나 새로운 인생을 시작하려는데, 여자를 똑바로 바라볼 수 없다고 했다. 과거 때문이었다. 다른 사람이 되기 위해 성형수술도 했지만, 과거 악행이 자꾸 떠올라 괴롭다면서 울먹였다. 그는 구체적인 사례를 늘어놓았다. 상대 패거리를 위협하고 폭행해 반병신을 만든 일부터, 철거용역을 하며 냉혈한이나 할 짓을 수없이 반복해왔다고. 그러면서 여자에게 다 털어놓을 생각도 했지만, 그녀가 충격 받을 게 두려워 말하지 못했다고 한숨을 내쉬었다. 여자가 떠나버리면 살고 싶지 않을 거라며 눈시울을 적시기까지 했다.

결국, 그 사내는 상담 끝에 B형 시술을 받았다. B형 시술은 괴로운 기억이 떠오르지 않게 부분적으로 기억을 둔화시키는 기억억제시술이다. 생각 같아선 조폭 시절 기억을 지우고 다른 사내의 행복했던 기억을 부분이식해 넣으면 깨끗한 일이었다. 안타깝게도 그 사내는 돈이 없었다. 기억이식시술은 훨씬 비싸다.

지우고 싶은 기억은 왜 이토록 많은 것인가. 삶의 오점이자 피멍으로 존재하는 기억. 꿈속에서 재현될까 무서운 공포스런 기억.

지금까지 고객들이 해마의 '마술 같은' 시술로 지운 어두운 기억들만 죄다 끌어모아 이어붙인다면, 어떤 세상이 만들어질까. 암울한 절망과 공포와 폭력이 난무하는 지옥 같은 세상일까. 마치 달걀을 깨서 노른자는 노른자대로 흰자는 흰자대로 따로 모아놓듯이 공포스런 기억들이 조합된 세계는 지옥이며, 행복한 기억들의 조합은 그야말로 유토피아 같은 세계일 거라는 기대로 사람들은 어두운 기억들을 곰팡이 걷어내듯이 지운다. 언제든 절망은 곰팡이 피어나듯 또 찾아올 것이며 분노와 공포가 쓰나미처럼 의식을 덮치리라는 생각은 하지 않는 것이다.

그렇다면 나는 어떠냐고? 지우고 싶은 기억을 말해보라고? 글쎄.

부모가 날 왜 버렸는지 그 정황과 버릴 때 내게 보인 등을 기억할 수 있다면, 난 그 지점을 지우고 싶어 할지도 모르겠다. 하지만 세 살 때 버려져서 기억나는 게 없다. 다행이라고 할 수 있겠다.

한편으론, 부모의 얼굴을 기억할 수 있으면 좋겠다는 생각이 들 때도 있다.

내 부모는 어떤 사람들이었을까, 어떻게 생겼을까. 내게 형제는 있었을까.

솔직히 말하면 이런 의문들은 살면서 머릿속을 한시라도 떠

난 적이 없다. 다른 사람들에겐 다 있는 가족이 내게 없다는 상실감과 외로움도.

그것 말고 지우고 싶을 만큼 고통스런 기억?

없다. 고아원에서도, 학교에서도 날 괴롭히는 악한은 없었다. 기댈 곳도 가진 것도 없는 놈은 본능적으로 눈치와 가면에 기대는 법. 나는 잡초처럼 버팅기면서 살아왔다. 그렇게 살지 않으면 열등감이라는 바이러스에 감염되어 이미 죽었다. 이 세상엔 누가 퍼뜨렸는지 알 수 없는 치명적인 바이러스가 가득하니까. 감염되지 않기 위해 나는 끊임없이 스스로에게 예방주사 같은 주문을 건다. 난 잘 살고 있다고. 행복하다고. 아무것도 부럽지 않다고.

고객이 털어놓는 괴로운 기억을 들을 땐 희열을 맛보기도 한다. 가진 것 없는 놈이지만, 그들보다 난 잘 살고 있기 때문이다. 아무 문제 없이 말이다. 그렇다고 신명나는 일 하나 없는, 밋밋한 내 삶에 만족한다는 건 아니다. 사실 행복한 타인의 기억을 내 머릿속에 심어볼까, 생각도 해봤다는 걸 고백한다. 하지만 내게 그건 사치이다. 나는 늘 바쁘다. 매일 꽉 짜인 상담스케줄 속에서 시간을 수시로 체크하고, 다음 상담고객을 맞으러 분주하게 계단을 오르내려야 한다. 메트로놈의 움직임처럼. 똑딱 똑딱.

그래도 퇴근 뒤에 틈틈이 유명인들의 특별강연을 들으러 다닌다. 성공한 그들의 이야기를 들으면 '그래, 아무리 이런 살벌

한 도시 숲이라도 뭘 하든 성실하면 뭐가 되도 되는 거야. 살아는 남는 거야.' 하며 나 자신에 안도하게 된다. 그래서 서점에 들러 신간 코너를 기웃거리며 '직장생활 백 프로 잘하는 법', '무엇이 나를 만드는가' 같은 처세 관련 서적이나 생활에세이를 사보기도 한다.

소설책도 산다. 주로 공포소설이다. 아, 공포라면 소설도 좋지만, 나는 영화를 더 좋아한다. 푹신한 의자에 기대 톡 쏘는 콜라 캔을 들이키며 온몸으로 스릴과 서스펜스를 느낄 수 있으니까.

오싹한 자극. 그건 밋밋하기만 한 내 삶에 에너지를 준다. 또한 상실감과 외로움까지 날려버린다.

그런 의미에서 내가 즐기는 게 또 있다. 퇴근해 집에 가자마자 TV 앞에 앉으면 시작하는 프로그램이다. TV 퀴즈 서바이벌.

요일별로 하루는 A채널, 그다음 날은 C채널, 또 그다음 날은 D채널에서 퀴즈 서바이벌이라는 같은 성격의 프로그램이 생방송된다. 그때마다 나는 아나운서가 던지는 퀴즈의 답을 생각해본다. 누가 우승할지 점도 치면서.

그러다가 찬웃음을 뿜으며 콜라 캔을 들이켜게 되는 순간이 온다. 바로 퀴즈 참가자 중에 낯익은 얼굴을 알아보는 순간이다. 내게 A형 시술신청서를 받아간 고객들을 나는 모두 기억한다. 변장했다 해도 내 눈썰미는 비껴갈 수 없다. 내 손아귀에 있는 뻔한 인간들.

그 생각을 하니 웃음이 나온다. 나만 안다는 은밀함에서 오는 묘미. 그 또한 이 지루한 삶을 버티는 재미가 아닌가.

문득, 김석기라는 고객이 떠올랐다. 오전에 A형 시술신청서를 받아간 고객. 누굴 닮았다면서 뜯어보던 그의 눈빛이 스쳐 지나가자, 내 얼굴에서 온기가 싹 증발해버린 기분이다. 짜증나는 질문과 눈빛, 낯익다는 느낌에서 오는 알 수 없는 불쾌감 때문일까. 아찔한 현기증 때문일까.

나는 긴 숨을 몰아쉬고는 시계를 확인한 뒤, 다음 상담실로 이동했다.

고은님에겐 역시 남자가 있었다.

그 사실을 알게 된 건 사흘 뒤였다. 휴게실에서 담배를 빨아 대던 곱슬머리가 꽁초를 휴지통 입구에 눌러 끄며 나를 바라보았다. 조금 전까지 TV 스포츠중계가 어쩌고 하며 한숨을 내쉬던 그 표정이 아니었다. 뭔가 희극적인 요소를 가미한 은밀한 미소가 배어 있었다.

"내가 어제 말야. 시내 극장엘 갔었거든. 거기서 누굴 봤는지 아냐."

가늘게 뜬 눈 속에 눈동자가 나를 살피며 웃고 있다. 나는 남은 콜라를 들이켜려다가 캔을 아랫입술에 대고 물었다.

"누군데 그래?"

"고은님 씨야."

나는 머릿속에 조명이 하얗게 켜진 기분이었다. 말없이 입술에서 캔을 뗐다. 고은님이라니. 나는 속마음이 얼굴에 드러나지 않도록 최대한 무표정을 고수했다.

"그래서?"

"더 놀라운 건 상담 A팀의 국진원 그 사람이랑 팔짱을 끼고 매표소 앞에 있더라니깐."

"국진원?"

"마윤수, 어쩌냐. 물 건너갔네. 너처럼 취향 드럽게 별난 놈이 또 있었어."

그는 계속 기분 나쁘게 낄낄댔다. 내가 쏘아 말했다.

"이봐. 내 취향이 어때서. 아무튼 관심 없어. 그냥 그때 해본 소리라고."

곱슬머리는 꽁초를 휴지통에 던지고는 내 말이 웃긴다는 듯 웃음소리를 길게 흘리며 휴게실을 나갔다. 나는 가만히 서서 휴게실 문에 눈을 꽂았다. 몸속의 내장들이 녹아내리는 기분이었다. 거리에서 나를 대놓고 무시하던 도도한 그녀. 그럼 그렇지. 그 미모에 남자 하나 없다면 이상한 거겠지.

그런데, 불쾌했다. 그 상대가 하필 국진원이라니.

언젠가 점심때 사내식당에서 그와 한 테이블에 앉아 식사를 하다가 생긴 일이 생각났다. 내가 전을 먹으려고 간장을 따르다 가 종지를 엎어 그의 옷에 시커먼 얼룩이 나고 말았다. 나는 어쩔 줄 몰라 닦으라고 티슈를 내밀었다. 그는 나를 쳐다보지도 않고, "아, 됐습니다." 하고는 자신의 바지주머니에서 뺀 티슈로 간장 자국을 닦았는데, 그런 뻣뻣한 태도에 나는 미안했던 마음이 싹 사라져버렸다. '사과하면 받아줘야 할 거 아냐, 건방진 놈이군.' 하는 생각으로 하루 종일 기분이 언짢았었다. 이후 그를 머릿속에서 애써 지웠는데, 그때의 일을 떠올리자 약이 올랐다. 화가 치밀었다. 그는 어디가 매력이 있어서 그녀의 마음을 살 수 있었을까. 나보다 뭐가 더 잘났다고. 그도 나만큼이나 뚱뚱하지 않은가. 좋은 말로 풍채로 치면 내가 뱃살이며 등짝살이며 더 근엄함이 풍기지 않는가. 나는 내 안에서 질기게 버텨왔던 자존심이란 끈 한 가닥이 끊어지는 소리를 듣고 있었다. 오기가 솟았다. 까짓것 여자 마음 하나 훔치지 못하면 사내라고 할 수 없는 거지. 사랑이란 쟁취하는 것이라고 했다. 고은 님이 그 작자와 사귄다고 그녀를 포기하는 건 바보 같은 짓이지. 국진원도 가능한 걸 내가 왜 못해. 어떻게든 그녀가 나를 바라보게 하면 되는 거 아닌가.

어떻게?

나는 잠시 궁리했다. 그러다가 떠오른 엉뚱한 생각에 나도 모르게 미소를 지었다.

국진원에게 먼저 접근하는 건 어떨까?

그렇게 하면 그의 어떤 매력이 그녀에게 어필하는지 알 수 있을 것 같았다. 그뿐인가. 그녀에게 자연스럽게 다가갈 발판이 마련된다. 국진원을 그러니까 그녀와 나 사이의 사다리로 활용하는 것이다.

그런 생각을 하자, 기분이 좋아졌다. 가볍게 휘파람을 불며 사무실로 들어가 자리에 앉았다.

모니터에서 상담스케줄을 확인하려고 상체를 당겼다. 진동이 느껴진 건 그때였다. 나는 흠칫 놀라 책상에서 몸을 떼고, 숨을 몰아쉬었다. 지진인가. 하지만 지진이 이토록 집요하고 요란한 소리를 질러댄다는 이야긴 들어보지 못했다. 진동과 소리의 진원지는 책상서랍이었다.

뭐지?

서랍을 열었다. 낯선 핸드폰 하나가 떨면서 제자리에서 돌고 있었다.

정선화?

핸드폰 잃어버린 걸 이제야 깨달은 모양이었다. 나는 핸드폰을 들어 통화 버튼을 눌렀다. 정선화의 상기된 목소리가 흘러나왔다.

그녀는 마윤수 상담사가 맞냐고 묻고는 그렇다는 내 대답에 안도의 숨을 내쉬었다.

"한참 찾았는데 그걸 거기 놓고 온 걸 생각 못했어요. 그래서 말인데요. 몇 시에 퇴근하시죠?"

부드러운 하이 톤의 목소리.

"그건 왜 묻습니까?"

"고맙다는 인사로 제가 저녁 사려고요."

나는 내키지 않았다.

"그러시지 마시고. 그냥 오셔서 찾아가세요. 여기까지 오기

번거로우시면 소포로 보내드리구요."

"아뇨. 제가 근사한 레스토랑 아는 데가 있거든요. 만나서 핸드폰도 받고 저녁식사 같이 해요."

그녀는 끈질겼다. 극구 만나서 받고 싶다, 자신이 저녁을 사야 한다고 우겼다. 이건 또 무슨 수작인가. 처음부터 느낌이 안 좋은 여자였다. 기억을 지어내서 말하지를 않나, 지금 생각해보니 상담 중에도 염탐하는 시선이었다. 문득, 핸드폰을 두고 간 게 계획적이었을지 모른다는 생각까지 들었다.

"꼭 나오세요. 기다릴게요."

정선화는 일방적으로 시간과 장소를 말했고, 내가 거부하려는 말을 하기도 전에 전화를 끊어버렸다. 귓가에는 뚜뚜거리는 차가운 기계음만이 남아 있었다.

✝

"오, 잃어버린 줄 알고 얼마나 속상했던지."

정선화는 핸드폰을 손가방 안에 넣은 뒤, 주스 잔을 들면서 내게 미소를 보였다. 순간적인 느낌인지 모르겠지만, 그녀의 표정엔 가식적인 데가 있었다.

살피는 눈빛, 어색한 입가 주름. 뭘까.

불편했다. 나는 홀 안을 휘둘러보았다. 노란 조명이 반짝이는 벽마다 로맨스 영화의 한 장면이 크게 확대된 흑백사진들로 장식되어 있었고, 빨갛고 노란 원색으로 포인트를 준 테이블과 의자가 홀 분위기를 아기자기하게 만들고 있었다. 젊은 여자들이 수다 떨기에 안성맞춤인, 그저 그런 스파게티 전문점이었다.

정선화는 날씨가 어떻다는 말로 시작해 자신은 사실 소설가라며 자기소개를 늘어놓기 시작했다. 스파게티 접시가 테이블에 나온 뒤에도 계속 혼자 떠들었다. 나는 그녀와 함께 저녁 먹을 마음은 조금도 없었지만, 이왕 주문한 스파게티가 나왔으니 접시를 비우고 곧바로 일어나야겠다는 생각뿐이었다. 때문에 그녀의 이야기는 귀에 달라붙지 않았다. 상담실에서 거짓 기억을 쏟아냈던 여자였다. 소설가라는 말도 거짓말일 게 뻔했다.

나는 콜라가 담긴 유리잔을 들어 들이켜다가 목구멍으로 치오른 트림에 기침을 하고 말았다. 뻘쭘해지자, 순간을 자연스럽게 넘길 요량으로 아무 말이나 던진다는 게 무슨 소설을 쓰는지 물었다. 정선화는 기다렸다는 듯이 웃음기 묻은 눈을 내게 꽂은 채, 크림스파게티 면을 포크로 천천히 말면서 말했다.

"로맨스 소설을 써요. 지금까지 다섯 작품을 출간했죠. 제 독자들은 대부분은 젊은 여성독자들인데 그럭저럭 반응은 괜찮은 편이에요."

그러면서 그녀는 묘한 눈빛으로 내 얼굴을 핥으며 "소설 읽으세요?" 하고 물었다.

나는 건성으로 대답했다.

"어쩌다가."

"어떤 소설을 읽으시는데요?"

질문은 꼬리를 물었다. 나는 "공포소설." 하고 짧게 말하고는 포크에 스파게티 면을 감아 입에 넣었다.

"아, 그러시구나. 보기엔 그런 소설 안 좋아할 것처럼 보이는데 의외네요."

칭찬인지 뭔지 알 수 없는 말이었다. 정선화는 고개를 갸웃하며 내 표정을 계속 살핀다. 나는 내 얼굴이 점점 굳는 걸 의식했다. 소포로 보내주고 말걸, 만남에 괜히 응했다는 생각만 들었다.

그녀가 순간 눈빛을 반짝였다. 그러더니 궁금한 게 있는데 물어봐도 좋냐고 물었다. 마주 앉은 처음부터 벼르다가 물어보는 눈치였다. 명랑한 말투에도 불구하고, 왠지 그런 느낌이 왔다. 나는 말해보라는 의미로 마지못해 고개를 끄덕여주었다.

그런데, 그녀가 꺼낸 질문은 뜻밖이었다. 죄다 해마에 대해서였다. 시술은 어떻게 이루어지느냐, 시술실이 있는 층은 어떤 모습이냐, 시술진들은 대략 몇 명이나 되냐, 회사 조직은 어떻게 되냐…….

나는 말을 잘랐다.

"미안하지만, 그런 질문이라면 드릴 말씀이 없습니다. 우리 회사 철칙이 보안입니다. 회사 내부에 대해서는 아주 사소한 것이라도 말입니다."

그녀는 명랑한 미소를 문 채 속삭였다.

"그런 비밀주의로 일관하니까 더 궁금해지잖아요. 거기 직원이시니까 알고 있는 게 많을 텐데 좀 들려주세요."

"왜 그런 게 궁금하죠? 저도 아는 게 없어요. 제게 주어진 일만 할 뿐입니다."

그녀는 내 손에 들린 콜라 잔을 길고 가는 손가락으로 가리켰다.

"해마도 그 코카콜라처럼 비밀이 핵심마케팅전략인가 보죠?"

나는 말없이 어깨만 으쓱했다. 그녀가 말했다.

"코카콜라도 초창기부터 제조법에 대한 비밀주의로 일관했잖아요. 재료 이름도 아무도 짐작도 못하게 하려고 머천다이즈 1번이니 2번이니 번호로 표기하고 말이죠. 해마도 그런 전략인가?"

"글쎄요. 콜라 마시면서 그런 거 생각하며 마시나요. 시원하고 톡 쏘는 상쾌함이면 그만이지."

그녀가 스스럼없이 말했다.

"코카콜라는 그 비밀주의라는 게 오래가긴 했지만, 결국 깨졌죠. 경쟁사들이 그 원액 구성 성분을 다 아는 데다, 뭐가 어떻게 섞였는지 분석해보면 알아내는 건 어렵지 않잖아요. 거기에 비하면, 이야. 해마는 아주 철저하네요. 직원도 모른다니. 정말이에요?"

관심을 감추지 않고 드러내는 지나치게 밝고 가벼운 말투다. 나는 대답 없이 면에 포크 끝을 돌렸다. 그녀의 눈빛이 내 머릿속을 꿰뚫는 상상을 하자, 어쩐지 서늘한 기분이 밀려왔다.

그녀가 미소 지으며 말했다.

"에이, 다른 데 가서 말 안 할게요. 나 혼자만 듣고 잊어버릴게요. 얘기 좀 해봐요."

나는 콜라 한 모금을 넘긴 뒤, 해줄 말이 없다고 거듭 못을 박았다. 눈을 스파게티 면에 고정하고 접시를 비우는 데 열중했다. 빤히 쳐다보는 그녀의 눈길이 따가웠다. 침묵이 흘렀다.

잠시 뒤, 그녀가 입을 열었다.

"어머, 스파게티 좋아하시는구나. 크림치즈 스파게티는 남자들이 잘 못 먹던데. 우리 다음에도 스파게티 먹어요. 사실 상담실에서 윤수 씨 처음 봤을 때 느낌이 좋았거든요. 성실하고 착해 보이고, 또 뚱뚱하다 싶은 체구지만, 그게 매력이죠. 듬직한 느낌 말이에요."

어라. 이 여자가 뭐라는 거야. 일단 기분은 좋다. 내 생전에 이런 지적인 분위기에 미모까지 있는 여자에게 칭찬을 받아본 일이 없으니까. 하지만 아서자. 이 칭찬도 거짓일 게 뻔하다. 나는 포크 끝에 말은 면을 입에 욱여넣었다.

그녀가 미소를 지으며 물었다.

"혹시 사귀는 사람 있어요?"

나는 얼른 "있어요." 하고 대답했다. 방어벽을 쳐야 한다. 수

상쩍은 여자였다. 콜라를 들이켜며 슬쩍 그녀를 보았다. 정선화가 나를 비스듬히 보며 웃는다. 그러면서 이마 위로 내려온 머리칼을 손가락으로 넘겼는데, 그 모습이 은근히 내 눈길을 잡아당겼다. 나는 속으로 중얼거렸다.

마윤수, 뭘 보는 거야. 하나에서 열까지 신뢰가 가지 않는 여자라고. 나에게 칭찬한 것도, 자신이 책을 다섯 작품이나 출간한 소설가라는 것도 다 거짓말일걸. 수상한 여자가 틀림없어.

대화를 계속해선 안 될 것 같았다. 가만히 앉아 있을 수 없을 정도로 불안해졌다. 싱겁고 소심해 보일지도 모르지만, 빨리 뜨는 게 상책이었다. 어떤 핑계를 대고 일어나지. 나는 냅킨을 뽑아 입가를 닦는 그 짧은 순간에도 그걸 궁리했다. 떠오르는 건 딱히 없었다.

"속이 안 좋아서 먼저 일어나야겠어요."

나는 미간을 찌푸리며 괴로운 듯 배를 움켜잡았다. 어설프게 보여도 빤한 연기인 게 드러나도 상관없었다. 미안하다는 인사말을 짧게 던지자마자, 온몸에 불이라도 붙은 사람처럼 겉옷과 가방을 집어 들고 스파게티 집을 빠져나왔다. 뒤에서 잘 가라는 소린지, 또 연락하겠다는 소린지 그녀가 뭐라고 외치는 소리가 들린 것 같았다. 나는 뒤돌아보지 않았.

✢

버스정류장에 도착한 나는 눈앞에서 막 떠나는 버스를 우두
커니 바라보아야 했다. 숨이 찼다. 살로 출렁이는 몸집으로 뛰
다시피 한 걸음이었으니 당연했다. 이럴 땐 당장 다이어트를 해
야 한다는 생각을 하게 되지만, 좀처럼 결심은 행동으로 이어지
지는 않는다. 먹고 싶은 걸 못 먹는 괴로움을 이길 자신은 없으
니까.

허탈한 기분을 달래며 점점 멀어지는 버스의 엉덩이에 시선
을 꽂다가 고개를 돌렸다. 버스 승차대에 붙은 어느 외국 작가
의 신간 광고가 눈에 들어왔는데, 그 순간 확인해보고 싶은 게
떠올랐다.

시계를 보니 아직 초저녁이었다. 나는 막 도착한 택시에 타
서는 기사에게 가까운 대형서점으로 가달라고 부탁했다.

서점직원은 정선화의 책들이 꽂힌 서가 위치를 찾아주었다.

"요 칸에 다 있습니다."

정선화. 그녀는 소설가가 맞았다. 로맨스 소설을 출간했다는
것도. 은근히 흥미가 생겼다. 나는 그녀 이름으로 출간된 책을
다 뽑아 서점 안에 비치된 의자에 걸터앉아 빠른 속도로 훑어
보았다.

책 제목은 하나같이 낯간지러웠다. '사랑에서 영원으로', '소
녀와 민들레', '다이아몬드 약속', '마법의 시간', '달콤한 운명'.
이중 '달콤한 운명'을 삼분의 일가량 읽었을 때, 나는 놀라고 말
았다. 상담실에서 그녀가 행복했던 기억이라며 늘어놓은 내용

이 고스란히 이 책 속에 있었다. 상대 남자의 이름에서부터 직업, 성격 그리고 그와 즐겨 찾던 카페 이름과 여행지까지. 나는 책을 덮었다.

뭐야, 대체 이 여자.

쓴웃음이 나왔다. 농락당한 기분이었다. 하도 어이가 없어 고개를 들어 책 진열대 사이 통로를 오가는 사람들을 바라보았다. 세상은 이토록 건강하고 멀쩡한데 작가라는 여자가 어떻게 이런 정신 나간 짓을 다하지. 대체 날 뭘로 본 거야. 날 가지고 논 건가. 생각할수록 울화가 치밀었다. 고개를 저으며 무심코 시선을 내렸다. 쌓아놓은 책 맨 밑에 깔린 한 권에 시선이 닿았을 때 나는 잠시 숨을 가다듬었다.

'잠입 르포, 그 숨 가빴던 49일'

이건 또 무슨 소설인가. 로맨스 소설 제목이라고 하기엔 심각하고 불편한 느낌이 배어 있다. 동명이인인가.

앞표지 안쪽의 작가소개를 확인했다. 정선화. 동일인물이었다.

목차와 추천의 말을 보았다. 책은 로맨스 소설이 아니라, 르포 소설이었다. 책 맨 뒤를 열어 작가후기를 읽었다. W정신요양병원에 잠입해 취재와 자료 수집을 하면서 겪은 에피소드가 언급되어 있었다. 그러고 보니 W정신요양병원의 부정비리와 인권 유린 문제를 다룬 기사를 언젠가 신문에서 본 것 같기도 했다.

머릿속에 한 줄기 생각이 피어올랐다. 정선화가 핸드폰을 두고 간 건 고의적인 게 분명했다. 어쩐지 자꾸 해마에 대해 캐묻는다 싶었는데, 정보 탐색이 목적이었다. 상담고객을 가장하면서까지 해마의 뭘 알아내려고 한 걸까. 생각할수록 불쾌했다. 비밀주의라고 다 베일에 가려진 음흉한 뭔가가 있으리라 의심하고 무조건 들쑤시고 보자는 심사인 모양인데, 대응할 가치도 없는 부류가 아닌가. 정체는 알 수 없지만, 회사 이미지에 흠집을 내려는 불순한 의도가 있는 게 틀림없었다.

정선화는 이틀 뒤 전화를 걸어왔다. 속 아프다던 건 어떠냐고, 지금은 괜찮은 거냐고 물었다. 걱정스러워하는 부드러운 어조가 이물스럽게 들렸다. 나는 사무적인 태도로 괜찮다고 대답하고는 고객전화를 받아야 한다는 핑계를 대며 전화를 끊어버렸다.

그녀는 그 뒤로도 이틀에 한 번꼴로 전화를 걸어왔다.

낯선 장면들이 출몰했다가 사라지는 순간이 잦아졌다. 그때마다 현기증과 두통까지 밀려왔다. 고객과 상담 중에 몇 번 그런 현상이 나타나 당황한 걸 생각하면 아찔하다. 티 날까 조바심치던 순간들을 지금까지 별일 없이 지나갈 수 있었던 건 다행이었다.

그런데, 문제는 처음엔 그냥 환시 정도로 생각했던 낯선 장면이 환시가 아니라는 사실이었다. 마치 볼륨을 제로로 둔 상태에서 흐릿한 흑백영상을 빠르게 돌리다가 정지시킨 것처럼 아련했다. 낯선 장소와 사람들과 배경이 흐르는 이미지였는데, 그런 게 나타날 땐 여지없이 심장박동이 빨라졌고, 울컥하는 감정적 반응까지 왔다. 왜 내게 이런 증상이 나타날까 의문을 곱씹을수록 두려움이 밀려왔다.

스티븐 킹 소설 속 광기 들린 남자처럼 내가 미쳐가는 건 아닐까. 소설에나 나오는 끔찍한 장면들이 현실 속에 재현될 수도 있다고 생각하면 소름이 다 돋는다.

내가 무슨 생각을 하는 걸까. 이 끝없이 펼쳐지는 망상이라니. 하지만, 세상엔 이미 긴장과 불안을 퍼뜨리는 이해 불가한 온갖 현상과 증상이 호시탐탐 숨어 있다. 장롱 밑 같은 시선 닿지 않는 곳에서 왕성한 번식력을 과시하는 음흉한 바퀴벌레들처럼 말이다.

사실 걸리는 게 한 가지 있다. 일련의 증상들이 김석기라는 고객이 다녀간 이후 더 심해지고 잦아졌다는 것이다. 며칠째 그 생각에 신경이 곤두섰다. 착각이라고, 내 안의 불안이 만든 핑계일 뿐이라고도 생각해봤지만, 신선한 똥에 꼬여드는 파리 떼처럼 자꾸만 불길한 상상이 몰려들었다. 나를 뜯어보던 눈빛을 떠올릴 때면 한기마저 느꼈다. 그가 아는 누군가와 닮았다는 말 때문인지, 아니면 그런 말을 한 그가 내게도 낯익다는 느낌 때문인지 확실치는 않았다.

마음속에서 의문 하나가 고개를 들었다.

김석기, 내가 그를 만난 적이 있던가.

아무리 생각해도 만난 적이 없는 사내였다. 그런데도 낯익다는 이 불쾌한 느낌은 어떻게 설명할 수 있을까. 터무니없다고 나 스스로를 다독였다. 그러면 그럴수록 이 모든 게 연쇄적으로 연결되어 있는지 모른다는 생각까지 들었다.

그래서 이틀 전에 약국에서 약을 사왔다. 증상을 말하자, 약사는 고개를 갸웃하며 몸살기가 있냐고 물었다. 오한을 느꼈던 것도 같아 그렇다고 했더니 두통 치료 효과가 포함된 종합몸살 감기약을 복용해보라고 주었다.

나는 조금 전 그 약 한 알을 찬물과 함께 삼키고는 어둠이 내린 창밖을 바라보고 있다. 켜놓은 TV에서는 앵커의 목소리가 흘러나왔다. 시선을 창밖에 둔 채 나는 자정뉴스를 들었다. 방송사별 TV 퀴즈 서바이벌 프로그램마다 참가 경쟁이 치열해 예선전부터 흥미진진한 광경이 연출되고 있다고 앵커는 전했다. 나는 A시술신청서를 받아간 고객들의 얼굴을 하나하나 떠올렸다. 그러다가 김석기 얼굴이 또 떠올라 벌레를 씹은 듯 입술을 쓰게 다셨다.

이어 귓속으로 들어온 건, GBC 방송노조가 파업을 결의해 방송 차질이 불가피하다는 소식이었다. 사장 해임 문제와 부당

해고된 언론인 복귀 문제는 계속 진통 중인 모양이었다. 파업으로까지 갈 것인가는 사나흘 전부터 신문 한 귀퉁이를 흔들어댔었는데, 결국 사태가 깊어진 것이다. 그러거나 말거나 그것과 상관없이 TV 퀴즈 서바이벌 프로에 참가하려고 해마를 찾는 인간들은 갈수록 늘고 있었다. 그리고 그다음은?

젠장. 또야. 나는 입술 끝으로 쉰 웃음을 뱉었다. 지금 나오는 뉴스는 해마시술 부작용 소송 건이었다. 인터뷰를 하는지 기자의 각진 목소리에 뒤이어 해마시술 부작용 피해자모임연대의 권인권 총무라는 자의 열띤 목소리가 들렸다.

또 그 부작용 타령. 나는 고개를 돌리지 않았다. 주먹으로 명치 부분을 두드렸다. 퇴근 뒤, 회사 근처 맥도널드에서 저녁으로 먹은 빅맥 세트가 소화가 안 됐는지 속이 울렁거렸다. 오늘따라 머릿속을 맴돌던 그 한 장면 때문인 것도 같다. 어디서 본 것일까. 영화의 한 장면일까. 한 사내가 살해당하는 장면이었다.

가늘고 하얀 줄에 목 졸린 채 눈을 부릅뜬 사내.

낯선 사내였다. 그런데 그 장면이 떠올랐을 때, 심장이 요동치면서 죄책감이 가슴 한구석을 죄는 기분은 이해할 수 없었다. 그 장면은 오늘 네 번이나 나타났다. 아무리 생각해도 본 적이 없다. 영화에서도, 실제의 어떤 상황에서도. 왜 자꾸 보이는 걸까. 이게 다 그 김석기 때문이라고 생각하자, 짜증이 배가되었다. 숨을 몰아쉬며 창밖의 거리에 내려앉는 어둠을 응시했다.

그때, 나도 모르게 고개가 돌아갔다.

등 뒤에서 '구종휼'이라는 이름이 귀를 잡아당긴 것이다. TV 화면에 시선을 주었다. 구종휼 뉴미디어통신위원장이 강연하는 모습이 나타났다. 이어 화면은 마이크를 쥔 기자의 모습으로 바뀌었다.

"구종휼 뉴미디어통신위원장은 ○○일 오후 서울 ○○대학교 대강당에서 열린 초청특강에서 '변화와 선진미래 그리고 미디어의 역할'을 주제로 강연을 했습니다. 구 위원장은 ○○대학교 학생들에게……."

구종휼.

TV에서건 신문에서건 수시로 접해온 이름일 뿐인데, 새삼스럽게 왜 고개가 절로 돌아갔을까. 영문을 알 수 없었다. 방 안은 후덥지근한데도 등줄기에는 냉기가 스치고 지나갔다. 다시 고개를 돌려 창밖을 보았다. 끈적거리는 바람이 팔과 목덜미를 건드리며 지나가더니 빗방울이 내려앉았다. 나는 창문을 닫았다. 빗방울이 유리창을 두드리는 불규칙한 소리가 들리기 시작했다.

나는 행동을 개시했다. 동료들로부터 입수한 국진원에 대한 정보는 유용했다. 그걸 토대로 근거리에서 그의 행동을 관찰하며 접근할 시기를 고르고, 어떻게 하면 호감을 살지 건넬 말을 궁리했다. 풀숲에 몸을 낮추고 먹잇감을 향해 다가가는 치타처럼 말이다.

그렇게 며칠 뒤 점심시간, 나는 식판을 들고 식당 안을 두리번거리다가 국진원이 앉은 테이블로 다가갔다. 식판을 내려놓고, 먼저 알은체를 했다. 그는 간장 사건을 잊었는지 내가 건넨 인사에 미소까지 지으며 화답해주었다. 생각보다 까다롭거나 배타적인 성격은 아닌 것 같았다. 넓은 이마에 검고 긴 속눈썹이 닥치는 대로 삼키는 탐욕스런 타조를 닮았지만, 다시 보니 나쁜 인상도 아니었다. 어쨌든 나만큼 먹성이 좋았고, 푸짐한 살집도 나만 한 게 은근히 친근감이 들었다.

정보에 의하면 그가 공포소설과 영화를 좋아한다고 했다. 재미있는 우연이었다. 식판을 마주한 채 수저질을 하면서 나는 슬그머니 말을 붙여봤다. 공포소설과 영화를 주제로.

말이 기가 막히게 잘 통했다. 대화를 시작한 첫날부터 시간 가는 줄 모를 정도였다. 식사 뒤에도 휴게실로 이동해 이야기를 이어갔다. 과묵해 보이던 그는 입을 동그랗게 열고 고개를 끄덕이며 "그러게." 혹은 "내 생각이 바로 그거라니까." 하며 맞장구까지 쳤다.

우리는 이후 점심때마다 함께 식사했다. 퇴근 뒤에도 회사 근처 맥줏집에서 화제를 바꿔 야구 프로그램이 어쩌고, 콘서트가 저쩌고 하며 대화를 이어갔다.

그렇게 보름쯤 지난 지금, 나는 휴게실에서 담배를 피우다가 다음 단계로 넘어갈 시점이 다가왔음을 깨달았다.

그런데, 먹힐까.

나는 목소리를 가다듬은 뒤, 말을 슬쩍 건넸다.

"〈피와 현기증〉 이번 주말에 보러 갈 생각인데 어때?"

"어, 그거?"

국진원의 눈이 검은 눈썹 속에서 하얗게 반짝였다. 안 그래도 그 영화를 볼 생각이었다는 것이다. 예상대로였다. 나는 다음에 건너올 말을 기다리며 그를 주시했다. 아니나 다를까 그는 잠시 망설이는 기색을 보이고는 내 얼굴을 쳐다보았다.

"한 사람 더 가면 안 될까."

내가 노렸던 순간이었다. 부풀어 오르는 기대에 침이 절로 삼켜졌다.

내가 물었다.

"누군데?"

"시술준비 B팀의 고은님."

그렇지. 바로 그거라니까.

나는 나도 모르게 주먹에 힘을 주었다.

"어, 지나가다 몇 번 봤어. 안면은 있지. 두 사람 친한 사이?"

낯간지러운 능청이지만 별수 없었다. 국진원이 숨을 툭 뱉으며 말했다.

"뭐 그냥. 요 얼마 동안 너랑 붙어 다니니까 자기한테 신경 안 쓴다고 은근히 압박을 해오네. 셋이서 같이 보러 가자."

"나야 상관없어. 영화 같이 보는데 둘이면 어떻고 셋이면 어떠냐."

✝

"두 사람, 언제부터 친해진 거야?"

고은님이 휘둥그레진 눈으로 나와 국진원을 번갈아 바라보았다. 그녀의 시선이 내게 닿았을 땐 기막히다는 듯 냉소가 감돌았지만, 난 상관없었다. 희미한 흥분을 느낄 뿐이었다.

그래. 어디 누고 보자. 넌 내게 넘어올 거니까.

그녀가 국진원의 팔에 제 팔을 감자, 나는 사람들이 몰린 매표소 쪽으로 눈을 돌렸다. 얼굴이 상기되는 걸 감추기 위해서였다. 화창한 날씨여서 사람들의 옷차림이 밝고 가벼워 보였다. 내 표정도 그렇게 보여야 할 텐데. 나는 숨을 고르고는 다시 고개를 돌려 그녀를 향해 말을 건넸다.

"이거 근데 두 사람 데이트하는데 내가 꼭 끼어든 기분이군. 은님 씨 미안."

내 목소리는 내가 듣기에도 부드럽고 쾌활했다. 만족스러웠다. 그날 거리에서 보기 좋게 무시당한 걸 상쇄하기에 충분히 매끄러운 시멘트 같은 목소리와 말투였다. 나는 고은님의 표정을 살폈다. 가까이서 보니 그녀는 호러영화 〈엑소시스트〉의 린다 블레어를 정말 많이 닮았다. 새까만 눈동자와 탐스럽게 통통한 볼. 거기다가 도도하기까지 한 게 볼수록 매력적이었다. 나는 흥분을 감추려고 일부러 시선을 극장 회전문 쪽이나 커피전문점 유리문 쪽으로 돌리며 걸었다. 그러면서 실수인 척 그녀의 발을 밟았다.

"악!"

그녀는 쿠킹호일만큼이나 구겨진 표정으로 한쪽 발을 들어 올렸다. 미간을 찌푸리며 눈을 감았다가 뜬 얼굴은 금방이라도 파편을 날리며 폭발할 것 같았다. 나는 실수였다고 얼마나 아프냐고 미안한 표정으로 위로했다. 그날 무시당했던 일이 시원하게 머릿속에서 치워지는 기분이었다.

나오려는 웃음을 참으며 다시 한 번 물었다.

"많이 아픈가요?"

"그걸 말이라고 해요. 눈은 어디다가 두고 다녀요. 아, 짜증나."

국진원이 웃었다.

"미안하다잖아. 거 그만하지."

그녀의 적의가 감도는 눈빛이 내 얼굴을 찔러왔다.

그래. 그런 눈빛으로 날 계속 자극해봐. 난 더 흥미가 솟으니까.

어두운 영화관 안으로 들어가 자리를 찾았다. 그녀는 나와 국진원 사이에 앉았다. 어깨와 머리를 국진원 쪽으로 기울인 채. 나는 시선을 돌렸다. 대형스크린에선 광고가 흘러나왔고, 팝콘 씹는 소리와 속삭이는 소리가 사방에서 뒤섞여 어지럽게 들려왔다. 발을 밟았을 때 흘겨보던 고은님의 표정을 떠올리며 전열을 가다듬었다. 내 안에서 목소리가 말했다.

기다려. 인내를 갖고 천천히 움직여야 하는 거야.

눈을 슬그머니 고은님 쪽으로 주었다. 그녀는 뭐가 재미있는지 가는 웃음을 흘리며 팝콘을 국진원 입에 넣어주고 있었다.

젠장.

나는 시선을 스크린에 고정했다.

예고편이 끝나고, 영화가 막 시작되었다. 〈피와 현기증〉은 뱀파이어 영화다. 나는 지금껏 뱀파이어류의 영화는 빠뜨리지 않고 다 봤다. 1922년에 무르나우 감독이 만든 〈노스페라투〉서부터 베르너 헤어조그 감독의 〈뱀파이어〉, 프랜시스 포드 코폴라 감독의 〈브람스토커의 드라큘라〉, 닐 조던 감독의 〈뱀파이어와의 인터뷰〉, 로베르트 로드리게즈의 〈황혼에서 새벽까지〉는 기본으로 해서 자잘한 비디오물까지 섭렵했다. 공포영화 중에서도 뱀파이어류 영화를 좋아한다. 왜? 나는 혼자 그렇게 자문할 때가 종종 있는데, 그 '왜'라는 물음에 딱히 답이 떠오르지는 않는다. 마치 나와 상관없는 질문인 것처럼 말이다. 그냥 좋다. 아마도 오싹한 느낌에 중독되는 게 좋아서가 아닐까.

지금 스크린 속에 미끄러지는 〈피와 현기증〉은 한국의 신예 감독의 작품이다. 도입 장면부터 음산한 분위기가 흘렀다. 나는 침을 삼키며 시선을 스크린에 집중했다. 한국적인 뱀파이어는 어떻게 표현될지 궁금했는데, 첫 신부터 오싹한 게 마음에 들었다.

신라 원성왕 시대 화랑이었던 주인공. 그는 암투에 휘말려 도망을 가다가 산속에서 만난 정체불명의 백발 도사의 꾐에 빠져 목에 피를 빨린다. 그 뒤 늙지도 죽지도 않게 된 그는 조선시대를 거치고, 일제강점기를 거치고, 6·25전쟁을 거치고, 5·16쿠데타를 목격하고, 5·18광주민주화운동 현장에 있었으며, 이후 2002년 월드컵 때 붉은색 티셔츠를 입은 수많은 붉은 악마 속에서 송곳니를 숨긴 채 '대한민국'을 외쳤다.

그에게 소망이 있다면, 그것은 죽는 것이다. 그는 계속 쌓여가는 기억의 더미 위에서 현기증을 느꼈다. 아니 심한 두통과 울렁증에 시달렸다. 제발 멈추길 바랐다. 멈추는 방법은 죽음밖에 없었다. 하지만 아무리 자살을 시도해도 죽어지지 않았다. 미칠 것만 같았다. 죽지 못한다면, 머릿속의 두텁게 쌓인 기억의 퇴적층이라도 다 지워버리고 싶었다. 망각을 도와줄 무언가를 찾아다녔다. 마약에 손을 대보기도 했고, 경마에도 빠지기도 했고, 관광호텔의 파친코에도 미쳐보기도 했다. 그러던 어느 날 그가 한 미모의 최면술사를 만나게 되면서 영화는 위기의 국면으로 치닫는다.

그런데, 후반부로 갈수록 호러영화의 묘미가 살지 않았다. 기대만큼 오싹하지도 않았다. 불멸하는 뱀파이어를 그리고 있지만, 뱀파이어의 고뇌와 비극을 새롭게 표현하지도 못했다. 결정적인 흠은 뱀파이어를 삼각관계에 얽힌 치정으로 좌충우돌하는 캐릭터로 그리는 데 그쳤다는 것이다. 뱀파이어가 미모의 최면술사를 유혹해 망각의 방법을 탐구하다가 그녀의 애인과 동성애에 빠져버리다니. 이 정도로 엉성한 시나리오인 걸 보면 평점은 별 3개를 줘도 아까웠다.

단, 영화를 보는 중간에 측은함을 느끼긴 했다. 주인공이 기억을 망각하기 위해 절규하다가 극단적인 방법을 궁리하는 장면에서였는데, 정말이지 내가 스크린 속으로 기어들어가 뱀파이어에게 기억억제시술 신청서를 써주고 싶을 지경이었다. 상담

중에 괴로운 기억을 토로하면서 눈물 쏟던 사람들이 떠올랐기 때문이다.

극장에서 나온 우린 고은님에게 이끌려 근처 떡볶이 전문점에 갔다. 그녀가 거길 가자면서 들이댄 이유는 자신이 떡볶이 귀신이라는 것과 공포영화에는 혀끝이 타는 시뻘건 떡볶이가 구색이 맞는다는 것이다. 들어선 가게 안은 떡볶이 소스를 칠해놓은 듯 벽이며 천정이며 테이블이며 죄다 시뻘건 색이었다. 우리 세 사람은 천정 조명까지 으스스한 걸 재밌어하며 주문한 떡볶이 정식이 도착하자, 날카로운 포크를 집어 들었다.

정신없이 먹으면서도 화제는 연신 〈피와 현기증〉이었다. 국진원 옆에 앉은 고은님은 포크에 찌른 시뻘건 떡을 입안에 우물거리며 영화가 너무 무서웠다, 송곳니가 긴 남자는 미남이어도 재수 없고 섬뜩하다면서 쫑알거렸다. 마주 앉은 내겐 눈길조차 주지 않은 채 나란히 앉은 국진원만 쳐다보는 게 나를 아주 투명인간 취급하고 있었다. 그럴수록 나는 태연한 척 고개까지 열심히 끄덕여주며 그녀를 응시했다. 얘기에 집중하느라 포크를 흔드는 바람에 떡에서 흐른 시뻘건 소스가 그녀의 입가에서 턱밑까지 길게 흘러내리고 있었다. 내 눈엔 그런 모습도 어쩌면 그렇게 매력적으로 보이는지 미칠 지경이었다. 나는 턱에 흐른 그 뻘건 소스를 핥아 먹는 상상을 하면서 떡 한 조각을 천천히 씹었다.

그녀는 떡 조각을 연이어 입안 가득 밀어 넣으며 이렇게 덧붙였다.

"그래도 모처럼 진지하고 묵직한 영화를 본 것 같아. 영화 참 잘됐어."

그 말에 국진원은 입술을 비틀며 고개를 저었다. 영화가 수준 이하라고 악평을 늘어놓았는데, 평점을 매기자면 별 세 개도 아깝다고까지 말했다. 그녀는 입술 밖으로 흐른 소스를 빨간 혀로 핥고는 국진원에게 세모진 눈을 쏘았다.

내가 그의 어깨를 툭 건드렸다.

"그게 바로 내 생각이라니까. 정말 우린 생각이 너무 잘 통하는걸."

꽃

아침부터 김석기한테서 전화가 왔다. 한 달 만이었다.

목소리가 밝았다. 1차 2차 예선전을 모두 통과했다는 것이다. 이어 그는 시술효과가 이렇게 뛰어난 줄 몰랐네, 암기를 시작할 때도 내용이 머릿속에 술술 들어왔네, 예선전 때도 아나운서가 던진 물음마다 신기하게 답이 다 떠올랐네, 하며 흥분한 어조로 감탄을 늘어놓았다. 그러면서 그는 내가 누굴 닮았다는 얘길 또 꺼냈다.

수화기 너머 느릿느릿 늘어지는 그의 목소리를 듣는 순간 나는 그의 상한 굴 같은 눈빛이 떠오르면서 눈꺼풀에 작은 경련이 이는 걸 느꼈다. 한숨이 나왔다. 현기증을 동반한 섬뜩한 환시증상이 요 얼마간 거의 잠잠해졌다 싶었는데, 다시 신경이 곤두서기 시작했다.

"아무리 생각해도 상담사님 제가 아는 형을 닮았어요. 그냥 하는 소리가 아니라니깐. 목소리도 비슷하다니까요."

이젠 목소리까지 닮았단다. 미친놈. 닮았으면 닮았지 어쩌라는 소린가.

나는 송수화기를 든 채 아랫입술을 꾹 물었다.

김석기의 설명에 의하면 형이라는 사람은 그의 학교 동아리 선배인데, 예선전을 모두 통과한 기념으로 동창들과 술 한 잔을 기울이다가 나온 그 선배 이야기에 나를 떠올렸다는 것이다. 어쨌거나 그는 내가 관심도 없는 선배 이야기를 계속 늘어놓았다. 그의 이름이 박영원이라는 것까지. 짜증나는 건 그렇다고 고객이 기분 좋아 쏟아놓는 말에 냉담을 드러낼 수 없다는 것이다. 통화가 길어지지 않기만을 바랄 뿐이다.

김석기의 음흉한 웃음소리가 전화선 너머에서 계속 밀려왔다.

"정말이라니까요. 영원 선밴 V신문사 기자죠. 마윤수 상담사님이 살을 확 빼면 그 형 모습이 될 겁니다. 내가 학교 다닐 때 기억으론 상담사님만큼 뚱뚱하진 않았어도 그 형 그땐 좀 살집이 있었거든요. 혹시 압니까. 잃어버린 쌍둥이 형제가 있을지."

쌍둥이 형제? 그럴 리가 없다. 부모 얼굴도 기억나지 않는데 쌍둥이 형제는 무슨.

나는 웃으며 말했다.

"세상에 닮은 사람이 얼마나 많은데요."

닮았다는 건 생김새뿐만 아니다. 편을 가르고 친근감을 조성하기 위해 생각, 취향, 분위기, 안목까지도 닮은 항목에 추가시키는 세상이 아닌가. 바로 그제는 엉뚱하게도 고은님한테까지 닮았다는 소릴 들었다. 영화 보는 취향이며 안목은 물론이고 어쩐지 생긴 것만 빼고 국진원과 내가 닮았다면서 기가 차다는 듯 과장된 표정을 짓는 거였다.

김석기가 말했다.

"못 믿으시나 본데, 아무튼 말이지요. 언제 제가 자리 마련해도 되죠? 그 선배랑 셋이서 한잔하면 재밌을 거 같은데."

재미? 나는 알 수 없이 얽혀드는 기분에 숨이 다 막힐 지경인 걸 겨우 참으며 대답했다.

"자꾸 그렇게 닮았다고 하시니. 한번 자리가 만들어지면 보죠, 뭐."

전화를 끊은 뒤, 나는 사방에 쳐진 파티션에 시선을 돌리다가 고개를 쳐들었다. 사무실 천정을 바라보았다. 천정에 줄 맞춰 길게 붙은 형광등의 하얀 빛에 순간 눈을 감았다. 섬뜩할 정도로 눈이 부셨다.

어딜 가든 세 사람은 함께 다녔다. 영화관을 가든, 맥줏집에서 맥주를 마시든. 나와 국진원이 만나기로 한 자리에 고은님이 끼어들었고, 국진원과 고은님이 만나기로 한 자리에 내가 끼어들었다. 그건 고은님이 나를 편하게 생각한다는 의미였다. 아직은 내 말에 쏘아붙이며 퉁박을 주기는 하지만, 가끔 그녀는 나와 국진원 사이에 있을 때, 나에게도 팔을 내어주곤 했다.

약속시간이 십 분 넘도록 고은님은 나타나지 않았다. 늘 만나던 극장 앞에서 기다리는 사이 나는 담배를 피워 물며 국진원에게 슬그머니 물었다.

"너, 은님 씨 사랑하냐?"

그가 눈을 내리깔더니 희미하게 웃었다.

"사랑? 글쎄. 모르겠어."

나는 고개를 돌려 매표소 위에 번쩍이는 상영안내 모니터를 바라보았다. 〈피와 현기증〉의 상영시간표가 지나갔다. 그 별 세 개 수준의 영화가 아직까지 상영 중이라니 신기했다.

"그래도 어디가 좋고 맘에 드니까 만나는 거잖아. 어떨 때 보면 은님 씨한테 쩔쩔매던 걸."

국진원은 한쪽 눈을 찌푸리며 머리를 긁었다.

"사실 처음엔 내가 확 반했지. 한눈에 은님 씨밖에 안 들어오

는 거야. 너 그 영화 알지? 엑소시스트. 거기 주인공으로 나오
는 린다 블레어. 악마 들리기 전에 그 귀엽고 깜찍한 소녀 모습
말야. 그 린다 블레어를 딱 닮은 거야.”

나는 나도 모르게 입을 벌렸다. 국진원이 내 표정을 보더니
미소 지었다.

“뭘 놀라냐. 닮았다는 대상이 공포소설 주인공이라서? 뭐 그
럴 수도 있지.”

어떻게 여자 보는 눈까지 나와 닮은 걸까. 콕 찍어서 그녀가
〈엑소시스트〉의 린다 블레어를 닮았다는 구체적인 것까지. 일
전에 국진원과 내가 닮았다던 고은님의 말을 난 우스갯소리로
만 들었다. 난 뭔가에 홀린 기분이었다. 하도 어이없고 신기해
서 “그래서?” 하고 다음 말을 재촉했다.

“그래서 내가 용기를 내서 쫓아다녔지. 지금은 처음 느꼈던
설렘이나 들뜬 감정 같은 건 없어. 가만 보니까 좀 고집도 있고
집요한 데가 있더라고. 난 별로 신경 써주는 건 없는데 날 너무
챙기려드니까 부담스럽기도 하고 말야. 지겨워지는 거 같아. 나
나쁜 놈일까. 에이, 모르겠다.”

나는 녀석을 쳐다보았다. 자꾸만 이상한 기분이 들었다. 어떻
게 생각이나 안목까지 판박이처럼 닮을 수 있을까. 신기하다기
보다 섬뜩했다. 목 뒤의 털이 곤두서는 것 같은 느낌에 어깨를
움츠렸다.

국진원이 갑자기 주위를 살피고는 내게 얼굴을 가까이 댔다.

"그나저나 너 그 소문 들은 적 있냐?"

싹 달라진 낯빛은 진지했다. 나는 그의 표정이 우스꽝스러워 비스듬한 시선을 주었다.

"무슨 소문?"

"우리가 고객들한테 권해주는 시술 말야. 세 가지가 다가 아니래."

"그게 무슨 소리야? ABC 세 가지 말고 뭐가 또 있다는 거야?"

"D형 시술."

그 말은 오래전 멸종된 태즈매니아호랑이를 지리산 산골에서 발견했다는 말처럼 허랑하게 들렸다.

"우린 C형 시술까지만 취급하잖아. D형은 또 뭐야? 시술 상담사인 우리도 모르는 그런 시술이 있었어?"

그가 어깨를 으쓱했다.

"나도 모르지. 얼핏 듣기론 삶 전체를 갈아 끼우는 거라는군."

"삶 전체? 말도 안 돼."

나는 어처구니가 없어 웃어버렸다. 해마에서 하는 시술들은 치료의 의미가 크다. B형이나 C형 시술이 그렇다. 과거의 끔찍하고 괴로운 기억에 기인한 현재의 고통과 불편을 해소해주기 때문이다. 특히 C형 시술은 기억을 부분 이식하는 것이므로 상처 부위에 새살이 돋게 하는 치료효과와 다르지 않다.

하지만 한 사람의 기억을 통째로 바꾼다는 건 다른 의미였다. 그건 사람 자체가 바뀌는 것이다.

내가 코웃음을 흘리며 말했다.

"무슨 메모리카드라도 갈아 끼우는 것 같군. 어떤 사람들이 주로 원하는 건데?"

"자살 직전의 사람들이래."

죽으려는 사람들이 D형 시술을 받는다? 타인의 기억을 통째로 뒤집어쓴다 이 말인가? 소설이나 영화에서나 나올 법한 이야기였다. 허구 같은 사건 사고들을 신문기사에서 발견하고 혀를 차게 되는 세상이지만, 삶 전체를 갈아 끼우다니. 코웃음을 발산케 하는 연료 같은 소리지 않은가.

나는 매표소 옆 스낵코너에서 피어오르는 달콤한 팝콘냄새에 코를 세우며 팝콘봉지를 든 젊은 남녀에게 시선을 주었다.

내가 계속 웃자, 그가 멋쩍은지 팔짱을 끼었다.

"아직 임상실험단계라는 거야. 그러니까 피임상실험자가 있다는 얘기지. 헛소문이겠지?"

나는 정신 차리라는 의미로 국진원의 어깨를 주먹으로 가볍게 건드렸다.

"그럼, 헛소문이지. 삶 전체를 갈아 끼우는 걸 무슨 수로 임상실험을 하냐. 상식적으로 그게 말이 되냐? 괜히 누군가가 그런 근거 없는 소문을 퍼뜨리는 거라고."

내가 그런 헛소문을 퍼뜨리는 자들의 예로 정선화를 언급하려는 찰나, 나와 국진원의 어깨 사이로 하얀 얼굴이 쑥 비집고 들어왔다.

"둘이 뭘 그리 심각하게 얘기해? 뭔데 그래?"

국진원은 소름 끼치는 악마라도 봤는지 놀란 얼굴로 고개를 돌리며 어깨를 으쓱했다.

"아냐. 그냥."

"뭔데 그래. 나도 좀 알자."

고은님은 세모눈을 하고는 국진원에게 말해보라고 팔을 잡고 흔들었다. 그때가 기회였다.

내가 입을 열었다.

"은님 씨도 들은 적 있는지 모르겠는데, D형 시술이 있다는 소문 말야."

그녀가 내게 고개를 돌리자, 나는 국진원의 피곤해하는 눈빛이 내 얼굴을 스치는 걸 느꼈다. 더 자상하게 이야기를 덧붙여가며 그녀의 시선을 만끽했다. 국진원이 뻘쭘해하는 표정으로 나를 쳐다보았지만, 나는 아랑곳하지 않았다.

그녀가 국진원의 두툼한 팔을 꼬집었다.

"뭐야. 자꾸 그러기야. 뭘 물어보면 은근히 귀찮은 표정을 짓더라. 들어보니 별것도 아니네. 말 같지도 않은 그딴 헛소문 가지고 사람 기분 나쁘게 그러기야! 진원 씨 나한테 혼난다."

국진원이 미간을 찌푸리며 꼬집힌 부위를 문질렀다. 그런 그를 그녀는 입술꼬리를 올리며 쏘아보았다. 화난 듯한 눈빛은 다정하면서도 집요해 보였다. 조르고 윽박지르며 남자의 관심을 한 손에 움켜쥐려는 도도한 그녀가 점점 내 흥미를 자극했다.

그날도 국진원과 나는 군말 없이 그녀가 가자는 데로 끌려다녔다. 국진원의 표정엔 피곤한 기색이 머물렀고, 그녀는 혼자신이 나 재잘거렸다. 나는 그녀의 말에 열심히 맞장구를 쳤다. 세상에서 가장 재미있는 이야기를 듣는다는 표정으로.

이제 그녀가 내게 넘어오는 건 시간문제였다.

✝

약 이 주일쯤 지났을 때, 고은님에게서 전화가 왔다.

콜라 캔을 두 캔째 마시면서 저녁 9시 뉴스를 보던 중이었다. 해마시술 피해자모임연대 측이 소송 준비를 위해 변호사 팀을 어떻게 꾸렸는지 묻는 인터뷰에 응하는 권인권 총무의 모습이 지나가고, 이어 농성 현장 화면과 함께 GBC 방송노조 파업뉴스가 흘러나왔다. 이어 앵커는 퀴즈 서바이벌 프로그램 예선전에 몰린 인파 때문에 경찰이 투입되었다는 소식을 전했다. 새치기로 시비가 벌어져 부상자가 발생했다는 것이다. 웃음이 나왔다. 저 인파 중에 상담실에서 나와 마주했던 고객이 있으리라는 생각 때문이었다. 그러니까 그렇게 웃으며 콜라를 들이켜다가 무심히 받은 전화였다.

나는 등을 곧추 세워 앉았다. 고은님의 목소리가 귓속을 울리자, 목구멍을 넘어간 콜라의 톡 쏘는 느낌이 온몸으로 퍼졌다. 국진원과 싸웠다고 울먹이는 젖은 목소리에 한 줄기 빛이 머릿속을 지나갔다. 전화기를 든 채 나는 입술만으로 웃었다. 술 사달라는 그녀의 말에 더 생각할 것도 없었다.

"거기 어딥니까. 당장 달려갈게요."

전화를 끊은 뒤, TV 리모컨을 들었다. 구종휼 뉴미디어통신위원장이 서울 강남구 ○○호텔 귀빈 홀에서 열린 '미디어 콘텐츠 페어'에 참석해 축사를 했다는 뉴스가 막 나오는 찰나였다.

구종휼?

나는 동작을 멈추고 TV화면을 물끄러미 바라보았다. 구종휼이라는 이름에 머뭇거리는 걸 느꼈지만, 이내 무시해버렸다. 시간을 허비할 여유가 없었다. 재빨리 TV를 끄고는 거울 앞에서 옷매무새를 여러 번 매만졌다. 평소 안 쓰던 향수까지 서랍에서 찾아 귀밑과 옷 여기저기 뿌린 뒤, 달려 나갔다.

"뭣 땜에 다툰 겁니까?"

해마에서 두 블록 거리에 있는 전통주점. 들어선 주점 안의 테이블마다 놓인 램프들이 어두운 목조 톤의 실내에 황금색 불빛을 드리웠다. 고은님은 벽 쪽에 붙은 테이블에 앉아 과일주를 혼자 홀짝거리고 있었다.

"내가 뭘 잘못했는지 모르겠는데 점점 나한테 소원해지는 거야, 그 자식이. 한 번만 만나달라고 귀찮게 쫓아다닐 때는 언제고. 내가 뭘 물어봐도 시큰둥, 어디 놀러가자고 해도 시큰둥. 아까는 뭐라는 줄 알아요? 드디어 속내를 말하더군. 내가 귀찮다나, 지겹다나. 나쁜 자식.”

나는 술 주전자를 들어 그녀의 잔을 채워주었다.

“그 친구가 무슨 신경이 곤두서는 일이 있었나 보죠.”

나는 그녀의 잔에 내 잔을 살짝 건드리고는 한 모금을 넘겼다. 오늘따라 술은 최고로 달았다.

“내가 진원 씨를 모르나. 그 사람 어디 신경 곤두세우고 몰두하고 그런 사람 아니야. 난 진원 씨에 대해 속속들이 다 안다고. 진원 씨가 고아 출신인 것도 알아.”

고아 출신?

처음 듣는 소리였다.

“진원 씨 자기 고아라는 거 주위 동료들한테도 말한 적 없거든. 낙천적이고 활달해 보이는 게 다 의식적인 행동이라고. 사실은 진원 씨 알고 보면 소심하고 용기도 없고 그래. 그런 자기를 내가 얼마나 챙기고 생각해줬는데 이제 와서 지겹다니 그런 나쁜 자식이 어디 있나 말야.”

잠시 침묵이 흘렀고, 그녀가 고개를 숙인 채 우는 건 아닌가 하는 생각이 들 때쯤이었다. 갑자기 그녀가 내게 비스듬한 눈길을 쏘았다.

“윤수 씨 내가 그랬지?”

"뭘?"

"윤수 씨랑 진원 씨랑 닮은 데가 많다는 거."

닮은 구석이 많으면 많을수록 서로에게 열리는 문이 많아지는 법이다. 사실 국진원과 나도 닮은 면이 많아 쉽게 친해진 게 아닌가. 고은님이 린다 블레어를 닮아 반했었다고 일전에 국진원이 말했을 땐 살짝 소름이 끼쳤지만 말이다. 그런 생각에 주춤하다가 나는 어깨를 으쓱하며 말했다.

"그랬지. 그런데 그게 왜요?"

"그래선지 말야. 윤수 씨랑 있으니까 진원 씨랑 있는 느낌인 거 있지. 생긴 건 다른데 참 신기하네."

그녀의 말에 나는 흠칫 당혹스러움을 느꼈다. 이상했다. 그녀의 반응은 내심 기대했던 것이지만, 알 수 없이 온몸이 경직되는 느낌이었다. 그녀가 잔을 부딪쳐왔을 때 나도 모르게 잔을 든 손을 떨고 있었다. 애써 평정을 유지하며 미소를 물었다. 그러고는 입에서 맴돌던 질문을 마침내 꺼냈다.

"그런데 말이에요. 은님 씨는 진원이가 어디가 그렇게 좋은 거야? 내가 진원이와 그렇게 닮았다면 진원이의 매력이 내게도 있는 건가?"

그녀는 언제 울었냐는 듯 목젖이 보이도록 시뻘건 입술을 벌려 깔깔댔다. 이어 샐쭉한 미소를 물더니 술잔을 들고 내 옆으로 다가앉았다.

그날 밤, 나와 그녀는 술을 많이 마셨다. 나는 길거리에서 취기에 기대 그녀의 볼에 입을 맞췄다. 그런데 그녀는 놀라지도 거부하지도 않았다. 외려 기다렸다는 듯 내가 그녀를 좋아한다는 걸 눈치챘었다는 뜻밖의 말을 했다. 그 말에 나는 김이 빠지는 기분이었다. 승리자의 기분이 영 나지 않았다. 시시하다는 생각을 하는데 순간 그녀의 눈이 까맣게 빛을 내며 내 눈을 빨아들였다. 나는 에라 모르겠다는 심사로 이번엔 그녀의 목을 잡아당겨 입술에 혀를 밀어 넣었다. 그러자 그녀가 숨을 헐떡이며 입술을 떼고는 내 눈을 쏘아보았다. 침묵 속에 그녀와 나는 서로를 응시했다. 이내 그녀는 살찐 애벌레처럼 두툼한 입술 사이로 하얀 이를 드러내는 게 아닌가. 그건 미소였다. 아주 은밀한 미소.

그러더니 그녀는 갑자기 두 팔로 내 왼쪽 팔을 꽉 잡아 조이며 근처 맥줏집으로 끌고 갔다. 거기서 내 잔에 자기 잔을 소리나게 부딪친 뒤, 이렇게 속삭였다.

"이제 국진원 그 자식을 내가 보나 봐. 끝이야."

그날 이후 그녀와 나는 국진원 몰래 만나기 시작했다.

상담실에 들어선 김석기를 본 순간, 나는 뱃속에 납덩이가 들어 있는 것처럼 가슴이 답답했다. 그의 눈길에서 도망치고 싶었다. 나의 이런 상태와 상관없이 내게 인사하는 그의 얼굴은 자신감으로 환했다. 까칠했던 피부도 매끈해졌고, 머리도 정리된 모습이어서 아예 다른 사람으로 보일 정도였다. 지속적으로 찾아오는 고객에게 봐오는 시술효과지만, 매번 놀랍다. 마술사가 검은 모자에서 꺼낸 작은 지푸라기로 꽃을 피워 올리는 것 같은 경이 수준이랄까. 김석기의 경우 역시 그랬다.

이윽고 테이블에 마주 앉은 그가 입술을 열더니 그 특유의 늘어지는 말투로 일전에 전화로 한 말을 반복하기 시작했다. 시술 뒤 머릿속에 성능 좋은 기계가 자동으로 돌아가는 느낌이었다는 그 말 말이다. 그에게 고개를 끄덕여주면서 나는 2차 상담 기록란에 고객 만족도와 결과를 입력했다. 그에게 맞장구치는 식의 반응은 피했다. 지난번처럼 아는 선배를 닮았네 하며 물고 늘어질까 두려웠다. 그랬다간 그 이상한 증상이 심해져 내가 미쳐버릴지도 몰랐다.

나는 키보드 위로 손가락을 계속 움직이며 2차 시술도 좋은 결과를 줄 거라고 건조하게 격려했다. 그런 뒤, 프린터에서 결제 비용 청구서와 시술신청서를 뽑아 건넸다.

"자, 이거 가지고 수납창구에서 수납하시고 시술 받으세요. 좋은 결과 기대합니다."

김석기는 종이 두 장을 받아들고는 깜빡할 뻔했다는 얼굴로 나를 보았다.

"참, 그 선배 말인데요."

또 그 이야기. 순간 심장이 쪼그라드는 기분이었다. 나는 살짝 아랫배에 힘을 주고는 무표정한 얼굴로 그를 바라보았다.

"아, 날 닮았다던?"

"네. 그 선배가 다니는 신문사로 연락해봤는데, 글쎄 삼 년 전에 행방불명됐다고 하대요. 다른 루트로도 알아봤더니 그쪽에서는 잠적일 수도 있다는 거예요. 아무튼 그 형 연락할 방법이 없네요."

나는 안도했다. 이러는 내가 다 짜증이 날 지경이었지만, 일단 됐다. 연락할 방법이 없다면 김석기 입에서 닮았다는 선배 이야기가 다시는 흘러나오지 않을 것이므로.

"그래요? 행방불명이라니 저런."

내가 예의상 그렇게 응대하자 김석기는 아쉽다는 표정으로 말을 이었다.

"사람 일이란 게 그렇다니까요. 꼭 연락할 일이 생겨서 연락해보면 이렇게 연락이 안 되고 말입니다."

그래서 김석기는 동창들한테 물어 박영원의 인터넷 미니홈피까지는 알아냈고, 즉시 박영원의 홈피 방명록에다가 제 연락처랑 안부 인사를 남겼다는 것이다. 그 말을 하면서 김석기는 "혹시 언젠가는 볼지 몰라서요." 하고 싱겁게 웃었다. 나는 세상에 닮은 사람들이야 얼마든지 있는 것이니 애쓰지 말라고 위로했다. 김석기가 상담실을 빨리 나가주길 바라면서.

내 반응이 답답한지 김석기는 코를 찡긋거렸다.

"아무래도 상담사님은 제 말이 곧이들리지 않나 본데요."

"네?"

"그러시지 말고 직접 확인해보세요. 그 선배 미니홈피에 들어가시면 사진첩에 사진이 떠 있거든요. 그 형이 마른 체구라 달라 보여도 잘 살펴보면 정말 닮았다고 생각이 들 겁니다."

김석기는 메모지에 박영원의 미니홈피 주소를 적어 내게 주었다.

"자요. 여기 한번 들어가 보세요."

✝

김석기가 상담실을 나간 뒤, 내 주위로 정적이 고여 들었다.

나는 종이를 가만히 내려다보았다. 박영원이란 사내의 홈피 주소가 눈을 붙잡고 놓아주지 않았다. 김석기가 종이를 줄 때만 해도 대수롭지 않게 받아 줘었다. 낯모를 누군가가 건넨 광고 지라시쯤으로 생각했다. 그런데 김석기가 나가고 종이를 혼자 마주 대하고 있자니, 호기심이 목구멍을 타고 스멀스멀 올라왔다. 침 넘기는 소리가 관자놀이를 울렸다.

어디가 얼마나 닮았다는 걸까.

손목시계를 보았다. 다음 상담고객이 문을 열고 들어오기까지 십오 분의 여유가 있었다.

박영원의 홈피주소로 접속했다. 로딩 표시가 나타나고 이내 박영원의 홈피가 떴다. 프로필 위에 작은 사진이 박혀 있었지만, 풍경 사진일 뿐이었다. 우선 방명록을 클릭했다. 맨 위에는 김석기의 메시지가 남겨져 있었다.

선배. 나 석기야. 기억나지? 그나저나 형 얼굴 본 지도 한참이네. 형한테 연락했는데 소식을 아는 사람이 없어. 무슨 일 있어요? 사람들은 행방불명이라던데 지금 형 어디에 있는 거요? 아무튼 형 이 글 보면 꼭 전화해. 우리 술 한잔 하자고. 내 핸드폰 번호는……

행방불명이라니. 박영원이란 사람은 어디에 있는 걸까.

사진첩을 열었다. 사진첩에는 세 가지로 분류되어 있었다.

‘가족’ ‘일상’ ‘여행’

이중 먼저 ‘일상’을 클릭했다. 달리는 차 안에서 사라지는 풍경을 찍었는지 긴 잔상뿐인 사진이 몇 장 연달아 보였다. 좀 더 화면을 내렸다.

여러 사람이 도로 한복판에서 나란히 찍힌 사진이 보였다. 다섯 사내. 이중에 박영원이 있겠지. 박영원. 박영원…….

왼쪽에서 두 번째 남자?

나는 사진을 한참 들여다보고서야 그 남자를 알아보았다. 나를 닮았다는 남자. 눈매나 입모양, 얼굴형 등이 조금 닮은 것도 같았다.

하지만 남자는 호리호리한 체구에 핸섬했다. 비곗살로 뚱뚱한 나와 달랐다. 체구도 그렇고, 그냥 봐서는 닮았는지 가늠하기 어려웠다. 게다가 먼 거리에서 찍혀서 자세히는 볼 수 없었다. 좀 더 커서를 내렸다.

얼마쯤 내려가자, 상체가 크게 나온 사진이 나왔다. 그 사진이 눈에 박혔다. 가는 얼굴선이 예민해 보이는 인상이다. 턱 밑으로 살이 겹친 내 얼굴과 닮았다고? 달랐다. 에라이. 웃음이 나왔다.

내가 살이 확 빠지면 이런 모습이 될까?

나는 이리 보고 저리 보면서 살이 빠진 나를 상상해봤다.

어!

김석기의 눈썰미가 영 엉터리는 아닌 것 같았다. 만약 내가

박영원만큼 살을 뺀다면 닮은 게 아니라, 어쩌면 똑같아 보일지
도 몰랐다.

사진을 멍한 눈으로 한참 바라봤다. 천천히 고개를 저었다.
머릿속에서 생각 몇 가닥이 충돌하며 서로 밀어내고 있었다.

✝

TV 화면은 시뻘겠다. 프레디 크루거의 날카로운 손톱 칼이
클로즈업되더니, 잠을 자던 조니 뎁이 침대 속으로 빨려들어 가
고, 선홍색 피 기둥이 천장으로 솟구치는 장면이 이어졌다. 나
는 화면을 멍하니 보다가 한숨을 뱉었다. 콜라를 몇 모금 삼켰
다. 아무리 생각해도 기분이 더러웠다.

사실 나는 고은님과 몇 차례 데이트를 했다. 퇴근 후에도 만
났고, 주말마다 만나 영화도 보고 술도 마셨다. 내게 도도하게
굴던 모습은 어디로 사라졌는지 그녀는 내게 집착을 보였다. 시
도 때도 없이 낯간지러운 문자를 날렸고, 퇴근 즈음에는 영화
보자 술 먹자 요구가 계속됐다. 처음엔 나를 무시했던 그녀가
묘한 반전처럼 내게 빠져버렸다는 사실이 통쾌했다. 그래서 그
저 이 상황을 즐겨보자는 생각이었다. 회사 복도나 식당에서
국진원을 만날 때마다 느끼는 스릴도 은근히 쏠쏠했으니까.

시간이 가면서 그녀가 내게 빠져도 너무 빠져 있다는 생각에

지겨워졌다. 쉬운 건 식상해지는 법. 더 시간 낭비하기 전에 그녀를 떨어내자고 마음먹었다. 차버리기에는 그녀가 내게 눈이 멀어 있는 지금이 적기였다. 기왕이면 영화 속 터프한 마초처럼 나쁜 남자가 돼보자는 계산으로 그녀를 모텔로 유인했다. 처음이자 마지막으로.

그런데 잠이 깬 새벽, 어둠 속에서 그녀가 잠결에 손으로 내 목을 어루만지며 중얼거리는 소리를 듣고 말았다. 흐트러진 발음이었지만, 잠이 싹 날아갈 정도로 나는 정확히 알아들었다. 그건 국진원의 이름이었고, 사랑한다는 속삭임이었다.

일어나 앉아 잠을 자는 그녀를 내려다봤다. 내가 꿩 대신 닭이었다는 사실에 아찔했다. 거리에서 보기 좋게 날 무시해버린 그녀에게 이번엔 우롱까지 당할 줄은 몰랐다. 생각 같아선 그 자리에서 한바탕 소리를 지르고 싶었지만, 참았다. 더 생각할 것 없이 어둠 속에서 옷을 주섬주섬 꿰어 입고, 새벽에 모텔을 나와버렸다.

잡쳐버린 기분이 영 풀리지 않아 나는 퇴근 뒤 집에 와 이렇게 시뻘건 피가 튀는 호러영화를 연이어 보고 있다. 그래도 지구 밑바닥에 추락한 것 같은 기분은 가시지 않았다. 화면에 시선을 꽂고만 있을 뿐이다. 앞서 조지 로메오의 〈살아 있는 시체들의 밤, 1968〉과 웨스 크레이븐의 〈나이트메어, 1984〉에 이어, 지금 화면에는 조금 전 DVD플레이어에 새로 넣은 구로사와 기요시의 심리호러물인 〈도플갱어, 2003〉가 시작되고 있었다.

〈도플갱어〉는 두 번째 본다. 몇 달 전 처음 봤을 때도 그랬지만, 지금도 문득 같은 의문이 떠올랐다. 이 세상에 나와 똑같이 생긴 사람이 눈앞에 나타난다면 얼마나 섬뜩할까. 쌍둥이 형제가 아닌 이상 말이다.

쌍둥이 형제?

사진에서 본 박영원의 얼굴이 스쳐 지나갔다. 그의 사진을 봤을 때, 솔직히 별거 아니라고 생각했다. 세상에 닮은 사람은 많은 법이니까. 그러면서도 은근히 기분은 묘했다. 박영원은 마른 체구여서 달라 보일 뿐이지, 뜯어보면 나와 닮긴 닮았던 것이다. 한 사람은 마르고 또 한 사람은 뚱뚱하다?

"……혹시 압니까. 잃어버린 쌍둥이 형제가 있을지."

김석기의 말이 머릿속에서 울렸다. 나의 현재에 미세한 균열을 일으키기에 충분한 말이었다. 혼란스럽고도 설레는 말. 나는 가만히 호흡을 가다듬었다.

혹시 모르는 일 아닌가.

막 스친 그 생각이 점점 머릿속에서 커졌다. 나는 콜라 캔을 손에 들었다가 가만히 탁자에 내려놓았다. 내게 형제가 있는지 모른다는 가능성에 매달리는 나를 의식했다. 꼭 쌍둥이 형제가 아니더라도 나와 닮은 형제 말이다. 부모가 누군지 왜 날 버렸는지 모른다면 내게 형제가 없다고 단언할 수도 없다.

언젠가 신문에서 읽은 해외토픽 하나가 생각났다. 미국의 한 신발 공장에 근무하는 서른 살의 한 남성이 어렸을 때 헤어진 형제를 찾았다는 기사였다. 그는 술자리에서 동료로부터 다른 부서에 닮은 친구가 있다는 말을 들었을 때, 처음엔 농담이라고 생각했다고 한다. 그런데 동료가 하루는 술자리를 만들어 다른 부서의 그 닮았다는 직원을 합석시켜 소개해줬다. 할 수 없이 인사를 나누고, 술을 마시면서 어린 시절 이야기를 하게 됐는데, 놀랍게도 둘이 일란성쌍둥이였다는 사실이 밝혀진 것이다.

나에게도 그런 일이 벌어지지 말란 법은 없다. 사진 속 얼굴이 눈앞에 어른거렸다. 이내 고개를 저었다. 부질없는 기대일 뿐이라는 생각이 스친 것이다. 희망보다 더 지독한 고문은 없다는 걸 처절하게 깨닫게 될지도 모르지 않는가. 세상에 닮은 사람들은 많은 법이라는 생각으로 다시 돌아갔다.

화장실에 갔다. 소변을 눈 뒤, 세면대에서 손을 씻다가 거울 속 내 얼굴을 들여다보았다. 부푼 빵. 그렇다. 새삼 내 얼굴이 부푼 빵처럼 보였다. 여기서 더 살찌지 않게 먹는 걸 잘 조절해야 한다는 다짐을 하며 손바닥으로 양쪽 볼살을 이리저리 어루만졌다.

그런데, 자꾸 거울이 고삐를 당기듯 내 시선을 잡아당겼다.

이봐, 뚱땡이. 여기서 살을 빼면 사진 속 박영원과 정말 닮았다고. 인정하지? 나한테도 그 소설 같은 일이 벌어지지 말란 법은 없어. 혹시 알아? 부모도 만나게 될지. 부모?

나는 화장실에서 나와 냉장고에서 콜라 캔을 빼들고 노트북 앞에 앉았다. 숨을 몰아쉰 뒤, 박영원의 미니홈피로 들어가 사진첩 메뉴에서 '일상'을 클릭했다. 사진들이 펼쳐졌다. 콜라를 한 모금 목구멍으로 넘기고는 화면을 좀 더 내렸다.

유원지에서 여러 사내들과 반바지 차림으로 찍은 사진…… 공항 로비에서 찍은 사진들…….

사진 하나에 눈을 고정했다. 조명이 화려한 어느 바에서 세 사내가 어깨동무를 한 채 술잔을 어깨 높이로 들고 찍은 사진이었다. 사진 속 세 사내 모두 얼굴은 발그레했고, 환하게 웃고 있다. 박영원은 두 사내 사이에 있다.

가만. 이상한 일이었다. 왜 이 사진에 시선이 붙들리는 걸까. 정확히는 박영원의 어깨에 팔을 두른 오른쪽 사내에. 순간 나는 움직일 수가 없었다. 나의 내면에 있던 뭔가가 얼어붙어 버렸다. 심장박동이 빨라지면서 날카로운 통증이 또다시 머릿속을 그어대기 시작했고, 사방이 빙빙 도는 것 같은 아찔한 느낌이 왔다. 눈을 꾹 감았다. 하얀 커튼 같은 막에 금이 가더니 그 틈새로 어둡고 알록달록한 무언가가 비쳤다. 희뿌연 얼굴들과 사물들이 빠른 속도로 움직였고, 다른 장면에 겹쳐졌다가 사라지면서 고통과 공포에 일그러진 사내의 표정이 희미하게 스쳐 지나갔다.

정신이 들었을 때, 나는 두 손에 얼굴을 묻고 있었다. 얼굴을 들었다. 손바닥과 얼굴 전체가 식은땀으로 흥건했다.

왜 또 이런 증상이 나타나는 걸까. 숨을 길게 몰아쉬고 머리를 흔들었다.

사진첩 메뉴에서 이번엔 '가족'을 클릭했다. 나에게 없는 가족이 박영원에게는 있었다. 어떤 가족이 있는지 보고 싶었다. 어쩌면 그건 한 가닥 기대다. 만약 형제라면 그의 가족이 내 가족일지도 모른다는 기대.

화면을 내리면서 천천히 사진들을 보았다.

박영원이 한 여자의 어깨에 손을 얹고 찍은 사진이 눈에 들어왔다. 여자는 아담한 체구에 하얀 얼굴이다. 그의 아내일 것이다. 제법 미인이다. 화면을 좀 더 내렸다. 아이 사진이 보이지 않는 걸 보니 자녀는 없는 모양이었다. 죄다 아내와 놀러 가서 찍은 사진들이었다. 고급 레스토랑에서 다정히 볼을 맞대고 찍은 사진, 스키장에서 하얀 눈을 배경으로 꼭 껴안고 찍은 사진, 외국의 어느 거리에서 찍은 사진……. 사이가 퍽 좋아 보였다.

부럽다.

나도 모르게 입 밖으로 새어 나온 소리였다. 가벼운 흥분이 일었다. 스쳐 지나간 어떤 상상 때문이다.

김석기 말대로 내가 박영원을 닮은 게 맞다면, 박영원의 아내가 나를 그라고 믿을까. 남편이 돌아왔다고 말이다. 또한 그의 부모도 날 잃어버린 아들로 바라봐줄까. 아냐, 내가 무슨 생각을 하는 거야. 그건 속이는 짓이야. 내가 아무리 오싹한 자극을 즐긴다지만, 타인의 고통을 이용하고 장난의 대상으로 삼는

짓 따위나 하는 인간은 아니다. 고은님 때문에 자존심이 구겨졌다고 이런 엉뚱한 상상까지 하다니. 집어치우자.

문득 내 안에서 다른 목소리가 들렸다.

이봐. 기분도 울적한데 이럴 땐 스릴 만점의 일탈이 최고라고. 잠깐이면 되잖아. 들키지만 않으면 그들에게 고통을 주는 게 아니라니까. 지루하게 살 필요 없어. 가끔 이럴 때도 있어야 재미가 있지. 또 혹시 박영원이 진짜 쌍둥이건 아니건 형제일 가능성도 확인해보는 거야. 어때?

기다리던 스티븐 킹의 신작을 막 사들었을 때의 묘한 흥분이 느껴졌다. 캔을 세워들고 콜라를 들이켰다. 톡 쏘는 느낌이 목구멍을 넘어가자, 호기심이 솟아올랐다. 들키지만 않으면 누구에게도 고통이 되지 않을 거라는 기대. 그건 무서운 영화의 가장 끔찍한 부분을 볼 때 손으로 얼굴을 가리고도 손가락 틈으로 훔쳐보면서 느끼는 안도감과 다르지 않은 것이다. 스크린 속의 괴물이 기어 나오지 않을 거라는 기대 말이다.

사진 속 박영원의 아내를 바라보았다.

이 여자는 사라진 남편이 돌아오길 애타게 기다리고 있을까. 그래, 그럴 거야. 당연히 그럴 거야. 내가 만약 그녀 앞에 나타나면 날 남편이라고 믿을지도 몰라. 내게 여보라고 부르면서 내 품에 안기겠지? 행방불명됐던 남편이 나타났으니 분명히 그럴 거야. 닮은 나를 안고 울 거야. 그동안 보고 싶었다고 말하면서 말야. 나한테 말야. 바로 나한테.

나도 모르게 아랫도리가 뜨거워지면서 기분이 좋아졌다. 꿈이라면 깨고 싶지 않을 정도로 온몸에 온기가 느껴졌다. 나는 그녀를 만나고 싶다는 충동에 사로잡혔다.

어떻게 할까.

곧바로 핸드폰을 꺼내 김석기에게 전화했다.

내 목소리를 알아들은 그는 뜻밖이라는 듯 "상담사님이 이 밤에 웬일이세요?" 했지만, 은근히 반가워하는 투였다. 나는 박영원의 집주소를 알아봐달라고 부탁했다. 긴장했는지 목소리가 조금 떨린 것 같아 조마조마했다.

전화선 너머 김석기의 목소리 톤이 가파르게 올라갔다.

"갑자기 생각이 바뀐 겁니까?"

나는 둘러댔다. 박영원이란 사람한테 관심이 생겼을 뿐이라고.

김석기가 전화를 걸어온 건 다음 날 토요일 오후 다섯 시쯤이었다. 몇 군데 수소문 뒤, 박영원의 주소를 겨우 알아냈다고 했다. TV를 보고 있던 나는 볼륨을 줄이고, 재빨리 종이와 펜을 꺼내 상기된 목소리로 말했다.

"주소 불러주세요. ○○동…… 20-4번지…… 장미아파트…… 13동 303호. 고마워요."

통화를 끝내고는 TV를 껐다. 잠시 속삭임이 깃든 침묵이 흘렀다. 한 번 더 생각했다.

정말 이래도 괜찮을까.

아랫입술을 지그시 물었다.

그래. 괜찮을 거야. 딱 한 번만이야.

나는 그렇게 나를 격려하며 거울 앞에서 옷매무새를 매만지고 얼굴을 이리저리 비춰본 뒤, 밖으로 튀어나갔다.

나는 두리번거리면서 장미아파트 단지 안으로 들어갔다.

단지 내 뻗은 차도를 바라보다가 20미터 전방에 노인정을 발견했다. 이 층 높이의 팔각정 모습이었는데, 박영원이 출퇴근 시 수도 없이 지나쳤을 터. 나는 그 노인정에 시선을 고정한 채 걸었다. 걸음은 노인정을 끼고 왼쪽 길로 이어졌고, 길옆으로 작은 놀이터가 나왔다. 그 앞을 지나다가 나는 내 발걸음이 익숙하게 방향을 잡고 있다는 걸 깨달았다. 약도나 방향표지판을 본 것도 아니었다. 신기하단 생각이 모기떼처럼 귓가에 달라붙어 윙윙댔지만, 그냥 계속 걸었다.

이윽고 눈앞에 13동 건물이 나타났다. 가운데 박스 출입문으로 들어가 계단을 천천히 올랐다. 3층에 도착해 303호라고 표시된 연녹색 철문 앞에 서서 숨을 삼킨 뒤, 초인종을 길게 세 번 눌렀다.

인기척은 들리지 않았다. 손목시계를 보았다. 여섯 시 오십팔 분이다. 외출 중인 모양이었다. 어떻게 할까 하다가 나는 기다리기로 했다.

다시 밖으로 나갔다. 박영원의 아내가 어떻게 생겼는지는 사진에서 봐두었으니 벤치에 앉아 아파트 출입문 안으로 들어가는 여자들을 지켜보면 될 것이다.

한 시간이 지나고 두 시간이 지나고 사방엔 어둠이 완전히 내려앉았다. 사진 속 그녀는 아직 나타나지 않았다. 손목시계에 눈을 주었다. 열 시 반이 조금 넘었다. 등이 뻐근하고 뒷목이 결렸다. 손을 올려 목을 가볍게 두드리는데 고개가 돌아가면서 시선이 멈추었다.

왼쪽 화단 모퉁이에서 두 남녀가 나란히 걸어오고 있었다. 내 시선이 왜 그 두 남녀에게 고정되었을까. 남자와 팔짱을 긴 여자가 바로 사진 속 그녀였다. 박영원의 아내.

나는 자리에서 일어나 출입문 안으로 들어가는 두 남녀를 지켜보았다.

아!

나도 모르게 꽉 쥔 주먹이 가늘게 떨렸다. 몸속에서 치올라 온 건 질투심인지 뭔지 모를 격한 분노였다. 남의 아내일 뿐인데, 묘한 일이었다. 그녀가 다른 남자를 집 안으로 들인 일에 왜 내가 이토록 화가 치미는 것일까. 그날 밤 잠든 고은님의 입에서 흘러나온 이름이 나 마윤수가 아니라, 국진원이라는 충격 때문일까.

박영원 대신 한바탕 손을 봐줄까. 아니다. 이건 쓸데없는 오지랖이다. 그런데 이 멈추지 않는 분노를 어떻게 설명해야 할까.

갑자기 몸이 흔들렸다. 또 현기증이다. 명치끝에서 시작된 전율이 퍼지더니 머릿속까지 뭔가가 빨려 들어가는 기분에 눈을 감았다. 한 사내가 어둠 속에 어른거렸다. 그는 가늘고 하얀 줄에 목이 조인 채 부릅뜬 두 눈으로 내 쪽을 본다. 얼굴이 흐릿해서 알아볼 수 없지만, 내가 아는 사람 같았다.

나는 눈을 떴다. 심장이 요동쳤다.

에이씨. 젠장.

하필 어처구니없는 광경을 목격한 이때에 또 그 증상이었다. 영문도 알 수 없는 환시. 이마에 땀을 손등으로 훔쳤다. 머리를 흔들어 정신을 가다듬었다. 지금 여기 온 목적에 집중해야 한다고 되뇌었다. 문득 박영원이란 사내가 불쌍하다는 생각이 스쳤다. 시선을 들어 303호 불이 켜진 것을 올려다보았다.

삼십 분쯤 지나자, 남자가 현관에서 나왔다. 그는 익숙하게 왔던 방향으로 사라졌다.

애인일까?

나는 스멀대는 이 감정이 신기했다. 남의 여자에게 질투와 분노를 느끼는 이 현상. 도대체 뭐지? 그냥 가버릴까? 내가 쓸데없는 짓을 하는 걸까? 아니야. 아니야. 정신을 차리자. 이왕 여기까지 왔는데, 그냥 갈 수는 없잖아. 그래. 지금부터 박영원 행세를 해보는 거야.

나는 303호 문 앞에서 초인종을 눌렀다. 침을 삼키고 숨을 골랐다. 잠시 뒤, 슬리퍼 끄는 소리가 가까워지더니 "누구세요?" 하는 여자의 목소리가 철문 너머에서 들렸다. 기대에 찬 매끄러운 목소리였다. 나는 긴장돼서 대답이 얼른 나오지 않았다.

문고리 푸는 소리가 들리고 곧바로 열렸다.

"잘 있었어?"

그녀의 얼굴에서 미소가 지워졌다.

"누구세요?"

그녀가 눈을 깜박이며 나를 살폈다. 가까이서 보니 사진에서보다 더 미인이었다. 세련된 도시 여성의 이미지가 풍겼다. 하얀 피부, 오뚝한 콧날, 가늘고 선명한 아이라인, 짙은 겉눈썹.

나는 숨을 삼킨 뒤 말했다.

"나야. 날 못 알아보는 건 아니겠지. 당신 남편이지 누구야. 박영원이라고."

여자의 겉눈썹이 이마 위로 가파르게 올라갔다. 튀어나올 듯 흔들리는 그녀의 눈을 응시하며 나는 이 순간에도 괜한 짓을 하는 건 아닌가 생각했다. 사실 미친 짓이었다. 심장이 묵직하게 쿵쿵거렸다.

"누구세요? 뭔갈 잘못 알고 오신 것 같은데요."

경계심이 잔뜩 배인 목소리였다. 이어 그녀가 문손잡이를 조금 당겼다. 나는 닫히려는 문을 잡아당기며 다시 말했다.

"나라니까. 박영원. 당신 남편이라고."

흥분해서 나도 모르게 말투가 딱딱하게 나간 모양인지 그녀가 고개를 저으며 경찰에 신고하겠다고 위협했다. 겁먹은 얼굴이었다. 문손잡이를 잡은 내 손이 다 떨렸다.

여자가 정말 신고하면 어쩌지.

그러면 낭패다. 오는 게 아니었다는 후회가 밀려왔다.

두려움에 휩싸인 나는 어떻게 할지 몰라 무조건 문손잡이를 세게 잡아당겼다. 재빨리 안으로 들어갔다. 눈이 동그래진 그녀는 신발장 옆에 서 있던, 앞이 뾰족한 긴 우산을 내게 겨누었다. 가까이 오면 소리치겠다고 떨리는 목소리로 울먹였다. 나는 치한이라도 된 더러운 기분이 들었다. 입이 바싹 말랐다. 눈이 뜨거웠다. 아무튼 그녀를 진정시켜야 했다. 이왕 여기까지 왔으니 끝까지 밀어붙여야 한다는 생각뿐이었다.

다시 말했다. 내가 바로 박영원이라고. 믿어달라고.

그녀는 숨을 고르고는 내 얼굴을 살폈다. 나는 몸속에서 점점 커지는 심장박동 소리를 들으며 계속 덧붙여 말했다. 살이 많이 찐데다 머리모양까지 바뀌어 달라 보일 뿐이라고.

"그러니까 내 모습에서 살이 빠진 모습을 상상해봐. 제발. 차분히 봐. 나라고. 박영원."

그녀는 입술에 손가락 끝을 대고는 고개를 저었다.

"아…… 아니야. 그, 그럴 리가. 아, 아저씨가 박영원이라고요?"

"그래. 나야."

넘어올까. 날 박영원이라고 믿을까. 아. 미치겠다. 어! 어! 이것 봐라.

여자의 눈빛이 점점 바뀌기 시작했다. 공포로 질겁한 얼굴에서 황당하다는 표정으로.

"어, 어떻게…… 이, 이럴 수가…… 그, 그동안……. 그런데 살이 찐 거야 부은 거야. 지금 당신 모습은 전혀 다른 사람처럼 보여."

여자는 굳은 표정으로 말을 더듬었다. 나는 비로소 안도의 숨을 뱉었다. 아니, 안도가 아니라, 희열이었다. 연기가 통했다. 주위를 한 번 살핀 뒤, 문을 닫고 거실로 올라섰다.

그녀가 물기 묻은 눈을 껌벅거리며 물었다.

"그동안 어디서 어떻게 지냈어?"

나는 순간 멈칫했다. 뭐라고 둘러대야 할지 아무것도 생각나지 않았다. 연기가 통했다는 희열은 금세 휘발되어버리고 혀만 불안으로 타들어갔다.

"얘기하자면 길어. 그건 천천히 얘기할게."

그녀는 두 손으로 제 볼을 감싸며 가는 눈으로 나를 바라보았다. 나는 그 무엇도 자세하게 설명할 방법이 없었다. 박영원이라면 무슨 말부터 했을까. 난 여자의 의구심 가득한 눈을 힐끔거리며 궁리했다.

일단 기억이 안 나는 걸로 해야 해. 그래야 박영원 행세가 어색하지 않아.

내가 말했다.

"지금부터 내 말 잘 들어. 나…… 기억이 많이 가물가물해."

그녀는 이해가 안 간다는 표정이었다. 나는 뭔가가 잘못된 건 분명한데 그게 뭔지 모르겠다고, 지금껏 다른 사람으로 살아왔다고 말했다.

그녀의 놀란 눈이 더 흔들렸다.

"다른 사람이라니?"

아차. 지금껏 다른 사람으로 살아왔다는 건 무심코 튀어나온 말이었다. 설명할 길 없는 말을 왜 꺼낸 건지 후회스러워 내 머리를 뭉개버리고 싶었다. 내가 머뭇거리며 말을 잇지 못하자, 그녀는 떨리는 목소리로 계속 물었다.

"납치당했던 거야? 어떤 일이 있었기에 그래? 게다가 이렇게 살이 부어서 다른 사람으로 보이고 말야. 어떻게 이런 일이."

"흥분하지 마. 흥분해서 될 문제가 아니야. 일단 내 말대로 해. 오늘 날 봤다는 말은 어느 누구에게도 하지 말고 평소처럼 지내. 내게 무슨 일이 벌어졌는지 확실히 알 때까지 말야."

"그건 또 무슨 말이야. 갈수록 점점. 당신 혹시 무슨 말 못할 뭔가에 연루돼서 이러는 건 아니지? 그래?"

그녀의 겁먹은 얼굴을 보자, 머릿속에서 몇 가지 의문이 맴돌았다.

박영원이 내 잃어버린 형제일 수도 있지 않을까? 쌍둥이. 그래, 쌍둥이가 아니어도 내 형이거나 동생이거나 말이다. 박영원 그는 어떤 사람이었을까?

"물어볼 게 있어. 나 말이야. 어떤 사람이었지?"

그녀는 내 질문이 황당한지 금세 호기심 어린 눈빛으로 염탐하듯 나를 뜯어보았다.

"그런 질문이 어딨어? 당신 정말 기억 안 나서 묻는 거야?"

나는 고개를 끄덕였다. 그녀는 눈을 깜빡였고, 이를 악물었다가 풀었다. 마침내 괴로운 듯 한숨 섞인 단어 하나하나를 힘겹게 내뱉었다. 그녀의 말을 종합해보면 박영원은 매사 자신만만하고 승부욕이 강한 기자였던 모양이다. 문제는 그가 사라지기 일주일 전부턴가 불안해했다는 점이었다. 끊었던 담배를 다시 피우기 시작했고, 밤에는 악몽을 꿨는지 식은땀을 흘리며 소리를 지르면서 깨는 일이 잦았다는 게 내가 듣기에도 뭔가 이상했다. 그에게 무슨 일이 있었던 건지, 그가 느낀 불안의 실체가 무엇이었는지 알고 싶었다. 내 형제일 수 있다는 기대 때문이었다.

내가 물었다.

"내가 사라질 무렵 당신한테 무슨 말 한 게 있었나?"

그녀는 눈을 깜박이며 기억을 더듬는 표정을 지었다.

"글쎄? 내게 문자로 미안하다는 말을 남겼지 아마. 그래, 그랬어. 난 불안해서 전화를 시도했는데 금세 핸드폰 전원을 꺼놓았더라고. 그 뒤로 당신은 나타나지 않았어."

미안하다고? 도대체 무슨 사연이 있는 걸까?

나는 건성으로 고개를 조금 끄덕인 뒤, 이번엔 부모와 형제에 대해 물었다. 그녀는 황당하다는 듯 나를 비스듬히 흘겨보았다.

"정말 기억 안 나? 어쩜 그런 것까지……."

하나 있는 여동생은 결혼해 외국에 살지만 한국에 오지 않은 지 한참 됐고, 부모님은 박영원이 대학 시절에 지병으로 모두 사망했다는 게 그녀의 설명이었다. 품었던 일말의 기대는 사라져버렸다.

이제 확인해야 할 마지막 한 가지가 남았다.

"혹시 나 어렸을 때 잃어버린 남자형제는 없었나?"

그녀는 또 한심한 질문이냐는 듯 어깨를 으쓱했다.

"남자형제는 없어. 여동생 하나뿐이야."

내 어깨에 힘이 풀리는 걸 느꼈다. 또 한 번 우롱당한 기분이었다. 박영원은 나와는 아무 상관 없는, 그저 닮은 사람일 뿐인 것이다. 그를 기다리는 사람은 아무도 없었다. 아내인 이 여자도 그를 기다리지 않았다.

내가 뭘 기대하고 여길 찾아온 걸까. 박영원이란 사내의 해체된 쓸쓸한 삶을 목격하고 있지 않은가. 고작 실종된, 나와 아무 상관도 없는 사내의 아내가 외도하는 장면을 목격했을 뿐이다. 잠시나마 부모와 형제를 만나게 될지 모른다고 기대했다는 사실이 우스웠다. 기계 고장으로 낯선 행성에 불시착한 우주인처럼 막막하고 난감했다. 이 집에, 나와 상관도 없는 이 여자 앞에. 어떤 오류와 착오와 착각이 나를 떨어뜨려놓았는지 떠올려보았다.

고은님에게 내가 꿩 대신 닭이었다는 사실 때문일까? 그저 홧김에? 아니면, 김석기? 그래, 그 빌어먹을 김석기 때문이다. 김석기가 상담 첫날부터 누굴 닮았네 하며 내게 헛된 상상과 기대를 주입한 것이다. 닮았다는 허튼 말 한마디에 내가 이렇게 쉽게 넘어가다니. 잔뜩 우롱당한 기분을 어떻게 해야 할지 분을 참을 수가 없다. 소파에 등을 묻은 채 눈을 감았다. 떨리는 손을 올려 두 눈을 가렸다. 숨을 길게 몰아쉬었다. 손을 거두고 눈을 떴다.

티 탁자 위에 나란히 놓인 두 개의 머그잔이 눈에 들어왔다. 나는 상체를 당겨 연분홍 루즈 자국이 묻은 잔 옆의 것을 집어 안을 보았다. 식은 커피가 반쯤 남아 있었고, 안쪽 벽에 거무스름한 엷은 흔적이 무늬처럼 말라붙어 있었다.

나는 딱딱한 어조로 물었다.

"아까 그 남자 누구야?"

여자의 얼굴에 당황한 기색이 번졌다. 눈동자가 좌우로 움직였고, 입술을 꾹 물었다. 그러더니 그녀는 담담히 내게 눈을 맞췄다.

“봤어?”

불길한 느낌이 왔다. 나는 박영원이라면 어떻게 반응할까 상상하면서 표정을 가다듬었다.

“다정해 보이던데.”

그녀가 살짝 고개를 옆으로 돌렸다. 눈을 내리깐 채였다. 무슨 생각을 하는 모양이었다. 내게 늘어놓을 핑계? 변명? 그럴 것이다. 다른 남자와 팔짱까지 하고서 집으로 들어가는 걸 들켰으니 몸 둘 바를 모르겠지.

그녀가 다시 나를 똑바로 응시했다. 냉랭하고 텅 빈, 사람을 불안하게 하는 시선이었다.

“봤다니 할 수 없네. 어차피 알게 될 거라면 굳이 변명 따위 않는 게 서로에게 좋겠지. 있잖아, 나 그 사람 사랑해.”

“뭐?”

내가 그다음에 뭐라고 해야 하는 거야. ‘나쁜 년’ 하고 욕을 한바탕 질러줄까. 여자가 하도 당당하게 말해 나는 입안에 혀가 달아나버린 기분이었다. 기가 찼다. 천정에서 내려오는 하얀 빛이 순간 너무 따가웠다.

그녀가 차갑고 메마른 어조로 작정한 듯 쏘아붙이기 시작했다.

“당신이 행방불명됐을 때 내가 얼마나 절망적이었는지 알아? 결혼하고 육 개월 만에 그런 일이 생긴다는 건 내게 충격이었다고. 나 너무 힘들었어. 알기나 해? 그럴 때 내 곁에서 힘이 되어

주고 도와준 사람이 그 사람이야. 나 정말 그 사람 사랑해. 연락도 없이 사라져서 죽었는지 살았는지도 알 수 없는데, 당신을 언제까지 기다릴 수 있었겠어. 당신 나 원망하면 안 돼. 응? 날 이해할 수 있지? 그렇지?"

이 여자. 박영원이 사라진 뒤, 찾으려고 얼마나 노력했을까. 여자의 말투와 표정을 보면 애타게 찾아 헤맸을 거라고는 코털 끝만큼도 생각되지 않았다. 다른 남자가 있다고, 그놈을 사랑한다고 당당하게 쏟아내는 말. 그게 실종됐다가 나타난 남편에게 할 소리인가. 나는 박영원의 대리인처럼 그 소리를 대신 듣고 있다. 그런데, 머릿속이 하얘지다 못해 미쳐버릴 것 같은 이 기분은 뭘까.

나는 들고 있던 머그컵을 바닥에 힘껏 내다꽂았다. 둔탁하고 날카로운 소리가 여자의 새된 비명과 함께 거실 안을 울렸다. 파편조각이 마룻바닥에 굴렀다. 여자의 동그래진 눈은 튀어나올 듯 번들거렸다. 온몸을 뒤흔드는 거친 심장박동 소리에 나는 정신이 하나도 없었다. 어느새 벌떡 일어나 여자의 목을 움켜쥐고 있었다.

나는 괴로운 기억을 지우고 싶어 찾아온 고객들에게 다 이해한다는 표정으로 귀를 기울이지만, 사실 그때마다 수백 번은 안도하곤 한다. 그들의 불행한 기억이 내 것이 아니라는 사실에. 그러니 지금 이 순간도 나와 상관없는 일이라고, 박영원이란 사내의 어처구니없는 현실일 뿐이라고 외면해버리면 그만이다.

하지만 이상하게도 이 경우는 그렇게 되지 않았다. 어찌된 영문인지 치밀어 오르는 분노를 주체할 수가 없었다.

나는 박영원의 기분이 되어 그녀에게 윽박질렀다.

"이해해달라? 당신, 날 찾으려고는 했나? 날 걱정하기는 했어?"

겁을 먹은 그녀는 아무 말도 하지 못했다.

나는 계속 거칠게 언성을 높였다.

"내가 죽었는지 살았는지 관심은커녕 다른 새끼랑 좋아죽어 지내고 있었으면서 뭐 너무 힘들었다고? 원망하지 말라고? 누굴 사랑해? 뭐 이런 년이 다 있어? 우린 부부야. 넌 내 아내고. 난 고작 삼 년 동안 집을 비웠을 뿐이라고."

나는 나도 모르게 두 손으로 움켜쥔 그녀의 목을 흔들었다. 분노와 답답함에 숨이 찼다. 그러다가 순간 가시에 찔린 듯한 아찔한 느낌에 여자의 목에서 손을 뗐다. 내가 이러는 이유의 근원을 알 수 없지만, 지금 고은님에게 지르고 싶은 윽박을, 기대에 들떴던 바보 같은 나에 대한 화풀이를 이 여자에게 쏟아 내고 있다는 것을 깨달은 것이다.

이상하다면 그건 지금 나의 분노가 배신감에 가깝다는 사실이었다. 내가 이해할 수 없는 깊은 배신감. 이 여자를 나는 죽일 뻔했다. 나는 박영원이 아니다. 타인일 뿐이었다.

나는 그녀에게서 한 발 물러섰다. 그러고는 범죄현장을 벗어나듯 문밖으로 달려 나갔다. 아파트 현관을 나오는데 계속 이마에 식은땀이 맺혔다. 손끝이 후들거렸다. 밖으로 나와 밤공기를 들이마셨을 땐 아무것도 생각할 수 없었다. 천천히 걸었다. 고개 들어 별도 없는 새까만 하늘을 올려다보았다. 씁쓸하고, 쓸쓸했다.

뭐, 이해를 해달라고?

웃음이 나왔다. 박영원도 나 못지않게 외로운 사람이었다. 그러고 보니 그와 나는 닮았다는 것 말고도 공통점이 하나 더 있었다. 반겨줄 가족이 없다는 것. 그렇게 치면 박영원은 사실 나보다 더 외로운 남자다. 그나마 내겐 고향 같은 곳이 있으니까. 내가 어린 시절을 보냈던, 날 키워준 사람들이 있는 곳.

소망고아원.

내 지나간 시간들이 묻어 있는 곳이다. 문득 그곳 사람들이 보고 싶어졌다.

II

나는 누구?

주말을 이용해 오길 잘했다. 이게 얼마 만인가. 고등학교를 졸업하면서 이곳을 나온 뒤로 처음 왔다. 나는 감회에 젖어 하얀 철문을 지나 앞마당에 발을 들였다. 주위를 휘둘러보았다. 그대로였다. 입구의 큰 은행나무, 안쪽 마당의 그네와 미끄럼틀, 화단에 심어놓은 하얀 붓꽃과 나팔꽃도.

건물 안으로 들어갔다. 입구를 지나는데 아이들이 나를 힐끔거렸다. 열 살쯤 되어 보이는 사내아이에게 다가가 내가 기억하는 선생님 이름을 대고 계시냐고 물었다. 아이는 고개를 저었다. 나는 나를 알 만한 다른 사람들의 이름을 대며 같은 물음을 던졌지만, 이내 상당수가 그만두거나 바뀐 걸 알 수 있었다. 두 사람 정도는 남아 있었다. 주방 일을 하던 점박이 아주머니와 보모로 있던 선생님. 나는 인사를 해야겠기에 아이의 안내를 받아 선생님에게 갔다.

선생님은 뒤뜰에서 한 아이를 야단치고 있었다. 아이의 울음

소리에 뒤섞인 거친 억박, 불같은 성격에 걸걸한 목소리. 그녀는 여전했다. 하지만 육십 줄을 넘긴 펑퍼짐한 모습은 그만큼 흘러간 시간을 말해주었다.

나는 그녀에게 다가가 "선생님!" 하고 밝은 목소리로 불렀다. 놀란 얼굴이 반갑게 날 바라볼 것을 상상하면서.

뒤를 돌아본 그녀가 나를 보고는 눈을 깜박거렸다.

"누구요?"

"저, 마윤숩니다. 오랜만에 뵙네요. 그간 잘 지내셨어요?"

나는 웃으면서 다가가 그녀의 거친 손을 두 손으로 덥석 잡았다. 그녀는 손을 빼며 나를 빤히 쳐다보았다.

"사람 잘못 본 거 아니우?"

"선생님 저 기억 안 나세요. 저 여기 원생이었잖아요. 그리고 선생님한테 야단도 많이 맞았구요. 저예요, 마윤수. 공놀이하다 원장실 유리창도 깨먹었던."

"마윤수? 글쎄. 난 기억이 안 나는데."

답답했다. 선생님은 얘기 끝났다는 듯 내게서 시선을 거두고는 눈이 젖은 아이에게 마저 하던 꾸지람을 이어갔다. 아이가 다시 입을 내밀며 울기 시작했다. 울음은 점점 더 날카롭게 찢어지고 있었다. 나는 더 말붙이기도 그렇고 그냥 서 있기도 멋쩍어 식당 쪽으로 발길을 옮겼다.

현관을 지나 오른쪽 복도를 걸었다. 걸을 때마다 나무 바닥에서 끼이익 끼이익 소리가 났다. 이런 기분 나쁜 소리마저도 예전 그대로인데, 조금 전 선생님이 날 알아보지 못했다는 게 이해가 가지 않았다.

주방문을 밀고 들어서자, 매캐한 냄새가 코에 닿았다. 조리대 앞에서 양파껍질을 까고 있는 점박이 아주머니를 보자 반가워 가슴이 따뜻해져왔다. 그녀 역시 육십 줄을 넘어선 노인이 되어 있었다. 나는 다가갔다.

"누구요?"

눈썹 옆에 큰 점이 있는 아주머니는 멍한 표정으로 나를 보았다.

"안녕하셨어요? 저 윤수예요. 마윤수. 기억나시죠? 아주머니가 해주시던 콩나물 무침이랑 소시지 조림이 그렇게 생각나더라고요."

그녀는 눈을 껌벅거리더니 고개를 저었다.

"글쎄. 기억 안 나는걸."

"제가 먹성이 좋아서 주방에 몰래 먹을 걸 가지고 나가다가 아주머니한테 걸려서 혼이 났어요. 그것도 몇 번이나요."

아주머니는 바쁜데 성가시다는 듯 양파를 까던 손놀림을 멈추고는 한숨을 뱉었다.

"젊은이. 내가 나이는 이래 먹었어도 기억력은 그래도 빠릿빠릿한 편인데 여길 거쳐간 얼굴들을 기억 못 하겠수? 젊은이는 내 기억에 없어."

넋 놓고 길을 가다가 투명한 유리에 정면으로 부딪친 기분이었다. 어떻게 다들 날 기억하지 못하는 건지 알 수 없었다. 하도 어처구니가 없어 말이 나오지 않았다.

그래. 그럴 수도 있겠지. 기억은 불안정하다. 시간에 녹슨 기억들이라면 더욱 그럴 수 있다. 그렇다면 내가 여기 있었다는 걸 뭘로 증명하지?

그렇지. 원생기록. 그거라면 내가 여기서 성장했다는 사실을 증명할 수 있다. 기록은 거짓말하지 않는다.

원장실로 향한 내 걸음이 빨라졌다.

내 인사를 받은 건 예전 원장 선생님이 아닌 처음 보는 얼굴이었다. 새로 바뀐 원장 선생님은 짧은 파마머리에 사각 금테 안경을 쓴 모습이 사무적이고 차갑게 보였다. 나는 그녀에게 이곳 원생이었다고 내 소개를 한 뒤, 원생기록을 보고 싶다고 요청했다. 사각 금테 안경은 잠깐 기다리라는 말을 건네고는 캐비닛에서 파일을 뒤적거리기 시작했다.

틱-틱.

벽에 걸린 벽시계의 초침 소리가 유난히 크게 들렸다. 손바닥이 끈적거리는 게 땀이 고였다. 손바닥을 바지에 문질렀다. 몇 분쯤 기다리며 들었던, 알 수 없는 불안감은 그녀가 고개를 갸웃거리며 내가 앉은 곳으로 다가온 순간 현실이 되었다. 그녀는 빈손이었다.

"이곳에 있었던 거 맞습니까? 마윤수라는 아이 기록이 없습니다.”

나는 내 귀를 의심했다. 난 이곳에서 자랐다. 모든 게 다 기억나는데, 내 기록이 없다는 게 말이 되지 않았다. 당연한 사실이라는 듯 스스럼없는 그녀의 말투가 내 현실감각을 마비시키는 것 같았다. 나는 뭔가 착오가 있을 거라고, 다시 찾아봐달라고 부탁했다. 여자는 세 번이나 확인했기 때문에 마윤수라는 아이 기록이 없는 게 분명하다고 말했다.

모든 것이 내가 본 공포영화의 한 장면 같았다. 아랫배에서 가슴 쪽으로 냉기가 엄습해왔다.

✝

고아원에서 나오자마자 택시를 잡아탔다. 만날 사람이 있었다. 고아원에서 함께 자란 그는 나보다 세 살 어린 후배였다. 나를 유난히 따랐고, 뭘 하든 죽이 잘 맞아 붙어 다니던 아이. 내가 고등학교를 졸업하고 고아원을 나간 뒤 연락이 끊겼는데 사는 게 바빠 까맣게 잊고 있었다. 그 녀석을 생각해낸 건 바로 그 녀석이라면 나를 나라고 확인해줄 거라는 간절한 기대 때문이었다. 점박이 아주머니에게서 그가 있는 곳을 알아냈을 때, 나는 눈물이 날 것 같았다.

택시는 금융사와 방송사, 엔터테인먼트사가 밀집한 거리로 들어서고 있었다. 하늘을 향해 경쟁하듯 치솟은 빌딩들이 차창 너머 눈앞에 펼쳐졌다. 주유소를 끼고 널찍한 도로로 들어갔다. 노조 조끼를 두른 사람들이 몰려 있는 GBC 방송사 건물 앞을 지나 몇 개의 빌딩을 지났다. 택시는 네온사인으로 번쩍이는 먹자골목으로 들어섰다. 거리는 술집과 커피점과 식당가로 즐비했다. 나는 택시에서 내려 종이에 그린 약도를 확인하며 한참 안으로 걸어 들어갔다. 빌딩 숲 사이를 두리번거리며 걸었다. 녀석을 만나러 가는 게 아니라, 나를 찾으러 가는 묘한 기분에 휩싸였다. 나를 기억해줄, 나를 나라고 확인해줄 누군가를 찾아 이렇게 헤매고 있는 게 아닌가. 이윽고 약도 속에 동그라미로 표시된 복요리 집이 눈에 들어왔다.

식당에 들어선 나는 카운터 여자에게 그의 이름을 대고는 만나러 왔다고 말했다. 여자는 껌을 입안에서 이리저리 놀리면서 주방을 향해 소리를 질렀다.

주방용 모자와 앞치마를 두른 사내가 주방커튼을 젖히며 걸어 나왔다. 나는 그를 알아보자마자 "아!" 하고 탄성을 뱉었다. 갸름했던 얼굴이 동그래진 것만 빼고는 그대로였다.

"인마. 오랜만이다."

나는 그에게 성큼 다가가 손을 내밀었다.

"짜식. 잘 살고 있었구나. 얼굴도 더 좋아 보이네. 이 형이 그동안 사는 게 바빠 연락도 못했다."

그가 나를 바라보았다. 반가워하기는커녕 마치 웬 정신 나간 사내가 하필 자신을 찾아와 헛소리를 하냐는 눈빛이다.

그가 물었다.

"누구세요?"

침 삼키는 소리가 관자놀이를 울렸다. 그건 불안의 소리였다. 누구세요라니. 나는 목소리와 표정에 애정을 담아 말했다.

"이 녀석 보게. 나 기억 안 나? 나 윤수 형이야. 마윤수."

"마윤수? 사람 잘못 찾아오신 거 아닙니까?"

"인마, 우리 소망고아원에서 함께 있었잖아. 기억 안 나?"

"소망고아원은 맞는데요. 전 그쪽을 처음 보는 걸요."

"그쪽?"

나는 입을 벌린 채 더는 말을 잇지 못했다. 답답해 눈물이 나올 지경이었다. 기억이 흐릿해지는 노인도 아니고, 한참 젊은 녀석이 날 기억 못하다니 이해할 수 없었다. 날 놀리는 건 아닐까.

나는 다시 물었다.

"오랜만에 본다고 장난 쳐보는 거지? 그렇지?"

"이보세요. 사람 잘못 알고 찾아오신 거 같은데 전 정말 당신 모릅니다. 바빠서 이만."

그가 등을 돌려 주방 쪽으로 한 발 내딛으려는 순간 내가 그의 팔을 확 잡아당겼다.

"인마. 왜 그래. 나야. 나라니까."

그가 미간을 찌푸린 성난 표정으로 내 손을 뿌리쳤다.

"이 사람이 미쳤나!"

"나, 마윤수야. 너 왜 그래. 장난하지 마. 제발. 넌 나한테 이러면 안 돼."

나는 거의 울음 섞인 목소리로 고함을 질렀다.

"자자, 무슨 일인데 이리 소란스럽나."

뒤를 돌아보았다. 허옇게 쇤 짧은 스포츠머리에 두툼하게 볼이 늘어진 오십대 남자가 이쪽으로 다가오고 있었다.

"아뇨, 사장님. 별일 아닙니다. 그냥 뭘 잘못 알고 온 사람인 모양인데, 자꾸 아는 척을 하네요. 아무튼 제가 전혀 모르는 사람이니 내보내세요."

나는 어이가 없어 그 둘을 번갈아 쳐다보다가 가게 안으로 시선을 돌렸다. 테이블마다 식사를 하던 손님들이 동그래진 눈으로 이쪽을 힐끔대고 있었다. 녀석이 씩씩대며 주방 안으로 사라지자, 주인남자가 나가달라며 나를 문밖으로 밀어냈다. 나는 주방을 향해 녀석의 이름을 소리쳤지만, 거리로 완전히 밀쳐져 복어집 출입문이 눈앞에서 닫히며 내는 금속소리를 들어야 했다. 낯선 행인들의 시선이 내 얼굴에 와서 꽂혔다. 저녁 어스름이 내려앉은 유흥의 거리 한복판에 그대로 서서 나는 움직이지 않았다. 이 어처구니없는 상황을 어떻게 받아들여야 할지 알 수 없었다.

내가 나라는 자명한 사실을 무슨 수로 증명하지?

나를 둘러싼 밤거리를 고개 돌려 바라보았다. 제 갈 길을 가는 행인들, 전봇대, 네온사인, 전조등을 쏘며 비집고 나가는 차들, 바닥을 뒹구는 전단지들. 모든 게 어제와 다름없는 저녁이며 삶인데, 뭐가 잘못된 걸까?

이윽고 나는 천천히 걷기 시작했다. 행인들 사이에서 로봇처럼 걸으면서 주위를 살폈다. 보이는 건 술집과 편의점과 커피점과 핸드폰대리점 같은 가게들뿐이다. 문득 나 자신이 두려워졌다. 이건 그냥 고약한 악마의 장난일 뿐이라고 나를 달래보지만, 두려움은 사그라지지 않았다. 이 혼란에서 나를 꺼내줄, 나를 나라고 확인시켜줄 사람이 필요했다. 그게 누굴까? 아무도 떠오르지 않았다. 걷다가 어깨를 부딪쳐 날아온 욕지거리에 드잡이를 할 뻔도 했지만, 무작정 뒤도 안 돌아보고 걷기만 했다. 혼란에 빠진 마당에 예의와 상식을 내세우며 조심 따위 하고 싶지 않았으니까.

얼마나 걸었을까.

전단지를 나눠주는 남자들이 눈에 들어왔다. 바로 코앞이었다. 그들은 'GBC 노동조합'이라고 새겨진 조끼를 똑같이 착용하고 있었다. 고개를 돌려보니 GBC 방송국 앞이었다. 내게도 한 남자가 다가와 종이 한 장을 주었다. 신문에서도 봤던 파업에 대한 내용이었다.

'공정방송 사수! ○○○ 사장 퇴진, 구속수사!'

나는 건성으로 훑어본 뒤, 고개를 들었다. 노조 조끼를 입은 그들은 팔에 든 전단지 뭉치를 동료에게 건네며 무슨 말을 주고받고 있었다. 초췌한 얼굴마다 서로를 격려하는 미소가 묻어 있었다.

순간, 나는 내 얼굴에 환한 미소가 번지는 걸 느꼈다. 후끈하게 달아오른 얼굴 위에 차갑게 젖은 수건을 덮은 것처럼.

그래. 그들이 있었지.

✝

다음 날 나는 해마 이전에 근무했던 B주민센터에 갔다. 마침 상담 두 건이 취소되어 세 블록 거리에 있는 그곳까지 다녀올 시간이 생긴 것이다. 내게 떨어진 빈 시간이 이처럼 횡재처럼 여겨지긴 처음이었다. 내가 나임을 확인해야 한다는 절실함 때문이었다. 비가 내렸는지, 밖으로 나오자 아스팔트는 검게 빛났고 공기는 축축했다.

센터 안의 유리문을 밀고 들어갔다. 이곳 역시 그대로였다. 중앙 벽에 걸린 낡은 벽시계, 출입문 옆으로는 주황색 붕어들이 움직이는 작은 수족관, 대기 의자들 밑에 들러붙은 검은 껌딱지들까지. 무엇보다도 함께 근무했던 동료들이 아직 남아 있는 것을 눈으로 확인하자, 밀려온 안도감에 눈물이 날 것 같았다. 창구 앞으로 가 단발머리를 한 여자 동료에게 손을 들어 보이며 알은체를 했다.

하지만 들뜬 기분은 금세 사그라지고 말았다. 그녀는 나를 미친놈 보듯 눈을 흘기며 송수화기를 귀에 가져가는 것이 아닌가. 다른 사람을 보고 그러나 싶어 나는 뒤를 돌아보았다. 미친 놈 같은 사람은 없었다. 불쾌감인지 불안감인지 알 수 없는 긴장에 나는 그녀에게 더 다가가지 못했다. 그나마 마지막일지도 모를 기대가 사라질까 봐 아슬아슬한 심정이었다.

이번엔 그 옆 창구에 있는 다른 여자 동료에게 손을 흔들었다. 그녀 역시 깜박이던 눈을 재빨리 돌렸다. 나는 그녀에게 다가갔다.

"나 몰라? 마윤수예요. 오랜만에 지나가다 들렀거든."

그녀는 말없이 나를 흘끔거리기만 했다. 그녀가 앉은 창구 앞에는 직원 이름표가 붙어 있었으므로 내가 사람을 잘못 본 것은 절대 아니었다.

"말 좀 해요. 나 오랜만에 왔다고 이런 식으로 괄시하는 거야? 여전히 새침해."

그녀가 기막히다는 듯 눈을 치켜뜨며 말했다.

"누군데 그렇게 말하는 거죠? 전 그쪽 모르는데요?"

나는 한순간 내가 여자한테 치근대는 할 일 없는 사내가 된 기분이 들었다.

"이거 정말 왜이래. 날 왜 몰라. 나라니까."

그녀가 자리에서 일어났다.

"저리 안 비켜요! 댁을 모른다고 했잖아요."

나는 머리가 폭발할 것만 같았다. 한때 동료였던 사람들에게 거듭 낯선 사람 취급을 받으니 평정심과 인내심이 모두 사라지고 있었다.

"화를 낼 사람은 나라고. 왜 소릴 지르고 그러지? 기억력을 어디다 팔아먹었어? 같이 일했던 동료가 오랜만에 찾아와서 인사한 걸 갖고 왜 미친놈 보듯 소릴 지르고 그러나?"

언성이 높아지자 사람들이 웅성거리며 힐끔거리기 시작했다. 그때 창구 안쪽 서류보관실에서 남자 셋이 나왔다. 두 사람은 모르겠고, 한 사람은 나와 가깝게 지냈던 선배였다. 나는 전쟁터에서 전멸 직전에 지원군을 만난 것처럼 가슴이 뜨거워졌다. 얼굴색을 가다듬고 그에게 재빨리 손을 들어였다.

선배가 다가왔다.

"뭡니까."

뭡니까? 나는 끝없는 절벽 밑으로 추락하는 기분에 바싹 마른 침을 삼켰다.

"선배까지 이거 왜 이래. 나라니까요. 윤수. 마윤수라고요."

"자꾸 여기서 행패를 부리면 신고 들어갑니다. 어서 여기서 나가시죠."

선배는 내 어깨를 출입문 쪽으로 밀기 시작했다. 나는 출입문 앞까지 밀렸다. 돌아버릴 것 같았다.

이건 아니야.

나는 출입문 밖으로 밀려나지 않으려고 양손을 뻗어 문과 문틀을 꽉 잡았다.

"선배까지 이럴 겁니까. 나라구요, 마윤수. 나한테 왜 이래요."

그가 한 손으로 출입문을 연 뒤, 내 어깨를 세게 밀쳤다.

"경찰에 신고하기 전에 나가시죠."

"왜 그러는 거야. 날 몰라요? 날 기억 못해요? 나라니까. 나 선배랑 퇴근 뒤에 신나라 포차에서 순대볶음에 소주 4병씩 까면서 술친구 하던 마윤수라고요."

"마윤수건 뭐건 헛소리 그만하시고 나가세요! 이거 이렇게 유리문 잡고 있으면 어떻게 합니까. 손 빼요."

나는 급해서 입 밖에 내지 말라던 선배의 비밀까지 꺼냈다. 아주 작정한 목소리로.

"선배가 형수 몰래 두 집 살림한 이야기도 나한테 했었잖아. 비밀이라면서. 그거 내가 다 기억하고 있어요. 아직 형수한테 안 들켰어요?"

선배가 뜨악한 눈으로 나를 쳐다보았다. 그걸 어떻게 아냐는 표정이었다. 그러고는 재빨리 주위로 시선을 한번 훑은 뒤, 다시 나를 빤히 보았다.

"그거 선배가 신나라 포차에서 잔뜩 취해서 내게 털어놨잖아. 이래도 날 모른다고 잡아뗄 거요!"

선배는 팔을 움켜쥐고는 다짜고짜 날 밖으로 데리고 나갔다. 공중전화 부스가 있는 곳까지 나를 끌더니 상기된 얼굴로 추궁했다.

"좀 전에 한 소리 언제 누구한테 들었소?"

"뚝구라니. 선배가 나한테 한 소리지."

선배는 꺼림칙한 표정을 지으며 퉁명스럽게 쏘아붙였다.

"난 당신이 누군지도 모르는데, 당신한테 내 얘길 할 리가 있나. 빨리 말하지."

나는 허공을 향해 입을 벌려 지금까지 가둬둔 숨을 세차게 뿜었다.

"선배 뭘 잘못 먹었어요? 선배가 나한테 아무한테도 말하지 말라고 해놓고 지금 무슨 소릴 하는 거야. 그 여자가 이혼을 요구해서 골치 아프다면서 나한테 말해놓고는."

선배는 말린 조기 주둥이처럼 입이 벌어졌다.

"내가 그 얘길 한 사람은 딱 한 명뿐인데……."

불안과 경악이 뒤섞인 어조였다.

"그게 누구죠?"

"직장 후배요."

"후배? 그러니까 나잖아요."

나는 손바닥으로 내 가슴을 두 번 쳤다. 그러자 선배는 억지로 무언가를 참는 듯 아랫입술을 물었다.

"미치겠군. 이 사람 장난하나."

이건 또 무슨 소리인가.

"이런 제길. 좋습니다. 그럼 그 사람 나 좀 만나게 해줘요."

순간 선배는 입안에 쓴 약이라도 문 듯 입을 꾹 다문 채, 나를 똑바로 응시했다. 말없이 흐르는 일 초 이 초가 어쩐지 불쾌했다. 진득한 시커먼 피가 주위로 고여오는 느낌처럼.

이윽고 선배의 입술이 움직였다.

"죽었어요."

커피잔에 커피가 반쯤 남았을 때, 빗방울이 통유리를 그었다. 커피점으로 자리를 옮길 때부터 날씨가 허물어질 것 같더니 드디어 빗발을 뿌리기 시작한 것이다. 나는 선배와 나만 아는 에피소드들을 하나도 빠짐없이 읊어대고는 숨을 몰아쉬었다. 실마리를 풀려면 그 수밖에 없었다. 내 말에 귀 기울이던 선배는 어처구니없다는 듯 고개를 젓기만 했다.

나는 후배라는 자의 이름을 물었다. 선배가 대답했다.

"이대식."

이대식? 나는 그 이름을 입술 끝으로 발음해보았다. 이대식. 생소한 이름일 뿐인데, 덜 익은 감 껍질을 씹은 것처럼 혀끝에 묘하게도 떫은 느낌이 돌았다. 선배는 눈을 가늘게 뜨고 나를 쏘아보았다. 내가 말한 이야기 모두 이대식과 자기만 알고 있던 내용이라는 것이다.

"그런데, 당신이 그걸 어떻게 알고 있는 거지?"

선배의 목소리에는 처음으로 강렬한 의심이 묻어 있었다. 나로서는 그게 바로 내 기억이라고밖에 할 말이 없었다. 내가 기억하고 있는 것이 이대식이라는 자도 알고 있는 내용이라니 나역시 모를 일이었다.

이대식이라는 사람, 고아 출신이 아니었을까.

순간 떠오른 말도 안 되는 의문에 나는 멈칫했다. 내가 왜 이런 상상을 하는지 곰곰이 생각했다. 나를 매몰차게 부인했던 소망고아원 사람들의 표정 때문일까. 마윤수의 기록이 없다는 원장의 말이 자꾸만 귓전에 맴돌았다. 내가 사라진 빈자리. 그렇다. 바로 그곳에 끼워 맞출 다른 조각을 나는 머릿속에서 찾아야 했다. 그게 이대식일지라도.

침을 삼킨 뒤, 나는 조심스런 어조로 물었다.

"그 사람, 고아 출신이었나요?"

선배의 눈이 커졌다. 질문이 정확히 표적을 꿰뚫은 모양이었다.

"그건 또 어떻게 알고 있죠?"

어떻게 아냐고? 나도 그걸 알고 싶었다. 나는 심장이 끝 모를 밑바닥으로 떨어지는 기분을 겨우 견디며 선배에게 부탁했다.

"이대식 얘기 좀 해봐요."

선배는 여전히 나를 의심 어린 눈으로 쳐다보았다. 그러면서도 그도 이 상황을 이해할 방법이 없는지 담배를 꺼내 불을 붙였다. 이대식을 회상하기 시작한 그는 이야기에 빠져들자, 말이 많아졌다.

통유리 너머 아스팔트는 빗물로 검게 물들어 있었다.

┼

“또 오셨군요.”

소망고아원 원장이 사무적인 미소를 얼굴에 띄우며 나를 바라보았다. 나는 등 뒤로 문을 조용히 닫고는 소파 쪽으로 걸음을 옮겼다. 원장의 시선에 숨이 조이는 기분이었다. 겨우 입을 뗐다.

“한 가지 더 확인할 게 있어서요.”

나는 과거 원생 중에 이대식이란 사람이 있었는지 알고 싶다고 덧붙였다.

“이대식이라……”

얼굴에 귀찮아하는 기색이 스쳤지만, 원장은 의자에서 몸을 일으켰다. 나를 힐끔대다가 겨우 움직인 것이다. 내 표정이 절박해 보였을까. 딸각대는 슬리퍼 소리가 소파에서 멀어졌다. 캐비닛 여는 소리가 들렸고, 서랍이 열리고 닫히는 쇳소리가 연이어 귀를 잡아당겼다. 나는 멍한 기분 속에서 벽시계의 초침 소리를 세고 있었다.

그러기를 약 십 분, 다시 캐비닛이 닫히는 소리와 함께 슬리퍼 끄는 소리가 이쪽으로 다가왔다. 그녀는 파일 하나를 들고 와 내 앞에 마주 앉았다.

“여기 있네요. 이대식은 이곳에 있었던 거 맞습니다.”

나는 기록파일에 눈을 가까이 대었다.

이대식. 3살로 추정. 월미도 선착장 부근에서 발견. 발견 당시 줄무늬 면 티셔츠에 노란 반바지를 입고, 벤치 위에 앉아 아이

스크림을 들고 울고 있었다는 문장들을 눈으로 읽고 또 읽었다. 원생카드에서 '이대식'이란 아이의 사진도 확인했다. 이마가 넓은 하얀 얼굴에 쌍꺼풀 진 작은 눈이 우울해 보이는 아이였다.

주민센터 선배가 이대식을 회상하며 들려준 이야기가 귀에 되살아났다. 내가 기억하는 나의 과거이자 현재의 나였다. 하다못해 낙천적인 성격이었고, 매사 성실했고, 틈만 나면 공포소설이나 영화를 즐겼고, 콜라 마니아였다는 것까지. 이 모든 게 바로 이 아이가 자라면서 축적한 기억이란 말인가.

그런데 한 가지, 선배는 내가 모르는 이야기를 꺼냈었다. 위암으로 살날이 얼마 남지 않았다는 것을 알게 되자, 이대식이 억울해하면서 2박3일을 울었다는 대목이었다.

"그 친구 참 열심히 살았는데. 그렇게 통통하고 살집도 좋던 사람이 살이 쪽 빠진 얼굴로 나한테 살고 싶다고, 한창 젊은 나이에 죽는 건 너무 억울하고 분하다고, 그런 소릴 한 게 아직도 귀에 생생해요. 살고 싶다는 욕구가 컸는데 이미 암 말기였고, 손을 쓸 수도 없이 투병생활을 두 달 남짓 하다가 세상 떴지요."

왜 이 대목에서 나는 깜깜한 걸까. 위암으로 죽기 직전까지 몇 년간 투병했던 기억 말이다.

나는 이대식의 세 살 적 사진을 보며 불길한 의문을 마음속으로 되뇌고 있었다.

고아원에서 나와 거리를 걸었다. 시커먼 구름 저편에서 둔중

한 폭발음 같은 것이 들렸다. 느린 걸음을 걷다가 움찔한 나는 내려앉은 검은 구름을 올려다보았다. 내 머릿속에선 하늘 갈라지는 소리가 계속 맴돌았다.

마윤수의 기록은 처음부터 없었던 걸까.

주위를 둘러보다가 지갑에서 주민등록카드를 꺼냈다.

주민등록카드.

내 것임에도 처음 꺼내보는 듯 낯선 느낌이 들었다. 그건 누구 것인지 기억도 나지 않는 몇 장의 명함과 함께 오래전부터 지갑 갈피 속에 있었다. 카드에는 마윤수란 이름과 내 사진이 박혀 있다. 마윤수란 세 글자를 한참 내려다보았다.

그럼, 마윤수는 누구지?

그러고 보니 나는 한 번도 내 주민등록번호에 대해 생각해 본 적이 없었다. 고아원에 있을 때 발급받은 그 주민등록카드일까? 확신이 없다. 기억나지 않는다. 마윤수란 이름으로 된 이 주민등록카드는 언제 발급 받은 걸까? 이 역시 기억에 없다. 소망고아원에서 처리해준 출생신고에 따라 발급된 거라고만 알고 있었다. 최근 몇 년 동안 서류 제출용으로 주민센터에서 증명서를 발급 받은 적도 없는 것 같았다. 그전엔? 모르겠다. 기억나지 않는다. 기억에 없다. 하얗게.

주민센터에 가서 호적등본을 뗐다. 호적등본에서 뜻밖의 사실을 확인했다. 가족이 있었다. 본적은 경상북도 경주시 감포였다.

회사에는 아프다는 핑계로 하루 쉬겠다고 전화하고는 고속버스터미널로 갔다.

흔들리는 차창 너머로 시선을 고정한 채 나는 뒤로 사라지는 풍경을 좇았다. 고요한 수면처럼 펼쳐진 초록색 논과 밭, 낮잠을 자는 듯한 나른한 가옥들, 전봇대들, 나지막한 산들과 구름들. 평온한 풍경이다. 그런데 바라보는 내가 왜 이렇게 불안할까. 목적지를 향해 더 다가갈수록 심장이 자꾸만 오그라드는 느낌이었다.

집을 찾는 건 그리 오래 걸리지 않았다. 터미널에서 내려 택시를 탔다. 부동산소개소에 들어가 호적등본에 기재된 본적의 정확한 위치를 듣고 약도까지 얻어냈다. 창자처럼 이어진 골목을 몇 번 헤맨 끝에 이른 곳은 녹슨 밤색 철대문집이었다.

문은 반쯤 열려 있었다. 열린 사이로 마당 한켠에 이를 드러내고 짖는 진돗개 두 마리가 보였다. 안으로 들어갔다. 개들이 사납게 짖어대는 바람에 걸음 떼기가 겁이 났다. 굵은 쇠줄이 목에 걸려 있었기에 망정이지 금방이라도 내게 달려들 태세였다. 인기척을 내자, 안에서 누군가 미닫이문을 밀고 나왔다. 노인이었다. 내가 다가가 물었다.

"저, 혹시 여기가 마윤수 씨가 살던 곳인가요?"

“윤수? 윤수는 왜?”

“윤수 씨와 어떻게 되시는 분인지요?”

“윤수는 내 조카요. 난 큰아버지고. 그런데 윤수를 찾는 댁은 누구요?”

나?

마윤수를 찾는 마윤수요, 라고는 말할 수 없는 노릇이었다. 나는 오래전에 알던 친구라고 날 소개했다. 꼭 만나야 할 일이 있어서 찾아왔다고 둘러대고는 중요한 일 때문이라는 뉘앙스를 풍기며 마루에 슬그머니 걸터앉았다.

“윤수 씨가 이 동네 사나요?”

“윤수네는 지금 경기도 안산에 살지. 일부러 예까지 찾아온 모양인데 헛걸음했구만.”

나는 안산 집 주소를 물었다. 담배를 피워 문 노인은 귀찮은지 담배연기만 뿜으며 나를 가만히 바라보았다. 알려줄지 말지 고민하는 눈치였다. 나는 정말 급하고 중요한 일이라고 강조하며 알려달라고 재촉했다.

“그 급하고 중요하다는 일이 뭔데?”

“그건……”

나는 갑자기 입이 굳어버린 듯 머뭇거렸다. 무슨 말로 얼버무려야 할지 알 수 없었다. 낯선 이에게 조카의 집주소를 선뜻 알려주기가 내키지 않은 듯 나를 계속 살피기만 하는 노인의 시선은 더 불편했다.

그런데 생각이 바뀌었는지 노인은 무슨 말을 하려던 표정을 거두고 다리를 펴 일어섰다. 이어 "중요한 일인 듯하니 뭐 할 수 없군." 하며 안으로 들어가 누런 노트를 꺼내왔다.

노인은 침을 묻힌 검지와 엄지로 페이지를 소리 나게 넘겼다.

"어디 보자. 아, 여기 있구만."

나는 노인이 불러주는 대로 마윤수 가족이 사는 집주소와 전화번호를 수첩에 받아 적었다.

노인이 말했다.

"그런데, 이렇게 찾아와 윤수 녀석을 찾는 게 혹시 녀석이 또 무슨 사고를 쳤다거나 문제가 있는 건가?"

노인의 목소리가 불안한 듯 띄엄띄엄 벌어졌다.

"아닙니다. 그런 걱정은 안 하셔도 됩니다."

나는 일단 안심시키려고 했지만, 노인은 오히려 무엇인가 생각난 것처럼 쓸쓸한 표정을 지었다.

"가봤자 만나지 못할 거요."

"네?"

나는 내 표정이 굳는 걸 느꼈다. 노인이 입술을 이죽거리며 말을 이었다.

"나도 몇 년 전에 들은 얘기요. 윤수 그놈이 가출해서 소식 끊긴 지 한참 된 모양이거든. 사오 년쯤 됐나."

그 말에 나는 쇠망치로 머리를 얻어맞는 기분이었다.

"가출했다고요?"

“그놈아가 좀 도박을 좋아한다는 소린 들었는데, 아마도 내 생각엔 그걸로 사단을 낸 모양이지. 한심한 놈이야. 쯧쯧.”

그길로 곧바로 안산으로 갔다. 4호선 전철역에서 내려 낯선 거리를 두리번거렸다. 상가가 즐비한 대로변을 지나 주소를 확인하며 들어선 골목에는 나지막하고 허름한 상가건물들이 이어졌는데, 내가 찾아가야 할 집은 그 단층 상가건물 사이의 더 좁은 골목 어디쯤인 것 같았다. 좁은 골목은 볕이 안 들어 어둡고 퀴퀴한 냄새가 떠다녔다. 그 구불구불 이어진 골목을 걸어 들어가며 나는 끈적해진 손바닥을 바지에 몇 번이나 문질렀다. 진짜 마윤수를, 그의 흔적을 만나러 가는 길이었다.

찾아간, 골목 상가건물의 반 지하 집에는 마윤수의 아버지와 형 부부가 살고 있었다. 문을 열어준 건 형수였다. 기미가 잔뜩 낀 마른피부에 파마머리를 질끈 묶은 사십대 중반의 그녀는 내 입에서 마윤수를 찾는다는 소리가 나오자 얼굴색이 어두워졌다.

“도련님을 찾으신다고요? 지금 없는데 어디서 오셨죠?”

내가 대충 둘러댄 말에 그녀가 한숨을 내쉬었다.

“집 나가신 지 오래전이에요. 죽었는지 살았는지 연락도 없고. 하도 애를 먹이고 집에 분란만 일으켜서 시아버님도 남편도 알고 싶어 하지도 않아요. 제 남편은 무소식이 희소식이라나 뭐 그러더군요. 얼마나 힘들게 했으면 그러겠어요.”

이 여자가 도련님이라고 부르는, 내 주민등록번호의 주인인 마윤수. 그는 지금 어디 있을까. 살아 있다면 초췌한 몰골로 어느 지하도 벽 밑에 잠을 청하는 유령 같은 존재가 되어 있을까. 그렇게 생각하자, 명치가 갑갑해졌다.

마윤수는 어떤 사내일까. 어떻게 생겼을까.

나는 여자에게 마윤수의 사진이 있으면 보여달라고 했다. 그러자 여자는 고개를 갸웃하며 나를 흘겨보았다.

"아는 친구분이라고 하지 않았나요? 친구분인데 왜 얼굴을……."

나는 속으로 아차, 하고는 얼른 손을 내저었다.

"아, 아닙니다. 그냥 해본 소립니다."

나는 마윤수의 집에서 나왔다. 다리에 기운이 다 풀렸는지 걸음이 휘청거렸다. 골목길을 둘러보았다. 한산했다. 구겨진 비닐봉지와 텅 빈 플라스틱 용기가 굴러다니는 휑한 기운만 감도는 거리였다. 좌우로 이어진 허름한 상가건물마다 걸린 간판들에 눈을 주었다. 조악한 색상과 글꼴로 디자인된 상호들. 달렸다가는 금세 떼어지고 말 간판들. 불길한 예감이 목구멍에 치밀어 올랐다. 나는 속으로 중얼거렸다. 마윤수라는 이름과 그의 주민등록번호는 나의 껍데기일 뿐이었다고, 나는 마윤수도 이대식도 아니었다고.

나는 도대체 누구지?

맥줏집 분위기는 왁자했다. 아이돌 댄스음악이 흘렀고, 테이블 여기저기서 웃음소리와 '브라보'를 외치는 소리가 터져 나왔다. 안주가 나오고 맥주 두 잔이 비워질 때까지 나는 한마디도 않고 있었다.

국진원이 날 힐끔 보며 물었다.

"윤수, 너 요즘 무슨 고민 있구나? 그런 거냐? 어디 정신 팔고 다니기에 몇 번 불러도 뒤도 안 돌아보고 튕겨 나가냐?"

내가 땅콩을 씹기만 할 뿐 아무 말이 없자, 그는 잔을 들어 맥주를 더 주문했다. 나는 그와 눈을 맞추었다.

"혹시 소망고아원이라고 아니?"

내 목소리는 내가 듣기에도 거미줄만큼이나 가늘게 떨렸다. 두려움 때문에 며칠째 미뤘던 확인의 순간이었으니까. 내가 추측한 것이 추측에 불과한 것인지 아니면 사실인지.

국진원의 표정이 조금 굳어졌다. 당황한 기색이었는데, 그는 이내 표정을 풀더니 "거길 어떻게 알지?" 하고 되물었다. 나는 움찔해서는 국진원을 뚫어지게 바라보았다. 뭐라고 답해야 할지 입술이 떨어지지 않았다.

그냥 말해버릴까. 나 역시 소망고아원에서 자란 기억을 가지고 있다고.

내키지 않았다. 섣부른 짓이었다. 나는 고은님한테 들었다고 둘러댔다.

국진원이 고개를 갸웃했다.

"이상하다. 은님 씨한테 내가 고아원 출신인 걸 말한 적은 있어도 고아원 이름까지 알려주진 않았는데, 거 별일이네. 아무튼 집요한 데가 있는 여자야. 질린다니까. 휴우."

나는 빈 잔을 가만히 내려다보았다. 가슴속에서 두근거리는 진동을 애써 감춘 채였다.

내가 나지막한 목소리로 물었다.

"고아원에서 생활했던 시간들이 다 기억나?"

국진원은 눈을 내리깐 채 뚱한 표정으로 고개를 갸웃했다. 그러더니 천천히 끄덕였다. 나는 그 시절 이야기를 들려달라고 했다.

그는 엉뚱하다는 듯 나를 빤히 쳐다보았다.

"그게 왜 듣고 싶지?"

"그, 그냥 궁금해서. 왜. 말하기 싫어?"

그는 어깨를 으쓱하더니 피식 웃음을 흘렸다.

"정 듣고 싶다면야."

그는 이야기를 꺼내기 시작했다. 그가 말하는 고아원 이야기에 나는 현기를 느꼈다. 내가 기억하는 과거, 아니 이대식의 기억을 듣고 있었던 것이다. 확인이란 게 이토록 두렵고 힘든 일일 줄은 몰랐다.

진원아, 넌 도대체 누구니. 네가 말하는 기억은 네 것이 아니야.

국진원은 내 눈빛이 평소 같지 않은지 어깨를 으쓱하며 잔을 부딪쳤다.

"이봐, 사람을 그렇게 불쌍하게 쳐다보냐. 네가 몰라서 그러는가 본데 여기 고아 출신들 많아. 다들 회사정보를 함구하듯 자신들에 대해서도 함구하는 게 회사 분위기로 굳어져서 그런 거지."

고아 출신이 많다?

나는 갑자기 머릿속이 하얘졌다.

"정말이야?"

"짜식. 너도 고아 출신이면서 뭘 그러냐."

나는 나도 모르게 입을 동그랗게 벌렸다.

국진원은 웃으며 말했다.

"난 이미 눈치채고 있었는걸."

"알고 있었어?"

"그래. 이제 네 이야기나 해봐. 네가 있던 고아원 이야기 말야. 어디에 있는 고아원인데?"

나는 말없이 맥주를 들이켰다. 맥주잔을 든 손이 떨렸다.

"이것 봐라. 말 안 해?"

"나중에. 나중에 얘기해줄게."

✛

밤 버스는 빈자리가 많았다. 나는 취기로 무거워진 몸을 창가 쪽 자리에 부렸다. 뒤로 사라지는 어두운 차창 밖 거리 풍경을 바라보았다. 한 시간 전 국진원이 한 말들이 머릿속을 맴돌았다. 그의 애처로울 정도로 태연한 표정도. 아무리 생각해도 납득이 가지 않았다. 뭔가에 홀린 것처럼 혼란스럽기만 했다. 회사에 고아 출신이 많다는 말 역시 그랬다. 나는 고개를 가만히 저었다. 내게 무슨 일이 벌어지고 있는 건지 자문했다. 대답은 구할 수 없었다.

문득 박영원이 떠올랐다. 그는 어디 있을까. 그의 아내가 들려준 말에 의하면 그는 분명히 어떤 고민으로 괴로워했었다. 그도 나만큼이나 혼란스런 심경이었을까. 돌아오길 기다리는 사람도 없는 박영원, 내가 누군지도 모르는 나. 누가 더 불행한 걸까.

나는 흔들리는 차창에 머리를 기댔다. 눈을 감았다. 차라리 박영원 같으면 괴로운 기억을 해마의 시술로 지우면 해결될 일이다. 하지만, 내가 누군지 모르는 나는 어떻게 해야 할까. 내가 더 불쌍한 놈일지도 모른다는 생각에 실없이 쓴웃음이 입술 사이로 새어 나왔다.

그때 핸드폰이 진동했다. 바지주머니에서 꺼낸 핸드폰 액정을 보고는 나는 아랫입술을 깨물었다.

"윤수 씨 지금 어디야?"

고은님의 목소리는 한밤중인데도 밝고 명랑했다. 그녀는 내 생각이 나서 전화했다고 말했다. 애교스럽게 달라붙는 어투가 귀에 거슬렸다.

"그날 왜 새벽에 말도 없이 갔어? 아, 보고 싶다. 우리 안 본지 한참 됐잖아. 왜 전화도 안 받고 그래? 자꾸 그러면 나한테 혼난다. 아무튼 잠깐 일루 좀 와줄래? 나 조금 취했거든."

내 안에서 냉소 어린 목소리가 들려왔다.

난 더는 닭 노릇은 하지 않아. 꺼져버리라고.

나는 나지막한 건조한 목소리로 말했다.

"지금 너무 피곤해서 금방 쓰러질 것 같거든. 대강 마시고 집에 얼른 들어가도록 해. 이만."

내가 먼저 끊었다.

┼

집에 와 TV의 볼륨을 끝까지 올리고, 담배 한 갑을 몽땅 피워 없앴다. 콜라도 2L 통을 통째로 들이켜봤다. 그래도 머릿속에 들어찬 안개는 가시지 않았다.

다시, 박영원의 홈피로 들어갔다.

내게 벌어진 이 해괴한 모든 일들이 박영원이란 자와 연결돼 있다는 느낌 때문이었다. 그 느낌은 온몸에 번지는 두드러기처럼 시간이 갈수록 소름 끼치도록 강해졌다. 박영원이란 존재가 내 머릿속으로 들어오지만 않았어도 이런 일은 일어나지 않았을 것이다. 난 멀쩡히 잘 살고 있었을 거란 말이다.

젠장. 뭔가 된통 홀린 것 같은 이 상황은 뭐야. 씨발.

사진첩을 클릭해 사진들을 훑어보았다. 볼수록 공허하고 쓸쓸했다. 천천히 사진 페이지를 내려갔다. 세 남자가 함께 찍힌 그 사진에서 또 시선이 멈췄다. 정확히는 박영원의 오른쪽 남자에. 왜일까.

기분이 또 이상해지기 시작했다. 심장박동이 빨라지고 날카로운 통증이 머릿속을 그어댔다. 눈을 꾹 감았다가 떴다. 사진 속 남자를 다시 보았다.

내가 왜 이자에게 반응하는 거지. 이런 제길.

또 그 장면이 눈앞에 나타났다. 죽어가는 사내의 모습이 뿌연 안개 속에 흐물흐물 되살아나고 있었다. 이전보다 이목구비가 선명했다. 고통으로 일그러진 표정을 한 사내의 부릅뜬 눈이 나를 향해 있다. 나는 끼겁해 눈을 감았다가 떴다. 숨을 헐떡이며 모니터 화면에 시선을 꽂고는 사진 속 오른쪽 남자의 얼굴을 노려보았다.

아!

방금 떠오른 목 졸린 사내와 닮지 않았나. 닮다니. 아니, 그 사내다. 이해할 수 없는 일이었다. 그 사내와 박영원의 사진 속 남자. 어떻게 동일인물일 수 있을까.

등줄기로 차가운 기운이 올라왔다. 잠시 뒤, 나는 그 사진을 프린트로 뽑아들고, 어둠이 진을 치고 있는 밖으로 달려 나갔다.

303호 연녹색 철문 앞에 도착한 나는 숨을 골랐다. 고장 난 자동인형처럼 손이 올라갔다가 내려가기를 몇 번 반복했다. 마음속으로 깊은 숨을 토해내고 초인종을 눌렀다.

문이 열렸다. 열린 문 사이로 박영원의 아내가 놀란 눈으로 나를 보았다.

"나야."

내가 안으로 들어가려고 하자, 그녀는 문손잡이를 꽉 잡았다. 난처한 표정이었다. 그녀가 낮춘 목소리로 말했다.

"안 돼. 그냥 가."

"내 집인데 왜 못 들어가지? 용건이 있어서 왔어. 들어가서……."

"안 된다고 했잖아. 어쨌든 그냥 가. 어서."

신경질적인 말투다.

"조금만 있다 갈게. 물어볼 게 있어서 왔어."

"나중에."

그때 안에서 "밖에 누가 왔어?" 하는 남자 목소리가 들려왔다. 여자가 고개 돌려 거실 안쪽을 향해 소리쳤다.

"아니. 아파트 관리실 아저씨야."

나는 기가 막혀 여자를 쳐다봤다. 그 태연함에 화가 치밀어 올랐지만, 난 박영원이 아니라고 속으로 거듭 스스로를 다독였다.

"물어볼 게 있어. 십 분만 시간 내줘."

그래도 그녀는 움직이려고 하지 않았다. 나는 거칠게 위협했다.

"저기 있어야 할 사람이 바로 난데 저 자식한테 내가 누군지 말해줘야겠군."

그제야 그녀는 겁먹은 표정으로 집 안쪽에 시선을 한번 준 뒤, 슬그머니 문 밖으로 나왔다. 나는 그녀를 따라 계단참 아래로 내려갔다. 그녀를 빤히 보았다. 그러는 몇 초 동안이 길게 느껴졌다.

상관 말자. 난 제삼자가 아닌가. 신경 끄고, 내 목적만 생각하는 거야.

"물어볼 게 뭐야. 빨리 말해."

차가운 목소리였다. 나는 말없이 여자를 바라보며 입술이 하애지도록 아랫입술을 물었다. 주머니에서 출력한 사진을 꺼냈다. 사진 속 오른쪽 남자가 누군지 물었다. 그녀는 종이에 눈을 가까이 댔다.

"이 사람? 본 것 같기도 하고, 아닌 것도 같고. 글쎄. 잘 모르겠네."

나는 이번엔 "그럼, 이 사람은?" 하고 왼쪽 사내를 가리켰다. 그러자, 그녀는 L 기자라고 대답했다.

"L 기자?"

"우리 집들이 할 때 온 적 있어서 기억나네. 당신이랑 친한 동료였잖아."

"나랑 친했다고?"

내가 눈을 깜박거리자 여자가 미간을 찌푸리며 물었다.

"L 기자 기억 안 나?"

기억이라니. 박영원인 척 하는 내게 기억 따위가 날 턱이 없다. 내가 멍하니 종이 속 사진만 들여다보자, 여자는 "더 물어볼 거 없지? 나 빨리 들어가봐야 해. 어서 가." 하고는 뒤도 안 돌아보고 303호 철문 안으로 들어가 버렸다.

나는 계단참의 적막 속에 혼자 남겨졌다. 벽에 기대서서 숨을 가다듬었다. 내게 벌어진 이해할 수 없는 일들을 생각할수록 불안감이 밀려들었다.

늦은 저녁 퇴근하자마자, 나는 시내의 한 커피점을 찾아갔다. 창가에 앉아 기다린 지 삼 분쯤 됐을 때, 한 사내가 내게 다가왔다. 날렵한 콧날에 가무잡잡한 피부. 사진에서 본 L 기자였다.

신문사에 전화해 제보를 핑계로 사회부 L 기자를 찾았다. 몇 번의 연결 끝에 이뤄진 통화에서 그는 두 번이나 "누구라구요?" 하다가 박영원을 떠올렸는지 놀라워했다. 지금 테이블 가까이 다가와서도 내 얼굴을 꼼꼼히 살피는 걸 보면 쉬 믿을 수 없는 모양이었다. 그는 내게 박영원이 맞냐고 다시 물었고, 나는 그렇다고 대답했다.

"살이 많이 찌고 머리모양이 달라서 못 알아보는 것뿐이야."

그는 의자를 빼 마주 앉았다. 동그랗게 뜬 눈으로 나를 계속 뜯어보았다.

"그러고 보니 맞는 것 같군. 그런데 이 피둥피둥한 살은 뭐고, 머리 스타일이며 검은 뿔테 안경은 뭐냐. 그건 그렇고 어떻게 된 거야. 그동안 말도 없이 어디로 사라져 있던 거지?"

나는 입술이 떨어지지 않았다. L을 만나러 오면서 생각해 둔 말들이 하나도 생각나지 않았다. L은 답답한지 일어나 주문대로 갔다.

잠시 뒤, 그는 커피 두 잔을 양 손에 들고 와 한 잔을 내게 밀어주었다.

"행색이 멀쩡한 거 보면 어디서 노숙자로 산 건 아닌 것 같고. 그 표정은 또 뭐냐. 늘 자신감에 넘치던 녀석이 말야."

나는 커피잔을 받아들며 첫마디를 뗐다.

"몰라."

"모르다니?"

그는 치켜뜬 눈으로 나를 보았다. 나는 어떻게 말을 이어갈까 궁리했다.

뭐라고 하지. 그래, 그거야. 그냥 계속 기억을 잃어버린 박영원인 척 하는 거야.

나는 입을 꾹 닫고 있다가, 말을 뱉어냈다.

"나 그쪽을 처음 봐. 아니, 기억이 안 나."

L은 눈을 흘겼다. 입으로 가려던 그의 머그잔이 그대로 허공에 멈춰 떠 있다.

"기억이 안 나? 날 처음 본다고?"

나는 고개를 끄덕였다. 과거가 기억나지 않아 미치도록 혼란스럽다고 심경을 토로했다. 내 얼굴을 가만히 보는 L의 눈빛. 그건 내가 쇼를 하는지 연기를 하는지 가늠해보려는 눈빛이었다. 나는 온몸이 긴장으로 뻣뻣해졌다. 얇은 얼음판 위를 걷는 기분으로 소리 없이 침을 삼켰다.

그는 내게 이것저것 물었다. 은근히 떠보는 말투였다. 나는 계속 기억을 못하는 것처럼 연기했다. 심장 뛰는 소리가 피부를 뚫고 나가 그의 귀에 닿을까 봐 조바심이 났다. 그래도 최대한 태연한 얼굴로 얘기해달라고 부탁했다. 박영원이 사라졌을 즈음 어딘가 이상해 보였냐고. 그는 잔을 내려놓았다.

내게 시선을 고정한 그는 헛기침으로 목을 가다듬었다.

"이상한 점이랄까. 한창 잘나가던 네가 홀연히 사라진 게 이상한 거지. 이런 말하기 좀 뭐하지만, 네 뒤에서 험담하는 동료들이 많았어. 어떤 뒷말들이 돌았는지 너도 알고 있었어. 힘 좀 쓰는 높으신 분들 따라다니면서 딸랑이 노릇을 한다고 말이야."

이야기는 뜻밖이었고, 놀라웠다. 나는 박영원이란 사람을 도무지 상상할 수가 없었다. 딸랑이 노릇? 높으신 분들?

"높으신 분들이라니? 구체적으로 내가 누굴 만나고 다녔지?"

L은 어깨를 으쓱하고는 비스듬한 시선을 내게 겨누었다.

"글쎄, 얼핏 나도 주워들은 바론 정계 재계 언론계 인사들 모임에 따라다니던 것 같았어. 한두 군데가 아니었던 것 같더군. 그 모임들마다 구체적으로 누구 누구 있는지 나도 잘은 몰라. 물어봤지만 네가 끝내 모른다고만 했지."

뭐야, 박영원. 나와는 전혀 다른 별세계에서 살았던 모양이군. 씨발.

나는 숨을 삼킨 뒤, 조심스럽게 물었다.

"그 당시 말야. 나 불안해 보이거나 쫓기는 것 같았어?"

순간, 나를 바라보는 L의 눈빛에 의심의 기색이 스쳐 지나갔다.

내가 말을 잘못 꺼낸 걸까. 조심하자.

그는 이내 '내'가 끊었던 담배까지 입에 물고 살더라고 말해주었다. 박영원의 아내가 한 말과 일치했다.

대체 그는 뭐가 불안했던 걸까.

나는 조바심을 달래며 두 손으로 마른세수를 했다. 망설이다가 재킷주머니에서 접은 종이를 꺼냈다. L의 반응이 걸렸지만, 어쩔 수 없었다. 종이를 펴 L에게 보이며 오른쪽 사내가 누구냐고 물었다.

역시 L의 한껏 커진 눈이 탐조등처럼 내 얼굴을 그으며 종이로 미끄러졌다.

"아, 이 사진. 입사 초기에 찍은 거네. 이 친구는 K야."

"K?"

나는 사진 속 남자의 이름을 비로소 듣고 있었다. K라고.

"우린 입사동기들이고 셋이서 삼총사처럼 친하게 지냈어. 이 친구도 네가 행방불명된 같은 시기에 행방불명됐잖아."

같은 시기에 행방불명됐다고?

"정확히 따지자면 K가 먼저 사라졌지."

이어지는 그의 설명은 나로선 황당했다. 당시 박영원과 K가 비슷한 시기에 갑자기 사라진 일을 두고 여러 소문과 추측이 나돌았는데, 회사 비상구 계단에서 두 사람이 말다툼을 하는 걸 본 사람들이 있었다는 것이다.

말다툼? 무슨 이유였을까?

L 기자가 말했다.

"그때 나도 별별 생각을 다 했었어. 두 친구가 갑자기 그것도 비슷한 시기에 증발해버렸잖아."

그가 나를 빤히 보았다. 나는 나도 모르게 눈을 슬몃 내렸다.

"하지만, 네가 삼 년 만에 이렇게 나타난 걸 보니 이제 K 그 녀석도 조만간 모습을 짠하고 드러낼 것 같은 걸."

불현듯 밀려온 불길한 느낌에 나는 가슴이 답답했다.

하얀 줄에 목이 졸려 죽어가던 사내. K.

내 시선은 출력한 이미지 속 오른쪽 사내에게 붙들려 있었다. 알 수 없이 몸이 떨리는 걸 견디며 나는 L 기자가 눈치채지 않도록 조금씩 숨을 골랐다.

┿

이야기를 나눈 지 두 시간쯤 지났다. 하루 일과를 끝냈다는 여유와 피로 그리고 밤의 색이 녹아드는 저녁시간. 커피점 안은 밀려든 사람들로 왁자했다. 자리를 찾는 사람들을 바라보다가 나는 L과 서로 눈빛을 교환하고는 일어섰다.

L은 여기저기를 눈으로 가리키며 말했다.

"이곳도 생각 안 나? 여기 너랑 K가 사이좋을 때 우리 셋이서 점심식사하고 종종 왔던 곳인데."

나는 문을 나서면서 무심코 커피점 내부에 눈을 주었다. 어깨를 으쓱했다.

"모르겠어. 낯설기만 한걸."

거리로 나와 나는 고개를 돌렸다. 통유리 너머 들여다보이는 커피점 내부 어딘가로 내 시선이 당겨지는 느낌이 왔다.

흠칫했다. 창가 쪽에 그 사내가 보였다. K였다. 그는 손가락 사이에 담배를 끼운 채 쉴 새 없이 이야기를 쏟아내며 웃고 있다. 그 모습은 눈앞에서 금세 사라졌다.

L과 헤어진 뒤, 나는 밤거리를 헤맸다. V신문사 근처 커피점들과 편의점들 그리고 레코드점 앞 8차선 횡단보도의 신호등을 하나하나 눈에 담았다. 박영원이 발바닥이 닳도록 휘젓고 다녔을 거리 풍경이었다. 그런데 이상하게도 모든 게 익숙하다는 느낌이 밀려왔다.

나는 바싹 마른 낙엽이 되어버린 심장을 이끌고 조심조심 걸음을 옮겼다. 심장이 부서질까 봐 숨도 마음대로 쉴 수 없을 것 같았다. 천천히 코를 열어 숨을 들이마셨다.

주위의 공기가 달라진 걸 느낀 건 그때였다. 밤공기의 냄새와 온도뿐만 아니라, 밤의 소리와 색깔도 달라졌다. 말로 설명할 수 없는 이상한 느낌이었다. 낯설면서도 익숙하다는 게 가능한 일일까. 이를테면 레코드점 앞을 지날 때였다. 들려오는 한 유명한 록커가 부르는 트로트에 싱겁게 웃었던 한 순간이 떠올랐는데, 그건 떠올랐다는 말이 어울리지 않는 이질적인 기억이라는 얘기다. '기억' 말이다.

이마 한가운데서 맥박이 뛰었다. 서서히 엄습해오는 서늘함,

오한, 두려움, 공포……. 그것들은 하나의 깨달음으로 나를 환기 시키고 있었다. 지금까지 느꼈던 불길한 예감이 현실이었다고.

명치끝이 답답해지면서 사방이 돌았다. 다리가 휘청거렸다. 밤거리의 빛과 소음에 휩싸인 채 시선을 돌렸다. 몸이 떨렸다.

호흡을 가다듬고는 다시 걸었다. 핸드폰이 울린 건 건널목을 지나 대형 쇼핑센터 앞을 지나고 있을 때였다.

표시번호를 보니 또 정선화였다. 이틀에 한 번꼴로 전화를 걸어오는 그녀였기에 나는 그동안 번호만 확인하고 받지 않았다. 요 며칠째 거의 넋이 나가 있었으니까.

하지만 어쩐지 지금은 지푸라기라도 잡고 싶은 심정이었다.

통화 버튼을 눌렀다. 그녀의 목소리가 건너왔다.

"생각보다 빨리 받네요. 전에 사귄다는 애인과 같이 있는 건 아니죠?"

평소 같으면 외면했을 정선화의 전화지만, 그녀의 목소리가 이상하게도 구원의 목소리로 들렸다. 내 가슴과 머릿속에 숨도 못 쉴 정도로 들어차 있는 불쾌와 불안 때문인지도 몰랐다. 누군가에게 기대 이 모든 것들을 털어버리고 싶은 생각밖에 없었다.

"우리 만날까요?"

내 목소리에는 아무런 감정도 실려 있지 않았다. 극도의 절박함에서 짜낸 소리였다.

20층 높이의 Y제약회사 빌딩 앞 벤치. 그녀가 나타난 건 광화문 사거리를 바라보며 기다린 지 삼십 분 만이었다. 흘러내린 검은 머리카락 사이로 보이는 얼굴엔 주위의 네온사인만큼이나 환한 미소가 걸려 있었다. 코앞까지 다가선 그녀가 가볍게 손부채질을 하며 명랑한 어조로 물었다.

"웬일이에요? 먼저 날 만나자고 하고?"

나는 아무 말 하지 않았다. 허벅지 아래로 담배 끝을 집은 손가락이 떨고 있었다. 조금 전에 내게 일어났던 일들을 납득할 수 없었고, 정선화를 불러낸 게 과연 잘한 건지 알 수 없었기 때문이었다. 어쩐지 쓸데없는 짓을 한 것 같아 무슨 말을 한다는 게 내키지 않았다.

그녀는 내 옆에 슬쩍 다가앉으며 말을 이었다.

"내가 한번 맞혀볼까? 전에 사귄다는 애인한테 차인 거다. 그런 거지? 맞죠?"

나는 쓴 미소만 지었다. 그러자 그녀는 목을 뒤로 조금 빼더니 사람이 달라진 것 같다며 나를 이리저리 살폈다. 나도 그런 그녀를 피하지 않고 똑바로 응시했다. 서점에서 그녀의 책을 찾아 확인한 일이 떠오른 것이다.

자신이 쓴 소설 속 내용을 가지고 날 농락한 이 여자. 정체가 뭘까.

그런 의뭉스런 생각이 스치자, 입안에 혀가 동면에서 막 깨어난 뱀처럼 움직이기 시작했다.

내가 이마에 맺힌 땀을 손등으로 훔치며 말했다.

"당신이 썼다는 소설을 찾아 읽어봤어요."

뜻밖이라는 건지 그럴 줄 알았다는 의미인지 그녀의 눈빛이 조금씩 가늘어졌다.

"정말요? 제 소설을 다 찾아 읽다니. 거봐요. 나한테 끌리는 거잖아요. 그러면서 그동안 내 전화도 안 받는 건 무슨 내숭이래."

"제목이 '달콤한 운명'이던가 그 소설을 읽는데 아주 놀랍더군요. 팔고 싶은 기억이라고 당신이 상담실에서 말한 그 내용이던데."

그녀는 표정 하나 흔들리지 않고 희미하게 미소를 지었다.

"그게 어떻다는 거죠? 내 경험담을 쓴 거죠. 내 얘기라구요."

"그럼 왜 투영검색하자니까 거부하고 나갔죠?"

"불쾌했으니까."

그녀의 손부채질은 경쾌해 보였다.

"잘도 둘러대는군. 그럼 잠입르포 어쩌고 하는 그 이상한 책은 뭐죠? 르포소설이던데."

"아. 그거요."

순간 그녀의 어조가 달라졌다. 손부채질도 멈췄다. 뭔가 머뭇대는 기색이었는데, 내가 제대로 찌른 게 분명했다. 나는 계속 밀어붙였다.

"책 뒤에 작가후기 보니까 그 르포소설을 쓰기 위해 W정신요양병원에 잠입해 취재하고 자료 수집을 했다고 적혀 있던데. 아주 집요하고 치밀하기가 무슨 첩보요원 저리 가라더라고요. 로맨스 소설 쓴다는 작가가 아주 다재다능한가 봐요."

내가 듣기에도 비아냥이 풍기는 어조였다. 여자의 반응을 보고 싶었다. 그녀는 눈을 내리깔며 곰곰이 생각하는 표정이 되더니 잠시 뒤, 고개를 끄덕였다.

"그거. 그러니까…… 사실은 그 책을 쓰기 위해 잠입했던 건 아니었어요."

정선화는 꺼내고 싶지 않은 말을 겨우 입에 올리는 말투였다.

"그건 무슨 소리죠?"

그녀가 나를 보며 잠시 뜸을 들이다가 대답했다.

"사람을 찾아야 했어요."

"누굴?"

“실종된 오빠요.”

실종된 오빠? 이건 또 무슨 소리인가.

그녀가 계속 말했다.

“오빠를 찾고 있었는데 W 지역 부근에서 봤다는 이야길 들었죠. 그 지역에 W정신요양병원이 이상한 소문까지 돈다기에 오빠를 찾기 위해 잠입한 거예요.”

나는 손끝에 매달린 담배꽁초를 마침내 바닥에 떨어뜨리고는 구두 끝으로 담뱃불을 밟아 껐다. 또 거짓말을 하는 건 아닐까. 동정심을 유발하려고 말이다. 하지만 어쩐지 이번만은 진실처럼 들렸다.

“찾았나요?”

“아뇨.”

나는 고개를 돌려 정선화를 뚫어지게 보고는 희미한 미소를 날렸다.

“오호라. 그래서 이번엔 누가 해마센터에서 오빠를 봤다고 했나 보군요. 상담고객을 가장하고 핸드폰을 일부러 놓고 가고선 내게 계속 이렇게 달라붙는 걸 보니. 그렇죠?”

“도와줘요.”

숨처럼 투명한 음색이었다. 내가 말했다.

“이봐요, 정선화 씨. 그런 사정이 있는 건 정말 유감이지만 잘못 짚어도 한참 잘못 짚었어요. 우리 해마센터는 사람이나 납치해 숨기는 이상한 곳이 아니랍니다.”

"상담사인 당신도 해마센터에 대해 잘 모른다고 하지 않았나요? 그런 사람이 어떻게 그리 단언할 수 있죠? 재미있군요."

나는 대답하지 못했다. 나의 우주이자 공기처럼 느껴 온 해마. 그곳에서 나는 하루의 많은 시간을 보내지만, 내가 해마에 대해 아는 건 맡은 상담업무뿐이다. 정선화의 물음이 머릿속에 박힌 작은 침처럼 불편했다. 나는 사거리를 바삐 빠져나가고 들어오는 버스와 승용차들을 바라보았다. 성난 눈깔 같은 수많은 전조등이 거리의 어둠을 시시각각 벗겨내고 있었다.

그녀는 가방에서 꺼낸 손수건으로 이마의 땀을 찍어 누르더니 갑자기 주위를 살폈다.

"그런데 말이죠."

그녀가 꺼낸 이야기는 뜬금없게도 해마시술 부작용 소송 기사에 대해서였다. 해마에 대해서라면 절대 포기하지 않을 기색이었다. 그 말도 안 되는 부작용 운운하는 소송 기사까지 물고 늘어질 참인가. 실종된 오빠가 해마센터에 있을 거라는 믿음 때문이라면 이 여자, 오래전부터 해마센터 주위를 맴돌았을 게 뻔했다.

그녀가 말했다.

"그 기사 때문에 해마 찾는 발길이 줄어들걸요."

"그거야 당신 생각이고. 그런 기사 나갔다고 해마로 밀려들던 발길이 줄어들진 않습니다. 여전히 북새통이죠. 배고픈 악어 떼가 기다리고 있는 걸 알면서도 맛있는 풀을 찾아 강을 건너는 들소떼처럼 말이죠."

그녀의 굳은 표정이 풀어졌다. 웃음기 묻은 눈이 이리저리 내 얼굴 위를 긋고 지나갔다.

"가만. 들어보니 보안을 생명으로 안다는 해마 직원의 입에서 나올 법한 말이 아닌걸. 그럼 소송 건 사람들 주장에 어느 부분 동의를 한다는 거예요? 부작용이 있다는 거?"

난 부작용에 대해 생각해본 적이 없다. 기사에 실린 부작용 사례를 심각하게 여긴 적도 없다. 심 교육관의 말마따나 지나가는 잡음이라고 봤으니까. 사실 부작용이 있다 해도 증명할 방법도 없지 않은가. 해마 측은 지금껏 아무런 반응을 보이지 않았다.

내가 말했다.

"부작용이라. 글쎄요. 내 말은 부작용이 있다 없다에 대해 말한 건 아니죠. 예를 들어 어떤 슬픈 내용의 책을 읽고 누군가가 자살을 했다면 그 책을 읽은 부작용이라고 봐야 하나요? 그래서 그 독자의 가족이 그 작가에게 소송을 걸 수도 있겠군요. 그럼 현재처럼 자살자가 갈수록 증가하는 이런 경쟁이 구조화된 사회는 또 어떤가요? 자살자가 생기는 부작용을 어떻게 증명해야 할까요? 그런 의미에서 해마시술 부작용 피해에 대한 소송 건이 난 그리 관심이 가지 않는군요."

한숨이 나왔다. 내 말 속에 피로가 배어 있다는 느낌이었다. 손을 돌려 목 뒤의 땀방울을 훔쳤다. 정선화는 눈을 반짝이더니 환자의 말을 경청하는 상담 선생님의 표정으로 말했다.

"난 이번만큼은 흐지부지 넘어가진 않을 거 같아요. 당신 말마따나 증명할 방법은 없다손 치더라도 신문에 나온 대로 그런 피해 사례는 시술 부작용이 분명하다고 생각해요."

그녀가 말을 쉬고 나를 바라보았다. 나는 아무런 반응도 하지 않은 채 담배를 입술 끝에 꽂고는 라이터에서 불을 당겼다. 그녀는 가는 눈으로 나를 흘기며 말했다.

"그런데 이상하네. 아무리 오랜만에 보긴 했지만, 단순히 애인한테 차여서인 것 때문은 아닌 거 같고. 뭐가 있는가 봐?"

"뭐 이것도 굳이 말하자면 부작용 때문이겠죠. 증명할 수 없는 부작용."

그녀는 나를 가만히 살피더니 맥주나 한잔 하자고 말했다.

✝

"무슨 고민 있구나? 속 시원히 털어놔 봐요."

정선화는 거듭 내게 잔을 부딪혀왔다. 무엇인가를 감지했는지, 눈에서 예리한 빛이 반짝였다. 나는 점점 불편했다. 정선화와 맥줏집에 오는 게 아니었다. 지금이라도 자리를 박차고 일어나야 한다고 스스로에게 충고해보지만, 맥주잔을 손에서 내려놓을 수가 없었다. 갈수록 기분이 처지면서 숨이 가빠왔다.

다섯 잔쯤 비우자, 나는 무너졌다. 내게 벌어진 해괴한 일들이 토사물처럼 입 밖으로 쏟아져 나온 것이다. 경계해야 할 사람 앞에서 이렇게 쉽게 입이 열릴 줄은 몰랐다. 정선화는 이야기를 듣는 내내 고개를 끄덕였고, 내가 뜸을 들일수록 눈매와 입가가 호기심으로 날카로워졌다. 그러다가 그녀는 급기야 끔찍한 이야기를 들은 사람처럼 끼어들었다.

"맙소사. 가만. 내가 이해한 걸 정리해보면 이거네. 당신은 그러니까 타인의 신분과 또 다른 타인의 기억으로 짜깁기된 누군가라는 거잖아요. 바로 당신이 박영원이라는 소리라구요."

나는 대답하지 않았다. 타는 듯한 목으로 침을 집어삼켰다. 그녀의 말이 내 어처구니없는 상황을 분명한 사실이라고 못 박는 것 같았다.

"당신 말이 사실이라면 이건 정말 무서운 일이에요."

그녀가 무서운 일이에요, 라고 발음하는 순간 명령어에 굴복하는 기계처럼 내 온 신경은 잔뜩 곤두서버렸다. 믿을 수 없다고 뒷걸음질 치던 내 모든 사고와 감각이 흔들렸다. 나는 두 손에 배어난 땀을 신경질적으로 바지에 닦았다. 정선화는 눈빛이 한층 더 날카로워지더니 구체적인 질문으로 달라붙었다. 박영원이던 때의 기억은 언제부터 떠오르기 시작했느냐, 기억하고 있던 게 이대식이라는 고인의 기억인 걸 어떻게 확인했느냐…….

그러더니 그녀는 무엇인가 생각난 것처럼 꺼림칙한 표정을 지었다.

 "어쩌면 당시 어떤 사건과 연관이 있을지도 몰라요."

의외로 차분한 어조였다. 그 말에 흥분한 건 나였다.

 "사건? 소설가라더니 지금 소설 씁니까?"

거친 언성은 화염처럼 튀어나왔다.

 "이런 말을 해도 될지 모르겠는데……."

정선화는 잠시 주저하며 내 표정을 살피더니 억제할 수 없다는 듯 계속 추측을 늘어놓았다.

 "박영원은 그 사건 때문에 괴로워했던 게 분명해요. 아주 죽고 싶을 만큼 말이에요. 어쩌면 자살도 생각했을걸."

 "아니야. 아니야. 다 엉터리야. 거짓이라고."

나는 고개를 저었다. 그녀는 잔을 세게 부딪치더니 또박또박 말했다. 상황을 추적해가기 위해선 극단적인 것을 간과해서는 안 된다고.

 "신문에서 여러 번 기사가 났었잖아요. 실종자들에 대한 기사였는데, 자살예방센터에 등록된 관심대상자들 중에 상당수가 실종된 사례가 종종 있어왔다고 말이에요. 나는 오빠 때문에 온갖 데를 다 뒤지고 다녔기 때문에 윤수 씨 이야기 듣는 순간 감이 오는 걸요."

자살? 자살을 생각했다면 이유는 뭘까? 정선화 말마따나 어떤 사건에 연루돼서 괴로워서 견디다 못해 자살 생각을 했던 걸까? 박영원, 아니 내가? 정말 내가?

얼굴을 두 손에 파묻었다. 후회가 밀려왔다. 김석기가 박영원의 홈피 주소를 알려주었을 때, 무시했어야 했다. 그랬다면 이런 일이 일어나지 않았을지도 모른다.

"손 떠는 것 봐."

나는 정선화의 동그래진 눈을 응시하다가 내손을 내려다보았다. 떨리는 손. 내가 무서웠다. 아니, 초라했다. 그 누구에게도 한 적 없는 말을 쓸데없이 다 털어놓다니. 이게 다 술 때문이었다. 내가 그만큼 지쳐버린 것이다.

정선화가 무언가를 더 물으려고 했을 때, 나는 손을 내저으며 말을 잘라버렸다. 그리고 테이블에서 비틀거리며 일어섰다.

＋

집에 도착하자마자 인터넷에 접속했다. 검색페이지를 열어 박영원이 사라진 날을 전후해서 일주일 범위 안의 기사를 죄다 살폈다. 박영원이 행방불명된 게 어떤 사건과 연관 있을지 모른다는 정선화의 말이 걸렸다.

사건. 어떤 사건일까.

현기증이 잦아지면서 낯선 장면들이 떠오르는 현상도 빈번해졌다. 무의식중에 접하게 되는 것들, 그러니까 사진, 풍경, 소리, 냄새 같은 것들이 내 안의 뭔가를 건드린 게 분명했다. 그런

식이라면 또 떠오르는 것이 있을 터.

그런 기대로 나는 당시 사건들을 미친 듯이 뒤졌다. 취업 실패를 비관한 이십대 취업준비생 자살, H역 근처 다세대주택에 가스폭발로 사상자 발생, 수험생 성적비관 자살, 모 대학 인근 금은방 살인강도, 경찰과 매춘업자와의 유착 탄로, T기업 노조 정리해고 반대 시위로 부상자 다수 발생, J전자 임원 자택에서 목매달아, 모녀 생활고 비관 동반자살, Y당 모 의원 에로여배우와 스캔들, 보름째 GBC 방송국 노조파업 ······.

이 밖에도 수많은 사건사고를 훑어봤다. 떠오르는 것은 없었다.

실종자 수 증가를 다룬 기사가 눈을 잡아당겼을 때는 박영원인 나와 K를 생각했다. 하지만 나는 K, 박영원, 나 모두 알지 못한다. 어쨌거나 결정적인 열쇠는 박영원이다.

생각 끝에 곧바로 김석기에게 전화했다. 밤늦은 시각인 줄은 알지만, 박영원에 대해 더 듣지 않으면 안 될 것 같았다. 그것도 지금 당장.

김석기는 안 자고 있었는지 목소리가 쌩쌩했다. 갑작스런 내 전화에 의아해했지만, 귀찮은 기색은 전혀 없었다. 박영원이란 사람에 대해 아는 대로 말해달라고 하자, 그는 안 그래도 심심했던 차였다면서 낄낄댔다. 그는 특유의 느릿느릿한 어조로 이야기를 늘어놓기 시작했다. 듣고 보니 L 기자가 들려준 말에서 크게 벗어나지 않았다.

김석기가 계속 말을 이었다.

"사실 처음에 해마에서 상담사님 보고 정말 놀랐어요. 그래서 영원이 형 연락처를 수소문하면서 주위 사람들한테 이 말 저 말 물어보다가 알게 됐는데요. V신문사 내에서도 그 형 안 좋은 소문이 있었던가 봐요. 기업에 돈 받고 기사 좋게 써주는 건 보통이고 왜곡 기사 전문이라는 수식어까지 따라다니는 기자였더라구요."

"왜곡 기사?"

"네. 아마 기억나실 거예요. 사 년 전인가 삼 년 전인가 그 형이 쓴 기사에 모 연예인이 소송을 건 사건이 있었는데, 그 가수가 아, 그렇지, 산하라는 이름으로 활동하던 가수였죠. 기억 안 나세요? 이거 당시 신문에서 꽤 떠들썩했는데. 아무튼 그때 여러 정황상 가수 산하가 이기는 상황이었는데, 뜻밖에 영원이 형이 이겼잖아요. 난 그 당시 소송 사건 기사는 알고 있기는 했는데, 그 기자가 영원이 형인 줄은 꿈에도 몰랐어요. 아무튼 그 일을 두고 사람들이 수군댔다네요. 박영원 기자가 법조계에 인맥들이 빵빵해서 얽히면 피 본다고. 사실 그 기사가 악의적 왜곡 기사인 거 알 만한 사람은 알았죠."

왜곡 기사라. 그러고 보니 생각났다. 당시 산하라는 가수는 W중공업 정리해고 반대 파업 현장에서 고립된 노동자들에게 노래를 불러주고, 기초 생필품을 전달했을 뿐 아니라, 소셜네트워크로 사람들에게 현장 참여를 독려했다. 그의 헌신적인 행동에 사람들의 반응은 뜨거웠다. 그는 순식간에 화제의 인물이 되었다. 그런데 그랬던 그의 이미지는 하루아침에 추락하고 말았다. 신문을 장식한 낯 뜨거운 기사 때문이었다. 그가 술집 여종업원을 성추행했고, 만취한 상태로 밤에 택시운전사를 폭행했다는 내용의 기사였다. 노동현장에서 보여준 의미는 퇴색해버렸다. 산하는 즉각 그 기사를 쓴 기자를 상대로 소송을 걸었다. 그때 그 기사를 읽으면서 나는 어떻게 생긴 기자인지 치졸한 놈이라고 생각했었다. 그 기자가 박영원이었다니 놀라웠다.

나는 숨을 몰아쉬며 핸드폰을 귀에 바투 댔다.

"조작기사 전문 기자란 타이틀은 그렇게 해서 따라붙었다더군요. 그게 다 그 형 사는 방식인 거죠."

"얘기 듣고 보니 석기 씨도 그리 좋아하는 형은 아닌가 본데?"

내가 그렇게 묻자 김석기는 웃음을 터뜨리며 대답했다.

"나야 상담사님이 그 형이랑 닮아서 덕분에 술이나 얻어먹으려고 했지요. 그 형 학생 때, 그때는 살이 좀 빵빵했거든요. 머리모양 때문에 긴가민가했는데, 아무튼 상담사님 처음 봤을 때 그 형 옛날 학생 때 모습이 생각났죠. 참, 지난번에 집 주소 알려달라더니 찾아가서 알아보셨어요?"

이제 김석기와는 선을 그어야 했다. 이자의 끝없는 질문은 신경만 곤두세울 뿐이었다.

"아니요. 솔직히 제가 가서 뭐하겠어요. 하도 닮았다기에 그냥 호기심에 물어본 겁니다."

"아이고, 싱거우서라. 그때 집 주소 알려달랄 때 목소리가 아주 들떠 있던 걸로 기억하는데. 그럼 지금 이 시간에 갑자기 제게 그 형에 대해 물어보는 건……."

나는 재빨리 말을 덮었다. 그의 호기심이 더 피어오르기 전에.

"아, 그건 그냥 실종됐다니까 그것도 날 닮은 사람이 실종됐다니까 어쩐지 자꾸 마음이 쓰여서요. 밤늦게 이거 정말 미안합니다. 그럼 이만 주무세요."

나는 전화를 끊고는 다시 노트북 화면을 가까이 당겼다. 인터넷 뉴스 검색창에 '가수 산하'와 'V신문 기자 소송'을 입력했다. 사 년 전의 기사 위주로 검색된 내용을 살펴보았다.

마침내 가수 산하를 추락시켰던 그 문제의 기사를 찾았다. 그 기사를 읽어 내렸다. 그러곤 기사 맨 하단에 기자의 이름에 눈이 멈췄다.

박영원 기자 park01@Vxxx.co.kr

김석기의 말대로 이 기사를 쓴 기자는 박영원이었다. 눈으로 직접 확인하자, 다시 심장박동이 빨라졌다. 정말 내가, 아니 이 몸의 주인이, 박영원인 걸까.

나는 기사를 읽고 또 읽었다. 손을 폈다가 쥐었다. 내가 박영

원이 맞다면 이 악의적인 왜곡 기사는 바로 내 손끝에서 흘러
나온 게 아닌가. 박영원은 왜 이런 치졸한 기사를 썼을까. 그 생
각을 하는 순간 또 현기증이 왔다.

눈을 질끈 감았다. 뭉근한 두통이 머리를 갈랐다. 어둠 속에
서 무슨 소리가 들렸다. 점점 소리가 커지면서 머리를 울렸다.
누군가가 내게 소리를 지르고 있다. 질타다.

'어떻게 그러고도 당당할 수가 있지? 그걸 기사라고 쓰다니.
기자의 정체성이 뭐라고 생각하나!'

"정체성? 집어치워!"

내 손은 자동적으로 내 입을 틀어막았다. 온몸이 불에 닿은
듯 소스라치며 나는 눈을 떴다. 나도 모르게 튀어나온 소리였
다. 머릿속 목소리에 마치 대답하듯 소리치다니. 내가 왜 그랬
을까? 내 입에서 튀어나온 말은 누구의 목소리지?

나는 뒷목에서 머리끝까지 전율을 느꼈다.

✛

퇴근 뒤 국진원과 자주 왔던 이곳은 평소와 다름없이 시끌벅
적했다. 테이블마다 웃음소리가 터져 나왔고, 천정 조명은 어스
름히 노란 빛을 퍼뜨리고 있다. 하지만 지금 나는 이 모든 게 누
군가가 정교하게 만들어놓은 촬영세트장처럼 느껴졌다. 테이블

위에 놓인 치킨 샐러드 한 접시와 이 맥주마저도.

국진원이 맥주를 한 모금 마시고는 나를 쳐다보았다.

"무슨 말인데 그리 뜸을 들여? 요즘 정말 무슨 일 있구나?"

차가운 맥주잔 표면에 맺힌 투명한 물방울이 또르륵 미끄러지고 있었다. 잔 밑바닥이 물기로 흥건했다.

국진원에게 털어놓기로 결심하기까지 나는 여러 날 망설였다. 그가 어떻게 받아들일지 장담할 수 없었다. 믿지 않으려고 할 게 뻔했다. 그래도, 그에겐 털어놓아야 했다. 그 역시 나처럼 편집된 누군가이자 또 다른 나니까.

"사실은 말야……."

"그래. 말해봐."

"나 진지하게 하는 말이니까 똑바로 들어."

나는 얼굴색을 가다듬은 뒤, 결과에 대한 걱정을 밀어놓고 이대식과 그의 기억에 대해 털어놓았다. 소망고아원에서 보낸 유년 시절을 국진원과 내가 똑같이 기억한다는 것에 대해서도. 그는 이야기를 듣는 내내 굳은 표정이었다.

하지만 어색한 미소를 짓는가 싶더니 이내 장난하지 말라면서 맥주잔을 부딪쳤다. 나는 그 정도는 예상했기에 멈추지 않고 이야기를 계속했다. 소망고아원에서 어떤 추억이 있었는지 사소한 것까지 모두.

국진원은 고개를 갸웃하며 빙그레 웃기만 했다.

"그러니까 너랑 내 과거 기억이 같고, 그게 죽은 이대식이란 공무원의 기억이라 이 말이야?”

황당해하면서도 재미있다는 말투였다. 나는 횅한 벽 앞에 서 있는 기분이었다.

“그래. 충분히 알아봤어. 그런 다음에 너한테 털어놓는 거야.”

국진원은 나를 한참 동안 빤히 보다가 말을 뱉었다.

“그럼 난? 난 뭐야!”

나는 더 냉정하게 말해주었다.

“국진원. 그 이름은 네 이름이 아니야.”

순간 그의 동그래진 눈이 움직이지 않았다. 일 초 이 초가 영원처럼 느껴지는 어색한 침묵이었다. 국진원은 곧 나처럼 괴로워할 것이다. 헛소리 말라며 내 멱살을 잡을지도 몰랐다.

그런데 들려온 건 그의 웃음소리였다. 그는 고개를 저으며 목젖이 다 보이도록 입을 벌려 웃고 있었다.

“너 지금 무슨 소릴 하는 거야. 정신 차려. 장난이면 그만두지 그래. 이봐, 고아원 이야긴 일전에 내가 다 한 이야기잖아. 그때 니가 고아원에서 생활했던 이야기 들려달라고 해서 내가 다 해준 이야기라고. 그때 들은 걸 갖고 이런 장난을 치냐. 이렇게 어리숙하다니까. 싱겁기는.”

나는 답답해서 정색을 하고 계속 말했다.

“못 믿겠으면 네가 기억하는 그 소망고아원에 가서 원생 기록부를 뒤져봐. 네 이름 국진원은 없을 테니까.”

국진원은 아랑곳하지 않고 쾌활하게 웃어댔다. 나는 그런 그를 무연히 바라보았다. 고심 끝에 털어놓은 말들이 헛소리로밖에 안 들리는 걸까?

두려움이 밀려왔다. 사라진다는 두려움이었다.

＋

그렇게 하루가 지나고 일주일이 지나갔다. 현기증과 환시가 더욱 잦아지면서 혼란과 두려움이 흡입구처럼 나에게서 정신없이 시간을 빨아들였다.

또 아침이다. 오늘따라 휴게실 분위기는 더 밝았다. 수군대는 동료 상담사들의 얼굴엔 미소가 걸려 있었다. 뭘까. 내가 다가가자, 동료가 신문을 내밀며 말했다.

"피해자 패소 판결 기사야. 난 사실 은근히 신경 쓰였는데 속이 다 시원한걸."

나는 신문을 받아들고 기사에 눈을 주었다.

'해마시술 소송' 피해자 패소 판결 논란
법원은 해마시술 소송 선고에서 "시술과 부작용의 직접적인 인과관계를 밝히는 것은 불가능하다"며 해마의 손을 들어줬다. 일부 시민단체에서는 모순된 판결이며 눈치 보기 판결이라고 반발했다. 재판부는 "피시술자의 두통과 악몽 그리고 건망증 발생률이 시술받지 않은 일반인들에 비해 높은 통계가 있지만 그것은 시술로 인한 단일 원인이 아니라 여러 가지 개인적, 환경적 요인들이 밀접하게 관련돼 있으므로 이 소송 사건의 피해자들의 시술과 부작용 사이의 인과관계의 고리를 자연과학적으로 모두 증명하는 것 자체가 곤란하거나 불가능하다"고 밝혔다.

정선화의 기대는 빗나갔다. 일전에 그녀는 이번만큼은 이변이 생길지도 모른다고 했었다. 부작용을 호소하는 피해 사례가 신문에 다수 소개되어왔고, 소송 준비 과정이 여러 차례 기사에 실렸었기 때문에 충분히 기대해볼 만하다고, 해마의 비밀스런 어둠의 실체까지 까발릴 수 있는 기회를 잡을 수 있을 거라고 장담했다. 그런데 결과는 역시였다.

그럼 그렇지. 해마시술에 부작용이라니.

오빠를 찾겠다는 일념뿐인 그녀의 상상과 억측에 잠시나마 귀를 기울였던 내가 우스웠다. 신문을 탁자 위에 던졌다.

그러자마자 내 입이 벌어지면서 신음이 터져 나왔다. 현기증 때문에 중심을 잃어 탁자 모서리에 허벅지를 찔린 것이다. 눈앞에 낯선 장면들이 불쑥 나타났다가 사라졌다. 눈을 감았다. 어둠 속에서 쿵쿵, 발소리가 사방에 울려 퍼졌다. 사진에서 봤던 K가 어두운 비상계단 통로에 서 있었다. 그는 표정 없는 얼굴로 나를 향해 비척비척 다가왔다. 피와 죽음의 냄새를, 조롱의 냄새를 풍기면서.

나는 고개를 저었다.

제발. 이건 현실이 아니야.

탁자에 두 손을 짚었다. 이마엔 땀이 맺혔고, 귀에선 아직도 K가 퍼붓던 차가운 언사가 들려왔다. 무슨 말인지 알아들을 수 없었지만, 걷잡을 수 없는 싸늘한 공포에 나는 숨을 거푸 삼켰다. 옆에서 잡담을 늘어놓는 동료들이 눈에 천천히 들어왔다. 현실이었다.

이제 이런 증상이 찾아오는 횟수와 간격은 무서울 정도다. 나는 동료들이 이상하게 보지 않도록 벽에 기대 눈을 감았다.

똑-딱 똑-딱.

시냇물 소리에 실린 메트로놈 박자음이 천정 스피커에서 울려 퍼지자, 동료들은 하나 둘 휴게실을 나가 사무실로 향했다.

사무실 자리에 앉은 나는 연결된 고객전화를 받기 위해 수화기를 들었다. 무심코 주위를 둘러보았다. 사방에서 요란한 전화벨 소리와 "네, 해마입니다."라는 말소리가 뒤섞여 웅웅거리고 있었다.

✛

이유도 모른 채 쫓기는 기분이다.

절벽 끝에 선 듯 기억을 되돌아보았다. 마윤수란 이름으로 살았던 시간. 뭐가 있었나. 그러고 보니 기억의 본체는 이대식이란 사내의 것이었으니 지나온 시간 속에 온전한 '나'는 없지 않은가. 이대식. 세 살 때 버려진 뒤 또다시 위암 선고로 삶의 문턱에서 버려졌을 때, 그는 무슨 생각을 했을까. 살고 싶어서 몸부림쳤을까. 그런 그에게 누군가가 나타나 기억을 팔라고 유혹이라도 한 건가. 그가 전 생애의 기억을 팔았는지 어쨌는지 모르지만, 나는 바로 그의 기억이 내 것인 줄만 알았다. 삼 년 동안 말이다.

대체 누가 내게 이런 짓을 저질렀을까?

알 수 없다. 생각하면 어지럽기만 하다. 주위를 둘러보았다. 바쁘게 뛰어다니는 서빙 종업원들, 테이블마다 땅콩 씹는 소리에 뒤섞인 웃음소리와 두런거림, 천정 모서리에 걸린 사각 평면 TV에서 흘러나오는 시끄러운 음악과 영상……. 시끌벅적한 맥줏집 안은 여느 때와 다르지 않다. 그대로인 세상인 것이다.

맥주를 두 잔째 입으로 가져가려는데, 국진원이 문을 열고 들어왔다. 내 전화를 받은 지 삼십 분 만이었다. 뛰어왔는지 그는 숨을 헐떡이며 테이블에 앉았다.

"너 왜 그래? 자꾸 이상한 소리나 하고."

그는 내 표정을 살피며 도착한 맥주를 반쯤 들이켰다. 나는 잔을 들어 부딪친 뒤, 힘없이 말했다.

"박영원이 되살아나고, 마윤수는 사라지고 있어."

과장이 아닌, 실제 상황이었다. 그동안 떠올랐던 낯선 장면과 얼굴들이 머릿속에 들어앉더니 사라지지 않았고, 그 뒤로 논리적인 설명이 힘든 상황이 계속됐다. 아침에 출근한다는 게 도착하고 보니 광화문 V신문사 앞이었다. 퇴근 뒤엔 집에 간다는 게 박영원의 아내가 있는 장미아파트 앞에서 '내가 왜 여기 있지.' 하고 속으로 중얼거리기도 했었다. 이런 일이 반복될수록 나는 누구의 것인지도 알 수 없이 기억이라는 게 가물가물해졌다. 취향이나 욕구도 달라졌다. 전에는 먹지 않던 스테이크가 먹고 싶어졌고, 내 책장에 꽂힌 책들과 호러영화 DVD들에 더는 손을 대고 싶지 않았고, 회사에서 점심식사 뒤 담배를 피울 때는 콜라가 아닌 오렌지주스 캔을 자판기에서 뽑았다. 나만큼이나 콜라 마니아인 국진원이 놀라 "콜라 안 마셔? 끊었어?" 하고 물었을 때, 나는 아무 말도 하지 못했다. 익숙하게 알고 지내던 동료들의 이름을 까먹기 시작하더니 그들이 낯설게 보이기까지 했다.

두려웠다. 혼자 있고 싶지 않았다. 그래서 지푸라기를 움켜쥐는 기분으로 삼사십 분 전에 국진원에게 전화한 것이다.

나는 그에게 이 혼란스러운 상황을 두서없이 설명했다. 하지만 그는 혀를 차면서 미간을 찌푸렸다.

"작작해라. 남이 들으면 정신 나간 놈인 줄 알겠다. 나도 호러소설이나 영화를 좋아하지만 넌 좀 중증인 모양이다. 너무 그런 걸 봐서 착각하는 거야. 부작용이야 부작용, 인마."

내 말은 또 벽에 부딪쳐 떨어져버렸다. 지어낸 말이 아니라고 더 절박하게 말하고 싶었지만, 그 말은 입 밖으로 나오지 않았다.

우리는 두 시간가량 이야기하면서 맥주를 많이 마셨다. 그는 내가 하는 말마다 헛소리 그만하라며 웃어댔다. 화제를 돌려 영화 〈피와 현기증〉 이야기를 꺼냈을 때는 웃다가 심한 기침까지 했다. 뱀파이어가 된 화랑의 혼란과 고통을 절감한다는 내 말이 그렇게 엉뚱했을까. 난 진심으로 한 말이었다. 장구한 시간의 기억을 망각하기로 결심한 화랑은 물론 나와 반대의 경우다. 하지만, 둘 다 외롭고 두려운 건 마찬가지 아닐까. 홀로 기나긴 기억에 매달려 있는 자와 이렇게 홀로 기억을 망각당하는 자 둘 다 말이다.

나는 잔을 기울여 목구멍으로 맥주를 들이붓듯이 넘겼다. 순간, 내 고개가 벽걸이TV 쪽으로 자동으로 돌아간 건, 맥주가 반쯤 남았을 때였다.

구종휼?

앵커는 분명히 구종휼이라는 이름을 발음했다. 나는 화면을 바라보았다. 화면에 거대한 회의장이 비쳐졌다. 앵커는 뉴미디어통신위원회에서 주최한 국제방송통신컨퍼런스가 ××호텔 국제회의장에서 열렸다고 전했다. 바뀐 화면 속에는 회의 단상 앞에 서서 기조연설 중인 육십대 사내가 클로즈업되었다.

나는 손가락으로 화면을 가리키면서 자리에서 솟듯이 일어섰다. 알 수 없는 흥분이 나를 움직인 것이다.

"구종휼 사장님이 왜 저기에 있지?"

숨을 뱉듯 입에서 자연스럽게 흘러나온 말이었다. 순간적으로 나는 그 말을 왜 뱉었는지 알 수 없어 당황했다. 내 안에 꽉 차오르는 흥분과 의문들이 이물스러웠다. 혀와 입술의 움직임도 그런 느낌이었다.

국진원이 낄낄 웃으며 내 머리를 쳤다.

"취기가 도니 머리가 멍해졌냐. 뭐, 사장님? 구종휼 위원장이잖아. 뉴미디어통신 위원장."

혼란스러웠다. 혼란은 평소와 달랐다. 내 안에 무언가가 움직이고 있는 게 확연히 느껴진 것이다. 섬뜩한 느낌이다. 구종휼 사장님이란 말도 내 입에 너무 익숙했다.

"말도 안 돼. V신문 사장님이 어떻게."

이번에도 내 입에서 튀어나간 말은 내가 한 말이 아니다. 나는 일어선 채 뒤로 한 발 물러섰다. 의자가 뒤로 넘어지면서 큰 소리를 냈다. 홀 안의 시선들이 내게 꽂혔고, 국진원이 놀란 얼굴로 내 팔을 잡았다. 나는 숨을 쉴 수가 없었다. 명치가 울렁거리면서 어지러웠다.

무조건 밖으로 튀어 나갔다. 뒤따라 나온 국진원이 내 옷깃을 잡아당겼다.

"너 왜 그래?"

"미안해. 나, 먼저 가야겠어. 많이 취한 모양이야."

국진원이 걱정스런 표정으로 말했다.

"네가 너무 예민해져서 그러는지 몰라. 가서 푹 자라. 그럼 괜찮아질 거야. 월요일 날 회사에서 보자. 잘 가!"

잘 가. 그 말은 마치 마지막 인사처럼 들렸다. 사실 조금 전부터 국진원이 낯설게 보이기 시작했다. 박영원의 기억이 마윤수의 현재를 집어삼키고 있는 거였다. 이제 시간이 없었다.

버스에서 내려 집을 향해 걸었다. 발걸음은 빨라졌다. 떨리는 손으로 재킷 주머니에서 담배를 꺼냈다. 달랑 한 개비가 남아 있었다. 다시 주머니에 집어넣고 골목 입구에 있는 편의점으로 가 한 보루를 사들고 나왔다. 재난 대비용 비상식량을 준비하는 기분이었다.

담배를 입에 피워 문 채 긴 소파에 등을 기댔다. 다시 몸을 앞으로 당겨 앉아 탁자 위 노트북을 열었다. 사방이 돌기 시작하더니 마우스를 쥔 손이 저만치 탁자 끝까지 길어져 보였다. 담배를 힘껏 빨아 연기를 삼킨 뒤, 박영원의 미니홈피로 겨우 접속해 들어갔다.

사진첩 사진들을 하나하나 보았다.

이 사진들을 홈피에 올린 건 바로 내 손이라는 사실을 상기했다. 마우스를 쥔 두툼한 손을 내려다보았다. 삼 년 전엔 박영원의 의지에 따라 움직였던 손이다. 그때는 이렇게 퉁퉁하게 살이 붙은 손이 아니었겠지. 그럼 지금 이 홈피를 바라보는 나는 과연 누굴까?

숨이 막힌다.

이렇게 허무하게 사라지는 것인가? 나는 깨끗하게 지워지는 것인가? 이 몸속에서? 이 세상에서?

몸 안에서 뜨거운 것이 끓어오른다. 나도 모르게 언어라고 할 수 없는 소리가 목구멍에서 터져 나왔다. 울부짖는 소리. 나는 두 손에 얼굴을 파묻었다. 눈가에 고인 물기가 손가락 사이에 흘렀다. 내 입에선 울음 섞인 중얼거림이 쉬지 않고 흘러나왔다.

살려줘…… 구해줘…… 이렇게 지워질 수는 없어……. 에이 씨, 젠장…… 이렇게 지워질 수는 없어…….

시간이 없었다. 나는 얼굴에서 거둔 손으로 마우스를 쥐고 박영원의 홈피 방명록으로 들어갔다. 하얀 공간에 뜬 커서가 깜박이며 기다리고 있었다.

손가락이 키보드 위에서 경련하기 시작했다.

또 다른 나 박영원 씨에게.

안녕하십니까? 난 약 삼 년 동안 당신의 몸속에서 마윤수란 이름으로 살던 '나'입니다……

III

마지막 통화

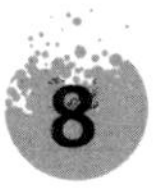

눈을 떴다. 얼마나 잤는지 눈꺼풀을 밀어올리기가 힘들다. 웅크린 몸을 일으켜 기지개를 했다. 이 긴 소파에서 밤새 잠든 모양이었다. 두 손으로 팔뚝을 문지르며 주위를 둘러보았다. 이상한 느낌이 들었다. 눈을 손등으로 비비고는 다시 한 번 사방에 눈을 꽂았다. 열두 평 남짓한 원룸이다.

여기는 어디지?

순간 머릿속을 파고든 의문이었다. 나는 숏듯이 일어서서 소파며 방 구석구석을 부릅뜬 눈으로 살폈다. 탁자엔 입을 꾹 다문 노트북이 놓여 있고, 그 옆으로 담배꽁초가 재떨이에 무덤을 이루고 있다. 무덤 주인이 누군지 궁금했지만, 그것보단 내가 왜 여기 있는지 알아야 했다. 기억을 떠올려 보았다. 아무것도 떠오르지 않았다. 머리가 이토록 무거운 걸 보면 어젯밤 술을 먹었던가. 그래, 술을 먹은 것 같다. 뭣 때문에 먹었는지는 모르겠다. 괴로운 일? 모르겠다. 아무튼 머릿속이 뿌옇기만 하다.

그런데, 여긴 누구의 집인가.

요의를 느껴 화장실로 들어갔다. 변기 앞에 무심히 서서 소변을 배설한 뒤, 세면대 앞으로 다가갔다. 물을 틀고 고개를 들었다.

어!

온몸이 얼어붙었다. 세면대 위에 걸린 거울 속 남자는 내가 아니었다. 숨도 제대로 쉬지 못한 채, 나는 거울 속 사내를 뚫어지게 바라보았다. 나는 배가 나오기는커녕 초콜릿 복근에 호리호리하고 단단한 체구를 유지했다. 또한 무테 안경에, 앞머리를 올백으로 빗어 넘기고 뒤통수를 바짝 친 스마트한 헤어스타일을 고수했다. 그런데 두부살 붙은 뚱뚱한 풍채라니. 복어처럼 나온 뱃살은 더 끔찍하다. 게다가 까만 사각뿔테 안경에 앞머리가 내려온 뱅헤어 스타일은 또 뭔가. 두 손으로 머리와 얼굴을 더듬어 만졌다.

악몽을 꾸고 있는 것인가. 지금 이게 다 뭐지.

세면대의 넘쳐흐르는 물속에 손을 넣었다. 차갑다. 얼굴에 찬물을 퍼부었다. 이 차가운 느낌이 꿈일 리 없다. 물마개를 뽑고 물이 소리를 내며 빠져나가는 것을 무연히 내려다보았다. 텅 빈 세면대 볼도 꿈이 아니라고 말하고 있었다. 걸대에서 타월을 빼 얼굴에 물기를 꼼꼼히 훔쳐냈다. 코와 눈가에 청량감이 스치면서 얼굴 전체가 개운했다. 바로 이런 느낌은 분명히 현실이다.

다시 거울 속 사내를 바라보았다. 입술을 꼭 문 퉁퉁한 얼굴이 거기 있었다.

저게 나야? 어떻게 하룻밤 사이에 저런 모습이 될 수 있는 거냐고.

나는 멍하니 선 채 거울 속 사내를 바라보았다. 사내의 표정이 점점 일그러지고 있다. 나는 이런 일이 과연 가능할 수 있는지 이해하려고 애썼다. 관자놀이에서 맥박이 세차게 뛰는 걸 느끼며 거실로 나왔다.

집안을 휘둘러보았다. 집주인에 대해 알 만한 것이 뭐가 없을까. 남자의 집임은 틀림없었다. 재떨이에 담뱃재가 수북했고, 화장실 선반에 놓인 면도기며 남성용 스킨 화장품이 있는 걸 보면 그랬다. 집주인은 어디로 간 걸까. 책장에는 '낚시 고수', '직장에서 성공하는 법', '영화와 소설 속의 공포란', '성공하는 사람의 공통점 100가지', '인생창조팁 알파에서 베타까지'와 같은 처세와 여가 활용, 그리고 공포영화와 관련한 잡다한 책들이 주를 이루고 있었다. 집주인이 대략 어떤 취향과 스타일의 사내일지 가늠이 되었다.

시선을 옮겨 책장 중간 칸에서 작은 액자들을 집어 들었을 때였다. 나는 또 한 번 놀라고 말았다. 화장실 거울에서 본 그 뚱뚱한 사내가 액자 속에 있었다. 그러니까 지금 내 모습인 것이다. 손이 떨리면서 들고 있던 액자가 떨어졌다. 액자가 바닥에 부딪쳐 유리 깨지는 소리가 날카롭게 귀를 찔렀다.

내가 왜 이 낯선 집에서 깨어난 것인가. 어떻게 이런 해괴한 일이 있을 수 있지.

거실 소파 팔걸이에 걸쳐진 재킷이 눈에 들어왔다. 허겁지겁 주머니를 뒤져보았다. 이 집이 내 집이라면 이 옷도 내 옷일 터. 지갑이 손에 잡혔다. 지갑을 열어 주민등록증을 빼보았다. 역시 거기에도 지금 내 모습과 똑같은 사내의 얼굴 사진이 붙어 있다. 이름이 마윤수였다.

마윤수?

낯선 이름이다. 반대쪽 주머니에서 핸드폰을 꺼냈다. 액정을 열어보니 액정 중앙에 조금 전 액자에서 본 그 얼굴 사진이 있고, 하단에는 역시 마윤수라고 찍혀 있었다.

내가 마윤수라는 건가?

온몸이 전율에 휩싸였다. 최근통화목록을 열어봤다. 손이 떨렸다.

정선화 부재중 전화

국진원 부재중 전화

정선화 부재중 전화

정선화 부재중 전화

L 기자 부재중 전화

김석기

고은님 부재중 전화

국진원 부재중 전화

국진원 부재중 전화

정선화 부재중 전화

정선화 부재중 전화

……

가만, L 기자?

다른 이름은 모르겠지만, L 기자는 눈에 익었다. 번호를 확인해보았다. 번호도 눈에 익었다. 알 것 같으면서도 빨리 떠오르지 않았다. 입술 끝으로 이름을 발음하며 내가 알 만한 사람들이 누가 있는지 생각해내려고 애썼다.

마침내 생각났다. L 기자. 그는 내 동료다. 직장동료. 기억이 어렴풋이 떠오른다. 조금씩 말이다. 내 직장이 V신문사이고 나 역시 기자라는 사실까지. 이건 마치 배우가 까먹은 대사를 겨우 생각해낸 것 같은 어색하고 묘한 기분이다.

그나저나 어떻게 그의 전화번호가 이 핸드폰에 찍혀 있는 걸까.

기분 나쁜 의혹이 머릿속을 엄습했다. 이 믿을 수 없는 황당한 상황에 L 기자가 연결되어 있는 걸까?

다음, 김석기? 이 이름도 어렴풋하지만 눈에 익다. 그냥 거기까지다. 머릿속이 엉켜버린 실뱀들로 가득한 기분인 것이다. 어쨌든 이 말도 안 되는 상황을 설명해줄 수 있는 사람은 딱 한 사람뿐이다. L 기자.

나는 숨을 길게 한 번 몰아쉰 뒤, 통화 버튼을 눌렀다. L 기자의 번호로.

신호가 몇 번 갔지만, 상대는 전화를 받지 않았다. 시계를 보니 오전 아홉 시 십 분이다. 출근시간이 지났다. 빌어먹을. 나는 시간 개념이 없는, 날렵하지 않은 나를 상상해본 적이 없다. 이 황당한 상황에 대해서라면 일단 사무실에 가서 L을 만나면 알게 될 것이다. L을 두들겨 패서라도 캐물을 테니까.

급한 대로 욕실로 가 선반에 구비된 화장품이 쓸 만한지 이리저리 살폈다. 마트에서 파는 보급형 저가브랜드의 스킨과 로션이 다다. 마윤수란 작자는 선크림 같은 것도 안 바르고 사는지 그런 건 눈 씻고 찾아봐도 없다. 있는 거라도 대충 얼굴에 발랐다. 거울 속에 보이는 헤어스타일은 도무지 어떻게 할 수가 없었다.

침대 옆에 있는 옷장 문을 열었다. 나도 모르게 한숨이 나왔다. 하나같이 후줄근한 옷뿐이다. 별수 없이 나는 개중에 편해 보이는 재킷으로 꺼내 입은 뒤, 재빨리 이 집을 빠져나갔다.

거릴 걷다가 나도 모르게 손부채를 하며 행인들을 바라보았다. 이상했다. 어깨를 다 드러낸 끈 나시 차림을 한 여자들이 한 둘이 아니었다. 어렴풋이 든 기억으로는 어제만 해도 사람들은 가벼운 재킷이나 가디건을 두른 긴팔 차림이었다. 나는 손부채를 하던 손을 슬그머니 바지주머니에 꽂았다. 하루 사이에 한여름으로 넘어간 것인가. 자꾸만 침이 말라간다.

나는 허름한 빌라들이 밀집한 골목을 벗어나 차도 쪽으로 갔다. 여기가 F동이라는 것을 알게 된 건 버스정류장 노선표를 보고서였다. 지나가는 사람에게 물어 전철역을 찾았고, 한 시간 만에 지하철을 타고 광화문역에서 내렸다. 어리둥절했다. 광화문 사거리에 수입자동차 영업소가 있던 자리는 어제만 해도 높은 가림막을 치고 한창 공사 중이었다. 철근을 실은 트럭과 레미콘 차량이 공사장 안으로 들어가고 안전모를 쓴 인부들이 바삐 움직이지 않았나. 지금 그 자리엔 외벽이 은색으로 반짝이는 20층 높이의 Y제약회사 빌딩이 서 있다.

나는 멈춰 서서 건물을 올려다보았다. 이건 있을 수 없는 일이었다. 어제 봤을 때만 해도 8층 정도 올라가고 있었다.

이마엔 차가운 땀이 맺혔다. 시선을 내려 거리의 사람들을 훑어보았다. 정말 모를 일이었다.

V신문사 회전문을 밀고 들어갔다.

입구에서 경비가 "무슨 일로 오셨습니까?" 하고 물었다. 처음 보는 경비였다. 언제 바뀌었을까.

내가 대답했다.

"여기 사회부 박영원 기잡니다."

그러자 경비의 입에서 돌아온 말은 사회부에 박영원이란 기자는 없다는 거였다. 경비는 의심하는 눈으로 나를 살피며 앞을 가로막았다. 나는 하도 어이가 없어 이를 악물었다.

"이 양반이! 경비일 그만두고 싶어요!"

막 열린 엘리베이터로 뛰어들었어야 했는데, 경비의 어깨 너머로 엘리베이터 문이 닫히는 걸 그냥 보고 있어야 한다는 게 화가 났다. V신문사 기자 박영원이라고 거듭 말했지만, 경비는 움직이지 않았다. 나는 고압적인 어조로 구종횬 사장실로 전화해서 날 바꿔달라고 요구했다. 경비는 희미한 눈빛으로 날 보더니 다른 경비를 불렀다. 두 명의 젊은 경비가 달려왔다.

나는 그들을 힐끔 본 뒤, 한숨을 뱉으며 턱을 내밀었다.

"사장실로 연락해달라고! 사장님한테 자초지종을 말할 테니. 당신 오늘 처음 출근한 경비인 모양인데 난 여기 기자라고. 나한테 이러는 거 실수하는 겁니다."

경비가 여유를 부리며 웃었다.

"이 젊은 양반 단단히 머리가 어떻게 된 모양이야. 아직 한창 나이인 것 같은데. 난 여기 경비 선 지 이 년차요. 좋은 말 할 때 돌아가요. 그리고 지금 사장님은 구종횬 사장이 아니랍니다. 뭘 제대로 알고 큰소리치시오."

"구종횬 사장이 아니라니?"

이게 무슨 소리인가. 사장이 바뀌었다고?

나는 계속 소리쳤다.

"내가 구종휼 사장님을 복도에서 그제도 봤는데 무슨 헛소리를 하는 겁니까."

"정말 이 사람 돌은 모양이군."

경비는 인상을 찌푸리며 밖으로 내보내라고 젊은 경비들에게 말했다. 나는 몸부림을 치고 소리도 질러봤지만, 두 경비에게 양팔을 잡힌 채 건물 밖으로 밀려나고 말았다. 회전문으로 들어가고 나가는 사람들이 나를 흘겨보며 지나갔다. 나는 그 자리에서 한 삼 분쯤 넋 나간 채로 서 있었다. 이 분 전엔 아는 얼굴이 회전문에서 나오기에 다가가 알은체를 했지만, 그녀는 눈을 흘기며 걸음을 재촉해 가버렸다. 동료 기자인 그녀는 전날 사무실에서 봤을 때와 달리 몸이 퍼져 있었다. 게다가 임신을 했는지 배가 티 나게 불룩했다.

하루 사이에 어떻게 저럴 수 있지?

선배 기자 둘도 "바빠 죽겠는데, 저리 비켜요. 아침부터 재수 없게." 하며 회전문으로 들어가 버렸다. 나는 두 선배 기자가 사라진 회전문을 망연자실 바라보았다. 무릎에 힘이 풀려 주저앉고 싶을 뿐이었다.

내가 나인 걸 어떻게 설명해야 하지?

답답하다 못해 치밀어 오르는 화를 억누를 수가 없어 두 손으로 머리칼을 흩뜨렸고, 세차게 보도블록을 발바닥으로 쳐댔다. 숨을 몰아쉬다가 내가 이러다가 미치는 게 아닌가 싶어 겁이 다 났다.

진정하자. 정신을 차려야 해.

일단 발길을 돌렸다. 다시 안으로 들어갔다가는 쫓겨날 것이 뻔했다. 무작정 거릴 걸었다. 편의점과 커피전문점을 지나고 횡단보도를 건넜다. 버스정류장이 보였고, 이어 간이매점이 눈에 들어왔다.

나는 신문가판대로 다가 가 신문을 집어 들고, 동전을 지불했다. 상인은 내민 손을 거두지 않고 내게 더 들이밀었다.

"드렸잖아요."

"백 원 덜 주셨죠."

하루 사이에 신문 값이 올랐나. 나는 백 원 때문에 언쟁할 기력도 없는 터라 바지주머니에서 백 원을 더 꺼내 손바닥 위에 올려주었다. 그런 뒤, 신문에 눈을 주었다.

순간 눈이 절로 커졌다. 연도가 달랐다. 삼 년이 뛰어버린 것이다. 나는 지나가는 사람들을 멍한 눈으로 바라보다가 다시 신문을 펴들었다.

'유럽순방길에 오른 J 대통령 내외는…….'

이건 또 뭔가. J 대통령이라니. S 대통령이었잖아……. 바뀌었어. 대통령이 바뀌었어. 대체 언제 대통령선거가 있었던 거야.

신문을 든 손이 떨렸다. 호흡을 가다듬으며 기사를 더 살펴보았다. '경찰관 마약조직 연루', '모 대학가 부근 모텔에서 20대 남녀 4명 동반자살', 'Y은행 F지점장 자택에서 투신', 'GBC 방송국 노조파업으로 9시뉴스 앵커 교체', '해마시술 소송 피해자 패소 판결 불복, 소송 2 라운드 돌입'……

시선을 좀 더 아래로 내렸다. 눈에 박혀 들어오는 이름이 있었다. 구종휼.

구종휼 뉴미디어통신 위원장, "뉴미디어와 컨텐츠의 중요성" 역설

어럽쇼, 구종휼은 V신문사 사장이 아닌가. 동명이인인가. 하단의 사진을 보았다. 회의장 단상에서 연설 중인 사람은 분명 구종휼 사장이었다. 언제 뉴미디어통신위원회 위원장이 된 거지. 시간이 정말 점프라도 했다는 말인가. 숨이 탁 막혔다.

그럼, 내 승진은 어떻게 되는 거야?

삼 일 전 구종휼 사장은 그의 승용차 안에서 내게 인사이동 때 파격적인 승진을 약속하며 아무 걱정 말라고 내 등을 가볍게 두드렸었다.

안 돼.

머릿속이 하얗게 굳어버리는 기분이었다.

아, 침착하자. 박영원. 허둥대지 말라고.

하지만 집까지 바뀐 것은 아닐까, 하는 생각에 부딪치자, 두근거리는 심장 소리가 시한폭탄의 타이머 작동하는 소리로 들리기 시작했다.

아내까지 어떻게 된 건 아닐까?

벨을 눌렀다. 기다리는 몇 초가 영원처럼 길었다. 아내도 날 알아보지 못할 거라는 불안한 생각이 머릿속을 맴돌았다.

문이 열렸다. 열린 문 사이로 아내의 얼굴이 나타났다. 아내의 눈과 마주친 나는 입이 얼어버린 기분이었다. 아내는 소화불량에 걸린 얼굴로 짧게 숨을 뱉고는 나를 문 안으로 잡아끌고 문을 닫았다. 뭔가 이상한 기분이 들었지만, 나는 안도했다. 아니, 감격했다. 아내만큼은 날 한눈에 알아본 것이다. 벅차오르는 기쁨에 아내의 손을 잡았다.

"어제 외박해서 미안해. 걱정했지?"

아내를 품에 꼭 안았다. 그러자 아내가 "뭐?" 하며 나를 매몰차게 밀어내고는 이제 기억이 돌아온 거냐고 물었다.

"기억이 돌아왔냐니? 그게 무슨 소리야?"

아내는 나를 쳐다보며 눈을 깜박거렸다. 그녀는 내가 삼 년 동안 행방불명 상태였다는 믿을 수 없는 소릴 했다.

삼 년 동안 행방불명?

나는 그 말을 되물었다. 아내는 내 표정을 살피며 말을 이었다. 행방불명됐던 내가 보름 전에 갑자기 나타나서는 아무것도 기억나지 않는다면서 이상한 질문까지 했다는 것이다. 아내가 무슨 소리를 하는지 알 수 없었다. 막연히 뭔가 잘못됐다는 불길한 느낌이 더 세차게 밀려왔다. 아내의 차가운 말투도 석연치 않았다. 결혼해서 지금껏 아내의 저런 말투는 처음이었다. 내가 아닌, 다른 사람에 대해 말하는 것 같았다.

그러고 보니 아내는 어제의 짧은 파마머리가 아니다. 어깨까지 내려오는 긴 단발머리였다. 머리카락이 하룻밤 사이에 이렇게 자랄 수는 없다. 나는 눈을 내려 내 뚱뚱한 몸을 보았다. 아침에 깨어나서부터 이해할 수 없는 일의 연속이다. 소파에 몸을 떨어뜨리고는 두 손에 얼굴을 묻었다.

왜 이런 일이 생긴 거지. 내게 일어난 일들을 다 말하면 아내는 날 이해해줄까. 어디까지 말을 해야 하나. 그런데 뭘 어떻게 얘기하지.

얼굴에서 손을 거두고 아내를 바라보았다. 나를 살피는 아내의 표정이 낯설다. 불편해하는 표정이다. 내가 정말 삼 년간 행방불명됐었다면 반가움이나 걱정이나 하다못해 연민이 묻어나는 표정이어야 하지 않을까. 아내와 나는 결혼 육 개월차 신혼부부다. 거리에서도 당당히 입맞춤을 하고, 없는 기념일도 만들어 둘만의 달콤한 이벤트를 즐기며 행복했다. 아내는 내가 쓴 기사마다 "역시 우리 박 기자 기사가 날카롭다니까." 하며 무조건 달달한 기사평을 내 귓가에 속삭였다. 집 안 꾸미기와 쇼핑을 즐기느라 지출을 과하게 했지만, 그녀는 퇴근 뒤 내가 들려주는 바깥 이야기에 귀를 쫑긋 세우며 하얀 손끝으로 예쁘게 말은 육포를 내 입에 넣어주는 사랑스런 아내였다.

아내를 처음 만난 건 친구와 모처럼 간 나이트클럽에서였다. 세련된 메이크업에 가죽미니스커트와 진 재킷을 걸친 그녀는 한눈에 박혔다. 부킹을 통해 대화를 시작한 그녀와 나는 말이 잘 통했다. 그녀는 취업 실패로 우울한 기분을 달래려고 나이트클럽에 왔다고 했다. 대학에서 시각디자인을 전공했고, 두 번의 광고디자인 공모에서 장려상을 받았지만, 원하는 광고회사에서 번번이 미끄러졌다는 이야기도 들려줬다. 그녀는 자신이 아는 재미난 광고디자인 이야기를 늘어놓았는데, 고상한 문장을 섞어가며 편집의 무한함과 의도와 묘미에 대해 또박또박 말했다.

우리는 어두운 조명 아래서 시간 가는 줄 몰랐다. 그때 나는 한 가수와 소송 중이어서 신경이 곤두서 있었다. 그 가수는 왜곡기사를 썼다며 나를 고소했다. 그 이야기를 꺼내자, 그녀는 신문에서 소송 기사를 봤다면서 "그 기사에서 박 아무개 기자가 바로 오빠였어요? 세상에." 하며 입을 동그랗게 열고 웃었다. 귓불 끝에서 하트 모양의 은색 귀고리가 찰랑거렸고, 입가에 만들어진 미소가 예뻤다. 그녀는 "이 세상에 편집되지 않은 게 어딨어." 하며 애교스런 어조로 나를 옹호하기까지 했다. 그 말이 귀에 쏙 들어왔다. 바짝 다가앉은 그녀의 어깨에 나도 모르게 손이 올라갔다. 그 뒤, 나는 만난 지 한 달 만에 그녀가 좋아하는 튤립 스무 송이로 된 꽃다발 속에 반지를 넣어 청혼했다.

고개를 돌려 집 안을 둘러보았다. 달라진 건 아내의 헤어스타일과 표정뿐이 아니었다. 집 안 곳곳이 달라져 있었다. TV가 있는 벽 쪽에 걸린 못 보던 그림에 눈이 닿았을 땐 숨이 탁 막혔다. 원래 그 자리엔 결혼식 때 찍은 사진이 큼지막한 액자에 담겨 걸려 있었다. 어디 갔지. 난 묻지 못했다. 내 가슴속에서 무언가가 소리 없이 새어 나가는 걸 느끼고 있었다.

아내는 계속 불편해하는 시선으로 나를 살폈다.

"당신 기억이 돌아온 거야, 아니야? 나 정말 헷갈려. 얼마 전에 두 번 여기 왔던 거 기억 못해? 나한테 사진 보여줬던 거 말야. 내가 그때 무슨 말 했는지도 모르겠네. 그래?"

따지는 말투다. 나는 어떻게 대답해야 할지 갈피를 잡을 수 없었다. 그때 배에서 들린 쿨럭, 하는 소리가 경직된 분위기를 갈랐다. 나도 모르게 아내의 표정을 살피면서 복어처럼 나온 배를 어루만졌다. 아침에 깨고 나서 지금까지 먹은 게 없었다.

나는 늘 하던 말투로 말했다.

"밥상 좀 차려. 나 배고파."

그 말을 꺼내는데 전혀 모르는 사람에게 구걸하는 기분이 들었다. 아내의 표정 때문이었다. 기막혀 하는 기색이 아내의 표정 전체에 싸늘하게 번져 있었다.

십 분 뒤, 아내가 차려준 밥상 앞에 앉았다. 밥이 목구멍으로 제대로 넘어가지 않았다. 내가 왜 이렇게 됐는지는 알 수 없었다. 불안과 답답함이 목구멍을 꽉 막고 있는 느낌이었다.

두 수저째 입에 퍼 넣을 때였다. 거실 탁자 위에 핸드폰이 진동했다. 아내는 재빨리 핸드폰을 집어 들고는 잠시 나를 힐끔거린 뒤, 건너 방으로 들어가 문을 닫았다.

약 이 분쯤 지났을 때, 방에서 나온 아내는 쭈뼛거리더니 언제 갈 거냐고 물었다. 나는 아내의 말을 이해할 수 없었다.

"언제 갈 거냐니? 가긴 어딜 가. 내 집인데."

아내는 답답하다는 표정으로 일하러 나가봐야 한다고 했다.

"일?"

이야기를 들어보니 아내는 내가 사라지자, 처가의 도움을 받아 대형마트 내에 꽃집을 차려 생활을 해왔다고 설명했다.

"그렇군. 그럼 나가서 일 봐. 나도 뭐 좀 알아볼 게 있어서 나가봐야지. 신경 쓰지 마, 여보."

그 말 끝에 고개를 든 나는 나를 빤히 바라보는 아내와 눈이 마주쳤다. 현관문 앞에 선 그녀는 레몬을 깨문 표정으로 잠시 망설이는 기색을 보이더니 "저기……." 하고 나를 불렀다. 수저를 입가에 댄 채 내가 왜 그러냐고 물었다. 아내는 어색한 표정으로 "아, 아니야." 하며 한숨을 내쉰 뒤, 나갈 때 문손잡이 잘 잡아당기고 가라고 한마디 던지고는 도망치듯 문을 닫고 나갔다.

나는 밥알을 씹었다.

뭐. 삼 년이 지나? 내가 행방불명이었다고? 난 지금 이렇게 아내가 차려준 밥을 먹고 있어. 다 착각이야. 그래, 삼 년이 지났다고 쳐. 그래서 달라지고 변하고 지지고 볶고 그로 인해 문제도 생겼을 수도 있겠지. 그래서 어쨌다고. 뭔가 문제가 생겼다면 해결하면 돼. 제자리로 돌려놓으면 돼. 아무것도 아니야. 내가 누구야. 나 박영원 기자야. 없는 근거에다 거짓제보자까지 만들어 완벽한 물타기용 기사도 눈 하나 깜짝하지 않고 쓴 사람이라고. 정치인들이나 기업인들 궁지에 몰렸을 때 물타기나 시선 돌리기용 조작기사로 고비를 넘겨준 것도 나라고. 내가 해서 해결 안 되는 거 있었냐고.

나는 중얼거리면서 턱에 힘을 주어 밥알을 씹었다. 억지로 씹었다. 모래알을 한 움큼 씹는 기분이었다. 다 식어버린 계란부침을 젓가락 끝으로 집었다.

순간, 식탁 주위로 몰려든 적막에 숨이 막혔다.

나는 누구지?

답을 알 수 없는 무서운 의문이 떠오른 것이다. 나는 목이 메어 캑캑거리다가 물을 마셨다. 눈가에 물기가 찔끔 고였다. 아주 오랫동안 물을 마셨다.

바지주머니 속에서 핸드폰이 진동했다. 아까도 몇 번은 진동했지만, 받지 않았다. 꺼내 보니 발신표시에 '회사사무실'이라고 찍혀 있었다. 어차피 이 핸드폰은 내 것이 아니다. 어디서 전화가 오든 나와 무슨 상관인가.

조금 뒤, 또 핸드폰이 진동했다. 이번엔 L 기자였다.

나는 수저를 소리 나게 내려놓고 통화 버튼을 눌렀다.

"야! 나 박영원이다."

"어쭈. 이야. 기억은 어때. 이제 좀 돌아온 거냐?"

또 기억이 돌아왔냐는 소리다. 내가 기억상실증이라도 걸려 있었단 말인가. 나는 당장 만나자고 했다. 내 목소리가 다급하게 들렸는지 L이 무슨 일이냐고 물었다. 나는 아주 중요하고 급한 일이라고만 말했다. 그러자 그는 지난번 만났던 그 공원 분수대 옆에서 보자고 대답했다.

"지난번 그 공원 분수대라니?"

"그사이 그것도 기억나지 않는 거냐?"

귀신이 곡할 노릇이란 건 이럴 때 써야 한다. 보름 전에 이곳에서 내가 L 기자를 만났다니. 이 공원 앞을 몇 번 지나다녀 봤어도 안으로 들어와 사람을 만난 적은 없었다. 도무지 알 수 없는 일이다. 나를 알아보지 못하는 이가 있는가 하면 아내와 L이 날 기억상실증 환자 취급을 하는 것도 이상했다. 가슴이 답답했다. 손바닥이 끈적거려 바지에 자꾸 문질렀다. 공원 벤치에 앉아 기다린 지 오 분이 지났을 뿐인데, 한나절이 지난 기분이었다.

분수대 옆으로 인라인 스케이트를 타는 아이들이 이리저리 움직이고 있다. 전화는 계속 걸려왔다. 발신자는 '회사사무실'. 받지 않았다. 단말기의 말 걸기가 내 신경을 계속 건드렸지만 무시했다. 마윤수에게 걸려오는 전화일 뿐이니까.

나는 인라인스케이트를 타는 아이들의 움직임을 바라보다가 고개를 돌렸다. 분수대를 돌아 벤치로 다가오는 L이 시선 안에 들어왔다.

신기하게도 L은 나를 한번에 알아봤는지 손을 흔든다.

도대체 누구에게 손을 흔드는 걸까. 나? 마윤수?

나는 내 옆에 다가와 앉은 L을 빤히 쳐다보았다.

"왜 그런 눈으로……"

"넌 내가 이런 뚱땡이 모습인데 날 잘도 알아보는구나. 내가 박영원으로 보여?"

내 목소리는 뻣뻣하게 나갔다. L은 내 얼굴에 제 얼굴을 가까이 대더니 이리저리 살폈다.

"무슨 소리 하는 거야. 일전에 만났을 땐 살이 쪄서 내가 못 알아보는 거라면서 몇 번이나 자기가 박영원이라고 해놓고는.

아무튼 말투가 쌩쌩한 걸 보니 기억이 돌아온 모양이군?”

나는 L을 쏘아보았다.

“마윤수가 누구야?”

L은 어깨를 으쓱했다.

“마윤수라니?”

처음 듣는다는 표정이었다. 나는 핸드폰 통화목록을 보여주면서 왜 L의 전화번호가 찍혀 있는지 추궁했다. L은 고개를 빼 핸드폰 액정에 눈을 주고는 뭐가 문제냐고 반문했다. 내가 이 핸드폰이 내 것이 아니라고 했는데도 그는 장난하지 말라며 희미한 미소를 지었다.

“네 핸드폰이 아니라면 누구 껀데?”

“마윤수.”

“마윤수가 누군데 그러는 거냐?”

시치미 떼는 걸까. 나는 치미는 화를 억지로 참으며 대답했다.

“네가 잘 알 거 아냐. 여기 이렇게 통화목록에 버젓이 번호가 남겨진 걸 보면 통화하면서 무슨 이야기를 한 거잖아. 안 그래?”

“도대체 무슨 소리 하는지 알아들을 수가 없군. 통화목록에 내 번호가 찍힌 날짜를 보니 일전에 만난 그날이네. 그리고 내가 만난 건 영원이 바로 너였어. 너 그때도 그 꼴로 나타나서 자기가 어떤 사람이었는지 기억 안 난다고 했잖아. 기억 안 나?”

"내가 언제 그런 헛소릴 했다고 그래?"

나도 모르게 언성이 높아졌다.

"너랑 나랑 K랑 셋이 입사 초기에 바에서 찍은 사진 출력해 갖고 와선 K 녀석을 가리키면서 누구냐고 묻기도 했잖아."

"사, 사진? K와 찍은 사진이라고?"

나는 숨이 멎는 것 같았다. 아찔한 현기증까지 느꼈다. 머릿속에 희미했던 목소리와 윤곽이 조금씩 선명해지는 느낌이었다. 그건 K였다. 소리 안 나게 침을 삼키며 L의 표정을 살폈다.

이 자식이 지금 날 떠보는 건 아닐까.

"그래. 그래서 삼 년 전 K와 네가 비슷한 시기에 증발해버렸던 일까지 얘기해줬잖아. 그것도 기억 안 나? 진짜 어디 새우잡이 배에 끌려가서 두들겨 맞아 정신이 이상해진 거 아냐? 아주 오락가락하네, 이거."

L은 동그랗게 뜬 눈으로 날 쳐다보았다. 나는 숨을 고른 뒤, 조심스럽게 물었다.

"그럼 말야. K가 아직 실종 상태야?"

"그래. 하지만 삼 년 만에 네가 나타난 거 보면 비슷한 시기에 사라진 그 녀석도 조만간 나타나지 않을까."

L의 눈은 어쩐지 불편했다. 두 눈에서 알 수 없는 반짝임이 느껴졌다.

그는 잠시 뒤, 말을 이었다. 그동안 나와 K의 행방을 알아보려고 백방으로 뛰어다녔다는 것이다. 동기 둘이 비슷한 시기에 한 주 간격으로 증발했다는 사실이 석연치 않았고, 거기에는 무슨 연관이 있을 거라는 추측도 했다고 자초지종을 늘어놓았다.

"K의 실종에 의문이 있었거든."

"의문?"

목소리가 떨렸다. 나는 눈 끝을 슬그머니 L의 눈에 겨누었다.

"K가 사라지고 나서 주위 사람들한테 알아봤는데 말야, 시간상 나와 통화한 게 마지막이었던 거야. 그런데 나와 한 그 마지막 통화가 수상했어."

마지막 통화라니. 뜻밖의 소리였다. 나는 표정을 가다듬고 자세히 말해보라고 채근했다. L이 말했다.

"나한테 전화해서 굉장한 특종을 잡았다고 했어."

"굉장한 특종?"

나는 그렇게 되묻고는 나도 모르게 '특종'이란 말을 입술 끝으로 중얼거렸다.

"그래. 끔찍하다는 표현까지 썼는걸. 바로 그 내용을 녹취한 자료를 손에 넣었다는 거야. 흥분한 목소리였어."

"그게 언제 통화한 건데?"

"특종을 잡았다고 한 그날이야. 연락이 끊기면서 실종된 걸로 추정되는 날이기도 하지."

나는 마른침을 겨우 삼키며 물었다.

"삼 년 전에 전화상으로 들은 걸 어떻게 아직도 기억하지? 어떻게 신뢰하냐고."

얼굴에 열이 느껴졌다. 그가 내 눈을 똑바로 응시하며 말했다.

"그 녀석이 얼마나 흥분해서 말했는지 지금도 귀에 생생한 걸. 또 혹시 몰라서 K가 전화상으로 말한 걸 들은 대로 기억나는 대로 메모해두었거든."

"K가 뭐라고 했는데?"

L은 고개를 돌려 주위를 한번 살핀 뒤, 내게 얼굴을 가까이 대고 말했다.

"구종휼 사장과 몇몇 거물급 정계, 재계 인사들이 교외의 한 고급 한정식집에서 은밀히 회동을 갖는다는 정보를 입수해서 그들이 나눈 은밀한 대화를 녹취했다는 거야. 그들 중 한 목소리가 이런 말을 했대."

나는 숨을 고르고는 빨리 말해보라고 몰아쳤다.

"잘 만져서 쓸모 있게 활용하는 방안이 있다고 했어. 그들은 그걸 개조라고도 했고 편집이라고 했는데, 그들은 일개 개인들의 기억 편집이 하나하나 축적되어 거대해지면 사회 전체의 성향과 마인드 조정으로 확장되는 거라고 흥분해서 말하더래."

"그게 무슨 소리지?"

"나도 그게 무슨 소린지 모르겠어."

"네가 그 녹취 내용을 직접 들은 거야?"

L은 고개를 저었다.

"아니야. 하지만 뭔가가 있는 건 분명해. 전화를 받았을 때 처음엔 K가 너무 흥분한 목소리로 빠르게 말하기에 헛소리하는가 싶었다고. 사실 그 친구 해고당한 게 구종휼 사장이 ㅎ학원 대표한테 대가성 뇌물을 받았다고 폭로했다가 무고죄로 벌금형 선고받고 회사에서도 괘씸죄로 해고된 거였잖아. 그래서 혹시 그 친구가 구종휼 사장을 물고 늘어지려다가 또 실수하는 건 아닌가, 하는 생각까지 했다니까."

나는 K가 더 자세하게 이야기한 게 있는지 물었다. L이 계속 말했다.

"K가 설명을 더 하려던 찰나 누가 노크를 한 모양이었어. 문 두들기는 소리가 희미하게 몇 번 들렸거든. K가 한 손으로 수화기를 막고 뭐라고 소리치고는 신경질적인 목소리로 잠깐만 기다리라고 했는데, 아마도 누가 노크를 했는지 나가보려던 거였나 봐. 그런 뒤, 뭔가 둔탁한 소리가 몇 번 들리더니 전화가 끊긴 거야."

내 안에서 심장 소리가 커지고 있었다. 나는 슬그머니 L을 보았다. L은 먼 곳을 응시하며 주먹 쥔 손을 다른 한 손으로 꽉 감싸 쥐고 있었다.

"전화가 그렇게 끊겨서 정말 기분이 찝찝했어. 내가 다시 걸었을 땐 전화를 꺼놨는지 신호도 가지 않았거든. 기분이 하도 이상해서 다음 날 K네 가족에게 전화했지. 가족들 말로는 그와 연락이 안 된다는 거야. 아무래도 문제가 생긴 것 같아서 핸드폰 위치추적을 통신회사에 의뢰해보라고 했어. 알아보니 K가 내게 전화했을 때 있던 곳이 도심 외곽의 한 민박집이라더군.”

“거기 가서 확인했어?”

“그래. 민박집을 찾아가 확인했는데, K가 그날 저녁 투숙한 게 맞았어. 민박집 노인 말에 의하면 친구들이 찾아와서 몇 분 뒤 그를 들쳐 업고 급히 병원으로 데려간다면서 차를 타고 갔다는 거야. 그가 우울증이 있었는데, 약을 먹고 쓰러져 있는 걸 발견했다면서 말야. 난 그 민박집 노인이 한 말이 납득이 가지 않았어. 우울증이라니. K는 우울증 같은 거 모르고 사는 친구였잖아. 약을 먹을 만한 친구도 아니고. 그 친구들이라는 사람들에게 봉변을 당한 거 아니겠어. 답답한 건 경찰들 태도야. 너무 소극적이었어. 가족이 실종 신고를 냈고, 내가 마지막 전화 통화를 했을 때 이상한 기분이 들었던 거랑 무슨 변을 당했을지 모른다는 정황을 말했는데도 그냥 이동전화 위치추적으로 통신이 마지막으로 끊긴 장소만 확인해볼 뿐, 그 이후 그의 행방에 대한 추적을 적극적으로 하지 않더라고.”

나는 L의 표정을 살피며 고개를 끄덕였다.

“그러니까 아직 K가 어떻게 된 건지는 알 수 없는 거군.”

“그래. 정황상 불길한 생각만 든다. 그래서 K가 한 말을 곱씹어보고, 궁리를 해봤지. 그날 그게 어떤 성격의 모임이었는지, 어떤 굉장한 이야기가 오고 갔는지 말야. 딱 이거다 싶은 게 떠오르지 않더라. 뭘 알아보려고 해도 어디서부터 손을 대야 할지 막막한 거야. K 그 녀석 행방도 통 알 수 없고."

그때 바지주머니에서 핸드폰이 진동했다. 진동이 온몸으로 번져 나도 모르게 어깨를 움찔했다. 몇 초간의 진동은 영원처럼 힘겹게 느껴졌다. 입안이 바짝 탔다. 나는 더 알아낸 건 없냐고 조심스럽게 물었다.

"전화상으로 들은 그런 정도 갖고는 실마리조차 찾기 힘들지. 어떤 확인도 없이 말을 옮기는 것도 위험한 일이잖아. 누가 믿어주겠냐. 게다가 정계 재계 인사들이랑 우리 신문사 사장이 끼어 있는 일인데. 참, 넌 그 당시 뭐 들은 거 없어. 너 구종흘 사장 따라다녔잖아."

L의 눈이 내 얼굴을 찔렀다. 나는 허벅지 밑으로 손끝이 떨리는 걸 느끼며 대답했다.

"아니, 몰라."

K가 녹취한 내용이 과연 뭘까? 그가 전화로 L에게 남긴 말은 또 무슨 의미일까? 문득 그런 의문은 현재 내게 벌어진 이 비현실적이고 어처구니없는 사태와 무관하지 않다는 느낌이 왔다. 내가 모르는, 예상치 못한 무언가에 대한 불안이었다. 만의 하나 K의 말이 사실이고, 드러나지 않은 어떤 일의 시작이라면? 그렇다면 K가 녹취한 내용이 어떤 형태로든 그동안 착실하게 진행되고 있을 것이다. 그게 뭘까?

내가 방금 떠올린 그런 의문을 내비치자, L은 무슨 생각을 하는지 말없이 팔짱을 하고 나를 응시했다. 차가운 침묵이 흘렀다. 핸드폰이 바지주머니 속에서 계속 떨고 있었다. 나는 진동을 견디며 생각했다.

어떤 일의 시작…… 진행되고 있는 일…… K가 끔찍한 내용이라고까지 했다면…….

내가 말했다.

"확인해봐야겠어."

내 말투와 표정이 자못 심각해 보였는지 L은 짐작 가는 게 있는 거냐고 쏘듯이 물었다. 나는 억지로 미소를 지으며 말했다.

"아니야. 짐작 가는 게 있으면 좋겠지. 내 말은 K가 너한테 한 말을 최대한 단서로 활용해야 한다는 뜻이야. 개인들의 기억을 편집한다는 게 정확히 무슨 말인지 모르겠지만, 한번 궁리해보는 거야. 실종되거나 자살했거나 또 의문스런 사고를 당한 사례를 추적해보는 것도 방법이겠지. 뭔가 나올지 모르잖아."

L이 말했다.

"그걸 어떻게 일일이 확인하냐. 막연한걸."

나는 L을 보며 속으로 불안을 삭였다.

그래. 막연한 게 사실이지. 하지만 불안하고 숨이 막혀서 가만히 있을 수 없어. 그게 뭔지 알아야겠어.

L이 물었다.

"그나저나, 넌 어떻게 된 거야? 삼 년 동안 어디서 뭘 했어?"

난 그냥 웃었다.

"나? 난 그 질문이 이해가 안 가는걸. 그냥 아침에 눈 떠보니까 지금이야. 나도 지금 뭐가 어떻게 된 건지 감을 못 잡겠어. 미치겠다고."

나는 아침에 낯선 집에서 깨어난 이야기서부터 시작해서 자초지종을 털어놨다. 거울을 보고 어리둥절했던 일, 신문사에 갔다가 아무도 날 알아보지 못했을 뿐만 아니라 로비에서 경비에게 쫓겨난 일, 신문에서 연도를 확인하고 경악한 일까지.

L은 듣는 내내 미간을 찌푸리며 눈을 깜박거렸다.

"정말 희한한 일이군. 영화에서나 있을 법한 상황이잖아. 아무튼 네 표정을 보니 꾸며댄 이야긴 아닌 것 같은데 말야……. 그럼 일전에 날 찾아온 게 네가 아니라, 마윤수였다는 거잖아. 태연스럽게 너인 척 하면서 내게 이것저것 묻더라고. 기억 안 난다면서 자기가 어떤 사람이었냐고 말야. 이야, 이거 소름 끼치는걸. 어떻게 그럴 수 있지?"

나는 L의 표정을 보았다. 흥분한 기색이 역력했다. 공기는 무더운데도 나도 모르게 어깨가 움츠러들었다. L 말마따나 마윤수가 나란 존재를 알고 의식했었다는 생각 때문일까? 마윤수는 내 행세를 하고 아내와 L을 만나고 다니면서 나에 대해 뭘 알아내려고 한 걸까?

"마윤수가 왜 나에 대해 물었을까?"

"모르지. 난 말야, 더 궁금한 건, 마윤수가 K랑 우리 셋이서 찍은 사진을 대체 어디서 구해 왔는지, 또 그 사진에서 왜 유독

K를 가리키면서 누구냐고 물었는지야. 아무래도 그게 걸려."

나 역시 그 점이 신경 쓰였다.

L이 손목시계를 힐끔 보더니 일어섰다.

"시간이 이렇게 지난 줄도 몰랐네. 지금 한창 열이 오르는 중인데 난 이제 가봐야겠군. 하필이면 이럴 때 출장 스케줄이 잡혀 있을 게 뭐야. 젠장. 오늘 취재차 지방으로 떠나야 해. 아무튼 네 문제 아무리 생각해도 믿기 힘들지만, 뭔가 심상치 않은 게 있는 것 같다. 일단 내가 도울 수 있는 건 도울게. K 문제도 그렇지만, 그동안 네 행방에 대해서도 늘 생각하고 있었거든. 연락해. 뭘 알게 되면 나한테 알려줘. 나 시간 없어서 먼저 간다."

나는 뒤돌아 달려가는 L의 등을 바라보며 숨을 뱉었다.

바지주머니에선 핸드폰의 진동이 또 왔다.

핸드폰을 꺼냈다. '회사사무실'로부터 부재중 전화가 세 통이 와 있다. 마윤수가 다니던 회사일 것이다. 어떤 회사인지 알 수 없으나, 무슨 용건인지는 쉬 짐작이 갔다. 마윤수가 오늘 출근하지 않은 것이다.

핸드폰이 또 진동했다. 액정에 이번에는 '정선화'라고 찍혀 있다.

이건 또 누구지?

나는 받지 않았다. 십 초 뒤, 문자가 왔다.

혹시 박영원 씨? 나 정선화라고 해요. 제발 내 전화 받아요. 중요한 일이에요.

박영원 씨? 뭐야. 내 이름을 알잖아.

불쑥 두려움이 앞섰다. 마윤수의 핸드폰으로 내게 연결을 시도하는 이 정선화라는 사람은 대체 누굴까. 나는 침을 삼키며 한참 핸드폰의 액정을 들여다보았다.

잠시 뒤, 핸드폰이 다시 진동했다. 나는 흠칫 놀라 목을 뒤로 뺐다.

받을까. 무시할까.

머릿속에서 온갖 생각들이 빠르게 시소를 탔다. 이내 통화 버튼을 눌렀다.

"안녕하세요, 박영원 씨."

차분한 여자 목소리였다.

"박영원 씨죠?"

나는 망설이다가 그렇다고 대답했다.

"맙소사!"

경악에 찬 목소리였다. 충격이 전화선을 통해 고스란히 전달되었다.

"기억이 돌아온 거예요?"

나는 대답 대신 누구냐고 물었다. 그녀는 나와 마윤수를 모두 잘 알고 있는 사람이라고 했다.

"당신 뭐지? 마윤수와 무슨 관계고 날 어떻게 잘 안다고 하는 거야!"

그녀는 몇 초간 대답을 않다가 일단 만나서 이야기하자고 했다.

정선화란 여자는 누굴까. 나에 대해 뭘 안다는 건가. 함정은 아닐까. 전화를 끊어버릴까.

하지만 막연한 호기심이 나를 사로잡았다. 함정이든 뭐든 이 여잔 지금 나의 이 상황에 대해 말해줄 수 있는 유일한 사람일지도 몰랐다.

✝

창가에 앉은 여자가 나를 향해 손을 흔들었다. 늘 보는 사람에게 하는 익숙한 손 인사였다. 그만큼 뚱뚱한 내 모습을 잘 안다는 뜻일 터.

내가 테이블 앞에 마주 서자, 그녀가 일어서서 손을 내밀었다.

"정선화예요. 반가워요. 일전에 당신에 대해 마윤수 씨와 대화한 적이 있어서 기억이 돌아왔다는 걸 쉽게 짐작했어요."

가는 톤의 목소리지만, 말투는 시원했다. 나는 망설이다 손을 가볍게 잡았다. 따뜻한 손이었다. 또렷한 눈매에 짧은 머리와 긴 귀고리가 내 시선을 잡아당겼다. 여자의 차분하고 지적인 분위기에서 어떤 수상한 노림수 같은 건 아직 발견할 수 없었다. 그럴수록 내 신경은 더 곤두섰다.

의자에 등을 기대며 내가 퉁명스레 물었다.

"나에 대해 마윤수와 대화했다니요? 뭘 얘기했죠?"

"당신이 자살 결심을 했을 것이고, 그 이유가 뭔지에 대해서
요."

자살? 내가 자살을 결심했을 거라고? 아니다. 자살이라니.

말도 안 된다고 생각하는 순간, 아찔한 현기증에 얼어붙는
느낌이었다. 몸을 움직일 수가 없었다. 눈을 감았다. 머릿속 어
느 구석에 작은 빛이 자라고 있었다. 마치 고장 났던 작은 슬라
이드 기계가 빛을 뿜으며 천천히 돌아가는 것처럼. 눈을 감은
채 그 작은 움직이는 빛에 집중했다. 그제야 흐릿하기만 했던
지난밤 일의 한 조각이 머릿속에 빠르게 재생되기 시작했다.

어젯밤 나는 괴로움을 잊으려고 소주 두 병을 마셨다. 하지
만 잊기는커녕 더 깊은 절망에 빠졌다. 절망은 죽음의 충동을
불러왔다. 급기야 나는 떨리는 손가락을 움직여 아내에게 '미안
해 여보'라는 문자메시지를 전송한 뒤, 18층 V신문사 사옥 난간
에 올라섰다.

그다음은? 올라섰을 때, 어떤 목소리가 말을 걸었던가? 그
래. 귀에 부드럽게 감겨드는 목소리였다. 아주 비현실적인 느낌
이었는데, 괴로운 기억을 다 지우고 타인의 기억으로 새 삶을
사는 게 어떠냐는 말을 했었다. 그다음엔? 기억나지 않는다. 지
금 생각해보니 목소리가 나타나 그런 제안을 했다는 게 실제였
는지도 헷갈렸다. 꿈이었을까. 꿈이라 해도 석연치 않은 구석이
있었다. 몸 어딘가 통증이 느껴지지만, 만지면 아무것도 만져지
지 않는 그런 답답함이었다.

괴로운 기억을 지우고 타인의 기억으로 산다? 그게 가능한 것일까?

나는 처세주의자, 조작전문기자, 딸랑이 같은 말로 수군대는 소리를 듣고 있었다. 시기나 일삼는 소인배들의 말이라면 무시하면 그만이었다. 그따위 소리에 신경 쓸 만큼 나는 한가하지 않다. 수단과 방법을 가리지 않고 머리 굴리고 움직이지 않으면 밑으로 가라앉고 마는 게 세상이지 않은가. 하지만 그런 수식어들이 날 수렁에 밀어 넣었다는 걸 깨달았을 때, 나는 자살을 생각했다.

자살에 왜 실패했는지 기억이 잘 나지 않는다. 타인의 기억으로 사는 게 어떠냐던 목소리만 아련하다. 목소리의 말대로 소설이나 영화 속 이야기처럼 사는 게 가능하다면 난 그 방법을 선택했을까. 아니지. 아니야. 헛소리를 들었을 뿐이야.

나는 얼굴을 두 손에 묻고 깊은 숨을 뱉었다. 숨소리는 흐느낌으로 바뀌었다. 손에서 얼굴을 들었을 때, 정선화의 놀란 눈과 마주쳤다. 나도 모르게 숨을 크게 들이마셨다. 현장을 들켜버린 범죄자처럼 몸 둘 바를 몰라 숨을 가다듬으며 시선을 돌렸다. 낭패였다.

그녀는 나를 잠시 살피더니 "잠시만." 하고 일어났다.

약 이십 초 뒤, 그녀는 쟁반에 따뜻한 커피 두 잔을 들고 와 앉으며 잔을 내 앞에 밀어주었다. 그 소리 없이 정갈한 손놀림에 여유와 친절이 느껴졌다. 분명히 날 이상하게 봤다. 뭔가를 눈치챘을까.

"내가 알아서 미리 주문해뒀죠. 아메리카노 괜찮죠? 난 이것만 마셔요."

그녀는 잔을 입으로 가져가면서 맑은 미소를 지었다. 어떤 비난도 허하지 않겠다는 방어적 미소다. 딱 한눈에 자기주도 성향의 친절이 몸에 밴 여자라는 느낌이 왔다. 이런 사람은 목적의식이 분명하다. 목적. 그게 뭘까. 이런 유형의 여자와 상대할 땐 틈을 보이지 않는 게 최선이다. 그런데 벌써 난 틈을 보여주지 않았나. 아까 내 행동에 대해 캐묻는 건 아닐까. 내가 자살을 결심했을 거라는 얘길 또 꺼내는 건 아닐까. 그러면 뭐라고 해야 하지.

나는 아무 소리 않고 커피를 한 모금 입에 댔다. 내 얼굴 위로 가는 시선이 지나갔다. 슬쩍 보니 그녀는 묻고 싶은 무언가를 입에 문 표정이었다. 질문과 유도. 그건 기자인 내게 익숙한 대화의 방식이다. 난 이 어처구니없는 상황을 파악하기 위해 이 여자를 만나고 있다는 걸 명심해야 한다.

하지만, 선수를 빼앗겼다. 질문을 시작한 건 여자였다.

"마윤수였던 기억, 정말 다 사라진 거예요?"

또 기억 이야기다. 내가 대답하지 않자, 그녀는 주위를 한번 살피더니 손바닥을 입에 대며 낮춘 목소리로 이어 말했다.

"맙소사! 기억이 사라진 게 맞군요. 확실해. 확실하다고요."

나는 이 여자의 표정을 해독할 수 없었다. 얼굴을 점령한 묘한 경악.

"바로 당신은 해마시술 부작용 피해 사례 가운데 아직 알려지지 않은 사례예요."

"해마시술 부작용?"

내가 그게 무슨 소리냐고 묻자, 그녀는 흥분을 드러내며 내가 해마시술을 받은 게 분명하다고 대답했다. 그녀의 말은 황당하고 어처구니가 없었다.

해마라니. 해마시술이라니.

정선화는 해마가 뭔지 해마시술이 뭔지 자세히 설명했다. 나는 언젠가 믿거나 말거나 식의 소문으로 들은 적이 있는 기억 클리닉 회사를 떠올렸다. 그게 해마였나. 내가 어렴풋이 알고 있는 것을 언급했더니 그녀는 고개를 끄덕이며 그 회사가 맞다고 확인해주었다. 그러고는 어깨를 내 쪽으로 당겨 말을 이었다.

"며칠 전 당신은 내게 놀라운 이야기를 털어놨어요. 그러니까 마윤수였던 당신 말이에요."

마윤수였던 나? 놀라운 이야기?

나는 침을 삼켰다. 그녀가 눈을 반짝이며 의미심장한 목소리로 말했다.

"자신에 대한 이야기였죠. 짜깁기된 괴물 이야기. 이름과 신분 따로, 기억 따로, 몸 따로 조합된 인간. 그 이야기를 하면서도 윤수 씨는 자신이 해마시술을 받았을 가능성에 대해선 짐작도 못하고 있었어요. 충직한 해마 직원이었으니까. 하지만 난 이야길 듣는 순간 감 잡았죠."

나는 아무 말 없이 그녀의 말에 집중했다.

"지금 박영원 당신은 그 부작용으로 이런 믿기지 않는 상황에 처해 혼란스러워하고 있는 겁니다."

"말도 안 돼."

나는 고개를 저었다. 해마라는 곳에 간 적도 없을 뿐만 아니라, 시술이건 수술이건 받은 기억이 없다. 그녀의 설명 끝에 문득 걸리는 구석은 있었다. 투신하려고 빌딩 난간에 섰을 때 다가온 그 목소리 말이다. 내가 정말 들은 건지 확실치 않은 꿈속 같았던 음성. 내 표정이 어두워졌던지, 정선화는 호기심 어린 시선을 내게 겨누었다.

그녀는 이번에는 "그럼 해마에서 일했던 것도 다 머릿속에서 없어진 건가요?" 하고 물었다.

나는 목에서 열기가 밀려와 얼굴로 뻗는 느낌이었다.

"해마에서 일하다니요. 그건 또 무슨 소리죠?"

그녀는 마윤수가 해마의 상담사였다고 말했다.

"해마의 상담사?"

"그래요. 해마에 대해 더 캐내야 하는데, 이렇게 빨리 기억이 다 사라질 줄은 몰랐어요."

이 여자는 해마에 대해 뭘 캐내려고 했던 걸까.

"당신 뭐요. 정체가."

그녀는 내 표정을 살피더니 이내 공모자의 눈빛으로 말했다.

"내 얘기 듣는 순간 우린 한배를 탄 걸 알게 될 거예요."

그녀의 눈은 내 눈을 빨아들일 듯 반짝였다. 하지만 잠시 목을 가다듬으며 커피 한 모금으로 입술을 적시는 표정은 어딘가 달랐다. 조금 전의 의기양양하고 공격적인 기색이 전혀 없었다. 꾹 물었던 입술이 열리면서 내 귀를 흔들어놓은 건 실종된 오빠 이야기였다.

그녀의 담담하면서도 절박한 눈빛에 나는 말을 중단시킬 수 없었다.

그녀는 다정했던 오빠와 어느 날 연락이 되지 않아 올케에게 전화했다. 실종된 것 같다는 올케의 말투는 너무 차갑고 태연했다. 오빠와 올케 사이에 흐르던 냉기류를 모르던 바 아니었지만, 정선화는 분노했다. 식품회사 개발부 차장으로 있던 오빠는 내부비리를 고발했다는 이유로 부당해고를 당했다. 억울함을 호소하려 했던 오빠의 노력은 허사였다. 재취업에도 실패했다. 그런 오빠를 올케는 답답해했고, 그러다 보니 부부싸움도 잦아졌다. 부족한 생활비에서부터 대학 들어간 아들 등록금 문제까지 싸움의 이유는 늘어만 갔다. 행방불명된 가장을 찾을 생각도 하지 않는 올케와 다 큰 조카가 정선화는 이해가 가지 않았다. 오빠를 찾기 위해 그녀는 신문에 광고도 내보고 전단지도 뿌렸다.

그렇게 그녀는 간간이 들려오는 제보를 따라 여러 지역을 찾아다녔다. 그러던 중에 해마센터 부근에서 오빠를 봤다는 제보 전화를 받았다. 파고들수록 해마센터는 이상한 데가 있었다. 해마시술 부작용 집단소송 문제에 관심을 갖게 된 건 그래서였다. 정보 수집차 해마 홍보 담당자와 통화도 시도했지만, 쉽지 않아 생각다 못해 해마에 고객을 가장해서 찾아갔다. 그때 상담해준 사람이 마윤수였다. 그녀는 잘 하면 그에게 쓸 만한 정보를 얻을 수 있겠다고 판단하고, 대화 기회를 만들기 위해 계속 전화했다. 그 결과 만남이 이루어졌고, 마윤수에게 상상도 못한 이야기까지 듣게 된 것이다.

"처음엔 나도 무슨 소리인지 이해할 수 없었어요. 하지만 윤수 씨가 술을 마시고 조금씩 털어놓은 이야기를 다 듣고서야 해마시술을 받은 게 분명하다는 확신이 왔죠. 그리고 일주일 뒤인 오늘 박영원으로 돌아온 당신을 이렇게 다시 보고 있는 거구요."

나는 그녀를 빤히 보았다. 그녀는 해마의 내부정보를 캐내는 건 물 건너갔다면서 허탈한 미소를 지었다.

"하지만 박영원 씨 당신 자체가 아주 귀한 증거랍니다."

다시 회복한 의기양양하고 공격적인 말투였다. 그녀는 내 눈을 응시하더니 커피잔을 입에 댔다. 나는 여자가 날 만나려고 했던 이유를 비로소 짐작했다. 상상도 못한 어떤 함정에 빠져버린 기분이었다.

정선화가 계속 말했다.

"참, 하나 물어볼게요. 당신이 자살하려던 이유에 대해선데요."

그럼 그렇지. 자살 이야기가 왜 안 나오나 했다. 조심하자. 파도 타듯이 넘어가는 거야.

"내가 윤수 씨한테 박영원이란 사람이 자살예방센터에 고민을 털어놨을지도 모르니까 알아보라고 했었거든요. 어때요, 제 추측이?"

나는 고개를 저었다.

"그런 곳엔 가지 않았어요."

여자의 눈이 조금 가늘어졌다.

"오호! 자살하려던 건 맞고……. 어떤 괴로운 일이 있었던 거죠? 그렇죠? 어떤 사건과 연루된 거 맞죠?"

"사건? 이봐요! 지금 무슨 헛소리를 하는 겁니까. 이 세상에 자살하는 이유는 수도 없이 많아요."

나는 나도 모르게 테이블을 주먹으로 내리치면서 소리쳤다. 사방에서 시선이 내 쪽으로 날아왔다. 얼굴이 화끈거리고 심장이 주체할 수 없이 요동쳤다. 테이블 위로 엎질러진 갈색 커피 방울이 바닥으로 뚝뚝 떨어졌다.

"뭘 그렇게 화를 냅니까."

정선화는 티슈를 손가방에서 꺼내 흐른 물기를 닦아준 뒤, 차분하고 깊은 눈길을 내게 주었다.

"이해해요. 화가 날 정도로 어처구니없는 상황이라는 거. 하지만 냉철하게 현실을 봐야 해요. 내가 보기에 사건은 분명히 있었을 거예요. 이렇게 예민하게 반응하잖아요. 당신이 진짜 기억을 못하고 있든지, 아니면 기억하고 싶지 않은 사건일 듯한데. 아무튼 좋아요. 좋아."

그녀는 커피를 한 모금 마신 뒤, 생각났다는 듯 얼른 가방에서 작은 태블릿 피시를 꺼냈다. 그러고는 인터넷에 접속해 해마 관련 기사를 찾아 보여주었다.

"자, 여기 보세요."

'해마시술 소송' 피해자 패소 판결에 불복, 소송 2라운드 돌입
시술부작용 피해자모임연대는 이번 소송을 위해 소비자단체와 연대해 전국적으로 해마시술 피해자와 가족으로 구성된 원고단을 모집하고, 소송의 원고 측 변호를 맡을 변호사 50여 명을 모집함으로써 전국적으로 해마 시술 부작용 소송을 확대 전개한다는 계획이다……

기사 내용에서 시선을 뗄 수 없었다. 정선화의 말은 사실일지 모른다는 생각이 들었다. 나를 두고 증거 운운했던 말도 괜한 소리는 아닌 것 같았다. 내가 해마시술 부작용의 새로운 사례라고 했던가.

그녀는 작은 수첩을 꺼내더니 질문을 하기 시작했다.

질문은 구체적이고 집요해졌다. 그녀는 삼 년 전의 내 사진을 수소문해서 찾아본 건 물론이고, 나와 관련한 사실들을 알

아봤다고 했다. 내 뒷조사까지 하다니 기가 막혔다. 그녀는 내 표정에 개의치 않고 생글거리면서 계속 말했다. 사진을 봤는데, 당시엔 호리호리한 모습이 꽤 핸섬 맨이었다고 슬쩍 내 기분을 올려주기도 하면서.

"지금 모습과는 너무 딴판이던데. 부인도 못 알아봤을 거예요. 그죠?"

그녀는 대화를 주도해나갔다. 기억이 돌아온 뒤, 어떤 것이 가장 충격적이고 두려웠냐고 묻기도 했다. 그러고 보니 오늘 아침에 깬 뒤, 지금까지의 시간이 서너 개월쯤 지난 느낌이었다. 그래서일까. 나는 그녀의 세세한 질문에 심각해져 쭈뼛거리면서도 입을 열었다. 두려웠던 일을 떠올렸다. 그러다가 심경을 토로한다는 게 그만 K와 함께 찍은 사진 이야기를 무심결에 하고 말았다. 치밀한 심리적인 유도에 내가 넘어간 것이다.

그녀는 움켜쥔 먹이를 놓치지 않고 물고 늘어졌다.

"윤수 씨가 왜 L에게 찾아가 그 사진 속 K를 가리키며 누군지 물었을까요? 당신은 그 사실이 신경이 쓰이는 거예요. 그런 거 죠?"

나는 조용히 숨을 고르며 그녀를 쏘아보았다. 질문은 계속 됐고, 내 입에서 말이 늘어지듯 흘러나오고 있었다. 내가 K 기자가 전화로 남겼다는 단서에 대해 흘렸을 때였다. 그녀가 흥분한 어조로 말했다.

"인간을 개조한다? 편집한다? 막연하지만 무슨 냄새가 나는 것 같네."

"무슨 냄새?"

"인간 개조에 준하는 무슨 수를 쓴다는 건 예전에도 있던 거 잖아요. 운동권 대학생들 강제로 군대로 끌고 가서 사상교육을 시키거나 말 안 들으면 두들겨서 병신을 만들거나 죽이거나."

지금이 어느 땐데 과거 그런 일들을 떠올리는 걸까.

정선화가 말했다.

"왜 그런 표정을 지어요? 과거의 그런 끔찍했던 일이 또 일어나지 않을 거라는 보장 있어요? 아무튼 만에 하나 무슨 일을 벌이고 있다면 어떤 식으로든 피해를 당하는 사람들이 있을 거예요. 괴롭힘을 당하거나 죽임을 당하거나 자살로 내몰리는 식으로 말이죠. 우리가 피상적으로 생각하는 것보다 무섭고 심각한, 상상을 초월하는 일들이 어딘가에서 진행되고 있는지도 모른다구요."

정선화의 추측은 나의 추측에서 좀 더 나아간 것 같았다. 그래도 막연하긴 마찬가지였다. 막연하기 때문에 느끼는 두려움은 더 컸다. 한계가 없는 두려움에 자칫 의식이 잡아먹힐 수도 있었다.

그녀가 말했다.

"제가 좀 알아보도록 하죠."

나는 기가 차 웃음이 나왔다.

"이 일은 당신 같은 여자가 나서서 될 일이 아닙니다."

정선화가 여유만만하게 눈을 찡긋하며 웃었다. 흘러내린 머리카락을 이마가 다 드러나도록 뒤로 넘기며 말했다.

"아, 그렇습니까? 왜죠?"

도전적인 미소가 흠칫 날카로워 보였다.

"이봐요, 정선화 씨……."

그녀가 내 말을 자르며 말을 뱉었다.

"난 당신과 마윤수 두 사람의 관계에 대해 잘 알고 있어요, 그리고 이건 당신 두 사람만의 문제가 아니고요. 실종된 K가 남겼다는 의문스런 전화 내용도 특정 누구 개인만의 일이 아니잖아요. 또 무엇보다도 난 오빠를 찾아야 해요. 알겠어요?"

나는 고개를 저었다.

"내 말 좀 들어봐요. 흥분하지 말아요. 나도 이 문제에 대해 확신이 없어요. 그리고 K 그 친구가 지금……."

"혹시 살해됐을지 모르는 상황이라고 생각하시는 거죠?"

나는 입을 벌린 채 그녀를 응시했다. 전율이 등줄기를 지나갔다. 그녀는 내 표정에 아랑곳없이 진지한 눈빛으로 날 돕겠다고 말했다.

날 돕겠다고? 뭘? 어떻게?

나는 입술 끝으로 비어져 나오는 쓴웃음을 문 채, 고개를 저었다. 자칫 위험할 수 있다고도 경고했지만, 그녀는 눈썹도 꿈쩍이지 않았다. 나는 표정을 가다듬었다.

정신 차리자. 어디서부터 어디까지가 사실인지 아무것도 알

수가 없지 않은가. 불나방처럼 달려드는 이 여자도 믿을 수 없
다.

일단, 이 여자의 집요한 관심에서 벗어나자.

✝

카페를 나왔다. 정선화에게 잘 가라고 목례를 하자마자, 등
돌려 빠른 걸음으로 걸었다. 여자는 나를 이용하려고 드는 게
분명했다. 세상 모든 이가 공모한 듯한 이 상황에서 내가 믿을
건 아무것도 없었다. 오로지 나뿐이었다.

무작정 걸었다. 두 개의 횡단보도를 건넜고, 버스들이 밀려드
는 정류장을 지났다. 정류장의 광고판마다 퀴즈 서바이벌 프로
그램의 우승자들이 환하게 웃는 모습이 박혀 있다. 천천히 걸
음을 옮기며 그 광고 이미지에 눈을 주었다. 환하게 웃는 저 연
출된 이미지들이 날 비웃는 것 같았다. 고개를 돌렸다.

그때, 뒤에서 누가 내 어깨를 쳤다. 놀라 걸음을 멈추고 뒤를
돌아보았다. 정선화가 헐떡거리며 서 있었다.

나는 기겁해서 소리쳤다.

"왜 따라와요?"

"걱정돼서……."

그녀의 표정은 쑥스러움이 담긴 미소로 일렁였다. 카페에서

자기 맘대로 아메리카노를 주문해놓고 슬쩍 물던 그 미소였다. 여자는 생각보다 막무가내인데다가 끈질기기까지 했다. 나는 차갑게 말했다.

"걱정? 누가 내 걱정하랬습니까? 그렇게 한가해요? 당신 갈 길 가시지."

그랬는데도 그녀는 계속 미소를 문 채 날 비스듬히 응시하며 쏘아댔다.

"누가 볼품없이 뚱뚱한 당신 같은 남자가 걱정돼서 그러는 줄 알아요? 난 내가 겨우 찾아낸 내 증거자료가 걱정돼서 그래요. 잃어버리면 안 되니까."

"증거자료?"

"그래요. 내가 그랬죠. 당신 자체가 증거자료라고. 난 당신을 포기할 수 없는걸."

기가 차서 웃음이 나왔다. 그녀도 나를 따라 웃었다. 그러면서 피차 서로 부담 느끼거나 불편해하지 말자고 당당하게 내게 말했다. 나는 고개를 돌린 채 대답 없이 가던 길을 걸었다. 그녀는 나와 보폭을 맞춰 따라 걸으면서 말을 붙였다.

"어디로 가는 거죠?"

"몰라요. 나도 내가 어디를 가는지."

"연락할 사람은요. 있어요?"

"연락해도 날 못 알아보더군. 회사에 갔더니 날 아무도 알아보지 못하던걸."

"신문사 쪽 사람들이야 못 알아보는 건 당연한 일이고, 해마 사람들은 당신을 알아보겠죠. 박영원이 아니라 마윤수로 보겠지만. 무단결근했으니 지금 난리 났겠네요?"

해마?

나는 걸음을 멈추고 고개를 정선화 쪽으로 돌렸다. 마윤수가 해마 직원인 게 정말이냐고 물었다. 그녀는 한숨을 내쉬더니 못 믿겠으면 확인해보라고 했다. 나는 망설였다. 그녀가 이렇게까지 말하는 걸 보면 거짓말은 아닌 것 같았다. 나는 핸드폰을 꺼내 '회사'로 찍힌 부재중 전화의 번호를 눌렀다. 두 번의 신호 뒤에 맑은 여자 목소리가 튀어나왔다.

"안녕하세요. 해마 클리닉센터입니다. 무엇을 도와드릴까요?"

나는 동그래진 눈을 그녀에게 고정했다. 그녀의 눈빛은 거봐라, 하는 조롱으로 반짝였다. 나는 말없이 듣고 있다가 5초 만에 통화를 끊어버렸다.

해마라? 마윤수가 해마의 상담사였다? 그런데 내가 왜 해마에서 시술을 받은 걸까? 그런 시술을 받았다면 그 이유와 시기를 내가 어떻게 모를 수 있을까?

그런 의문들을 곱씹으며 나는 멍한 표정으로 지나가는 사람들을 바라보았다.

그때 정선화가 내 팔을 끌어당겼다. 갈 곳이 있다면서 막 도착한 택시에 날 태웠다.

정선화는 택시기사에게 목적지를 길게 설명했다. 기사는 고개를 갸웃하다가 끄덕이기를 반복하면서 차를 몰았다.

택시는 한참을 달리더니 대규모 초고층 아파트단지 앞을 지나 단지 담벼락과 G공원 후문 사이에 난 일방통행도로로 미끄러져 들어갔다. 길고 구불구불 커브가 많은 길이었다. 키 큰 플라타너스가 좁은 도로 양쪽에 줄지어 서 있어 아직 해가 다 넘어가지 않았는데도 어둑어둑했다. 정선화가 손가락으로 앞을 가리켰다.

"저 앞에서 우회전요…… 저기 공중전화박스 끼고 좌회전요…… 우회전요…… 저 앞에서 세워주세요."

택시가 도착한 곳은 어느 카페 앞이었다. 차에서 내린 그녀는 길 건너 빌딩을 향해 팔을 뻗었다.

"저 빌딩이 바로 해마예요. 마윤수 씨가 다니는."

시커먼 유리로 외벽을 두른 20층 높이의 빌딩이었다. 나는 말로만 듣던 해마빌딩을 올려다보았다. 빌딩 꼭대기에 해마상이 있었다. 그걸 보자 정선화가 내게 했던 모든 이야기들이 사실일 거라는 확신이 왔다.

✚

집에 왔다. 피로로 금방이라도 쓰러질 것만 같았다. 아무 생각 없이 욕조에 들어가 뜨거운 물에 몸을 담그고 싶다는 생각뿐이었다. 목욕을 한 뒤 한숨 자고 나면 이 악몽이 싹 사라져 버릴지도 모른다는 생각을 하며, 벨을 눌렀다. 한 번, 두 번, 세 번.

인기척이 없는 걸 보니 아내는 아직 돌아오지 않았다. 문은 잠겨 있다. 당기기만 하면 자동으로 잠기는 디지털 잠금장치였다. 비밀번호를 눌렀다. 결혼기념일인 1128.

번호가 먹히지 않았다.

그래, 삼 년이 지났지.

그 사실을 깜박했다. 오전에 나올 때 아내의 당부대로 문손잡이를 당긴 게 후회스럽고 화가 났다. 하루 종일 이 어이없는 상황 속에서 나는 나를 잃어버린 기분이었다. 매사 계산하고, 빠져나갈 비상구 만들기에 주도면밀했던 내가 이렇게 무기력해지다니 믿을 수가 없었다. 일단, 내가 유일하게 쉴 수 있는 내 집에서 나를 추스르고 사태를 분석해볼 일이었다. 그러기 위해선 침착해야 하고, 아내에게 이해를 구해야 한다. 아내가 냉랭해진 건 무리도 아니다. 말도 없이 연락도 없이 삼 년 동안 사라져 있었으니, 원망도 쌓였을 테지. 왜 이런 일이 생겼는지 이해할 수 없지만, 현실을 인정하자.

아홉 시 반이 넘었다. 이 시각까지 꽃을 사러 오는 손님이 있을까. 혹시 내가 불편해서 늦게 오는 건 아닐까. 나는 고개를 저어 그런 생각을 털어버렸다. 약한 생각은 집어치워. 담배를 사고 바람도 쐴 겸 아내의 가게에 들러 같이 집에 오면 될 것이다.

내가 나타나면 아내의 표정이 어떻게 달라질까. 놀라겠지. 속으로 날 반가워할지도 몰라. 아내는 내가 해주는 키스와 애무를 좋아했다. 믿을 수 없지만 정말 삼 년을 내가 점프했다면 오늘 밤 꼭 안고 그동안 못한 사랑을 나누면 해결되는 거야. 그렇게 생각하자, 은근히 흥분까지 되면서 마음이 급해졌다.

꽃집은 집에서 멀지 않은 Q마트 입구에 위치해 있다고 했다. 근처 편의점에서 담배를 산 뒤, 천천히 마트 입구를 향해 걸었다. 쇼핑객들을 따라 마트 회전문을 통과했다. 은은한 바이올린 선율이 입구서부터 기분 좋게 내 귓속을 흘러든다. 쇼핑객들의 표정을 힐끔 보다가 마트 입구에 늘어선 크고 작은 가게 부스 쪽으로 시선을 미끄러뜨렸다. 제과점, 사진인화 코너, 안경점, 패션속옷 가게 그리고 그 옆이 꽃집이다.

유리문 앞으로 색색의 화분에 담긴 이름 모를 화초들이 놓여 있고, 장식 꽃바구니가 유리문 위에 달려 있다. 간판이며 가게 전면에 고급스럽고 세련된 분위기가 흘렀다. 아내의 감각이었다. 아내가 유리문 너머로 보인다.

나는 기분 좋게 유리문을 밀고 안으로 들어가려다가 그만 멈추고 말았다.

아내 옆에 남자가 있었다. 아내가 무슨 말을 했는지 그가 두 번 박수를 치고는 아내의 어깨에 손을 올렸다. 그 모습은 너무 자연스러웠고, 아내는 맑게 웃으며 그 손을 치우지 않았다. 나는 도저히 참기 힘들었다. 몸속에서 뜨거운 쇳물이 치솟는 기분이었다. 유리문을 소리 나도록 확 열었다.

아내와 남자의 눈이 동시에 내게 꽂혔다.

"그 손 치우지 못해!"

나는 달려들어 남자의 멱살을 잡았다. 남자가 나를 밀치며 소리쳤다.

"이 사람이 미쳤나. 당신 뭐야!"

내가 숨을 고르며 말했다.

"당신이야말로 뭐야. 왜 남의 아내한테 수작이야. 나 이 여자 남편이다. 이 개자식아."

"남편?"

남자가 어이없다는 표정으로 피식 웃으며 내 아내를 바라보았다. 당황한 아내가 갑자기 정색하며 어깨를 으쓱했다.

"난 모르는 사람이에요."

나는 아내의 뻔뻔한 표정에 기가 질려 입이 다물어지지 않았다. 남자는 나보다 좀 더 나이가 있어 보였는데, 한눈에 보기에도 고가 브랜드 양복을 걸친 기품 있는 몸맵시에 운동을 열심히 했는지 넓은 어깨에 균형 잡힌 몸이었다. 덕지덕지 비곗살이 붙은 내 몰골과는 격이 달라도 한참 달랐다.

아내에게 소리쳤다.

"당신 지금 날 모른다고 했어? 나 당신 남편이잖아."

아내는 난처한 눈으로 아랫입술을 꽉 물고 나를 바라보았다.

아내는 지금 흔들리고 있다. 흔들리고 있는 거라고. 매달려야 해. 설득해야 해. 아내까지 잃을 수는 없어. 나한테는 아무도 없다고.

현기증이 날 것만 같았다. 가게 유리문 밖에는 호기심으로 반짝이는 시선들이 시커먼 박쥐떼처럼 몰려들었다.

나는 아내의 두 팔을 움켜쥐고 빠른 템포로 설명했다.

"내 말 좀 들어봐. 내가 삼 년 동안 행방불명이었다는 건 나도 이해할 수 없는 일이야. 내게 무슨 일이 생긴 건지 정말 모르겠어. 사실 정말 괴로운 일이 생겨서 어리석게도 어제 회사 빌딩 옥상에 올라가서 투신하려고 했어. 그런데 어떻게 된 일인지 난 오늘 아침에 낯선 집에서 깨어난 거야. 바로 하룻밤 사이인데 그게 삼 년이 점프한 거라고. 내 말 믿어야 해. 당신은 정말 내 말 믿어줘야 해. 나한테 당신밖에 없는 거 알잖아. 나 당신 많이 사랑하는 거 알잖아. 내 말 믿어줘. 제발이야."

내 목소리는 어느새 울음이 섞여 있었다. 두려움의 분비물일 뿐인 울음. 눈물이 번진 내 눈이 아내의 눈을 응시했다. 하지만 아내는 고개를 돌려 남자와 눈을 교환했다. 남자는 검지로 관자놀이에 동그라미를 그리며 희미한 미소를 지었다. 그러고는 작은 목소리로 말했다.

"제정신이 아닌 모양이야. 하룻밤 사이에 삼 년을 점프했다잖아. 허허. 기막혀."

그러더니 그는 내 팔을 꽉 움켜잡고 밖으로 끌었다.

나는 소리쳤다.

"이거 놔! 난 저 여자 남편이야!"

"이 정신 빠진 양반아. 어디서 갑자기 나타나서 헛소리하고 지랄이야. 저 여자 남편이란 증거 있어?"

증거?

갑자기 숨이 멎는 것만 같았다. 결혼하고 혼인신고를 하지 않았다. 그리고 삼 년이 점프했다. 법적인 서류 따위가 있을 리 없다.

결혼사진?

아침에 거실 벽 액자에서 사라진 결혼사진이 생각났다. 아내는 일부러 없애버린 것이다. 그것만 봐도 그 밖에 다른 결혼사진 역시 남겨뒀을 리 없었다. 숨을 헐떡이며 고개를 돌려 아내를 바라보았다. 아내는 화분들이 진열된 선반 앞에서 팔짱을 하고는 눈을 내리깔고 있다. 내가 완전히 사라져주길 기다리는 건가. 아주 깨끗하게.

남자가 계속 말했다.

"왜 말을 못하지? 할 말 없는 것 같은데, 남편이네 뭐네 헛소리 집어치우고 나가시지."

나는 물기를 걷어낸 갈라진 목소리로 애원하듯 소리쳤다.

"여보! 말 좀 해. 나 당신 남편이야. 내가 한 말 제발 믿어줘. 그동안 연락 못한 거 내 책임이 아니라고. 나 지금 너무 혼란스럽고 힘들단 말야. 여보!"

남자는 희미하게 웃더니 내게 주먹을 날렸다.

"어디다 대고 자꾸 여보야. 미친놈. 어느 정신병원에서 탈출했어?"

턱이 화끈거리고 배에 통증이 피어났다. 나는 남자에게 질질 끌려 Q마트 회전문 밖으로 내동댕이쳐졌다. 남자가 고함쳤다.

"한 번만 더 나타나서 내 약혼녀한테 찝쩍댔다간 경찰에 신고할 것도 없이 내 손에 아작 날 줄 알아."

남자는 회전문 안으로 사라졌다.

약혼녀? 내 입에선 비닐 구겨지는 소리 같은 웃음이 나왔다. 손을 내려다보았다. 주먹을 꽉 쥐고 있었다. 손톱이 손바닥을 하얗게 파고들고 있었다. 손을 폈다. 삼 년이란 시간 동안 무슨 일이 벌어졌는지 알 것 같았지만, 왜 내게 그 일이 벌어진 건지는 알 수 없었다. 하필 왜 내게.

입가에 피를 닦은 뒤, 바지를 꼼꼼히 털고 콘크리트 바닥에서 비틀거리며 일어섰다. 허리며 엉덩이며 어깨가 다 뻐근했다. 주위를 둘러보았다. 지나가면서 나를 힐끔대는 사람들에게 하나하나 시선을 쏘아주며 소리 나게 웃었다. 길바닥에 침을 뱉고 다리에 힘을 주어 걸었다.

발길 닿는 대로 걷다가 한 모텔로 들어갔다. 방에 들어서자마자 문을 꼭 잠가 걸고 침대 위로 몸을 던졌다. 색 바랜 꽃무늬 천장을 올려다보았다. 낯선 이 작은 공간이 내가 비로소 쉴 수 있는 아늑한 관이라는 생각이 들었다. 기운이 없었다. 아내의 남자에게 얻어맞은 몸 여기저기가 욱신거렸다. 아침에 눈을 뜬 이후 지금까지 내게 벌어진 일들이 현실 같지 않았다.

욕실에 들어갔다. 세면대에 물을 세게 틀어놓고 두 손으로 물을 얼굴에 퍼부었다. 물기 묻은 얼굴을 들어 거울을 응시했다. 거울 속에서 마윤수가 나를 보고 있었다. 거울에서 눈을 뗄 수가 없다. 도망치지 못하도록 그의 눈이 나를 붙잡고 있었다.

거울 속의 얼굴은 다시 K로 바뀌었다.

K가 말했다.

"……스스로를 속이면 자신도 모르게 편집된 세상 속에 안주하게 되는 거야. 냄비 속 미꾸라지들처럼 말야."

나는 불에 댄 듯 화들짝 뒤로 물러섰다. 눈을 질끈 감았다. 그 말을 하던 K의 얼굴이 눈앞에 아른거렸다. 차라리 비난과 분노로 응집된 표정이라면 잊어버릴 수 있었다. 이렇게 화도 나지 않았을 것이다. 그의 표정에는 연민이 깔려 있었다. 나는 더듬더듬 뒷걸음질로 욕실을 나왔다. 침대에 무거운 몸뚱이를 뉘었다. 나를 조이는 두툼한 고무튜브 같은 살들이 출렁였다. 적막 속에서 나에게로 귀를 기울이고 있는 무언가의 숨소리가 느껴졌다. 나의 숨소리였다. 분노에 찬 거친 숨소리.

그때 바지 뒷주머니에서 핸드폰 진동이 느껴졌다. 엉덩이 살이 고스란히 진동을 견디고 있다. 또 누굴까. 다 귀찮았다. 다 나를 엿 먹이려는 공모자들 중의 하나일 테니까. 진동이 멈췄다. 바지주머니에서 핸드폰을 꺼내 액정을 확인했다. 오전부터 걸려오던 국진원이란 자의 번호다. 왜 자꾸 전화를 하는 거지.

약 이십 초 뒤엔 문자메시지가 왔다. 두 건이 연달아 왔다. 문자 확인 버튼을 눌렀다.

윤수야 어디야. 왜 전화 안 받냐? 제발 받아.
회사에 왜 출근 안 했어? 어디 아픈 거야?

발신자는 또 국진원이었다. 내용에는 마윤수와 연결되려는 다급함과 간절함이 배어 있었다. 직장 동료인 것 같다. 그럼 해마 직원? 문득 정선화가 했던 말들이 떠올랐다. 짜깁기된 괴물 이야기서부터 내가 해마시술을 받았다는 이야기 그리고 해마 내부에 대해 뭔가 캐내고 싶어 하던 정선화의 흥분한 어조까지.

잠시 뒤, 문자가 또 왔다.

무슨 일 있는 거냐? 나한테 전화 좀 해.

나는 곰곰이 생각했다. 해마가 이 해괴한 상황과 어떤 연관이 있는지 알아봐야 하지 않을까.

잠시 망설이다가 찍힌 번호로 통화 버튼을 눌렀다.

주변 건물과 간판을 거듭 확인한 뒤, 문을 밀고 들어갔다. 창가 쪽에 자리를 잡고 홀 안을 훑어보았다. 어슴푸레한 조명 아래 여기저기 테이블마다 피어나는 웃음소리가 신경에 거슬렸다. 마주 앉아 눈빛을 교환하는 사람들. 마치 저들이 나를 엿보는 것 같았다. 손가락마다 맥주잔을 모아든 종업원들이 정신없이 테이블 사이를 누비는 동선을 가만히 좇았다. 나의 혼란과 상관없는 다른 시간 속의 사람들. 공모자들일지도 모를 저들에게 분노가 가슴 밑바닥에서 기어올랐다.

나는 주문한 맥주가 도착하자, 허겁지겁 한 잔을 비웠다. 입가에 흐른 물기를 손등으로 훔쳤다. 혀를 타고 목구멍까지 쏘아대는 날카롭고 싸한 맛에 더 신경이 곤두섰다. 나는 모든 걸 잃어버렸다. 시간도 직장도 가정도 아내도 그리고…… 나도. 어디서부터 잘못된 것일까.

낯선 사내가 두리번거리다가 곧장 내게로 다가와 마주 앉았다.

"끝까지 장난이군. 뭐? 네가 누군지 모르겠다고? 왜 그래, 너? 이렇게 멀쩡한 걸 보면 아픈 것도 아닌데 결근까지 하고?"

마윤수의 동료로군. 국진원.

나는 그를 멍한 눈으로 바라보며 말했다.

“내가 누군지 기억이 안 나.”

그는 눈을 깜박거리면서 나를 빤히 쳐다보았다.

“너 장난하는 거지? 그렇지?”

“장난 아니라니까. 정말이야. 너도 가물가물해.”

그는 내 얼굴에서 시선을 떼지 않은 채 물었다.

“맙소사. 내가 누군지 정말 기억 안 나?”

나는 고개를 끄덕인 뒤, 마윤수와 가까운 사이였냐고 물었다. 국진원은 그제야 내 말이 장난이 아니라고 느꼈는지 눈을 동그랗게 뜨고는 나를 이리저리 살폈다.

그는 오전부터 사무실 자리에 마윤수가 보이지 않아 걱정한 모양이었다. 안 그래도 이틀 전 토요일 저녁에 만났을 때, 마윤수가 기억이 사라지고 있다는 이상한 말을 한 일이 내심 걸렸다고 했다.

나는 속으로 슬쩍 웃었다. 가만 보니 키도 살집도 나만 한 국진원은 눈코입 조합을 뜯어보건대 의심이 많거나 까다로워 보이지는 않았다. 주어진 일에나 성실함을 발휘하는 창의성 제로의 인물. 나의 직업적 본능의 눈에 포착된 그는 그런 수준이었다. 그를 속이기는 어렵지 않을 것 같았다. 나는 기억이 나지 않아 무섭고 괴롭다는 심경을 토로하며 매달려보기로 했다.

“진원아, 너 내 친구 맞지?”

“그럼, 물론이지. 그런데 너 병원에 가봐야 되는 거 아냐?”

“아니야. 이런 증상은 일시적일 수도 있거든. 정상적으로 생활을 하다 보면 돌아올 거야. 그렇게 되도록 네가 도와줘."

그는 측은해하는 눈빛으로 고개를 끄덕였다. 그런 그에게 나는 괴로운 표정을 지으며 물었다. 내가 구체적으로 무슨 말을 했고, 어떤 사람이었고, 해마에서 어떤 일을 했는지, 해마는 어떤 회사인지. 국진원은 처음엔 내키지 않는 듯 망설였지만, 이내 내가 묻는 대로 설명해주었다.

그런데 해마에 대해 말할 때는 그의 말투가 어쩐지 귀에 거슬렸다.

"……해마는 기억의 모든 문제를 해결하지. 불행한 기억 때문에 고통 받는 사람들을 치료하기도 하고 또……."

대단한 자부심이 배어 있는 말투였다.

마윤수도 저랬을까? 해마의 모든 직원들도 저럴까?

슬슬 호기심이 일었다.

나는 물었다.

"혹시 해마에 전 생애의 기억이 뒤바뀌는 시술도 취급하나?"

잠시 머뭇대는 기색이 스쳤지만, 국진원은 이내 싱거운 소리를 듣는다는 듯 미소를 물며 말했다.

"그런 시술은 없어. 해마에서 하는 시술은 부분 치료 개념으로 진행하거든. 치료 말야. 그런데, 정말 너 이래 가지고 회사 다닐 수 있겠어?"

나는 조금 전 뭔가 머뭇대던 그의 표정이 은근히 걸렸다. 호기심이 강렬하게 일기 시작했다. 가슴속에서 무슨 소리가 둥둥

거리며 명령하고 있었지만, 해독할 수 없었다. 벼랑 끝에 서서 까마득한 밑바닥을 내려다보는 기분이었다.

국진원을 똑바로 응시하며 말했다.

"물론. 일할 수 있어. 쥐뿔도 없는 내가 일 안 하고 어떻게 먹고 살겠냐. 안 그래? 출근해야지 뭐. 그러니까 네가 도와줘. 다른 사람들한테는 나 이런 거 절대 비밀로 하고 말야."

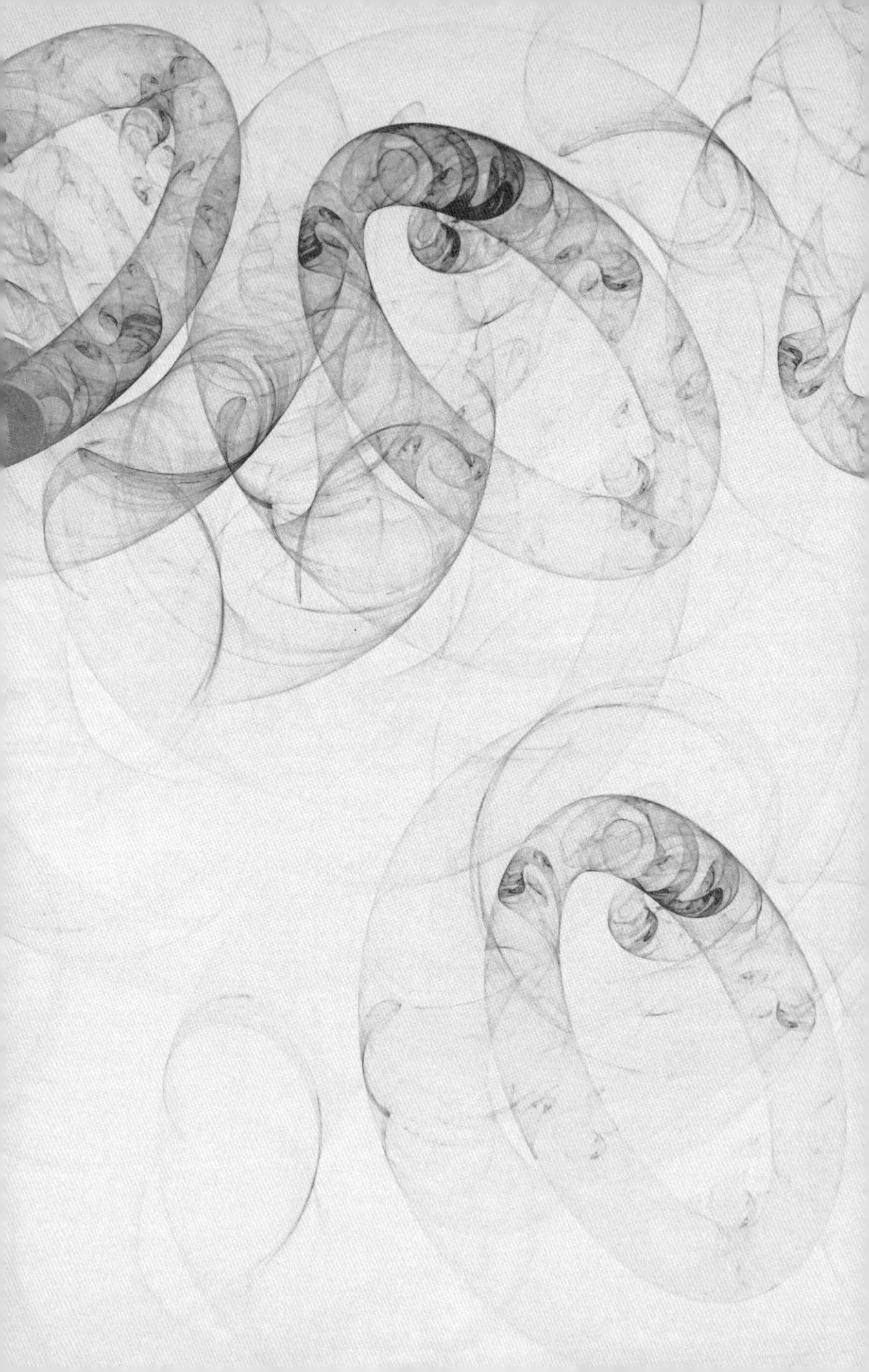

IV

물음표를 갖지 않는 사람들

출근길 아침 하늘은 온통 무거운 잿빛이었다.

나는 해마에서 마윤수 행세를 할 생각에 기가 찼다. 잘할 수 있다고 스스로를 다독였지만, 실수하거나 누군가가 눈치챌 가능성에 심장이 타버릴 것 같았다. 하늘에 잠시 시선을 찌르곤 발걸음을 재촉했다.

스포츠 의류매장 앞을 지나다가 쇼윈도 앞에서 흘깃 눈을 굴렸다. 유리에 비친 마윤수의 옷차림은 끔찍했다. 연한 연두색 와이셔츠에 줄무늬 회색 양복이라니. 후줄근한 디자인의 이 옷은 국진원이 마윤수의 옷장에서 꺼내 준 것이다.

전날 밤 맥줏집에서 나온 나는 국진원과 함께 마윤수의 집으로 갔다. 그는 자주 놀러왔던지 집 현관문 잠금장치의 비밀번호를 알고 있었다. 그는 제 집 현관문 비밀번호도 기억 못하는 나를 딱하다는 표정으로 쯧쯧 혀를 차면서 문을 열어주었다. 나는 말없이 안으로 들어갔다. 마윤수에 대해 조금씩 알게

돼서인지 하루 만에 다시 들어온 마윤수의 집은 아늑했다. 책장 앞에 서서 마윤수였던 내가 뽑아 읽었을 책들을 훑어봤다.

내가 정말 이런 책을 읽었을까.

기분이 이상했다. 시선을 돌렸다. 이 침대에서 잠을 잤고, 저 소파에 앉아 TV를 봤을, 나도 모르는 또 다른 '나'를 상상하며 마윤수의 흔적을 더듬었다. 그러면서 맥줏집에서 미처 못 물어본 것들을 물었다. 국진원은 친절한 과외 선생처럼 세세하게 알려준 뒤, "요 근래 너 이렇게 입고 출근했어. 이것도 가물가물하냐?" 하며 옷장에서 양복과 와이셔츠를 꺼내주었다.

사거리가 나오자 은행 건물을 끼고 오른쪽으로 돌았다. 시커먼 유리로 외벽을 두른 20층 높이의 빌딩이 눈앞에 나타났다. 정선화와 함께 와본 터라 길과 주변 건물들을 쉽게 알아볼 수 있었다.

나는 회전문을 밀고 안으로 들어갔다. 벽과 천장이 온통 은색인 1층 로비는 첨단 기술의 메카라는 이미지를 발산했다. 로비 중앙에 서 있는 뇌 단면을 뜬 거대한 조형물 때문에 더 그런지도 모른다. 아침 출근시간이라 직원들이 밀려들어오고 있었다. 대리석 바닥을 요란하게 울리는 콩 튀는 듯한 그들의 걸음소리에 아랑곳없이 나는 대리석과 철제가 혼합된 그 상아빛 조형물 가까이 다가갔다.

표면이 번들거리는 대뇌피질의 주름은 너무 구체적이어서 기괴해 보였다. 섬뜩하기까지 했다. 대뇌의 측두엽피질 아래쪽 깊숙한 곳에 붉은 색의 무언가가 연신 반짝였다. 다가가 자세히 보니, 누워 있는 그것은 해마와 닮은 모양새였다. 나는 고개를 끄덕였다.

아, 그렇지, 해마.

바다생물 해마와 뇌 속 해마는 히포캄푸스Hippocampus라는 학명까지 같다는 걸 되새기며, 표면에 손가락을 댔다 얼른 뗐다. 정교해서 물컹할 것만 같았는데, 아주 차갑고 딱딱했다. 손끝에서 전해진 기대의 배신은 전류처럼 아찔한 느낌이었다.

나는 로비의 섬뜩한 조형물을 지나 중앙 엘리베이터를 탔다. 5층에 도착해 마윤수 자리를 찾는 데 성공했다. 국진원이 해마빌딩 내부구조를 종이에 그려가며 설명해준 덕분이었다.

저기로군.

마윤수의 자리로 똑바로 걸어가면서 사무실 안을 휘둘러보았다. 무척 넓은 그 공간 안에 상담원들의 자리는 일정한 간격에 맞춰 파티션으로 구획되어 있었다.

자리에 앉았다. 책상 위의 쌓인 서류와 메모판에 고정된 메모지들, 머그컵에 꽂힌 파랗고 빨간 볼펜들과 형광펜들을 보았다. 기분이 묘했다. 이 낯선 물건들과 책상이 마윤수였던 내가 쓰던 것들이라니. 나는 손가락으로 그것들을 톡톡 건드려보았다. 아무리 생각해도 전혀 모르는 타인의 물건에 손을 댄 느낌이었다.

그때 파티션 너머로 한 곱슬머리 사내가 불쑥 고개를 내밀며 내게 알은체를 했다.

"어제 결근했다며?"

"어? 어."

나는 심장이 요동쳤지만, 태연하게 피곤한 표정으로 이유를 둘러댔다.

"갑자기 아침부터 토사곽란에 열까지 펄펄 끓어서 완전 비몽사몽이었지. 아주 죽다 살아났다니까."

어색하지 않았을까. 나는 슬쩍 그의 표정을 살폈다.

"저런, 그래서 전화도 못 받고 늘어져 있었던 게로군. 지금은 괜찮은 거지? 다행이군."

곱슬머리 사내는 미소를 보이고는 앞자리로 사라졌다. 나는 짧게 숨을 뱉었다. 잘 넘어갔다고 생각하니 자신감이 용솟음쳤다. 스스로에게 말했다.

별거 아니야. 잘할 수 있어. 침착하자.

피시를 켰다. 모니터 화면 하단에 메시지가 떴다. 그게 그날의 상담 예약 스케줄이라는 걸 국진원의 말을 떠올리곤 금세 알아봤다. 오전 10시부터 상담 예약이 일곱 건이나 걸려 있었다.

커서를 옮겨 이전 스케줄을 찾아보았다. 마윤수는 매일 일곱 건에서 열 건의 상담을 소화해왔다는 걸 알 수 있었다.

이틀이 지났다.

매순간 긴장과 임기응변의 연속이었다. 나는 기자 생활에서 쌓은 빠른 계산과 노련함에도 주위의 시선에 신경을 써야 했다. 다른 생각을 할 겨를이 없었고, 이마에 맺힌 식은땀을 훔쳐냈다. 용케 실수는 하지 않았다. 이럴 땐 저럴 땐 어떻게 해야 하는지 상황별로 조목조목 번호까지 넣어가며 국진원이 일러준 매뉴얼 덕분이었다. 매뉴얼에는 안내원이 연결해준 고객을 어떻게 응대하는지, 고객과 상담실에서 어떻게 대화를 이어갈 것인지, 그리고 시술신청서를 어떻게 작성하는지까지 상세했다.

내가 지금까지 맞은 고객은 열다섯 명. 그들 중 열 명에게 A형 시술신청서를 작성해주었다. 퀴즈 서바이벌에서 일등을 하고 싶다는 고객들이었다. 그런 고객과 마주할 때마다 나는 소름이 끼쳤다. 벌겋게 들뜬 그들의 얼굴에서 은밀하고도 집요한 욕망을 보았다. 목적을 위해서라면 영혼이라도 팔 수 있다는 욕망 말이다.

다음 예약 고객 이름은 김석기였다. 상담기록에 보니 그는 이전에 두 번 내방한 고객인데, 예약 스케줄표에서 그 이름을 처음 봤을 때, 나는 긴가민가했다. 이름이 같은 후배가 생각나서였다. 또한 마윤수가 정체성에 의혹을 품기 시작한 게 이 김석기를 만나면서부터였다는 정선화의 말까지 떠올라 더 신경이 쓰였다.

마침내 그가 상담실에 들어왔을 때, 나는 하도 놀라 얼굴에 표를 낼 뻔했다. 석기 녀석을 이런 곳에서 만나게 될 줄은 몰랐다. 학교 다닐 때 내가 제일 재수 없게 생각하던 녀석이었다. 입만 달고 다니면서 회비 낼 때 화장실로 빠지고, 쉰내 나는 같은 옷을 며칠씩 입고 다니고, 빌린 물건은 돌려주지도 않고, 술도 못 마시면서 안주발만으로 이차 삼차까지 남아 있던 녀석. 그게 내가 기억하는 김석기였다. 시술 종류 란을 보니 그는 A형 시술을 두 차례 받았다. 기록된 시술 신청 사유는 '퀴즈 서바이벌에 참가'였다.

그가 날 슬그머니 보며 물었다.

"혹시 지난번에 영원이 형 집에 진짜 안 가셨어요?"

"네?"

무슨 소리인가. 나는 어떻게 대답해야 할지 몰라 머뭇댔다. 일전에 내가 두 번이나 찾아왔었다는 아내의 말이 생각났다. 나는 못 알아들은 체하다가 아, 하며 안 갔다고 대답했다. 그러자 그는 고개를 끄덕이더니 재밌었다는 듯 입을 다시며 말했다.

"지금 와서 하는 말이지만, 영원이 형 행방불명된 건 참 안됐긴 한데 아마 벌 받아서 그럴 겁니다."

"네?"

벌을 받아 그럴 거라니. 저 자식이. 나는 속에서 뜨거운 것이

솟아오르는 걸 겨우 눌렀다.

김석기가 계속 말했다.

"지난번에도 말했지만 말이지요, 그 형, 무슨 백이 그리 든든한진 모르지만, 중앙일간지에 잘나가는 기자랍시고 하는 꼴이 완전 인간 말종이었거든요. 또 행방불명되기 일 년 전이었나 동문회에 나왔을 때 봤는데, 휴. 정말 재수 없어요. 후배들이 다 싫어한다니까요."

"아, 네에. 그랬군요."

나는 얼굴이 달아오르는 것을 느끼며 억지로 미소를 지었다. 그러고는 얼른 화제를 돌려 지난번 시술 뒤 효과에 대해 물었다. 그런데 석기가 눈을 깜박이며 나를 한참 쳐다보는 게 아닌가. 나는 긴장하며 소리 없이 숨을 삼켰다.

이 자식이 왜 날 빤히 보는 거지. 무슨 생각을 하고 있는 거야.

석기는 이내 시선을 풀더니 시술효과는 어떠냐는 조금 전의 내 물음에 주절주절 답하기 시작했다. 머릿속에 상쾌한 느낌이 가득했고, 달달 외운 걸 떠올릴 땐 머릿속에 기름칠한 모터가 돌아가는 기분이었다고 말하는 석기의 표정은 흥분으로 번들거렸다.

✚

아직까지 날 의심하는 사람은 없는 것 같았다. 조금 전 A형 시술신청서를 받아들고 나간 김석기도 눈치채지 못했다. 내 무기인 적응력과 연기력은 이럴 때 유용했다.

나는 상담실에서 나와 커피를 마시기 위해 휴게실로 향했다. 일단 숨을 돌려야 했다. 안착을 했으니 슬슬 시동을 걸어야 한다. 주위를 살피며 복도를 천천히 걸었다. 맞은편 상담실에서 나오는 곱슬머리 사내와 눈이 마주쳤다. 첫날 출근한 아침 파티션 너머 인사를 건넸던 사내였다. 그는 내게 다가와 내 어깨에 손을 얹으며 오전에만도 A형 시술 청서를 세 건이나 썼다면서 퀴즈 서바이벌 프로그램 인기가 대단하네 어쩌네 하며 입을 쉬지 않았다.

"아무튼 대단하다니까. 그리고 말야……."

곱슬머리가 말끝을 흐리더니 나를 힐끔대며 웃었다. 마주 오던 한 여자가 내게 손을 흔들며 알은체를 했기 때문이었다. 나는 그녀의 얼굴을 쳐다본 순간, 어쩐지 불편한 느낌을 떨칠 수가 없었다. 긴장한 기색을 감추며 "누구시죠?" 하고 물었다.

"나예요, 은님. 고은님."

마윤수와 잘 아는 사이인 모양인데, 이 여자에 대해 국진원은 얘기해준 바가 없다. 곱슬머리 동료가 팔꿈치로 내 옆구리를 치면서 귀에 속삭였다.

"이봐, 윤수. 너 뭐야. 네가 그렇게 매력덩이네 하면서 군침 삼켰던 바로 그 은님 씨잖아."

예상치 못한 크레바스였다. 나는 곱슬머리 동료와 여자를 번 갈아 보았다. 그들의 얼굴에 의심하는 징후가 없는지 살피고는 두 사람에게 미소를 보이며 바쁜 척 자리를 얼른 피했다.

비상계단 쪽으로 가서 중간 문을 닫은 뒤, 4층 사무실에 있는 국진원에게 전화했다.

"고은님이 누구지? 나와 잘 아는 사이인 모양인데."

전화선 너머 그의 목소리에서도 놀란 기색이 전해졌다. 그의 말에 의하면 그녀는 원래 그와 잠시 가깝게 지냈었고, 그가 마윤수와 친해지면서 한동안 셋이 어울렸다는 것이다.

"그러다가 나와 그녀는 깨졌어."

그런데 조금 전 고은님의 눈빛은 연인에게 던지는 투정이 그득했다. 뭐지?

"나와는?"

"너?"

국진원의 웃음소리가 들려왔다.

"너랑은 그냥 나 때문에 함께 몇 번 만났을 뿐이지."

아무래도 고은님의 끈적한 눈빛이 걸렸다. 마윤수가 국진원 몰래 그녀와 사귀었을지도 몰랐다. 어이없게도 눈치가 딱 그랬다.

그것보다 국진원의 설명 중에 내 귀를 잡아당긴 게 있었다. 그녀가 시술준비팀 소속이라는 것이다. 시술준비팀은 고객들을 시술층으로 올려 보내기 전에 취할 준비 단계를 담당한다.

10층부터는 시술실 전용 엘리베이터가 운행되는데, 시술준비요원은 그 앞에서 대기하고 있다가 고객이 내민 시술신청서에 따라 시술준비를 진행한다는 것이다. 시술받을 고객에게 가운을 입히고, 휠체어에 앉힌 뒤, 몇 가지 간단한 검사를 하고, 마지막으로 머리에 보라색 헬멧을 씌우고, 그 헬멧에 접수 스티커를 붙이는 작업. 고은님은 바로 그 일을 하는 시술준비B팀 소속이었다.

내가 물었다.

"그런데 말야. 너, 시술진들이 있는 층에 올라가봤어?"

국진원은 "아니." 하고는 자신은 물론 다른 직원들도 마찬가지이며 시술진들을 본 적도 없다고 덧붙였다.

나는 전화를 끊고 비상계단 벽에 등을 기댔다. 곰곰이 생각했다.

시술진들은 누굴까. 시술층은 어떤 구조로 되어 있을까.

위로 고개를 쳐들었다. 끝없는 계단이 위로 나 있다.

저 계단으로 어디까지 올라갈 수 있을까.

계단을 올랐다. 점점 발걸음이 빨라졌다.

계속 오르고 올랐다. 숨이 찼다. 헉헉대며 난간을 힘껏 뒤로 잡아 제치며 올라갔다.

6층······7층······ 8층, 9층, 10층.

10층 비상계단 출구의 계단참이 마지막이었다. 난간 옆과 위로 콘크리트 벽이 막고 있었다. 10층이면 시술준비실이 있고, 시술층으로 올라가는 엘리베이터가 있다.

나는 비상계단의 중간 문을 통과해 통로로 이어지는 문손잡이를 조금 잡아당겼다. 열린 문틈으로 통로를 오가는 사람들이 보였다. 시술층 전용 엘리베이터 앞에 빽빽이 이어진 흰 파티션마다 휠체어에 앉은 사람들이 시술준비요원의 안내를 받고 있었다. 어떤 이는 몇 가닥의 노랗고 빨간 선이 연결된 헬멧을 쓴 채, 휠체어 등받이에 머리를 기대고 있었다.

손에 든 차트에 체크를 하는 고은님이 눈에 들어왔다. 조금 전에 내게 알은체를 했던 그 여자다. 그녀는 휠체어에 앉은 사람에게 무슨 말을 건네면서 머리에 헬멧을 씌워준다. 그런 뒤, 헬멧 앞에 글씨가 찍힌 스티커 라벨을 붙이고는 옆 칸으로 사라졌다.

그때, 바지주머니에서 전율이 느껴졌다. 핸드폰의 진동이었다. 나는 비상계단 문을 닫고는 중간 문을 지나 계단참 벽에 바짝 몸을 붙였다. 액정을 보니 정선화였다. 통화 버튼을 눌렀다.

그녀의 목소리가 튀어나왔다.

"지금 어디죠?"

나는 머뭇거리다가 해마라고 대답했다. 그녀는 몹시 놀랐는지 "그럼 지금 마윤수 행세를 하고 있다는 말인가요?" 하고 찔러 물었다. 내가 그렇다고 대답하자, 흥겨운 휘파람 소리가 전화선 너머 짧게 들려왔다.

“그때 해마빌딩 앞에서 얼굴이 하얘지더니 결국엔 결심했군요. 난 그럴 줄 알았어요. 그래, 며칠 살펴봤을 테니 얘기 좀 해봐요. 뭐 좀 알아낸 거 말이에요.”

“아직 상황을 보고 있어요. 분명한 건 이 회사가 굉장히 비밀주의라는 건데, 여기 직원들조차 회사에 대해 제대로 아는 사람이 없더군요. 더 어이없는 건 여기 직원들이 이런 회사 내부의 비밀주의를 당연하게 받아들이고 있다는 겁니다.”

“조심해요.”

그러면서 그녀는 내가 해마에서 시술받았다는 사실을 다시 언급했다. 관련한 단서를 찾아보라는 이야기였다. 나 역시 그러고 싶었다. 이렇다 할 만한 단서는 찾을 수 없었다.

그녀는 의미심장한 어조로 반복했다.

“당신은 분명히 시술을 받았어요.”

“하지만 내 경우와는 맞지 않은 것 같은데요. 여기 해마의 시술은 A, B, C 다 치료 개념이라고요……”

“그래서 당신이 해마시술 부작용의 새로운 사례라는 거예요. 이 말 명심해요.”

나는 ‘시술 부작용의 새로운 사례’라는 말에서 문득 이런 생각을 했다. A, B, C 이외의 비공개 시술이 존재할지도 모른다고. 그렇다면 그녀가 찾아야 한다고 말하는 증거라는 게 그걸지도 몰랐다.

그걸 물으려는데, 나는 급하게 전화를 끊어야 했다. 비상계단 문이 열리는 소리가 들린 때문이었다. 밀려든 긴장에 호흡을 가다듬고는 고개를 돌렸다. 문을 열고 나온 한 사내가 서류를 옆구리에 끼고 지나가다가 나를 힐끔 쳐다보았다. 나는 핸드폰을 만지작거리며 어깨를 으쓱하고는 중간 문을 열고 사람들로 북적이는 복도로 나갔다.

두리번거리는 날 봤는지 고은님이 내게 손짓을 했다.

＋

나는 창가 테이블에 앉아 통유리 너머 세상을 바라보았다. 행인들, 달리거나 서행하는 차들, 버스승차장 시설물에 붙은 광고들, 건물마다 현란한 네온사인들……. 하나도 변한 게 없지만, 하루아침에 눈떠 맞닥뜨린 세상은 낯설었다. 삼 년 동안 다른 사람으로 살았었다는 흔적은 저주처럼 나를 따라다닌다. 이 살들, 이 모습. 나를 알아보지 못하거나 거부하는 눈들. 이게 다 정선화 말대로 해마시술 부작용에서 비롯된 걸까. 내가 해마센터에서 시술을 받았을까.

해마.

얼핏 보면 이상할 것 없는 곳이다. 해당 서비스를 해주는 관절통증센터나 안마서비스센터나 피부미용실처럼. 그런데 분명히 뭔가 이상했다. 꼭 집어서 말할 수 없는 자연스럽지 못한 기운이 도사리고 있었다. 내 머릿속에 들어찬 의혹들 때문에 더 그런지도 모르지만, 복도를 걷거나 사무실 안에 있을 때, 요 며칠 부쩍 나는 신경이 날카로워지면서 두렵기까지 했다.

그런 서늘한 느낌을 떠올리며 나는 맥주를 들이켠 뒤, 무심코 시선을 돌렸다. 문을 열고 들어선 고은님이 눈에 들어왔다. 그녀가 내게 손을 들어 보이며 다가왔다. 입술이 뾰로퉁 나온 그녀는 그동안 왜 전화하지도 받지도 않았냐고 쏘아댔다.

나는 뭐라고 대답해야 할지 몰랐다.

"아, 미안해요, 은님 씨. 그럴 일이 좀 있어서……."

"이것 봐, 이것 봐. 도로 은님 씨? 나랑 둘이 있을 땐 자기 아니면 은님이 하다가 이거 뭐야? 은님 씨?"

미치겠군.

나는 표정을 고치고는 입가에 애써 미소를 물었다. 사랑스럽다는 듯. 하다 하다 이런 연기까지 하게 될 줄은 몰랐다.

"그동안 내가 좀 힘들고 피곤해져서 그런 거야. 미안."

나는 잔을 여러 번 부딪치면서 그녀에게 달콤한 말을 속삭여주었다. 기분이 풀어졌는지 표정도 말투도 금세 명랑해진 그녀를 엿보며 어떤 식으로 물어봐야 어색하지 않을까 궁리했다. 담배를 피워 물면서 입을 열었다.

"시술준비팀 일 재미있어? 아주 신속하게 움직여야 하는 거지? 고객한테 신청서 받으면 어떻게 진행하지?"

그녀는 땅콩을 씹으면서 웃긴다는 듯 나를 힐끔대며 말했다.

시술신청서를 받은 뒤, 고객에게 간단한 설문을 실시하고 어떤 검사들을 거치는지 등등.

나는 고개를 끄덕이며 귀를 기울였다.

"그래서, 그다음은?"

"아, 그렇게 준비를 다 시키면 다음 해당 층으로 올라가는 시술실 전용 엘리베이터에 태워 올려 보내기만 하면 되는 거지. 자기도 다 알면서 새삼스럽게 뭘 물어."

"아니. 그냥. 그런데…… 위에 올라가본 적 없어?"

"위에? 없어."

"궁금하지 않아?"

"글쎄, 그런 게 왜 궁금해? 우리는 우리 일만 열심히 하면 되지. 해마는 보안에 아주 철저해. 그거 자기도 잘 알잖아. 갑자기 전엔 안 묻던 걸 자꾸 묻고. 이상하네. 뭐 잘못 먹었나?"

나는 계속 물었다.

"시술진 중에 얼굴 아는 사람 없어?"

"알아서 뭐해. 진짜 별일이네. 그게 왜 궁금해?"

왜 궁금해하지 않는지 나는 그 사실이 더 의문스러웠다. 문득 해마 직원들이 다 이런 식이라고 생각하자 기분이 서늘해졌다. 복잡한 뇌 속만큼이나 알 수 없는 해마센터의 실체가 대체 뭘까. 고객이나 일반 직원들은 로비에 들어서면 1층부터 9층까지만 오가는 엘리베이터를 이용하게 되고, 10층부터는 시술신청서를 가진 고객만 시술실 전용엘리베이터를 타고 위로 올라갈 수 있게 되어 있다. 시술층이 어떤 구조로 되어 있는지, 시술실 안은 어떤지 어떻게 아는 사람이 없는 건지 도무지 모를 일이었다.

내가 물었다.

"만약에 말야. 누군가가 시술 신청 고객으로 가장해서 위로 올라갈 수 있어? 만약에 말야."

고은님이 눈을 깜박였다.

"무슨 소리지? 올라가는 거야 올라가겠지만 아무것도 기억하지 못해."

"왜?"

고은님이 고개를 갸웃했다.

"왜긴. 자기 바보 아냐? 마취된 상태에서 올라가는 거잖아. 헬멧을 쓰자마자 헬멧에서 나오는 마취가스로 금방 잠에 빠져드는데 누구라도 깨어 있을 수 없지. 그걸 몰라서 물어?"

헬멧에서 나오는 마취가스? 나는 천천히 고개를 끄덕이며 "모르긴. 그냥 물어본 거야." 하고 미소 지었다. 식은땀이 났다. 고은님이 자꾸 쳐다보았다.

"왜. 내 얼굴을 빤히 봐?"

"자기 좀 이상해. 달라진 것 같아."

숨이 멎는 느낌이었다.

"달라지긴."

"글쎄 말야. 분위기도 말투도 좀 다른 것 같단 말야. 그래서 그런가 더 매력 있어졌는걸."

그러면서 그녀는 맥주잔을 들고 내 옆으로 다가와 앉았다.

출근하자마자 피시를 켰다. 고개를 들어 형광등 아래에 휑뎅그렁하게 놓인 사무실 안을 둘러보았다. 평소보다 아주 이른 시각이었으므로 사무실 안에 나뿐이라는 사실에 긴장이 밀려왔다. 눈 주위가 뻑뻑했다. 잠을 제대로 못 잔 탓이다. 전날 밤 고은님은 끔찍할 정도로 끈질겼다. 새벽 한 시까지 날 붙들고 술을 마셨다. 보기보다 술이 센 그녀는 몸을 못 가눌 정도로 취한 것도 아니면서 집에 데려다달라고 떼를 썼다. 할 수 없이 데려다주니 그다음엔 들렀다 가라며 묘한 미소를 날리는 것이 아닌가. 하도 질려 그 순간 그녀가 영화 〈미저리〉의 괴물 여주인공처럼 보였다. 집착과 욕망과 심통으로 빵을 빚으면 딱 그거일 것 같은 볼, 취기가 오르자 벌겋게 변한 눈. 마윤수의 여자 보는 눈은 패션 감각 못지않았다. 나는 온갖 핑계를 늘어놓으며 도망치다시피 달렸다.

그래도 그 곤혹을 치른 대가로 해마에 대해 캐물을 수 있었다. 그중에서도 상담자료 보관 페이지에 걸린 비밀번호를 알아낸 건 큰 수확이었다. 며칠 전 과거 상담자료를 뒤지다가 최근 이 년 전까지만 열람이 가능하고 그 이전 자료는 비밀번호가 걸려 있다는 사실을 알았다. 국진원에게 비밀번호를 물어봤지만, 그도 모른다는 대답만 돌아왔다. 그의 설명은 사내 직원들 중에도 아는 사람이 몇 사람뿐이며 그게 누군지도 모른다는 것이다.

나는 고은님에게 그 비밀번호를 슬쩍 물었다. 술에 취해 눈빛이 말랑말랑해진 그녀는 고개를 갸웃했다. 자신도 모르며 알 필요도 없는 거 아니냐며 어깨를 으쓱해 보였다. 그러다가 내가 좀 더 간절한 눈빛을 하자, 그녀의 태도가 달라졌다. "글쎄." 하더니 총무과에 친한 사람을 통하면 알 수도 있을 거라면서 내 입에 안주를 넣어주었다. 박차를 가할 요량으로 내가 안주를 맛있게 씹으며 술잔을 부딪치자, 고무된 그녀는 즉시 전화로 몇 사람과 통화하기 시작했다. 처음엔 쉽지 않은지 몇 마디 끝에 통화를 끊어버렸지만, 다른 번호 찍기를 반복하며 내가 던진 과제에 집요하게 매달렸다. 나는 그녀가 핸드폰을 들고 얼굴을 찡그렸다가 한숨을 뱉는 모습을 잠자코 바라보았다. 그렇게 한참 뒤, 그녀는 아주 어려운 문제를 겨우 풀었다는 듯 생색을 내며 내 귀에 비밀번호를 속삭여주었다.

나는 상담기록 프로그램을 화면에 띄웠다. '지난상담보관자료' 버튼을 클릭하고, 비밀번호를 입력했다.

이윽고 화면이 열렸다. 나는 눈을 모니터에 바짝 고정한 채, 기억이식시술 고객명단 검색란에 '박영원'을 입력했다. 박영원이란 이름은 51개가 떴다.

개인정보란을 훑어내려 갔다. 27번째 줄. 신문사 기자인 '박영원'이 눈에 들어왔다. 나는 숨을 들이마신 채 움직이지 못했다. 도망치고 싶은 현장에 꼼짝없이 붙들린 기분이었다. 나는 이곳에 왔었던 게 맞았다. 연도는 삼 년 전.

하지만 이해할 수 없는 건, 당시 해마를 몰랐을 뿐만 아니라, 해마에 온 적도 없는 내가 어떻게, 무슨 까닭으로 시술을 받았는가였다. 그럼, 나를 상담해준 사람은 누구였을까. 상담사란에 'S'라고만 되어 있다. 불길한 예감이 목구멍에 치밀어 올랐다.

부풀어 오르는 의문을 누르고, 이번엔 기억판매자 검색란에 '이대식'을 입력했다. 이대식이란 이름은 43개가 떴다. 40번째 이대식을 클릭했다. 주민센터 직원이고, 위암 선고를 받고 죽음을 앞둔 시한부의 몸으로 방문했다고 기록된 이대식이었다. 나는 눈을 꾹 감았다가 뜬 뒤, 잠시 숨을 몰아쉬었다. 그리고는 기록된 기억 내용을 좀 더 읽었다. 정선화가 마윤수에게 들었다는 과거 기억 그대로였다. 마우스 위에 앉은 손가락이 조금 떨렸다.

이대식 역시 왔었다. 담당상담직원란에 눈을 주었다. 또 'S'라고 찍혀 있었다.

S는 누굴까.

판매할 기억영역이 'Full'로 표시되어 있는 것도 이상했다. Full. 그건 전 생애의 기억을 몽땅 팔았다는 의미다. 국진원이 매뉴얼을 작성해주면서 늘어놓은 설명으론 이런 경우는 없다고, 규정에 따라 상담사들은 전 생애의 기억을 받지 않는다고 했다.

"……그래서 당신이 해마시술 부작용의 새로운 사례라는 거예요……."

정선화의 말이 머릿속에서 울렸다. 사무실엔 직원들이 출근 전이라 에어컨이 가동되지 않아 후덥지근한데도 나는 조금 전부터 한기가 온몸을 휘감는 것을 느끼고 있었다. 막연한 불안과 추측이 사실로 굳어지고 있었다. A, B, C형 말고 비공개 시술이 있을지도 모른다는 추측 말이다. 상상은 잔인하게도 나를 놔주지 않았다. 급기야 내가 받은 게 그 비공개 시술일 수 있다는 가설까지 떠오른 것이다. 비공개 시술. 그게 가설이 아니라 사실이라면? 나는 나도 모르게 침을 목구멍으로 넘겼다. 관자놀이를 울리는 침 넘어 가는 소리에 온몸이 얼어붙는 기분이었다.

혹시, 내가 그 임상실험의 피실험자?

그렇다면, 고은님은? 고은님 역시 마찬가지일까.

그럴지도 모른다. 해마의 직원 모두가 다 그런 케이스일지도 모른다. 삶의 나락으로 떨어진 자들. 연고가 끊어진 자들. 그들은 과거가 소거된 뒤, 성실하고 수동적인 성향의 무난한 자의 정체성이 삽입되어 재활용되고 있는지도 모른다. 자신이 편집된 존재라는 사실을 모른 채 말이다.

은폐된 비공개 시술이 존재한다는 증거. 어떻게 된 일인지 알 수 없지만, 내가 바로 그 증거였다.

그때 복도에서 들려온 발소리가 적막을 깼다. 나는 재빨리 모니터 화면에서 상담기록 프로그램을 종료했다. 꾹 닫힌 사무실 앞문을 바라보았다. 이른 아침의 텅 빈 복도를 지나는 발소리가 칼날처럼 내 머릿속을 깊숙이 긋고 있었다.

✢

업무를 두 시간 일찍 종료한다는 소리가 스피커에서 흘러 나왔다. 상담사들이 기지개를 켜며 웅성웅성 떠들면서 자리를 정리하기 시작했다. 나는 영문을 알 수 없었다. 사방에서 들리는 부산스러운 소리에 사무실 안을 두리번거렸다. 국진원에게 전화해 물었다. 정기 직원교육 강연이 있기 때문이라는 말이 돌아왔다.

교육 강연? 머릿속이 환해지는 걸 느꼈다. 새로운 정보를 접할 기회였다.

나는 4층 복도에서 국진원을 만나 비상계단 쪽으로 끌었다. 계단을 내려가면서 주위를 한번 살핀 뒤 작은 목소리로 물었다.

"저기 말야. 시술이 A, B, C 말고 또 있던가. 기억이 안 나서
말야."

"시술은 그게 다야."

국진원의 어조는 단호했다.

"아, 그렇군. 더 뭐가 있는 것 같았는데 아니군."

나는 그냥 한번 물어봤다는 식으로 고개를 끄덕였다. 잠시
비상계단 통로에 발소리만 어지럽게 울렸다. 이어지는 공허한
울림에 나는 움찔했다. 내가 혹시 잘못 짚었을 가능성 때문이
었다. 자꾸만 불안했다.

갑자기 국진원이 씨익 웃었다.

"그런데 말야."

"응?"

그는 재미있는 이야기를 들려준다는 듯 눈을 찡긋하고는 말
했다.

"이건 그냥 어디서 들은 소문이야. 헛소문일 테지만. D형 시
술이 있다는 얘기가 있어. 이 이야긴 지난번에 내가 해줬는데
진짜 기억 안 나?"

귀가 활짝 열렸다.

"나한테? 기억 안 나. 다시 얘기해봐. D형 시술이라니. 그게
뭐야?"

국진원이 소리 낮춰 말했다.

"쉽게 말하자면 삶 전체를 갈아 끼우는 거라는군…… 자살

직전의 사람들이래…… 아직 시험단계라는 이야기도 있고, 임상실험 피실험자가 있다는 얘기지…… 웃기지?"

나는 목 뒤의 털이 곤두서는 느낌이 들었다. 내가 막연히 추측했던 일이 슬쩍 내 앞에 꼬리를 드리운 것이다. 두려움과 함께 흥분이 밀려왔다. 어떻게든 꼬리라도 잡아채고 싶었다. 나는 일부러 웃음을 흘리며 장난을 쳐봤다.

"그게 바로 우리일 거란 생각 안 들어?"

"뭐?"

국진원은 어이없다는 듯 코웃음을 쳤다.

"이봐. 그건 그냥 누가 재밌자고 퍼뜨린 헛소문이라니까. 웃자고 하는 소리지 뭐. 생각해봐. 우리는 해마센터에서 고객들을 상대하는 상담사들인데 어떻게 그런 실험의 대상자가 될 수 있냐. 이런 멍충이."

바늘도 들어가지 못할 만큼 매끈한 표정이다. 기분이 서늘했다. 국진원 이 사내 역시 비공개 시술의 피실험자일 게 분명했다.

과거에 누구였을까.

말없이 계단을 내려가다가 나는 또 물었다.

"지하층으로 내려가는 계단은 없던가?"

그건 아침부터 머릿속에서 맴돌던 또 하나의 의문이었다. 점심시간에 짬을 내어 빌딩 1층 로비로 내려가 지하층으로 연결되는 비상계단을 찾아봤지만, 보이지 않았다. 그는 나를 빤히 보더니 모른다고 말했다. 표정을 보니 그런 걸 궁금해한 적도 없는 모양이었다. 내가 다시 물었다.

"그럼 지하 몇 층까지 있는지도 몰라? 지하에 주차장이 있을 거 아냐?"

"있긴 하지. 하지만 이 건물에선 지하로 내려가는 계단이나 통로는 없어. 빌딩 뒤편 공터에 지하주차장으로 연결된 입구가 있지. 그나마 그것도 늘 셔터가 내려져 있을 걸. 그건 고객용이 아니거든. 해마군단 전용이야."

해마군단? 시술층에 있다는 해마군단이든 시술진이든 일단 그 통로를 통해서 이 빌딩에 들어온다는 얘기였다.

✝

2층에 도착해 국진원을 따라 강연실 안으로 들어갔다.

강당을 메운 해마의 상담직원들이 텅 빈 무대를 올려다보고 있었다. 국진원 옆에 앉은 나는 주위를 둘러보았다. 극장식 강당은 높은 천정에다 매우 넓었다. 천정과 벽과 바닥에 긴 띠처럼 이어진 연녹색 조명이 반짝이고 있었는데, 얼핏 음산한 마술쇼를 관람하러 극장에 온 착각이 일었다. 분위기는 섬뜩할 정도로 숙연했다.

숨소리가 녹아든 괴괴한 적막. 그 속에서 강연 시작을 기다리는 사이 나는 국진원의 귓속말에 귀를 기울였다. 그는 자신이 아는 해마에 대한 모든 것은 심 교육관의 교육 강연에서 들은 게 다라고, 심 교육관에 대해서는 해마의 내부와 외부 사이에 있는 인물 어쩌고 하며 속삭였다. 소문에 심 교육관이 마술사일지 모른다는 얘기도 나돈다는 대목에서 나는 어이가 없어 웃을 뻔했다.

마침내, 은은하게 흐르던 음악소리가 멈추더니 사회자가 나타났다. 그가 무표정한 얼굴로 말했다.

"이 시대의 마지막 휴머니스트이자 로맨티스트이기를 자처하는 심 교육관님이 오늘도 유익한 시간을 선사해주시겠습니다. 자, 큰 박수로 환영해주십시오."

박수 소리가 강당을 뒤흔들었다. 사회자가 무대를 내려가자, 객석 전체가 캄캄해지더니 무대에서 조명이 꺼졌다. 어둠 속에서 첼로 선율이 낮게 들려왔다. 잠시 후, 무대 조명이 밝아지면서 내 눈은 무대 위 심 교육관에게 고정되었다. 눈에 나도 모르게 힘이 들어갔다.

아!

순간 움직일 수 없었다. 저 선글라스, 저 입가의 마네킹 같은 인공적인 미소…….

그것들은 분명히 기억의 밑바닥에 자리하고 있었다. 어디서 봤을까. 내 관자놀이를 찌르는 윤곽, 이미지. 숨이 막혀왔다. 뿌연 안개 너머 어른거리는 희미한 윤곽을 나는 생각해내려고 애를 썼다. 아찔한 현기증에 식은땀이 났다. 눈을 감았다. 작은 빛이 안개를 파고들더니 빛이 조금씩 커지고 윤곽이 드러나고 있었다. 나는 눈 감은 채 그 작은 움직이는 빛에 집중했다. 그러고는 숨을 깊게 삼키고는 눈을 떴다. 나도 모르게 입은 어느새 동그랗게 열린 채였다.

비로소 그를 알아본 것이다. '미래로' 모임이 있던 그날 봤던 그자가 심 교육관이었다니. 벌어진 입이 다물어지지 않았다. 그제야 흐릿하기만 했던 그날의 일이 머릿속에 되살아나고 있었다.

'미래로' 모임 일행 일부가 1층 엘리베이터에서 내려 로비를 지날 때였다. 종업원이 다가오더니 인사를 건네며 마침 생각났다면서 이상한 말을 했다. 일행 한 분이 나중에 또 왔고 막 몇 분 전에 먼저 가더라는 것이다. 구종훌 사장이 종업원을 쳐다보다가 내게 눈을 주었다. 나는 종업원이 누구를 말하는지 알 수 없었다.

"이상하네. 우리 일행 중에 먼저 간 사람은 없는데?"

종업원은 먼저 갔다는 일행에 대해 이십대 후반쯤 돼 보이는 아주 젊은 남자였다고 했다. 그리고 갈녹색 양복을 입은 중년 남자를 가리키며 그가 엘리베이터에 올랐을 때 현관에서 달려와 따라 타기에 일행이라고 생각했다고 설명했다. 그 말에 갈녹색 양복이 고개를 갸웃하자, 내 시선이 잠시 그에게 머물렀다. 그날 모인 인사들 중엔 이미 나와 안면이 있는 사람이 대부분이지만, 처음 보는 인물들이 있었다. 구 사장이 새로 합류한 멤버라며 소개한 식약청 관계자 세 명과 갈녹색 양복을 입은 중년 남자가 그들이었다. 갈녹색 양복은 말 붙일 엄두가 나지 않을 정도로 묘한 기운을 발했다. 창백하다 싶을 만큼 흰 얼굴에 검은 선글라스. 그 모습이 주는 차가운 분위기 때문에 더 그런지도 몰랐다. 그런 그의 프로필에 대해서는 본인도 구 사장도 말하지 않아 나로선 식약청 관계자의 또 한 사람쯤으로 알았다.

나는 시선을 종업원에게 주며 자초지종을 캐물었다. 종업원은 고개를 끄덕인 뒤, 긴장한 표정으로 대답했다. 젊은 남자가 몇 시부터 몇 시까지 예약되어 있냐고 물었고, 누가 마련한 자리인지 알고 있어 수상하게 생각하지 않았다고. 그 말에 구종휼의 표정이 일그러지자, 일행들의 표정 위로 동요의 파도가 지나갔다. 시선들이 분주히 움직이기 시작했다.

구종휼 사장은 짐작 가는 거 없냐고 물었다. 뭔가를 겨우 억누르는 다급한 목소리였다. 나는 딱히 할 말이 없어 아무것도 짐작이 가지 않는다고 말했다. 그러면서 머릿속으로 더듬어보았다. 혹시 이날 모임에 대해 어디 가서 말실수로 흘리지 않았는지 말이다. 그런 일은 없었다. "네가 구종휼 사장 수행비서냐." 하며 비아냥거리는 동료 기자들에게는 특히 입을 다물었다. 나는 구종휼 사장을 따라다니며 '미래로' 모임에 얼굴을 내밀었고, 그 모임을 챙겼다. 돈과 권력 가까이 있다 보니 세상일이란 게 간단하고 쉬워 보였다. 몇 계단 뛰어오르거나 한 건 크게 챙길 수 있는 기회도 어려워 보이지 않았다.

구종휼 사장이 염탐꾼이 숨어든 모양이라고 귓속말을 했을 때, 내 눈은 갈녹색 양복의 검은 선글라스를 보고 있었다. 누굴까. 그의 표정을 가늠할 수 없었다. 이내 시선을 돌렸다. 돌발 상황이 문제였다. 서류가방을 들고 서 있던 다른 일행이 구종휼 사장에게 다가왔다. 심상치 않은 상황이 벌어졌다고 느낀 그들은 뭇 시선들을 피해 곧바로 1층에 비어 있는 룸으로 들어갔다.

구종휼 사장의 운전기사가 지배인을 데리고 룸 안으로 나타났다. 오면서 자초지종을 들었는지 지배인은 손을 비비며 어쩔 줄 몰라 했다. 내가 서빙 종업원을 불러달라고 요청하자, 그는 허리를 꺾어 양해를 구하고는 문밖으로 나가 서빙 여종업원 여섯 명을 데리고 들어왔다. 여종업원들은 주눅 든 표정이었다. 나는 그들에게 귀한 분들을 모시고 마련한 자리에 어떤 불순한 의도를 가진 자가 여길 찾아온 모양이라고 설명한 뒤, 수상한 사람을 본 일이 있는지 말해보라고 요구했다. 겁먹은 그들은 고개를 저을 뿐이었다. 솔직히 털어놓지 않고 속이는 게 있었다간 후회할 일이 생길 거라고 위협해봤지만, 모두 그런 일은 없었다고 거듭 항변했다. 세 번째에 선 종업원은 달랐다. 아랫입술을 꾹 물고는 눈을 바닥으로 떨어뜨린 채, 맞잡은 두 손을 떨었다. 나는 세 번째를 계속 다그쳤다. 효과가 있었다. 그녀는 머뭇거리더니 나를 쳐다보며 마침내 고개를 끄덕였다. 나는 그녀의 실토를 재촉했고, 이어 문제의 사내에 대해 들을 수 있었다. 식품창고에서 나오던 길이었는데, 주차 담당 직원이 다가와 룸서빙 담당 종업원을 누가 불러달라고 했다기에 나가봤더니 젊은 남자였다는 것. 나는 그녀에게 계속하라고 눈짓을 했다.

"기자라면서, 굉장히 중요한 일이라고 도와달라고 했어요."

"어떻게 도와줬죠?"

그녀는 그가 녹음해달라며 준 녹음기를 테이블 꽃병 안에 안 보이게 두었다가 손님들이 대화를 끝낸 뒤에 들고 나왔다고 했다. 나는 구종휼 사장의 동그래진 눈과 시선을 교환했다. 주요 인사들이 밀담을 나누는 동안 나는 룸 밖에 있었으므로 잠입자가 노린 정보가 어떤 내용인지 알 수 없었다. 하지만 구종휼의 어두워진 표정에서 매우 중요한 이야기가 오갔음을 짐작할 수 있었다. 젊은 남자의 인상착의를 묻는 내 말에 그녀가 겁먹은 얼굴로 입술을 움직였다. 대략 이십대 후반으로 보였고, 중간키에 서글서글하고 성실한 인상이었다고.

내가 "회색 재킷을 입었다던데?" 하고 말을 띄우자, 그녀는 고개를 끄덕이며 젊은 남자가 옷차림새도 단정해서 이미지가 좋았다고, 그게 전부라고 대답했다. 나는 더 생각해보라고 집요하게 몰아붙였다. 그녀는 아랫입술을 물고 손을 비비더니 잠시 뒤 환해진 표정으로 민박집 이야기를 꺼냈다.

"제가 손에 김치 그릇을 들고 있었는데, 그만 무슨 말을 하다

가 그릇 속에 남은 김칫국물을 그분 재킷 소매에 쏟았어요. 그
래서 너무 죄송해서 안에 들어가 묻은 걸 씻어주겠다고 했는
데. 그 사람 말이 민박집에 가서 자기가 그냥 씻을 테니 신경 쓰
지 말라고 했어요."

나는 일행과 함께 룸을 황급히 나왔다. 주차장으로 가면서
일행에게 녹음기에 대해 말했다. 그때 구종휼의 운전사가 달려
왔다. 그는 주변 일대를 살피고 온 모양이었다. 구종휼이 운전
사의 보고에 초조한 낯빛으로 나를 바라보았다. 나는 근방 민
박집을 다 뒤져서라도 찾아내겠다고 그를 안심시켰다. 그 말을
하는데 구종휼의 어깨 너머 갈녹색 양복의 검은 선글라스가
하얗게 빛나고 있었다.

심 교육관이 말하기 시작했다. 강약이 들어간 속삭이는 목
소리, 짧은 침묵과 강렬한 외침을 섞어 이어가는 말솜씨. 나는
듣는 내내 침을 삼켰다. 무대 위의 심 교육관의 모습에 갈녹색
양복의 모습을 포개보았다. 틀림없는 같은 인물이었다.

저자가 왜 그날 '미래로' 모임에 있었을까? 구종휼 사장은 왜
그날따라 저자와 식약청 관계자를 포함한 몇 명의 인사끼리만
의 비공개 자리를 따로 주문했을까? 그날 모임에서 오고 간 내
용이 뭐였기에 K가 몰래 녹취를 감행한 것일까? K가 집요하게
매달리고 추적하던 것이 그날 그들만의 비공개 자리에서 오고
간 내용에 있었단 말인가? 그가 녹취한 내용에?

얽혀든 의문들이 머릿속을 뒤흔들어놓고 있었다. 나는 요동치는 심장 소리를 고스란히 견디며 숨을 삼켰다.

갑작스런 박수 소리.

정신이 번쩍 들었다. 무대는 캄캄했고, 오 초 후 다시 환해졌다. 텅 비어 있었다. 아무것도 놓여 있지 않은 나무 테이블만이 스포트라이트를 받으며 자리를 지키고 있었다. 보이지 않는 스피커에서 심 교육관의 실체 없는 음성이 선동적인 구호처럼 증폭되어 흘러나오기 시작했다.

"나는 욕망하고 편집한다. 고로 나는 존재한다. 순수한 자아는 없다⋯⋯."

나는 로비로 뛰어나갔다. 곧바로 뒤쪽 통로로 이어진 대기실로 향했다. 대기실엔 재활용 쓰레기를 분류하는 청소부 말고는 아무도 없었다.

청소부는 해마 마크가 등에 찍힌 주홍색 유니폼을 입고 커다란 비닐봉투에 쓰레기를 옮겨 담고 있었다. 대략 오십 줄쯤 되어 보이는 사내는 일에 열중해서인지 내가 두 번이나 뒤에서 불렀는데도 뒤돌아보지 않았다. 내가 옆으로 다가가서 "방금 전에 심 교육관님 여기 들어왔다가 나가신 건가요? 언제쯤 나가셨죠?" 하고 묻자, 그제야 고개를 젓고는 "못 봤는데요." 하고는 다시 일에 열중했다.

뒤따라 온 국진원이 내 팔을 잡으며 물었다.

"왜 그래? 무슨 일이야?"

“아니야.”

✢

잠이 오지 않았다. 천정에 눈을 고정한 채 낮에 봤던 심 교육 관을 그리고 있었다. 심 교육관과 갈녹색 양복이 동일인물이라 니 아직도 나는 믿을 수가 없었다. 낮에 받았던 충격이 내내 내 정신을 또렷하게 했다. 가려졌던 굵고 진한 선 하나를 비로소 찾아낸 것일까. K가 전화로 남겼다는 말이 머릿속을 스쳐 지나 갔다.

“잘 만져서 쓸모 있게 활용하는 방안이 있다고 했어. 그들은 그걸 개조라고도 했고, 편집이라고도 했는데, 그들은 일개 개 인들의 기억 편집이 하나하나 축적되어 거대해지면 사회 전체 의 성향과 마인드 조정으로 확장되는 거라고 흥분해서 말하더 래…….”

인간을 개조한다, 편집한다, ‘미래로’ 모임, 그 모임을 이끄는 뉴미디어통신위원장 구종휼, 그리고 해마, 심 교육관……. 이런 단서들을 하나하나 이어보았다. 뭔가 잡힐 것 같으면서도 막연 했다.

나는 나를 생각했다. 나의 경우를 말이다. 나는 마윤수의 시 간만큼의 나를 잃어버렸다. 사람들이 나를 알아보지 못한 건 그 때문이었다. 사람이 달라졌다는 사실.

사람이 달라진다?

그 말을 되뇌며 열심히 머리를 굴렸지만, 생각은 한 발짝도 더 움직이지 않았다. 침대에서 일어났다. 컴퓨터를 켜고 인터넷에 접속했다.

최근 몇 주 사이의 기사들을 뒤졌다. 문득 한심하다는 생각이 고개를 치켜들었다. 과연 이런 것들을 뒤진다고 뭐가 나올 것인가. 그러나 지금 내가 할 수 있는 일이 이것 말고 또 뭐가 있는지 생각나지 않았다. 담배를 피워 물고 닥치는 대로 검색해 나갔다. 잠시 눈을 집중하는 사이 기사들에 빨려 들어가 이윽고 담배 세 개비째에 불을 붙일 무렵에는 완전히 빠져버렸다.

그렇게 모니터에 떠 있는 기사 헤드라인에 시선을 미끄러뜨리는 사이 무의지적으로 마우스 위의 손가락이 멈추었다. 의심스런 헤드라인 한 줄을 발견한 건 검색한 지 한 시간 하고도 사십 분 만이었다.

글로벌 기업 S사의 비리를 폭로하며 화제를 모으던 J씨, 모두 거짓임을 시인

유독 이 기사가 눈을 잡아끈 건 J씨가 달라졌다는 사실 때문이다. J씨 입장을 바꿨다는 것. 나는 곰곰이 생각하다가 그와 관련한 이전 기사를 모두 검색했다. 기사마다 댓글이 끝없이 달린 걸 보면 대단한 이슈였다는 걸 알 수 있었다.

몇 가지 기사를 종합해보면 이랬다. 대기업 S사의 임원이었던 J씨가 S사의 부패한 실정을 까발리기까지 신변의 위협 때문에 시민단체의 도움으로 숨어 다니다가 결국 기자회견을 했다. 그랬던 J씨가 어느 날 소식을 끊고, 일주일 만에 나타나 기자회견을 청해 자신이 까발렸던 모든 내용을 뒤엎는 말을 한 것이다. 폭로했던 내용은 임원인 자신이 회사 내에서 느낀 소외감과 무시 때문에 앙심을 품어 고안한 거짓이라고 말이다.

나는 이 기사와 관련한 다른 기사들을 더 비교하며 읽어 보았다. J가 갑자기 말과 입장을 바꿔버린 이유와 경위가 납득이 가지 않았다. 댓글을 봐도 이해할 수 없다는 의견이 대부분이었다. 어느 인터뷰에서 J는 S사를 상대로 싸우기 위해 모든 걸 버릴 각오가 되어 있다고 밝혔다. 뿐만 아니라, 진실을 폭로하는 데 모든 준비를 마쳤다고도 말했다. 그런 사람이 말을 엎어버린 것이다.

나는 모니터에 시선을 꽂은 채 중얼거렸다. 혹시 인간 개조? 기억 편집? 내 상상이 앞서나간 건지 모른다는 생각이 들었지만, 의문은 사라지지 않았다. 상상은 무에서 오는 것이 아니라, 현실에서 피어나는 것이 아닌가. 나는 네 번째 담배를 입술 사이에 끼웠다. 이어 라이터에 불을 당겼다.

치익-, 하는 소리와 흔들리는 불꽃.

순간 떠오르는 게 있었다. 또 다른 가능성이었다. 내게 시술

된 게 알려지지 않은 시험단계의 D형 시술이라면, 또 알려지지 않은 다른 시험 단계의 E형 시술, F형 시술, G형 시술도 있지 않을까? J씨가 그 경우는 아닐까? E형이거나 F형 시술의 임상실험 피험자 말이다.

비슷한 사례가 더 있는지 뉴스검색 페이지를 뒤져봤다. 몇 달 전, 일 년 전 그리고 이 년 전으로 거슬러 올라갔다. 모니터에 눈을 꽂고 마우스를 계속 움직이며 화면을 넘나든 덕에 몇 건을 걸러냈다.

'대기업 공장노동자 오 년째 싸워오던 산재피해보상요구, 철회'

'대학등록금 반값인하요구 범국민운동을 주도한 대학생연합회장 B군(24), 모 신문사에 지금까지와는 다른 개인적인 입장 밝혀'

'○○대형 교회비리 폭로한 전도사 이 씨, 일주일 만에 폭로가 거짓임을 자백'

'……'.

막막했다. 문득, 다시 나를 생각했다. 그리고 해마 직원들을 생각했다. 그들은 이전에 누구였는지 알 수 없지만, 해마의 충직한 직원이 되어 있다. 해마의 비밀주의에 아무런 물음표를 갖지 않고 주어진 일에만 몰두하는 완벽한 시술 성공작들. 그들은 모른다. 시술이 어떤 식으로 진행되고, 시술에 사용되는 의약품과 기구에 대해서조차 모른다. 시술진들 얼굴도 본저 없다.

그렇다면, 대외적으로도 보안을 생명처럼 내세우며, 직원도 모를 만큼 그토록 철저히 비밀스럽다면 A, B, C 시술은 어떻게 식약청에 허가를 받은 것일까.

나는 곧바로 L 기자에게 전화했다.

L 기자는 자다가 깼는지 졸음이 묻은 목소리였다. 이내 내 목소리를 알아듣자 금세 또렷해진 어조로 그동안 알아본 게 있는지 물었다. 나는 해마에 출근해 탐색 중이라고 말했다. L은 맙소사를 연발하더니 "해마라니? 거긴 왜?" 하며 자초지종을 캐물었다. 나는 대략 설명해주었다. 그러다가 하마터면 해마에서 본 심 교육관이 갈녹색 양복과 동일인이라는 말을 할 뻔했지만, 얼른 말을 돌려 내 용건을 꺼냈다. 해마시술에 대한 식약청 허가자료를 알아봐달라는 부탁이었다. L이 이유를 물었다.

나는 해마시술에 대해 납득이 가지 않는 부분들을 들려주었다. 시술이 어떤 식으로 진행되는지 시술진들이 취급하는 의약품과 기구가 어떤 것인지 직원들도 모르는데, 식약청에 어떻게 자료 제출을 했는지 이해가 가지 않는다고, 그래서 해마가 식약청에 제출한 A, B, C형 시술의 임상허가 관련 서류를 확인해볼 필요가 있다고 설명했다. 그는 내 말에 궁금한 부분을 몇 가지 더 되묻더니 알아보겠다고 흔쾌히 약속했다.

"고맙다. 그리고 말야. 이런 기사 기억나냐?"

나는 흥분이 가시지 않는 어조로 인터넷 검색에서 조금 전에 찾은 기사 제목 몇 개를 불러주었다.

"그 기사들이 왜?"

L은 영문을 모르겠다는 무심한 투였다. 나는 K가 녹취한 내용과의 연관성에 대해 가능성을 제기했다. 인간을 개조하고 편집한다는 개념에 초점을 맞춰 기사 내용을 분석하고 조사해보면 뭔가가 나올 거라는 내 생각을 덧붙였다. 가만히 듣던 L은 혀 차는 소리를 내며 "그래, 그럴 수도 있겠어." 하고 내 말에 동감을 표했다. 나는 그 기사들이 어떤 공통된 점이 있는지도 하나하나 짚어가며 계속 말했다.

그런데 L이 "참, 저기 말야⋯⋯." 하면서 내 말을 자르더니 K의 어머니 이야길 꺼냈다. 어제 오후에 오랜만에 전화가 왔다는 것이다.

"어머니가 요 며칠 자꾸 꿈에 K가 나타난다는 거야. 표정 없는 얼굴로 잠시 쳐다보다가 가더래. 그러시면서 K가 이 세상에 없는 것 같다고 하시는데, 목소리가 많이 안 좋으시더라. 이제 지치실 대로 지치셨지."

갑자기 온몸에 싸늘한 기운이 감돌았다.

"그랬구나."

나는 빨리 지나가고 싶었고, 그런 조바심 때문인지 실수를 하고 말았다. "아무래도 K는 이 세상 사람이 아닌 것 같아. 네 생각은 어때? 그 녀석 죽었을까 살아 있을까?" 하고 L이 물었을 때, 나는 그걸 왜 나한테 묻냐고 소릴 질러버린 것이다.

"왜 그래?"

L의 놀란 목소리가 건너왔다. 나는 신경이 날카로워져서 그런 거라고 얼버무리며 사과했다.

전화를 끊었다. 적막이 흘렀다. 내 숨소리만 적막을 유영하고 있었다.

K가 내게 던진 차가운 질타가 귓가에 되살아났다.

'어떻게 그러고도 당당할 수가 있지? 그걸 기사라고 쓰다니. 기자의 정체성이 뭐라고 생각하냐?'

당시 나는 한 젊은 가수를 흠집 내는 기사를 썼다. 가수 산하는 W중공업 정리해고 반대 파업 현장에서 고립된 노동자들에게 노래를 불러주고 기초 생필품을 전달했을 뿐만 아니라, 소셜네트워크로 사람들에게 현장 참여를 독려했다. 가수 산하는 순식간에 화제의 인물이 되었다.

그런 그가 여론의 중심에 서는 걸 불편해하는 목소리가 있었다. 그 목소리는 술자리에서 은밀히 내게 불편한 심기를 토로했다. 요는 필봉을 날려 비난 여론을 막아달라는 거였다. 결국 나는 거짓 제보자를 내세워 거짓 기사를 썼다. 술집 여종업원을 성추행했고, 만취해서 밤에 택시운전사를 폭행했다는 내용으로.

내가 말했다.

"정체성? 집어치워. 고루하게 무슨 정체성 타령씩이나."

K가 눈을 반짝이며 나를 쏘아보았다.

"우리는 진실을 쫓는 헌터야. 그게 우리의 정체성이자 자부심이야. 너 같은 놈 때문에……."

"도덕 선생님 같은 소리."

내가 웃자, K가 잠시 말없이 나를 응시한 뒤 넋두리조로 말했다.

"네가 쓴 기사엔 진실이라고는 조금도 없지. 그런 왜곡 기사가 뭐와 똑같은 줄 아냐? 소설 〈멋진 신세계〉에 나오는 소마나 조건반사 같은 거야. 세상에 흘러넘치는 기사라는 건 진실이 희석되면 될수록, 조작되고 불순물이 뒤섞이면 뒤섞일수록 소마와 다를 게 없어. 판단을 흐리게 하는 소마 말야."

세인들의 이목이 추문의 주인공이 된 그 가수에게 쏠렸다. W중공업 파업 관련 기사에 대한 시선은 흐리마리해졌다. 사람들의 기억과 관심은 그렇게 쉽게 조절되고, 희석되었다. K의 말대로 그 당시 내가 쓴 왜곡 기사는 효과적인 소마였다.

그때 나는 이렇게 받아쳤다.

"이봐, 어차피 이 세상의 팩트라는 건 누가 어떤 시각에서 보느냐에 따라 달라지는 법이라네. 그런데 이거 뭐야. 청소년 교양소설까지 들먹이기야. 기사를 소설 속 소마에 비유하다니 너도 참 엉뚱하구나. 그 소설은 배경이 지극히 통제되고 폐쇄된 사회야. 그런 배경 설정 속에 소마는 사람들을 길들이는 우민화 장치로 상징적으로 쓰인 거지만, 봐봐, 지금이 어떤 시대냐. 우리가 그 소설에서처럼 통제되고 폐쇄된 전체주의 사회 속에 사냐?"

K는 우는 듯한 표정으로 희미하게 웃었다. 나는 그의 그런 비웃음에도 개의치 않았다. 필요에 따라 편파, 왜곡 기사를 썼고, 그때마다 소송을 치러야 했지만, 나는 피하지 않았다. 승소는 매번 내 차지였으니까. 그 가수도 소송을 걸었지만, 소송 결과는 나의 승리였다.

세차게 심장이 두근거렸다. 나는 냉장고에서 캔맥주를 꺼내 단숨에 들이켰다. 어쩐지 캔맥주는 알루미늄캔의 금속 냄새 외엔 아무 맛도 나지 않았다. 던져버리고 싶었지만, 그것 외엔 날카로워진 신경을 달랠 만한 게 떠오르지 않았다. 나는 마른세수를 하곤 모니터 앞에 다시 앉았다.

검색으로 찾아낸 기사들 중에 정말 K가 녹취한 내용과 연관된 것이 있을까 생각해보았다. '만의 하나'를 입속으로 되뇌었다. 무의식적으로 팔을 문질렀다. 에어컨을 켜지도 않았는데, 가느다란 소름이 살갗에 돋아 있었다.

⁜

평소보다 한 시간 빠른 출근이다. 나는 해마빌딩 안으로 들어가지 않고, 빌딩 뒤 공터 쪽으로 발걸음을 옮겼다. 아침부터 볼과 목에 흐른 땀을 손등으로 훔치며 주위를 살폈다. 산책로 옆으로 이차선 도로가 보였다. 녹색 철망 너머 잔디 한가운데를 가로지르는 그 도로는 평소 지나는 발길이 없는지 보도블록 위로 잡초가 무성했다. 그쪽으로 서둘러 갔다.

안쪽으로 좀 더 들어가자, 국진원이 말한 시설물이 눈에 들어왔다. 약 6미터 높이의 지붕이 덮인 그것은 해마빌딩 지하주차장으로 내려가는 입구였다. 해마빌딩 바로 뒤 30미터쯤 되는 거리지만, 지하주차장 입구와 해마빌딩 사이엔 철망이 길게 쳐져 있기 때문에 걸어서 가려면 도로를 한참 돌아서 가야 한다.

지하주차장 입구에 도착해 보니 시커먼 철문이 내려져 있었다. 주위는 적막했다. 나는 내 머리와 어깨가 보이지 않도록 난간 뒤로 몸을 숨긴 뒤, 숨을 고르고, 곧 보게 될 것을 상상했다. 긴장한 때문인지 시간이 멈춰버린 듯 가슴이 답답해졌다.

그렇게 기다린 지 십오 분 쯤 지났을 때였다. 저 멀리 움직이는 초코볼 같은 검은색 승용차들이 곡선을 돌면서 줄지어 다가왔다. 차창이 완벽하게 선팅이 되어 안이 들여다보이지도 않는 차들. 첫 번째가 지하 주차장 입구로 진입하자, 철문이 소리 없이 위로 올라갔다. 그 열린 어두운 입구 속으로 차량은 줄줄이 미끄러져 사라졌다.

어떤 자들이 타고 있을까. 저들이 기억에 관련한 모든 시술을 담당하는 해마군단이란 말인가.

어두운 입구 속으로 마지막 차가 사라지자, 철문이 다시 내려갔다. 나는 무릎을 펴며 일어섰다. 긴 숨을 뱉는데, 바지주머

니에 있던 핸드폰이 진동했다. 아침부터 누굴까. 액정을 보니
정선화였다.

통화를 연결하자, 그녀는 급하게 무슨 말을 했다. 저녁에 만
나자는 말을 빼고는 나머지 말이 얼른 귀에 닿지 않았다. 그만
큼 그녀의 말이 빨랐고 상기된 어조였다. 얼핏 듣기로는 K가 남
긴 말의 실마리를 알게 될지 모른다는 소리 같아 나는 설명을
요구했다.

"자세히 좀……."

"전화로 대충 말할 수 있는 그런 얘기가 아니에요. 일단 당신
이 만나야 할 사람이 있어요."

벽 군데군데 페인트가 벗겨진 어두컴컴한 건물 7층. 엘리베이터도 없어 계단을 오르느라 무릎이 다 뻐근했다. 복도 양쪽에 사무실이 늘어서 있었고, 문마다 호실 번호판과 크고 작은 간판이 붙어 있었다. 나는 답답한 마음을 겨우 추스르며 번호판과 간판을 살피며 정선화를 따라 복도를 걸었다. '701호 에밀화장품', '702호 한빛택배', '703호 루루여행사', '704호 미래만화연구소'를 지나 정선화는 705호 문 앞에서 멈춰 섰다. 문 위에 걸린 간판을 보았다.

'해마시술부작용피해자모임연대'

나는 갑자기 정신이 멍해져서 잠시 움직일 수 없었다.

이내 정선화를 따라 문 안으로 들어갔다. 공간 중앙에는 몇 개의 사무용 책상과 의자가, 벽 쪽으로는 길게 붙어 늘어선 철제캐비닛과 서류함과 책장이 눈에 들어왔다. 나는 출입문 옆쪽에 이어진 룸으로 안내되었다. 화이트보드와 회의용 테이블과

간이의자들이 구비된 그곳은 휑했다.

내가 두리번거리며 가운데 의자를 빼서 앉자, 정선화가 종이컵에 율무차를 담아왔다.

"잠깐 기다려요."

율무차를 마시면서 기다린 지 삼 분쯤 지나자, 문이 열렸다. 오십 전후 되어 보이는 키 큰 중년 사내가 룸으로 들어와 문을 조용히 닫았다.

그는 엷은 미소를 지으며 손을 내밀었다.

"반갑습니다, 박영원 씨. 권인권이라고 합니다. 이곳 총무를 맡고 있지요. 이야기는 많이 들었습니다."

TV 뉴스에서 몇 번 본 게 생각났다. 가까이서 보니 짧게 다듬은 턱수염에 금테 안경을 쓴 모습이 강직한 인상을 풍기는 사내였다. 그는 숨도 돌릴 겨를 없이 나에 대해 들은 내용을 확인하듯 하나하나 꺼내기 시작했다. 마윤수 이야기서부터 기억이 돌아온 내 이야기는 물론, K가 남긴 수수께끼 같은 말에 대해서까지. 죄다 정선화가 이야기한 모양이었다.

"정선화 씨로부터 당신 이야기를 듣고 정말 많이 놀랐습니다. 박영원 씨 당신은 지금껏 알려진 해마시술 부작용과는 다른 새로운 케이스죠. 즉, 박영원 씨가 받은 시술은 우리가 알아본 해마시술과는 전혀 다른 시술이에요. 그래서 난 영원 씨를 우리 소송 전쟁에 중요한 카드로 내세울 생각을 사실 했습니다. 그런데……"

그가 말끝을 조금 흐리면서 입술을 다셨다.

"그런데 뭐죠?"

"삼 년 전 K 기자가 전화로 언급했다는 내용과 당신이 그걸 단서로 뭘 찾고 있는지 정선화 씨에게 듣고는 정신이 아찔해졌어요. 아니 공포에 몸이 다 떨렸습니다."

공포라니?

권 총무의 심각한 말투가 불편했다. 그는 내가 겪는 이 혼란과 두려움을 마치 다 안다는 듯 어쭙잖은 이해심으로 내게 접근하려는 것이다.

"왜죠? 권 총무님이 그럴 이유는 없을 텐데요."

권 총무는 허탈한 미소를 입가에 물고는 눈을 잠시 감았다가 떴다.

"인간 개조 또는 편집에 대한 언급 말입니다. 그 말을 듣는 순간 오래전 기억에 남아 있던 고통과 공포가 떠올랐습니다. 과거의 그 악이 아직도 사라진 게 아니라는 섬뜩한 생각이 든 거죠."

권 총무는 비밀이라도 털어놓으려는지 어깨를 앞으로 당겼다.

"요즘 젊은이들은 상상도 못할 겁니다. 내가 대학 다니던 당시 군에서 의문사한 운동권 대학생들 숫자는 끔찍스러울 정도였지요. 소위 운동권 학생들을 강제징집해서 당시 보안사령부의 사상 개조 계획에 따라 정신적 육체적으로 고통을 주었죠. 이에 대해 당시 육군본부 인사참모 부장이었던 자가 인터뷰에서 그렇답니다. 대학생들 강제징집은 젊은이들을 어떻게 하면 나라의 유능한 일꾼으로 키워 재활용할 것인가, 나라를 위해 충성토록 만들 것인가 그런 취지에서 했던 거라고 말이죠. 어이가 없더군요."

나는 황당해 코웃음을 치려 했지만, 긴장으로 굳은 몸은 꼼짝할 수 없었다. '강제징집'과 '인간 재활용'이란 단어에서 풍기는 어두운 냄새 때문이었다. 권 총무가 이어 말했다.

"그런 비인간적인 일은 겉으로는 다 과거의 산물일 뿐이라고들 말하지요. 지금 세상이 얼마나 달라졌는데 무슨 소리 하냐고 말이죠. 천만에요. 권력을 쥔 자들 중엔 여전히 그 시절의 망령에 향수를 가진 자들이 꽤 있습니다. 권력 유지에 그것만큼 효과적인 게 없다고 믿는 무리들이지요. 수단과 방법을 가리지 않습니다."

권 총무가 토해내는 이야기는 정말이지 뜬금없이 들렸다.

과거에 사라진 일들. 그걸 왜 언급하는 건지 터무니없는 과도한 상상이라고밖에 생각이 들지 않았다.

나는 고개를 흔들었다.

"죄송합니다만, 무슨 말씀을 하시는 건지 하나도 모르겠군요. 이미 과거 오래전에 사라진 그런 일들이 K가 말한 내용과 어떤 연관이 있다고 그러시죠?"

권 총무는 참을성 있게 다시 설명했다. 그 시절의 망령은 사라지지 않았다고, 이름이 사라지고 방법이 달라지고 주체가 바꿰었을 뿐이라고. 그러고는 생각에 잠긴 듯한 표정으로 다시 입술을 열었다. 정중한 말투는 흐트러짐이 없었다.

"내 이야기를 해야 할 것 같군요."

그가 종이컵을 입에 대고 한 모금 마시고는 내게 눈을 주었다.

"난 해마시술 부작용 피해자이기도 하지만 바로 그 당시 그 공포의 피해자이기도 해요."

나는 동그래진 두 눈을 그에게 고정했다. 상상도 못한 소리여서 아무 말도 입 밖에 내지 못했다.

그가 계속 말했다.

"과에서 MT를 가기로 한 날 아침에 일어나 씻고 있는데 형사들이 집에 들이닥쳤어요. 그길로 정보과에 끌려갔고 자원입대를 강요받았죠. 너 군대 갈래 감방 갈래, 이런 식으로 말이죠. 다음 날 경찰서 정보과 차를 타고 춘천 보충대로 갔어요. 입대까지 딱 24시간 만이죠. 그 뒤 삼척훈련소로 갔는데 중사가 나한테 그러더군요. 이 빨갱이 새끼는 철책에 세워놓고 쏴 죽여야 해, 라고요. 내가 끌려온 이유를 그렇게 섬뜩하게 말하더군요. 훈련소에서 매일 새벽 두 시면 깨워 왜 군대에 왔는지, 어떻게 학생운동을 했는지 자술서를 써야 했어요. 그리고 좀 지나 대대장이 불러 갔더니 사단 보안대로 데려가 열흘 동안 학생운동하던 동료 이름을 불라고 괴롭히더군요. 그들은 성장과정, 학생운동 과정을 쓰고 또 쓰게 했어요. 잠도 재우지 않고 말이죠. 여차하면 두들겨 맞고요. 완전히 고문이었죠. 그리고 다 쓰면 휴가를 보내줬는데 휴가증을 써주면서 학교 가서 학생운동 하는 동기들 근황을 조사하라고 지시했죠. 그건 바로 프락치를 하라고 회유하는 겁니다. 정말 죽고 싶었습니다. 실제 그런 괴로움으로 자살한 친구들도 많습니다.

내가 지금까지 괴로움에서 벗어나지 못한 건 당시 그들의 회유에 넘어가 프락치 짓을 했다는 사실이에요. 나 때문에 선배가 둘이나 군에 끌려가 총기 오발로 사망했거든요. 두 사람이나요. 그것도 나와 아주 친했던 선배들이었어요. 그냥 총기 오발이라는 사고로 처리됐지만, 그건 명백히 죽인 거죠. 나는 지금도 그 일을 생각하면 숨을 쉴 수가 없습니다."

권 총무는 쓸쓸한 미소를 지었다. 그 미소는 이내 분노로 바뀌었다.

"그래서 잊고 싶어서 해마에서 기억 억제 시술을 받았는데 몇 개월 지나니까 괴로운 기억들이 다시 일어나더니 악몽과 불안 증세가 더 심해졌어요. 해마 측에선 피해자들의 말을 듣지도 않고 무시해버려요. 증거를 대라는 겁니다. 피해자들이 부작용 때문에 겪는 고통이 해마시술과는 아무런 관련이 없다는 거죠. 증거를 찾는 거 쉽지 않더군요. 보름 전에 일심 판결에서 우리 피해자 측이 패소했죠. 역시 우리가 제출한 자료에서도 증거 입증이 불충분하고 설득력이 없다는 겁니다. 이건 뭐 군대에서 발생한 무수한 의문사가 진실이 밝혀지지 않고 은폐되는 것과 뭐가 다릅니까."

증거. 나 역시 증거를 찾고 있다. 내가 처한 현실에 얽힌 인과의 고리 말이다.

권 총무가 몸을 앞으로 내밀었다.

"다시 말하지만 내가 급히 박영원 씨를 만나서 하고 싶었던 말은 K 기자가 삼 년 전에 녹취했다는 내용의 중요한 무언가가 현재 진행되고 있는 게 분명하다는 겁니다. 이건 화급을 다투는 심각한 사태일지 모릅니다."

내가 생각하고 있는 걸 지금 저자가 말하고 있지 않은가. 가상도 추측도 아닌 현실임을.

나는 그를 쏘아보며 말했다.

"그러니까 인간 개조, 인간 편집과 관련해서 말씀하시는 건가요?"

그는 고개를 끄덕였다. 나는 흠칫 놀라 다시 물었다. 나와 비슷한 케이스를 생각할 수 있는 거냐고. 그는 입가에 견고한 미소를 문 채, 고개를 계속 끄덕였다. 모든 걸 다 간파한 자의 여유가 묻어나는 눈빛이었다.

나는 이번엔 J씨의 기사를 언급하며 어떻게 읽었냐고 물어봤다. 권 총무가 눈에 힘을 주더니 차 한 모금을 마셨다.

"저도 안 그래도 그 기사를 당신의 경우와 연결 지어 의심하고 있었죠. 용케 보셨네요."

권 총무는 말을 이었다. 내가 해마시술을 받은 사실을 기억하지 못하는 것처럼, J씨도 자신이 언제 어떻게 해마시술을 받았는지 알지 못한 채, 그런 기자회견을 했다는 게 그의 설명이었다. 또한 그 사실들은 S사가 해마의 보이지 않는 손을 빌렸으리라는 추측과 연결된다고 했다. 막연하게나마 나 역시 그러한 의구심을 가졌지만, 처음 만난 이 사내의 입에서 그런 말이 튀어나오자, 놀라지 않을 수 없었다.

"어떻게 그렇게 확신하시죠?"

내가 정색을 하고 그렇게 묻자, 권 총무는 팔짱을 끼며 희미하게 웃었다.

"우리 모임에선 이전부터 해마와 관련한 여러 피해 사례와 현상을 주시하고 있었어요. 답이 풀리지 않던 부분들이 있었는데, 정선화 씨에게서 당신 이야길 듣고는 잃어버린 여러 퍼즐조각 중에 한 조각을 찾은 기분이었죠."

권 총무는 그러면서 바로 내가 증거이자 샘플이라고 말했다. 그의 입 주위에 애매한 미소가 떠다녔다. 나는 기묘한 느낌에 사로잡혔다.

그가 말을 이었다.

"해마가 현재 시술 중인 A, B, C는 단지 수면 위에 떠오른 멋있어 보이는 작은 빙산인 거죠. 그 수면 밑에 얼마나 거대하고 어두운 뭔가가 있는지는 아무도 모르는 일이구요. 당신은 수면 밑의 거대한 몸통 어디쯤에서 떨어져 나온 조각일 뿐입니다."

해마가 삼 년 전에 내게 실험을 했다는 의미였다. 나는 은밀히 품었던 의혹이 점점 커지는 것을 느꼈다. 숨을 삼키며 두 손으로 얼굴을 감쌌다.

권 총무가 물었다.

"해마에 잠입해보니 어떻던가요?"

나는 얼굴에서 손을 거두었다. 그의 눈은 호기심으로 번득였다. 모든 것을 파악하고 있으니 회피하지 말라는 압박의 눈이었다. 내가 망설이자, 옆에 앉은 정선화가 안심하라는 듯 고개를 끄덕였다. 나는 할 수 없이 거기서 보고 겪고 느낀 걸 들려주었다. 그는 내 말을 담담히 들을 뿐 놀라지 않았다. 알고 있던 내용을 듣는다는 표정이었다.

"조심하세요. 그리고 원하는 걸 찾길 기대합니다. 그건 당신에게도 중요하지만, 우리 해마시술 부작용 피해자들을 위해서도 그렇습니다."

그는 이어 퀴즈 서바이벌 프로그램에 대해 말을 꺼냈다. 그런 프로그램이 세 방송사에서뿐만 아니라, 케이블방송까지 가세해 더 경쟁적이 되었다고. 갑자기 왜 그런 이야기를 하는지 나는 어리둥절했다.

"해마를 찾는 사람들이 작년에 비해 두 배는 더 많아졌을 겁니다. 그 상당수가 A형 시술을 받으려는 사람들이겠죠. 덕분에 입소문을 탄 그 회사에 대한 이미지는 아주 은밀하면서도 밝죠. 제 말 틀렸습니까?"

이건 내가 아니라, 마윤수가 대답해야 한다. 나는 말없이 빤히 그를 바라보았다. 그가 말했다.

"이런 현상이 우연이라고 보십니까. 모든 게 얽혀 있습니다."

권 총무의 낯빛은 굳어 있었다. 전염된 듯 내 얼굴도 굳어버린 느낌이었다. 순간 품고 있던 불길한 한 조각을 들춰 확인하고 싶다는 생각이 들었다.

내가 물었다.

"퀴즈 서바이벌 프로그램이 시작된 게 언제죠?"

"삼 년 전쯤."

그의 대답에 내 혀끝에서 구종휼이라는 이름 석 자가 맴돌았다. 삼 년 전이면 공교롭게도 지금의 뉴미디어통신위원회가 생긴 즈음이다. 짐작과 추측이 구체성을 띠기 시작하면서 온몸에 전율을 느꼈다. '미래로' 모임이 있던 날 구종휼을 비롯한 참석자들의 얼굴이 하나하나 머릿속에 스쳐 지나갔다. 그리고 숨어든 K도.

✚

나는 버스 안에서 어두운 차창 밖의 풍경들이 뒤로 사라지는 것을 바라보았다. 내 기억들과 삶이 저렇게 사라져버린다고 생각하자, 섬뜩했다. 아무도 모르게 사라지고, 묻히고, 왜곡되고, 은폐되고…….

버스는 오늘따라 심하게 흔들렸다. 지붕 철봉에 고정된 손잡이를 나는 꽉 쥐었지만, 나는 옆으로 뒤로 흔들렸다. 유리컵 속의 물처럼 내 안의 생각들이 출렁이는 느낌이었다.

버스에서 내리자마자, 집을 향해 걸어가면서 L 기자에게 전화했다.

L은 즉시 전화를 받았다. 전화선 너머 그의 목소리는 잔뜩 힘이 들어가 있었다. 내가 부탁한 일 때문에 안 그래도 전화하려던 참이었다고 했다. 나는 해마가 식약청에 제출한 시술 허가 건을 떠올리고는 핸드폰을 귀에 바투 댔다. 그는 식약청 허가에서부터 안전성 및 유효성 심사 통과도 그렇고 신의료기술평가 단계까지 아주 깨끗하더라고 말했다. 자료를 읽어보니 최면과 침술과 전기 자극으로 시술을 하는 것 같은데, 사용하는 의약품이나 기구에 대한 자료는 어쩐지 별 특이할 것도 없이 평범해 보였으며, 많은 분량의 임상실험 자료에는 높은 등급까지 붙어 있었다고 길게 부연 설명을 했다.

쓴웃음이 나왔다. 식약청에 제출된 시술에 대한 정보 일체가 사실인지 아닌지 역시나 확인할 방법이 없기 때문이었다. 해마 내부에서 어느 누구도 시술과정을 본 일이 없지 않은가. 나는 궁금해하는 L에게 해마의 비밀주의와 관련한 내용을 간략하게 들려주었다.

그가 상기된 목소리로 말했다.

"조작된 건 아닐까."

그 말에 나는 마른침을 삼켰다. 핸드폰을 든 손바닥은 이미 끈적한 땀으로 젖어 있었다. "글쎄." 하고 대답했지만, 내 생각도 그랬다. 형식적인 제출용 쓰레기에 불과한 서류들일 게 분명했다.

그걸 통과시켜 허가한 자들은 누굴까 생각해보았다. 퍼뜩 떠오른 자들이 있었다. 그날 '미래로' 모임에 참석했던 식약청 주요 고위 간부들. 기억의 제조와 편집 기능을 하는 해마와 장기 기억의 저장소인 대뇌피질, 그 속에서 연결과 전달을 담당하는 시냅스. 이 오묘하고 신비한 기억의 메커니즘이 해부학의 세계에서만 존재하는 게 아니었다.

나는 멍한 기분을 느끼며 한 가지, 마음에서 떠나지 않던 것을 떠올렸다. 귀에 댄 핸드폰을 더 꼭 쥐었다.

"고맙다. 한 가지 더 애써줄래?"

나는 삼 년 전 구종휼이 V신문사 사장이던 시절 그의 운전사의 연락처를 알아봐달라고 했다.

"운전기사? 왜?"

아직은 설명해줄 수 없었다. 나는 아무것도 묻지 말고 알아봐달라고만 했다. 무슨 생각을 하는지 그는 잠시 침묵하더니 썩 유쾌하지 않은 어조로 그러마고는 전화를 끊었다.

┼

휴게실에서 담배를 피운 뒤, 자리로 돌아와 컴퓨터를 켰다.

오 분도 채 지나지 않아 갑자기 사무실 안에 웅성거리는 소리가 물결쳤다. 막 상담 스케줄을 확인하려던 참이었다. 나는 파티션 너머 고개를 빼 곱슬머리에게 무슨 일이냐고 물었다. 곱슬머리는 세모진 눈으로 날 올려다보았다. 별걸 다 묻는다는 눈초리였다.

"무슨 일이긴 심 교육관님의 불시점검이란 거잖아."

불시점검이라니. 뭘 점검한다는 것인지 알 수 없었다. 부정기적으로 있어온 것인 모양인데 위장출근 이후 처음이었다.

"뭐 처음 듣는 것처럼 그런 표정을 짓냐? 마치 불을 보고 이거 불이에요? 하듯이 말야. 웃겨."

비웃는 말투였다. 나는 내 표정이 수상쩍게 보일지 모른다는 생각에 고개를 돌렸다.

사무실 안의 상담직원들이 하나 둘 움직이더니 책상에서 모두 일어섰다. 조밀하게 배치된 파티션 위로 상담직원들의 어깨와 머리만 보이는 게 마치 줄이 딱딱 맞는 단체체조 대형을 연상케 했다. 순식간에 펼쳐진 기괴한 광경에 나는 긴장했다. 웅성거리는 소리가 불안하게 나를 휘감았다.

자리에 일어서서 기다린 지 십 분쯤 지나자, 복도 쪽에서 발소리가 요란하게 들려왔다.

사무실 맨 왼쪽 문이 열렸다. 상담사들의 머리가 일제히 왼쪽 문으로 돌아갔다. 사내들이 떼거지로 줄 맞춰 사무실 앞문으로 들어왔다. 선글라스에 검은 양복을 빼입은 건장한 사내들이었다. 사무실 안이 그들의 요란한 구두소리로 어수선해지자, 긴장과 불안이 회오리처럼 사무실 안의 시선과 호흡을 빨아들였다. 나는 침을 거푸 삼켰다. 빨라진 맥박을 느끼며 저 검은 움직임을 주시했다.

심 교육관은 어디 있을까.

저 건장한 사내들 가운데에 조직 보스처럼 엄호를 받으며 움직이고 있는지도 몰랐다. 나는 고개를 이리저리 빼 조심스레 살폈다. 사내들 사이로 심 교육관일 듯한 옆모습을 얼핏 본 듯했지만, 확실하진 않았다. 움직이는 사내들에 가려져서 과연 있는 것인지도 분명치 않았다. 사내들은 사무실 가장자리 통로를 지나 뒷문으로 모두 사라졌다.

상담사들은 파티션으로 둘러싸인 각자의 자리에 착석했다. 아무 일도 없었던 것처럼 순식간에 정돈된 분위기에 나는 섬뜩할 정도로 숨이 막혔다.

1층 로비로 내려갔다. 로비 중앙의 거대한 뇌 단면 조형물을 지나 회전문 앞에 서서 밖을 내다보았다. 사내들은 보이지 않았다. 단, 검은색 차량 몇 대가 둥근 화단을 돌아 빌딩 앞을 움직여 나가고 있었다. 그 중간쯤에 검은색 리무진이 보였다. 길고 날렵하게 빠진 육중한 리무진은 흰 광채를 내며 도로 끝에서 사라졌다.

그때 누군가 내 어깨를 쳤다.

"여기서 뭐해?"

퇴근 뒤, 해마빌딩 근처 맥줏집에 들어온 지 한 시간째. 나는 또 고은님에게 붙잡혀 땅콩을 씹으며 맥주잔을 들여다보고 있다. 잡혀주긴 했으나 일 분 일 초가 버겁고 신경이 곤두서기만 했다. 단서와 떠오른 기억들을 꿰어 맞출수록 나는 감춰진 무언가를 찾아야 한다는 강박과 알 수 없는 불안에 쫓기는 기분이었다.

고은님이 끈적한 눈빛으로 내 입에 넣어주는 땅콩을 턱에 힘주어 억지로 씹었다. 나로서는 볼수록 끔찍한 여자였다. 목살이 몇 겹으로 겹치는데도 고개를 옆으로 접으며 애교스런 미소를 짓다니. 눈이 어떻게 된 마윤수한테나 매력적으로 보일 미소였다. 마윤수 때문에 이런 곤혹을 치른다는 생각을 하자 몸서리가 쳐졌다. 여잘 떨어낼 순간을 엿보며 나는 온기 없는 미소를 인형처럼 물었다. 슬쩍 천정 모서리에 붙은 스피커를 바라보았다. 짜증나도록 시끄러운 소음만 쏟아내는 저 물건을 잡아빼 밟아버리고 싶은 충동을 겨우 억눌렀다. 더 견딜 수 없었다. 결국 속이 좋지 않다는 핑계를 대고 일어섰다.

고은님이 카운터에서 계산을 급히 하고는 나를 따라 맥줏집 문을 나섰다.

"좀 걸을까."

나는 왼쪽 팔에 그녀의 무게를 견디며 걸었다. 팔을 빼고 싶었지만, 꼭 쥐었는지 팔이 저릴 지경이었다. 그녀는 연신 깔깔대며 드라마 이야기며 좋아하는 가수의 앨범 타이틀곡이 어떻다는 둥 재잘댔다. 나는 차도 쪽으로 힘겹게 시선을 돌렸다.

숨이 멎은 건 그때였다. 오전에 봤던 검은색 리무진이 눈에 들어온 것이다. 리무진은 버스를 추월하더니 택시 앞으로 가 신호가 정지된 횡단보도 선에 바짝 붙어 섰다.

나는 어깨로 그녀를 툭 치고는 물었다.

"저 차, 심 교육관 차 맞지?"

리무진은 신호가 바뀌자, 출발해 모퉁이를 돌더니 해마빌딩 뒤편으로 향했다. 잔디가 있는 곳. 그곳에 해마빌딩 지하주차장 으로 들어가는 입구가 있다.

마음이 급해졌다. 대답을 들을 틈이 없었다.

"그럼 잘 들어가. 난 갈 데가 있어. 미안. 잘 가."

나는 그녀의 팔에서 손을 팽개치다시피 떼고 무조건 뛰었다. 그녀가 뒤에서 무슨 소릴 했지만, 나는 뒤돌아보지 않았다. 리 무진이 그 입구로 들어가는 것을 확인하고 싶었다.

지하주차장 입구에 도착했다. 건물 뒤로 가로질러 달린 덕에 리무진보다 빨리 올 수 있었다. 약 50미터 전방에서 입구로 이 어지는 도로 위로 리무진이 이윽고 눈에 들어왔다.

그때 어깨에 닿은 무언가에 나는 흠칫 놀라 고개를 돌렸다. 어깨를 잡은 건 고은님의 손이었다. 고은님이 숨을 헐떡이며 나 를 노려보고 있었다.

"뭐야, 대체! 나만 거리에 남겨두고 내빼……."

여기까지 따라오다니 나는 화가 치솟아 미칠 것 같았다. 리무진이 점차 입구로 다가오자, 고은님을 잡아끌어 난간 밑으로 몸을 숨겼다. 왜 그러냐고 말을 자꾸 붙이는 그녀의 입을 손으로 거칠게 막았다. 그녀는 몸부림을 치면서 손을 뒤로 허우적댔고, 내 어깨를 꼬집고 때렸다. 나는 견뎠고, 짜증을 삼켰다. 마침내 리무진이 입구 안으로 들어가고 철문이 내려오는 것을 확인한 뒤, 그녀의 입에서 손을 뗐다.

그녀가 숨을 몰아쉬면서 내 등을 후려쳤다.

"왜 사람 입을 막고 난리야. 숨 막혀 죽는 줄 알았잖아. 뭐야 정말. 자기 이상해졌어."

나는 그녀의 말에 대답하지 않고 물었다.

"밤 이 시간마다 왜 빌딩 안으로 들어가는 거지?"

"뭐 말이야?"

"심 교육관 차 말야."

"그게 왜 궁금해. 자기는?"

왜 궁금하냐고? 뭐라고 대답해야 할지 얼른 생각나지 않았다.

"난 원래 좀 특이한 사람한테 관심이 있어서 그래. 대단하잖아. 마술사 같기도 하고."

"갑자기 왜 심 교육관한테 관심을 갖는 거야? 전엔 안 그랬잖아. 이상하네. 사람이 좀 이상해진 것 같아. 그렇게 생각 안해, 자긴?"

나는 대답 없이 고개를 돌렸다. 철망 너머 해마빌딩을 올려다보았다. 심 교육관은 지금 시술층 어디쯤 올라가고 있을까 생각했다. 담배 한 개비를 뽑아 입술 끝에 물었다. 그때 그녀가 슬그머니 내 팔에 자신의 팔을 걸었다.

"자기 아까 좀 엉뚱하면서 터프한 게 더 매력 있던데."

내 팔을 잡은 그녀의 손아귀에 힘이 들어갔다. 힘이 들어갈수록 나는 불편하고 불안했다.

그녀가 은근한 눈빛으로 내게 물었다.

"사람 신체기관 중에 뭐가 제일 신비한 줄 알아?"

"글쎄. 몰라. 피?"

나는 건성으로 뱉었다.

"피도 그렇겠지만 바로 뇌야. 그것도 인간의 기억을 관장하는 해마. 시간이 녹아든 기억이란 건 그 사람의 인생이자 이야기야."

맞는 말이었다. 그런 말이 고은님의 입에서 부드럽게 흘러나오는 게 신기했다.

그녀는 자신의 이야기에 만족한 표정으로 계속 말했다.

"그러니까. 코를 높이고 턱을 깎듯이 한 사람의 인생이자 이야기도 맘에 들지 않으면 기억에 손을 댈 수 있는 거지. 이걸 가능하게 하는 게 해마의 기술이고 돈이야. 내가 해마에서 일하는 게 자랑스러워."

광고모델이 제품을 홍보하는 듯한 매끈한 말투다. 정말 자신이 믿고 생각하는 걸 말한 걸까. 설정된 말만 내뱉는 로봇을 보는 기분이 들었다.

나는 조심스럽게 물었다.

"지금까지 어땠어? 행복했어? 유년 시절, 청소년 시절, 그리고 지금까지 말야."

그녀가 어깨를 살짝 올리더니 수줍게 웃었다.

"갑자기 그런 걸 왜 물어. 쑥스럽게. 아, 나 이런 거 잘 이야기 안 하는데. 다른 사람도 나한테 이런 거 안 물어봐. 자기가 처음이야. 해마 내에서도 직원들끼리 사적인 거 잘 묻지도 질문 받지도 않잖아. 진원 씨도 이런 거 안 물어봤어."

"그래?"

그녀는 자신에 대해 말했다. 열다섯 살 때 부모님이 모두 교통사고로 사망하자 친할머니 손에서 컸다는 이야기서부터 전문대에 입학하려던 무렵 할머니마저 잃어 방황의 시간을 보낸 이야기, 가까스로 전문대를 졸업했지만, 취업은 여의치 않았고 그래도 아는 사람 소개로 의류 제조 회사에 경리로 일했던 이야기를 장황하게 털어놓았다. 내가 물었다.

"그랬군. 그럼 거기에 있다가 해마로 취직한 거야?"

"응."

"여긴 어떻게 들어왔어? 시험 본 건가? 누구 소개?"

갑자기 그녀는 고개를 갸웃했다.

"모르겠는걸. 기억 안 나네. 생각해본 적 없어."

갑자기 뒷목이 서늘해지는 느낌이었다.

"기억이 안 나?"

나는 그녀의 눈을 똑바로 바라보았다. 마윤수와 국진원을 떠올렸다. 편집된 인간. 신분과 기억과 신체가 따로 따로인 인간. 내게 팔을 걸고 있는 이 여자도 마찬가지라고 생각하자, 거듭되는 확인에 섬뜩한 느낌이 밀려왔다.

그녀가 자기 얘기에 빠졌는지 미소를 지으며 계속 말했다.

"……아무튼 말야. 그리 불행하다고 생각해본 적 없어. 뭐 그리 돈을 많이 번 것도 아니고, 신나는 일이 있었던 것 아니지만 말야. 그럭저럭 만족하며 살아온 것 같아. 일상이 다 거기서 거기지 뭐. 중간에는 잘 기억이 안 나지만, 지금 그래도 이곳에서 일하게 된 건 정말 행운이라고 생각해……."

나는 아랫입술을 꾹 물었다. 목구멍으로 뜨거운 것이 올라왔다. 조금 전 그녀에게 느꼈던 소름이 뜨거운 무언가로 변해 목구멍으로 스멀대는 거였다.

그녀가 미소를 물며 물었다.

"왜 그런 눈으로 봐? 쑥스럽게."

아무것도 모르는 저 얼굴. 자신이 누군지도 모르고 어디에 있는지도 모른 채 짓는 저 미소. 입근육과 눈과 입가의 주름은 어떤 명령어를 따라 저런 참사 같은 표정을 만들고 있는지 몰랐다. 나는 눈을 뗄 수 없었다. 나는 거울을 마주하고 있는 거였다. 아니, 그녀는 내가 마주하고 있는 현실이었다. 내 목을 옥

죄는, 도망칠 수 없는 현실.

"예, 예뻐서."

나도 모르게 그렇게 말했다. 거짓말은 요긴하다. 하지만 거짓말을 하는 순간이 나를 무너지게 할 때가 있다. 지금이 그렇다.

"에이, 그렇다고 말까지 더듬고……. 어머, 어머. 아무리 사실이 그래도 그렇지 눈물까지. 어머, 정말 뭐야. 눈물까지 흘릴 정도로 내가 예뻐 보이는 거야?"

그녀는 환한 미소를 물고는 제 손등으로 내 눈가에 고인 물기를 닦아준 뒤, 내 눈을 가까이 들여다보았다. 두 팔로 내 두틈한 목을 와락 끌어안았다. 나는 움직일 수 없었다.

그녀가 말했다.

"나 말야. 소원이 있어. 들어줄래?"

"뭔데?"

"내 생일 때 자기랑 근사한 데 가서 맛있는 거 먹고 싶어."

"생일?"

나는 어이가 없었다. 생일이라니. 대체 누구의 생일이라는 건지. 그건 그녀의 생일이 아니지 않은가. 그녀는 미소를 문 채 부리부리한 눈을 반짝이며 날짜를 말했다. 내가 마지못해 말했다.

"곧 다가오네?"

"그래. 다다음주 수요일. 내 소원 들어줄 거지?"

V

보이지 않는 손

집에 오자마자 TV를 켰다. 자정뉴스가 흘러나왔다. 해마시술 피해자모임연대 회원들이 항소심 판결 직후 ○○동 법원청사 앞에서 기자회견을 하고 있다는 뉴스였다.

국민의 정신적 고통을 외면하고 해마 편드는 사법부 각성하라!

회원들 모습이 화면에 나타났다. 그들은 플래카드를 가로로 길게 허리까지 들어 올리고 두세 줄 겹쳐 서 있었다. 나는 그들 중간에 선 권 총무를 단박에 알아보았다. 턱수염이 난 중년의 그는 주먹 쥔 한 손을 어깨 위로 올리며 구호를 반복해 외치고 있었다. 화면이 바뀌어 그의 인터뷰 장면이 이어졌다.

그는 단호한 어조로 말했다.

"모순된 판결일 뿐이며, 한마디로 눈치보기식 판결이라 아니 할 수 없습니다. 분노를 금할 수가 없습니다. 우리는 끝까지 싸

워 진실을 밝힐 것입니다. 피해자가 분명히 있는데, 어떻게 시술
과 부작용 사이에 인과관계를 밝힐 증거가 불충분하다는 것입
니까. 피해자 자체가 증거입니다. 우리는 포기하지 않습니다. 현
재 우리 시술부작용피해자모임연대는 더 굳은 각오로 항소를
준비하고 있습니다. 현재 피해자와 그 가족으로 원고단을 모집
하고 있고, 여기에 새로운 피해 사례도 이미 확보해둔 상태입니
다……."

저자가 무슨 소리를 하는 건가. 증거? 새로운 피해 사례? 혹
시 나를 염두하고 하는 소리인가? 하긴 살아 있는 증거라면 수
두룩하다. 해마의 직원 전체를 동원할 수도 있을 것이다. 글로
벌 기업 S사의 비리를 폭로했다가 말 바꾼 J씨, 전도사 이 씨나
산재피해 보상요구를 철회한 산재 피해자들도 있다.

문제는 전자의 경우는 자신들이 누군지 모르고, 후자의 경
우도 자신이 갑자기 입장을 바꾼 사실에 의심이나 자각이 없다
는 것이다. 그렇다면 권 총무가 언급한, 증거 역할을 할 만한 새
로운 피해 사례란 현재로선 나일 수밖에 없다.

퇴근시간에 맞춰 정선화의 전화가 걸려왔다. 함께 저녁을 먹
자는 거였다. 정확히 용건은 '정보 교환'이었다. 그건 그녀가 붙

인 만남의 이유였다. 자신이 어렵사리 물어온 정보가 궁금하지 않냐면서 먹이를 든 노련한 조련사처럼 말했다. 말끝을 장난스레 올리는 게 은근히 내 호기심을 자극했다. 만나면 그녀의 요구대로 해마에서 보고 겪은 일을 털어놔야 할 터였다.

구미가 당기는 건 사실이었다. 난 주위로 시선을 한번 돌리고는 "그럽시다." 하고 전화를 끊었다.

차를 가져온 그녀가 날 데리고 간 곳은 스파게티 전문점이었다. 나는 해물스파게티와 토마토주스를 주문했다. 배가 하도 고파 접시가 도착하자마자, 먼저 잔을 들어 토마토주스를 목구멍으로 넘기다가 순간 숨을 멈추었다. 불쑥 고은님이 떠오른 것이다.

회사 근처에 주차된 정선화의 차를 향해 가다가 뒤를 따라오는 고은님을 봤다. 복도에서 마주쳤을 때, 그녀는 저녁을 먹자고 내 팔을 잡았다. 나는 선약이 있다고 했지만, 그녀는 뚱한 표정으로 누굴 만나러 가는지 끈질기게 캐물었다. 온갖 말로 미안하다고 하고는 팔을 빼 계단을 뛰어내렸다. 그녀의 시야에서 빠져나왔다고 생각했다. 그런데 그녀는 빌딩 밖으로 나와 내 뒤를 밟고 있었던 것이다. 나는 정선화의 차에 올라탄 뒤, 사이드 미러를 보았다. 기분이 이상했다. 지긋지긋하고 섬뜩한 그녀. 사각 미러 속에 갇힌 그녀의 멍한 표정이 송곳처럼 내 관자놀이에서 맴도는 것이다.

나는 머릿속을 애써 털어내며 토마토주스 잔을 내려놓았다.

스파게티 면을 입안에 천천히 넣었다. 정선화는 내가 스파게티를 먹는 모습에 눈을 주더니 싱겁게 웃었다.

내가 물었다.

"왜 웃는 거요?"

그녀는 입술 가득 미소를 문 채 마윤수 이야기를 꺼냈다. 지난번에 처음 만났을 때 했던 이야기였다. 취재원을 만들기 위해 마윤수에게 접근하느라 일부러 핸드폰을 두고 왔고, 그걸 미끼로 함께 식사를 했다는. 그러면서 바로 그 식당이 여기였고, 그때와 지금의 나를 비교하니 웃음이 나왔다고 했다.

"생긴 건 똑같은데, 먹는 모양새도, 주문한 메뉴도, 포크 돌리는 방향도 다 달라."

마윤수와 나를 비교하는 이야기였다. 같은 한 사람인데, 사람이 달라졌다는 사실 말이다. 나는 고개를 저었다. 진저리가 쳐졌다.

"주문한 음료만 해도 그러네요. 윤수 씨는 코카콜라를 주문했죠. 평소에도 즐겨 마시는 게 콜라랬죠."

"난 콜라 안 마셔요."

콜라라니. 그러고 보니 문득 '언제 어디서나'라는 주제어를 가진 코카콜라의 비밀주의가 머릿속을 맴돌았다. 결혼 전 나이트클럽에서 만난 아내가 재밌지 않냐며 들려주었었다. 난 그때 처음 듣는다는 듯 재미있다는 표정을 지었을 것이다. 제품에 신화와 마술이라는 가치를 덧바르며 일 초에 칠천 병씩 팔아

치우기까지 코카콜라가 고수했던 비밀주의 말이다. 하지만, 해마의 살벌한 비밀주의에 비하면 간지러운 수준이다.

그녀의 입에서 마윤수가 또 튀어나오자, 나는 손을 들어 말을 잘랐다. 마윤수 이야기라면 짜증이 일었으니까. 대신 정선화의 오빠 이야기로 화제를 돌렸다.

"선화 씨 오빠 정말 해마센터에 있을 거라고 믿어요?"

그 말이 갑작스럽게 들렸는지 정선화는 물을 한 모금 마셨다. 무언가를 삭이는 담담한 표정이었다. 이내 고개를 강하게 끄덕였다.

"그래요. 난 그렇게 믿어요. 꼭 찾을 거예요."

나는 냉정하게 말했다.

"못 찾을 수도 있잖아요. 확신할 만한 무슨 증거도 없는데."

그녀는 지갑을 꺼냈다. 지퍼가 달린 안쪽 칸에서 작은 사진을 꺼냈다.

"우리 오빠예요."

나는 사진을 건네받았다. 여름에 찍었는지 바다를 배경으로 모래사장에서 반바지 차림으로 서 있는 모습이었다. 살집이 제법 있는 체구에 선한 인상의 남자였다.

"육 년 전 사진이에요. 그땐 오빠가 해고니 실종이니 무서운 일이 일어나리라고는 꿈에도 못 꾸던 평화로운 때였죠. 오빠 휴가일에 맞춰 오빠네 가족이랑 해수욕장에 놀러갔을 때 찍은 건데, 그게 내가 가진 가장 최근 사진이에요. 전단지에 넣은 사진도 그거죠."

"이 사진을 항상 가지고 다니는군요. 육 년이나 흘렀으면 지금 이 모습이랑 많이 달라졌을 겁니다. 살아 있다면요."

"지금 무슨 소리예요. 당연히 멀쩡히 살아 있어요."

격앙된 목소리였다. 믿음을 두 손으로 꼭 붙들고 놓지 않겠다는 단단한 목소리.

"미안해요."

난 지나친 기대가 배신할 때 얼마나 잔인한 악마가 되는지 말해주고 싶었을 뿐이었다. 나는 사진을 돌려주었다. 그녀는 사진을 지갑 속에 넣은 뒤, 가방에서 그 사진이 인쇄된 전단지 한 장을 다시 건넸다.

"해마 안에 있는 동안 우리 오빠처럼 보이는 사람이 있는지 유심히 봐줘요. 내가 왜 이 생각을 이제야 했는지 모르겠어요. 부탁해요."

"맙소사. 혹시 마윤수 같은 경우를 염두하고 하는 소리예요?"

"충분히 가능한 이야기잖아요. 그리고 정확히 말하면 마윤수가 아니라 당신 같은 경우죠. 당신도 이렇게 뚱뚱한 모습으로 변해 있을 줄 몰랐잖아요. 당신 아내도 몰라볼 정도로 말이에요. 우리 오빠 역시 나도 몰라볼 정도로 변한 모습으로 다른 사람의 기억이 주입된 채 그곳에 있을 가능성이 충분히 있어요. 난 확신해요."

그녀의 눈빛이 반짝였다. 나는 더 말릴 수 없었다. 그녀의 말이 터무니없다고 주장할 자신이 없었다.

"솔직히 당신의 기대를 만족시킬 자신은 없어요. 모습이 달라졌을 테고, 해마센터 안의 그 많은 직원들을 일일이 얼굴 뜯어볼 수도 없는 일이고. 아무튼 좋아요. 틈틈이 살펴보죠."

그제야 정선화의 얼굴이 부드러워졌다. 희망이 만들어내는 이미지였다. 조금만 힘을 주면 찢어질 습자지 같은 희미한 이미지. 나는 그녀가 준 전단지를 그녀가 보는 앞에서 곱게 네 번 접어 재킷주머니 안에 넣었다.

그러고는 물을 조금 마신 뒤, TV 뉴스에 나온 권 총무의 인터뷰 내용을 언급했다. 권 총무가 말한 내용에서 새로운 피해 사례에 대한 부분이 걸렸다고 덧붙였다.

정선화가 말했다.

"인터뷰에서 그런 말 한 건 골리앗을 상대로 하는 싸움이니만큼 눈빛싸움이나 신경전 같은 거죠. 괜히 겁먹지 말아요."

그녀는 별일 아니라는 표정을 지으며 맑게 미소 지었다. 그러고는 "아, 그리고." 하더니 가방에서 수첩을 꺼내 뒤적거리면서 자신이 물어온 정보를 털어놓기 시작했다.

먼저 J씨 건이었다. 그녀는 J씨의 지인들을 만나봤고, 그를 도와주던 시민단체 관계자도 만나봤다고 했다.

"이상한 점이 있었어요."

"말해봐요."

나는 다음 말을 재촉했다. 그녀가 말한 이상한 점이란 주변 인물들 말로는 사흘 동안 소식이 끊기기 전날 만나 향후 일정을 상의할 때만 해도 J씨는 흔들릴 조짐이라곤 전혀 없었다는 것이다.

정선화가 말했다.

"은폐의 냄새가 풀풀 나는 것 같지 않아요?"

"그런 느낌만으론 단서도 뭐도 될 수 없어요. 참, 전도사 이 씨는요?"

"이 씨 역시 마찬가지였어요."

만나본 이 씨의 지인들 역시 이 씨가 그런 행동을 한 사실에 이해할 수 없다는 반응들이었다는 것이다. 나는 정선화가 수첩에 적어놓은 여러 건의 같은 사례 목록을 훑어보았다. 처음부터 끝까지 두 번째로 훑어 내렸을 땐 도드라지는 하나의 패턴이 보이기 시작했다. 짐작이 사실로 굳어지자, 희미한 전율을 느꼈다.

내 표정을 살피던 정선화가 말했다.

"당신도 내 생각이랑 같은 거죠? 거봐요."

나는 그녀를 바라보았다. 그녀는 한 손을 뺨에 댄 채 자신의 생각을 더 덧붙이고 있었다. 처음에 봤던 것과 사뭇 다른 느낌이 드는 여자였다. 갸름한 얼굴에 반짝이는 눈이 믿음이 갔다. 영혼이 느껴졌다. 영혼. 명색이 기자인 내게 그런 영혼이라는 게 있었을까.

"이제 당신 차례예요."

그녀는 해마에 대해 더 알아낸 걸 말해달라고 요구했다. 나는 토마토주스 잔을 마저 비운 뒤, 입을 열었다. 해마 직원들에 대한 이야기와 해마의 내부구조에서부터 심 교육관의 직원교육 강연, 그리고 식약청에 해마가 제출한 자료와 허가내역을 알아본 결과 짐작하게 된 점들에 대해 털어놨다.

┼

H사 반도체 사업부 백혈병 피해자 M씨는 처음에 만남을 거부했다. 접촉을 시도했던 정선화의 말에 의하면 정신적 충격이 이유였다. 육 개월 전 M씨와 함께 H사를 상대로 소송을 준비하던 동지들이 동시에 다른 말을 하기 시작했고, 그 일로 지금껏 힘들게 끌어온 싸움이 주저앉게 생긴 것이다.

정선화는 끈질기게 연락하며 달랜 모양이었다. 어렵사리 방문 허락을 받은 그녀는 일요일이니 함께 가자고 내게 제의했다. 나는 처음으로 그녀가 고마웠다. 하지만 고맙다는 말은 입에서 나오지 않았다.

M씨는 휠체어에 앉은 채 집에 혼자 있었다. 그의 얼굴엔 병색이 가득했다. 그가 앉으라고 손짓했다. 인조가죽이 여기저기

벗겨진 밤색 소파였다. 거기에 무게를 실으며 나란히 앉은 나와 정선화는 M씨에게 미소를 주었다. 내가 조심스럽게 물었다. 언제부터 병이 생겼고, 병의 경과는 어떤지.

M씨는 말하는 것도 힘이 드는지 침을 연신 삼키며 입술을 움직였다.

그는 입사 이 년 만에 백혈병 진단을 받고 네 번의 항암치료를 받아 두 달 전엔 골수이식을 받았다. 이식 후 합병증으로 응급실에 실려 갈 정도로 위험한 상황도 있었지만, 고비는 넘겨 지금은 통원 치료를 하고 있었다. 그동안 병원비로만 수천만 원을 썼다. H사라는 대기업에 취업해 열심히 일만 한 그는 건강했던 자신이 하루아침에 생사를 넘나드는 병에 걸린 것이 믿을 수 없었다.

회사는 그의 병이 직업병이 아니라고 주장했고, 치료비를 지원하겠다는 회유도 했다. 그래도 그는 산재 신청을 했다. 하지만 산재 판정을 위해서는 오래 기다려야 하는데다 기다린다고 해서 산재 인정이 되는 것도 아니었다. 근로복지공단과 산업안전보건공단은 업무 관련성에 대한 조사가 필요하다며 시간을 끌었다. 그러는 사이 다른 피해자들처럼 그는 지치고 죽어가고 있었다.

그는 한숨을 내쉬었다.

"이제 더는 싸울 힘도 남아 있지 않아요. 지쳤다구요. 보상은 커녕 아무것도 인정받지도 못하고 억울하게 죽는 일만 남았습니다. 어마어마한 상대와 싸우는 것도 숨 막히고 힘든데, 어떻게 믿고 의지하고 함께 싸우던 동지가 이렇게 변심을 해요.”

그의 하얗게 말라 부르튼 입술이 떨고 있었다.

정선화가 나지막한 어조로 물었다.

“평소 그분들이 혹시 사 측의 보상 제안이나 유혹에 망설이거나 했나요?”

“전혀요. 얼마나 강직하고 절실하게 이 싸움을 이끌었는데요. 하지만 일이 이렇게 되고 나서 하도 화가 나 처음엔 돈에 넘어갔구나 싶었는데, 나중에 알아보니까 그게 아니더라고요.”

“그럼 뭐죠?”

갑자기 M씨가 허탈하게 웃었다.

“보상이니 뭐니 그런 걸 받았다면 차라리 속 시원하게 이 힘없는 주먹으로라도 때리면서 욕을 퍼부었겠죠. 하지만 그게 아니라, 정말이지, 정신이 동시에 어떻게 된 사람들처럼 말 그대로 말을 싹 바꾼 겁니다. 그저 우리들이 잘못 판단했다는 거예요. H사에 큰 죄라도 지은 사람처럼 마치 사죄하는 표정으로 그렇게 말하더라고요. 아무리 생각해도 난 이해가 안 갑니다. 말할 때 표정도 얼마나 낯설던지.”

나는 정선화와 눈을 교환했다. 그녀의 눈에 깔린 어두운 추측을 나는 읽을 수 있었다. 그건 패턴이 미치는 범위가 상상 이상일 수도 있다는 불길함이었다.

M씨의 설명에 의하면 H사는 산재를 인정할 수 없다는 입장

을 고수해왔다. 절대 잘못하지 않는다는 기업 이미지가 구겨질지 모른다는 우려 때문이었다.

"그들은 우리 병이 산재인 걸 절대로 인정 안 해요. 증거를 대라는 겁니다. 증거요."

"증거?"

"네. 회사가 무조건 증거를 내놓으라고 우기는 이유가 뭔지 아십니까?"

그가 힘없이 웃다가 금방이라도 울듯 미간을 찌푸리며 말을 이었다.

"우리 피해자가 증거를 찾으래야 찾을 수 없는 상황이라는 걸 이용하는 겁니다. 발암물질 노출에 대한 근거는 과거 작업환경에 대한 기록, 유사 업종에 대한 연구 문헌, 그리고 당사자나 동료 노동자들의 진술을 통해 재구성할 수밖에 없어요. 그런데 회사는 과거 작업환경에 대한 기록을 제대로 보존하지 않고 있거나 기록이 있더라도 발암물질과 관련된 정보는 갖고 있지 않습니다. 고의로 숨겼을 가능성도 배제할 수 없지요. 게다가 반도체 산업에서 사용되는 화학물질이나 구체적인 작업환경에 대한 문헌 정보는 사실 매우 빈약하거든요. 결국 남는 건 당사자와 동료 노동자들의 진술이에요. 하지만 산보연과 근로복지공단은 회사 편이죠. H사가 어떤 회삽니까. 세계적인 회사잖아요. 다 들러붙어서 한통속이 되는 겁니다."

증거. 정신이 아찔했다. 사라지고 은폐된 증거를 이들은 찾을 힘이 없다. '증거'를 대라는 메아리만 들려오는 현실이다. 나 역시 그 메아리 속에 갇혀 있었다.

✝

비가 내리고 있었다. 차 안에는 와이퍼가 내는 소리만 지루하게 반복됐다.

정선화는 생각에 빠져 있는지 앞 유리 너머 거리 풍경에 눈을 주고 있었다. 나 역시 머릿속이 복잡했다. 조금 전에 만났던 백혈병 피해자의 말이 귓가에서 맴돌았다. 갑자기 말을 바꾼 사람들에 대한 이야기, 은폐된 증거 앞에 주저앉은 그의 하얗게 떨리는 입술. 주위에서 늘 보는 일들 중에 하나인 현상이고 광경일 뿐인데, 불길한 기운이 서서히 조여오는 것을 느꼈다. 일상적이고 흔한 것들 속에 은밀하게 가려진 무엇. 그걸 우리 인간은 애써 들춰보기를 꺼려한다. 두려움 때문일까. 중독된 안일함 때문일까. 지금 나는 그것을 들춰보고 싶은 충동에 휩싸여 있다.

"난 이번 해마 건 확실하게 파헤칠 거예요."

정선화가 침묵을 깼다. 나는 옆 차창을 때리는 빗줄기에 시선을 꽂은 채 시니컬하게 웃었다.

"어쩐지 쓰나미 앞에서 윈드서핑하는 장면이 연상되는걸요."

“왜 그렇게 비관적으로 생각해요? 이 세상에 비밀이 없다는 걸 증명해 보일 거예요. 박영원 당신 덕분에 난 지금 너무 고무되어 있는 걸요. 자신 있어요. 이번 르포소설은 지금부터 흥분돼요. 빵 터질 거라고요. 그렇게 되면 오빠 찾는 건 시간문제겠죠.”

나는 더 말을 달지 않은 채 차창으로 고개를 돌렸다. 그녀의 들뜬 기대에 더 불안했다. 심장 소리가 시한폭탄의 초침 소리일지도 모른다는 걸 확인해야만 한다면 어떤 심정일까. 내가 지금 그 기분이었다.

현재로선 가만히 그 심장 소리에 가라앉고 싶다. 뭔가를 정리하면서 말이다. 정리. 하지만 그게 뭔지조차 지금으로선 막연했다. 차 안에 빗소리만 들릴 뿐, 다시 침묵이 고여 들었다.

머릿속에 어떤 생각이 스쳐 지나갔다. 순간 우울이 밀려왔다. 주체할 수 없어 두 손에 얼굴을 묻었다. 이상하게 보였는지 정선화가 물었다.

“왜 그래요?”

나는 고개를 돌렸다.

“갈 데가 있는데 같이 가줄래요?”

그녀는 나를 슬쩍 쳐다보고는 위치만 묻고 말없이 차를 출발시켰다.

"그런데 왜 여긴 왜 오자고 한 거죠?"

도로변에 차를 세운 뒤, 정선화가 물었다. 나는 어깨만 으쓱하며 대답 없이 차에서 내렸다. 쏴, 하는 소리와 함께 빗줄기가 머리와 어깨를 두들겨대기 시작했다. 나는 뛰지 않았다. Q마트 회전문 안으로 들어갔을 땐 온몸이 흠뻑 젖은 채였다. 실내가 냉방 중인 탓에 어깨가 절로 움츠려졌다. 뒤따라 온 정선화가 우산을 접으며 내 몰골에 의아스럽다는 듯 어색한 미소를 지었지만, 나는 아무 말 하지 않았다.

입구서부터 바이올린 선율이 기분을 차분하게 했다. 젖은 머리와 축축하게 달라붙은 와이셔츠 때문인지 모르지만, 다행인 건 내가 흥분하지 않고 담담할 수 있다는 사실이었다. 나는 옆을 스쳐 지나가는 쇼핑객과 어깨가 닿지 않도록 몸을 비켜주면서 여유 있게 걸었다. 영문을 알 수 없는지 정선화는 눈을 연신 깜박이며 말없이 날 따라왔다.

나는 크고 작은 가게 부스 쪽으로 시선을 미끄러뜨렸다. 제과점, 사진인화 코너, 안경점, 패션속옷 가게 그리고 그 옆인 꽃집까지. 유리문 앞으로 색색의 화분에 담긴 이름 모를 화초들이 놓여 있고, 장식 꽃바구니가 유리문 위에 달려 있다.

내가 꽃집 유리문을 밀고 들어가려고 하자, 정선화가 의아해하는 미소를 물며 내게 눈을 맞추었다. 나는 무표정으로 답하고는 안으로 들어갔다.

순간 내 자신이 우스워졌다. 나는 나도 모르게 그 남자가 있는지부터 확인하고 있지 않은가. 남자는 보이지 않았다. 대신 놀란 아내의 눈을 발견했다. 아내는 나를 빤히 보다가 내 옆의 정선화를 힐끔거렸다.

나는 아내에게 다가갔다.

"꽃다발 하나 근사하게 만들어주시죠. 튤립 스무 송이로요."

아내의 꾹 문 입술 위로 눈빛이 흔들렸다. 튤립은 아내가 좋아하는 꽃으로 나는 청혼할 때 그 꽃 스무 송이로 만든 꽃다발을 안겨주었었다. 그걸 기억한다면 아내는 내가 주문한 꽃다발을 아무렇지 않은 느낌으로 만들 수는 없을 것이다. 아내는 세모진 시선을 내게 겨누며 머뭇댔다.

정선화가 꽃다발은 갑자기 뭐냐고 물었다. 나는 "줄 데가 있어서." 하고 짧게 대답했다. 아내가 꽃다발을 만드는 동안, 나는 정선화와 나란히 서서 선반에 진열된 화분을 구경했다. 그러다가 유리문 밖 매장 쪽으로 시선을 돌렸다. 한가로운 풍경이었다. 쇼핑객들은 홀로 아니면 누군가와 이야기를 하면서 플라스틱 바구니를 들고 매장을 둘러보고 있다. 나는 그들의 얼굴에서, 걸친 옷차림에서, 나른한 발걸음에서, 진열대 위를 스치는 시선들에서 습관화된 정리의 무늬를 읽었다. 그건 익숙하면서도 낯선 것이었다. 그런데, 나는 지금 그걸 읽어내며 숨을 고르고 있다. 아주 힘겹게.

고개가 절로 돌아갔다. 아내의 경직된 눈빛과 마주쳤다. 경멸인지 조롱인지 아니면 연민인지 그리움인지 나로서는 해독할 수 없는 눈빛이다. 분명한 건 이제 저 눈빛조차 내겐 정리의 무늬로 읽힌다는 것이다. 나는 당황하지 않고 미소를 지었다. 그뿐이었다.

꽃다발이 다 만들어지자, 나는 돈을 지불하고 아내의 손에서 그것을 받아들었다.

미세한 떨림.

아내의 손이 조금 떨린 모양이었다. 아니다. 떨린 건 내 손이었는지 몰랐다. 꽃다발이 떤 게 아니라면.

내가 말했다.

"솜씨가 좋군요. 수고했습니다."

굳은 얼굴을 한 아내는 대답하지 않았다. 나는 뒤돌아 아내가 보는 앞에서 꽃다발을 정선화에게 내밀었다. 정선화가 놀란 얼굴로 나를 바라보았다. 나는 등 뒤에서 보고 있을 아내의 표정은 확인하지 않았다. 상상하지도 않았다. 재빨리 정선화의 팔을 끌어 밖으로 나왔다. 비가 그쳤는지 하늘은 맑았고, 촉촉하고 시원한 공기가 얼굴과 목을 스치고 지나갔다.

그녀가 물었다.

"정말 나 주는 거예요?"

나는 고개를 끄덕였다.

"이걸 무슨 의미로 받아들여야 하지? 참 난감하네."

그러면서도 정선화는 입과 눈이 환했다. 나는 그동안 날 믿고 도와줘서 고마움의 인사로 주는 거라고 둘러댔다. 틀린 말은 아니었다. 하지만 눈치 빠른 정선화의 직감을 피해가지 못했다. 그녀는 내 눈을 찔러보며 물었다.

"솔직하게 말해요. 아무래도 이상했어. 꽃집 주인 말이에요. 당신 보는 눈빛이 뭔가 있던데. 혹시 당신 아내?"

"역시 빠르군요."

나는 바늘 한 방에 찌그러진 풍선처럼 힘없이 웃었다.

그녀는 눈빛을 반짝이며 고개를 끄덕이더니 어떻게 된 건지 알 것 같다고 했다. 그러고는 짐작한 바를 말했는데, 역시 제대로 찔러 맞추고 있었다. 삼 년을 점프한 동안 아내에게 남자가 생겼다는 것까지.

내가 표정을 가다듬자, 그녀는 고개를 비스듬히 한 채 내 얼굴을 가만히 들여다보았다.

"뭘 그렇게 빤히 봐요. 내 얼굴 처음 보나."

"너무 쉽게 맞혀서 괜히 내가 미안하네. 아까 내가 좀 더 호들갑 좀 떨 걸 그랬나 봐. 아무튼 꽃다발 고마워요."

그녀는 꽃다발에 코를 킁킁대며 입가에 미소를 물었다.

✝

피우던 담배를 눌러 끄고는 통 안에 던졌다. 휴게실 안을 휘둘러보았다. 하얀 톤의 천장과 벽은 은은한 조명만으로도 환했다. 벽을 따라 길게 배치된 은빛 철제의자엔 해마 직원 열댓 명이 앉거나 선 채로 음료 캔을 들고 대화를 나누고 있다. 다 남자들이다. 나는 유심히 저들 하나하나에게 눈을 주었다.

저들 중에 혹시 정선화의 오빠가 있을까.

바지주머니에서 접은 종이를 꺼내 살짝 펴보았다. 전단지 속의 남자. 나는 고개를 저으며 다시 주머니에 접어 넣었다. 눈대중으로 보아도 일단 나이가 맞지 않았다.

저들은 몇 층 몇 호 사무실의 몇 번째 자리를 가지고 있는 직원일까. 이곳에 오기 전에 어떤 과거를 가졌고, 어떤 이름으로 불리던 사람일까.

오싹한 느낌이 스쳤다. 그 모른다는, 그리고 그 자신들조차 그 사실을 모른다는 생각 때문이었다. 오싹함은 점점 두려움이 뒤섞인 무거운 연민으로 밀려왔다.

고은님을 볼 때도 그랬다. 어제 퇴근 뒤, 하얀 김이 피어오르는 순두부찌개 국물을 떠 먹다가 고개를 들어 그녀를 보았다. 그녀는 배가 고팠는지 코에 맺힌 땀을 손등으로 훔치며 열심히 수저를 입에 넣고 있었다. 나는 속으로 물었다.

너는 누구였니? 이름은 뭐였지? 무슨 꿈을 꾸고 어디서 무슨 생각을 하며 살았었니?

나는 그 질문들을 내게 하고 있음을 알고 있었다. 나는 누구였고, 무슨 꿈을 꾸고 어디서 무슨 생각을 하며 살았었냐고.

대화 중이던 해마 직원 하나가 음료 캔을 쓰레기통에 던지고는 박수를 치며 웃고 있다. 무슨 얘기에 저토록 웃는 걸까. 나는 저들을 바라보며 퍼즐조각을 맞춰보듯 사람이 달라지는 문제에 매달렸다.

문득 백혈병 피해자의 말이 맴돌았다.

"……정말이지 정신이 동시에 어떻게 된 사람들처럼 말 그대로 말을 싹 바꾼 겁니다……."

달라진 사람들의 공통점을 생각해보았다. 그런데 시선이 하얀 톤의 벽에 자꾸 이끌렸다.

벽은 하얗기만 한 것은 아니었다. 전체적으로 희미하고도 작은 은색 무늬가 있었다. 나는 벽 가까이 다가가 눈을 들이댔다. 미세한 무늬다. 뇌 이미지였다. 벽 전체는 뇌 이미지를 패턴화한 벽지로 온통 발려져 있었다. 천정까지. 메탈 느낌이 나는 그 무늬는 조명을 받아선지 현대적이고 차가운 분위기를 발산했다. 얼핏 보면 둥그스름한 무늬들일 뿐이지만, 자세히 보면 똑같은 뇌 이미지의 반복인 것이다. 한 발 뒤로 물러섰다. 권 총무의 경고가 계속 귓가에 되살아났다.

'당신은 수면 밑의 거대한 몸통 어디쯤에서 떨어져 나온 조각일 뿐입니다.'

확신이 조용히 머릿속을 파고들었다. 아무리 생각해도 그것이었다. K가 남긴 인간의 '개조' '편집'이라는 말은, 결국 사람의 달라진 그 모습들이 닮아 있다는 사실과 연관이 있다는 것. 단순한 우연의 일치일 수는 없었다. 갑자기 달라지는 사람들이라면 질리도록 봐 왔다. 세상 살면서 달라지지 않는 사람은 없다. 조금씩 변하기도 하고 확 변하는 사람도 있었다.

하지만, 달라진 양상이 비슷한 케이스가 두 명 이상이라면? 셋이라면? 넷이라면? 열이라면? 그렇다. 공통점은 패턴이다. 패턴은 현상이자 내가 포착하고자 하는 저들의 꼬리인 것이다. 그 꼬리가 이제 내 눈앞에 있는 것 같았다.

그 생각에 매달리며 나는 휴게실을 나가 통로 끝으로 달려갔다. 권 총무의 사무실로 전화를 걸었다. 그의 의견을 듣고 싶었기 때문이다.

그러나 전화를 받은 여자는 그가 자리에 없다고 했다가, 잠시 뒤 다시 확인한 듯 오늘 사무실에 나오지 않았다고 정정해서 말해주었다.

통화를 하지 못한 아쉬움에 나는 전화를 끊은 뒤에도 비상계단 벽에 잠시 기대고 서 있었다. 패턴에 대해 계속 생각했다. 그때 갑자기 핸드폰이 손 안에서 진동했다.

L 기자였다. 그에게 알아봐달라고 부탁했던 걸 떠올리며 얼른 통화 버튼을 눌렀다. 그의 목소리는 가라앉아 있었다. 목소리가 왜 그러냐고 물었지만, 그는 대답하지 않았다. 일단 나는 구종휼의 운전기사 연락처는 어떻게 됐는지 물었다. 알아냈다는 건지 아니라는 건지 어정쩡한 대답이 건너왔다. 대답은 힘이 없었다.

나는 재빨리 상의 주머니에서 수첩과 펜을 꺼내 들었다.

“뭐야. 알아냈으면 불러줘.”

“아니. 만나서 알려주지. 너한테 물어볼 말도 있어.”

딱딱한 어조였다. 그는 해마 근처로 곧 도착할 테니 점심시
간에 보자고 말했다.

L이 먼저 와 있었다. 공원 분수대 벤치에 등을 기대고 있던 그가 내 발소리에 고개를 돌렸다. 어두운 낯빛이다.

"숨기는 거 있지?"

그는 내가 옆자리에 앉자, 대뜸 그렇게 물었다. 차가운 목소리였다. 나는 발밑에서 얼음 갈라지는 소리를 듣는 기분이었다. 어쩌면 이런 순간이 오리라 짐작했는지도 몰랐다. 나는 나도 놀라울 정도로 평정심을 유지하고 있다. 말없이, 태연하게 그의 옆얼굴을 보기만 했다.

"네가 마윤수로 나타났을 때부터 널 주시했었지."

떠보는 말일까? 나는 L의 표정을 건너다보았다. 그의 시선은 건너편 분수대의 하얀 물줄기에 가 있었다. 곡선을 그리며 허공에서 떨어지는 물줄기의 쏴, 하는 소리가 내 심장을 향해 날아오는 유리조각 같았다. 시간이 갈수록 평정심은 흔들렸다. 나는 고개를 젖힌 채, 웃고는 담배를 피워 물었다. 연기를 뿜어 올린 뒤, 그를 바라보았다.

"숨기는 거라니? 무슨 소릴 듣고 싶어서 그래?"

L 기자의 차가운 눈이 나를 향했다.

"K 행방에 대해 너 알고 있는 거 있잖아. 안 그래?"

나는 시선을 분수대 쪽으로 돌렸다.

"나도 지금 힘들어 죽겠는데, 지금 나한테 K의 행방을 묻는 거야? 네 말투가 마치 내가 K를 어떻게 했다는 투구나. 그래?"

L이 넘어갈까. 내 말이 어색하게 들렸을까. 나는 고개를 돌려 그의 얼굴을 살폈다. L은 손바닥에 턱을 괴고는 미간을 찌푸리고 있었다. 궁리하고 정리할 때의 날카로운 눈빛이다. 나는 그의 눈 속에서 불안을 읽었다. 침묵이 흘렀다.

잠시 뒤, 나는 어색한 분위기를 바꿀 생각에 운전사의 행방에 대해 알아낸 거나 말해보라고 재촉했다.

L이 물었다.

"그 사람은 왜 찾는 거냐?"

"미안해. 나중에 말할게."

L은 입술 끝으로 숨을 뿜었다.

"뭘 숨기는 게 있긴 있는 모양이군. 아무래도 걸리는 게 있어서 아는 형사에게 부탁해 그 작자 전과를 조회해봤다. 폭행치사 전과 3범이더군. 네가 아무것도 묻지 말고 그자의 연락처를 알아봐달라는 게 이상하다 생각했는데, 내 불길한 예감이 맞는 거냐? 뭔가 있지? 말해봐."

그의 몰아치는 추궁에 나는 어떤 답변도 해줄 수 없었다. 마른세수를 하며 그자 연락처나 달라고 말했다.

그가 날 쏘아보며 말을 뱉었다.

"행방불명이야."

순간 머릿속이 하얘졌다. 나는 L을 쳐다보았다.

"정말이야?"

그는 고개를 끄덕였다. 낭패였다. 살인자가 사라진 것이다.

그자를 만나 설득하든지 그게 안 되면 위협이라도 해서 증언하게 할 생각이었다. 삼 년 전 그날 '미래로' 모임의 밀실에서 오고 간 내용을 미끼 삼아 구종휼과 연결된 자들의 목을 한꺼번에 조일 생각이었다. 그러면 나의 이 어처구니없는 현실이 뭔지, 내가 어떻게 비공개 해마시술의 임상실험 희생자가 된 건지 알게 되리라 계산했다. 그런데, 그가 행방불명이라니.

내 몸에서 무언가가 소리 없이 부서져 내리고 있었다.

그날 누군가가 잠입했다는 사실을 확인한 뒤, 나는 구종휼의 운전사와 인근 민박집을 쑤시고 다녔다. 그러다가 다섯 번째로 들른 ㄹ민박집. 바로 그곳에 회색 재킷을 입은 젊은이가 투숙해 있다는 걸 알아냈다. 합류하기로 한 동료라고 둘러대며 인상착의를 설명하자, 민박집 주인인 육십대 노인은 별 의심 없이 "바로 우리 집에 조금 전에 들어왔수." 하고 확인해주었다. 나와 운전사는 노인에게 방 번호를 알아내고는 방이 있는 2층으로 올라갔다. 운전사는 문을 노크하며 아랫입술을 지그시 물었다. 안에서 목소리가 들렸다.

"누구요?"

운전사는 "손님, 저희 집에서 제공하는 음료 서비습니다." 하고 체격에 어울리지 않게 부드러운 목소리로 말했다. 약 십 초 뒤, 문이 열렸다. 운전사는 문이 열리자마자, 남자의 멱살을 잡아채 안으로 밀고 들어갔다. 운전사 등 뒤에 있던 나는 따라 들어가 소리가 새나가지 않도록 문을 닫고는 뒤를 돌아보았다.

남자가 K인 걸 알아봤을 때는 이미 늦었다. 운전사가 재킷 속에 준비해온 것인지 가늘고 하얀 랜선으로 K의 목을 꽉 조이고 있었다. K는 죽어가고 있었다. 꺽꺽 소리가 벌린 입 밖으로 떨어졌다. 그의 눈이 나를 향했다. 그는 부릅뜬 눈으로 힘겹게 손을 뻗었다. 내가 그 자리에 있다는 사실이 놀랍다는 건지, 살려달라고 애원하는 건지 알 수 없었다. K가 고통스럽게 죽어가는 걸 지켜보면서도 나는 꼼짝할 수 없었다.

남자가 K인 것도 뜻밖이었지만, 살인 역시 상상도 못했다. 단지 녹음기를 뺏을 생각이었다. 운전사는 조금 땀을 흘렸다. 표정은 없었다. 빨리 일을 끝내려는지 열린 입술 속으로 꽉 문 치아가 반짝이는 게 보였다. 그는 축 늘어진 K를 바닥에 부려놓고는 노련하게 탁자 위의 핸드폰을 낚아채 두 동강을 냈고, 그 옆의 소형녹음기 역시 두 동강을 내서 제 주머니 속에 넣었다. 그러고는 K를 가볍게 등에 들쳐 업고 내게 말했다.

“나가다가 누가 물으면, 우울증이 있었는데 약을 먹은 모양이라고 하고 빨리 응급실로 가야 한다고 말하는 겁니다.”

나는 정신이 하나도 없었다. 내가 무엇을 본 것인지, 실제인지도 감이 오지 않은 상태에서 고개만 끄덕였다. 하나도 당황하지 않고 차분하게 움직이는 운전사의 태도에 겁이 났는지도 몰랐다. 결국 나는 운전사를 도와 인적이 없는 부근 야산에 K를 암매장까지 했다.

그게 시간상으론 삼 년 전이지만, 내 기억엔 불과 한 달 전의 일이다. 장면 하나하나가 생생하다. 꼭꼭 숨겨둔 그 모든 사실을 어떻게 말할 수 있을까. K가 죽었다고, 그 현장에 내가 있었다고, 아니 내가 살인 공범이라고. 그래서 괴로워서 자살하려고 했다고 나는 끝내 말할 용기가 나지 않았다. 마음 깊은 곳에서 가느다란 그을음을 내뿜던 봉인된 기억. 막상 빗장을 풀자 어두운 감정의 앙금이 눈깔을 희번덕 굴리며 고개를 치켜들고 있었다. 나는 아랫입술을 꾹 물었다.

L이 말했다.

“표정이 왜 그래? 이 자식 너 뭔가 알지?”

“미안해. 묻지 마라. 나중에 말해줄게.”

L과 헤어지고 로비로 들어섰을 때는 점심시간이 막 지난 시각이었다. 나는 서둘러 엘리베이터 쪽으로 걸음을 옮겼다.

그런데 회전문을 밀고 들어오는 순간부터 시선이 느껴졌다. 스쳐 지나가는 사람들 너머로 렌즈처럼 하얀 빛을 본 것 같기도 했다. 나도 모르게 뒷목이 경직되는 기분이었다. 숨을 몰아쉬며 등을 돌렸다.

회전문 쪽으로 로비 좌우 벽 쪽으로도 시선을 훑었다. 수상한 시선은 감지되지 않았다. 착각한 걸까? 뭔가를 눈치챈 듯한 L의 말투가 불안해서? 운전사가 행방불명이라는 소식 때문에?

나는 걸음을 옮기려다가 다시 고개를 돌렸다. 로비 중앙에 뇌 단면을 뜬 거대한 조형물을 바라보았다. 대리석과 철제가 혼합된 상아빛 조형물 가까이 다가갔다. 너무 구체적이어서 기괴하고 섬뜩하기까지 한 뇌 단면. 표면이 번들거리는 대뇌피질의 주름. 그 아래쪽 깊숙한 곳에 반짝이는 붉은 색의 작은 해마. 내 시선은 해마에 붙들려버렸다. 차가운 공포를 느꼈다. 심장 주위로 깊숙이.

나는 흠칫하며 한 발짝 뒤로 물러섰다. 거대한 수족관 속에서 바닷속을 탐사 중이라고 착각한 잠수부가 된 기분이었다. 착각에서 깨어난 잠수부는 허둥지둥 주위를 둘러본다. 모형일 뿐인 해초들과 바위들 너머, 뿌연 유리 너머 보이지 않는 눈들을 상상한다. 산소가 바닥나려는지 숨쉬기조차 힘이 든다. 나는 숨을 고르며 조형물에서 한 발 더 물러섰다.

일전에 두 번째로 해마시술 피해자모임연대 사무실로 찾아 갔을 때, 권 총무가 한 말이 떠올랐다.

"제가 소송 문제로 변호사팀 분들과 함께 자문을 구하려고 뇌신경생물학 박사님 여러 분을 만나 뵈었는데, 그중 두 분을 며칠 전 따로 뵙고 여쭤봤습니다. 만약 한 인간의 전 생애 기억을 삭제하고 타인의 기억을 이식해 다른 사람으로 살게 하는 시술이라는 게 현대 의과학기술로 가능하냐고 말이죠."

나는 다음 말을 재촉했다.

"그분 말이 이론적으로는 가능할 수 있는데 그런 연구에 대해 성공했다는 소린 듣지 못했다고 합디다. 만약에 그게 실현된다면 깃털보다 가볍고 깨알보다 작은 기억 칩을 해마조직에 주입해 사람의 기억을 제어하고 선별하고 조작하는 게 가능해질거라고 하더군요. 판단까지도 영향을 줄 수 있다고도 했죠."

무서운 말이었다. 더 무서운 건 그 말이 먼 미래의 이야기도, 이론적으로만 가능한 가상도 아니라는 것이다. 바로 현실 속의 이야기였다. 현대의 여타 의과학 연구자들조차 그런 시술이 이미 임상실험되었고, 인간 개조에 은밀히 불법적으로 활용되고 있다고는 상상도 못한 현실 말이다. 식약청에 제출된 시술 A, B, C의 임상실험관련 자료 역시 사실과 다를 것임은 오래 생각할 것도 없을 것이다.

권 총무와의 만남 이후, 나는 관련 자료를 더 찾아봤다. 놀랍게도 인터넷 검색 페이지에서 발견한 기사에서도 그런 내용이 있었다. 삼 년 전 〈뉴스위크〉지에 실린 기사였다. 기억 이식과 편집에 대한 내용이었는데, 거기서 독일의 한 뇌신경학 교수는 기억 이식 분야가 세상을 뒤바꿀 수 있는 과학이라면서 기억 복제 분야도 조만간 이루어질 수 있다고 전망했다. 그 여덟 쪽 분량의 글들을 읽는 내내 나는 해마를 떠올렸다. 바로 해마 센터를 말이다.

나는 엘리베이터를 향해 걷다가 로비 쪽에 눈을 주었다.

회전문을 밀고 로비 안으로 쏟아져 들어오는 사람들을 보자 순간 현기증이 일었다. 권 총무의 말이 떠오른 때문이었다. 퀴즈 서바이벌 프로그램이 방송사마다 과열 경쟁으로 치닫고, 최고의 시청률을 기록하는 기현상은 우연이 아닐 거라는 말. 그렇다. 이 모든 현상은 수많은 실이 달린 마리오네트의 움직임인지도 모른다. 지워지고 편집되고 업그레이드되고 또한 스스로도 지우고 편집하고 업그레이드하는 세상에 나는 살고 있는 것이다.

내가 마윤수 행세를 하며 지금까지 만난 상담고객들만 해도 그랬다. 이런 자도 있었다. 이틀 전에 온 고객이었다. 삼십대 회사원 남성으로 그는 삼 개월 전 실수로 사람을 죽였다고 했다. 내가 깜짝 놀라자 남자가 어이없는 표정으로 날 보았다.

"왜 놀라세요? 그렇게 반응하시면 제가 어떻게 믿고 말합니까."

나는 손을 저으며 사과한 뒤, 계속하라고 말했다. 국진원의 조언을 머릿속에 되새겼다. 상담 시 자신의 죄나 심적 상처를 잊기 위해 오는 고객들 앞에서 절대 놀라서는 안 되며, 비밀 보안에 대해 그들에게 신뢰를 줘야 한다는 주의사항이었다.

남자의 다음 설명은 더 어이가 없었다. 자수는 하지 않았다고 했다. 목격자가 없다는 확신에 모든 걸 덮기로 마음먹었다는 게 그 이유이자 변명이었다. 하지만 그는 밤에 잠을 잘 수 없었고, 누군가 쳐다보는 환각에 시달렸다. 그렇다고 이런 이야기를 누구에게 털어놓을 수도 없었다. 그러던 차에 해마의 B형 시술에 대해 듣게 됐다. 여길 찾아오게 된 그런 경위를 말하며 그는 살인에 대한 기억과 죄책감에서 벗어나고 싶다고 했다. B형 시술을 받은 그날 이후 그는 이후 불안에서 놓여났을 것이다.

그러고 보니 그런 식으로 편리하게 스스로 죄책감을 소거해버리고 아무것도 책임질 일 없는 매끈한 얼굴로 돌아가려는 사람들이 많았다. 그런 고객과 마주할 때마다 나는 솔직히 나도 모르게 도망치고 싶은 충동을 느꼈다. 같은 극을 만난 자석처럼.

✝

아침부터 비가 내려서 그런지 허공을 떠다니는 공기에는 축축한 열기 같은 것이 묻어나왔다. 에어컨이 돌아가는 소리가 미미하게 들렸지만, 상담실 안은 시큼하고 음울한 분위기가 무겁게 내려앉아 있었다.

곧 상담실에서 만나게 될 예약 고객은 기억을 팔겠다는 오십대 남성이었다. 기억을 팔겠다는 고객으로 다섯 번째다. 스케줄표에서 그런 고객의 상담예약 메모를 처음 봤을 때 솔직히 나는 놀랐었다. 국진원에게서 기억을 팔러 오는 사람도 있다는 이야길 들었지만, 설마 했었던 것이다. 그의 말은 사실이었다. 이번에는 어떤 기억을 팔겠다는 고객일지 지금 나는 씁쓸한 심정으로 기다리는 중이다.

이윽고, 오십대 남자 고객이 상담실 문을 밀고 들어와 내 앞에 앉았다. 남자는 한 일주일은 굶은 듯 초췌해 보이는데다 행색까지 남루했다. 구겨지고 먼지 묻은 체크무늬 남방, 두피에 달라붙은 몇 가닥 남지 않은 머리카락. 가만히 있자니 네 평 남짓한 상담실 공간 안에 썩은 냄새가 차오르는 것 같았다. 속이 메슥거렸지만, 내색할 수는 없었다.

이야기를 들어보니 이 남자는 짐작대로 노숙자였다. 사업을 크게 하다가 실패해 돈도 가정도 다 잃어버렸다는 것이다. 그는 팔고 싶은 기억은 인생에서 가장 행복했던 오 년 동안의 시간이라고, 제발 들어달라고 사정했다. 알코올중독 증세가 있는지 손을 떠는데다 발음도 부정확하고, 썩어 빠져버린 이빨 사이로 말이 새서 하는 말마다 횡설수설로 들렸다. 난감했다. 중간에 그만두게 하고 싶었다.

"나 난…… 아내랑 아이랑…… 세상에서 제에일로 노오
픈…… 올랐다압니이다. 우우리 아이가 노래르을…… 가는 고
옷마다 보옴꼬옷드으리 흐으드러즈이게……."

그러더니 이야기를 시작한 지 십 분 만에 흐느끼는 신음을
내며 이내 꺼이꺼이 울기 시작했다. 이래선 시간만 축낼 뿐이었
다. 하지만 난 그에게 그만두라는 말을 하지 못했다. 아니 하지
않았다. 다만 기록하지 않았다. 기억 투영이라는 절차도 이 사
내에게는 필요가 없을 것이다. 곧 사내를 내보낼 테니까.

잠시 뒤, 울음을 그친 그는 계속 말을 이어갔다. 아무래도 더
는 안 되겠기에 나는 일어나 그의 팔을 잡고 일으켰다.

"죄송합니다. 일어나시죠. 고객님의 기억을 사지 않겠습니다."

"아아니 그으게에…… 제에바알…… 그으…… 드으러마아
니이라도…… 제에바알……."

들어만 줘도 좋으니 계속 말하게 해달라는 의미 같았다. 나
는 고개를 저었다. 악취도 그렇지만 하나도 알아들을 수 없는
울음 섞인 횡설수설에 가슴이 울렁거렸다. 나는 죽을힘을 다해
구토하고 싶은 욕망과 싸워야 했다. 내가 미쳐버릴지도 몰랐다.
거울 속에서 추레하고 흉물스런 제 모습을 본 광인처럼 울부짖
을지도 몰랐다. 고함이 목구멍까지 올라오려는 걸 겨우 삼켰다.
이 사내에게 살의까지 느껴졌다. 이를 악물고 억지로 그를 문밖
으로 밀어내고는 문을 소리 나게 닫았다.

적막.

그의 냄새는 아직도 휘돌고 있다. 쉬어버린 절망의 냄새. 먹먹한 기분은 좀처럼 가시지 않았다. 의자 위에 나는 추락하듯 몸을 부렸다. 아무튼 일찍 끝낸 덕에 시간이 좀 남았다.

PC 앞에 무연히 앉아 인터넷에 들어갔다. 오랜만에 내 미니홈페이지를 열었다. 사진첩에 있는 내 사진들을 다 지워버리자는 생각이 불쑥 든 것이다. 아내와 찍은 행복했던 순간들도 모두.

아이디와 비밀번호를 입력했다. 미니홈피가 열렸다. 방명록으로 들어갔다. 최근 것으로 대학 동아리 후배인 김석기의 글과 비밀 글 하나가 눈에 들어왔다.

먼저 김석기의 안부 메시지에 눈을 주었다.

선배. 나 석기야. 기억나지? 그나저나 형 얼굴 본 지도 한참이네……

석기는 어제 또 왔다. 그는 퀴즈 서바이벌에 단단히 빠져 있었다. 그는 3차 본선까지 올라가서 미끄러졌다. 그래도 다시 도전하겠다고 하는 걸 보면 본선까지 갔다는 자신감은 대단했다. 아깝게 미끄러졌네, 이번엔 정말 된다고 믿었네, 하면서 다음번엔 실수하지 않겠다고 퀭한 눈빛으로 미소 짓는 게 딱 도박중독자의 모습이었다. 내가 죄를 짓는 기분이었다. 하긴 A형 시술을 계속 받으러 오는 고객이 석기만은 아니다. 그들 상당수가 퀴즈 서바이벌 프로그램에 중독된 자들이었다. 과장이 아니다.

나는 매달리지 말라고 석기를 만류하고 싶었다. 그러다가 몇 초도 더 고민 없이 A형으로 시술신청서를 써주었다. 그래. 그렇게 살아, 그렇게 살다가 죽어버려, 그게 세상이야, 라고 속으로 외치면서.

그런데, 김석기의 글 위로 비밀글이 자꾸만 눈을 잡아당겼다. 누구의 어떤 내용이기에 비밀번호를 걸어놓은 걸까. 나는 비밀번호를 입력하고 글을 열었다.

또 다른 나 박영원 씨에게.

안녕하십니까? 난 약 삼 년 동안 당신의 몸속에서 마윤수란 이름으로 살던 '나'입니다. 이렇게 말하고 보니 내가 당신의 몸뚱이를 마치 숙주 삼아 살던 기생충이라도 된 기분이 드는군요. 이제 이 몸은 원래의 주인인 박영원 당신에게 되돌아갈 모양입니다. 내 기억이 빠른 속도로 사라지고 있거든요. 아주 빠른 속도로 말이에요. 내가 느끼는 이 공포를 어떻게 설명해야 할까요. 아무도 모르게 눈에 띄지 않게 내가 지워지는 이 숨 막히는 공포 말입니다. 공포소설이나 공포영화는 내가 책을 덮거나 스크린에서 고개를 돌리기만 하면 공포를 잊을 수 있겠지만, 이 현실 속의 공포는 탈출할 방법이 없습니다. 심장이 멎어버릴 것만 같습니다……………………………………………[중략]………………………………………………
날 잊지 마세요. 삼 년 동안 '나'였던 날 말입니다. 당신의 삼 년 동안의 흔적이자 존재며 피며 삶이었으니까.

　　　　　　　　　　　　　　　─ 지난 삼 년 동안의 '나'로부터

나는 얼어버렸다. 두 눈도 입도 크게 연 채.

지난 삼 년 동안의 나라니. 마윤수라니.

한 남자의 거친 숨소리와 절규를 들은 기분은 끔찍했다. 아무도 모르게 망각 속에 생매장되는 남자. 그의 글 속에는 내가 국진원과 정선화에게서 들은 마윤수의 이야기가 고스란히 들어 있었다. 또한 글자 하나하나에서 그가 느끼는 공포를 그대로 느낄 수 있었다.

나는 그만 두 손에 얼굴을 파묻어버렸다. 나 역시 현실의 공포 속에 갇혀 있었다.

╋

잠이 막 들려는 찰나, 갑자기 핸드폰이 진동했다.

정선화였다. 그녀의 목소리는 끊임없이 숨을 들이마시고 있어서, 무슨 소리를 하는지 잘 들리지 않았다.

"잘 안 들려요. 마음을 가라앉히고 말해봐요."

"사라졌어요."

그녀는 마음이 진정되지 않는지 숨을 계속 몰아쉬고 있었다. 내가 다시 물었다.

"사라지다니 뭐가……."

그녀의 숨 넘기는 소리가 크게 증폭되었다.

"권인권 총무가 사라졌다고요."

나는 등을 세워 앉았다. 세차게 방망이질을 하는 심장 소리에 정신이 아득해졌다. 소식을 전하는 정선화의 목소리는 긴박했다. 빨라지는 말투. 온갖 추측이 내 머릿속을 헤집었다.

"좀 더 자세히 말해봐요."

자초지종은 이랬다. 모임연대 사무실에서 보기로 한 권 총무가 나타나지 않았다. 정선화는 약속시간이 지나자, 무슨 일인가 해서 핸드폰으로 전화를 했다. 전원은 꺼진 상태였다. 집으로 전화를 했다. 그런데, 전화선 너머 그의 아내는 걱정스런 목소리로 남편이 전날 밤에 곧 들어온다고 하고는 들어오지 않았다는 것이다.

정선화는 권 총무가 사라지기 전의 상황도 자세히 전하고는, 아무래도 느낌이 좋지 않다고 덧붙였다. 나는 문득 이런 생각이 들었다. 정선화가 떨리는 목소리로 권 총무 이름을 발음했을 때부터 직감이 왔다고. 불길한 느낌은 늘 생각지 못한 바로 가까이에서 냄새를 풍기는 나쁜 놈이었다.

권 총무가 나타난 건 정확히 나흘 뒤였다.

나는 핸드폰 액정에서 정선화의 번호를 보자마자 비상계단으로 달렸다. 중간 문을 닫고 핸드폰을 바짝 귀에 댔다. 정선화는 흥분한 목소리로 말했다.

"아무 일도 없었던 사람처럼 멀쩡한 상태로 나타났어요. 하지만 어딘가 사람이 달라진 건 분명해요."

그녀는 호흡을 가다듬은 뒤, 이어 말했다.

"결정적인 건, 그가 기자회견을 자청해 말을 뒤집었다는 사실이에요."

예상한 대로였다. 같은 패턴이 이어지고 있었다. 계속되는 그녀의 설명에 나는 눈을 감았다. 권 총무가 기자들 앞에서 쏟아냈다는 말은 듣고 있기가 괴로웠다. 믿기지 않았다. 그동안 해마를 상대로 벌여온 소송 준비에 회의를 느끼며, 지금까지 부작용 피해를 주장한 것이 억지였다니. 그게 방금 전에 벌어진 일이라고 정선화는 긴박하게 현장 중계를 했다. 핸드폰을 쥔 손아귀에 땀이 찼다. 모임연대 사무실이 현재 아수라장이 되었을 것은 불 보듯 뻔했다. 권 총무의 이해할 수 없는 돌발행동에 피해자들로 구성된 원고단들이 몰려왔을 테니까.

전화선 너머 정선화의 목소리가 흔들렸다.

"지금 말이죠. 사람들 표정이 다 넋이 나간 것 같아요. 흥분한 사람들도……."

나는 핸드폰을 급히 꺼버렸다. 무언가가 질질 끌리며 다가오는 소리 때문이었다. 숨을 죽이고 소리에 귀를 기울였다.

스윽- 스윽-.

위층 계단에서 누군가 내려오고 있었다. 시선을 위층 계단참 철제난간으로 올렸다.

청소부의 모습이 보였다. 청소부는 대걸레 손잡이를 앞뒤로 움직이면서 계단을 한 칸 한 칸 내려오고 있었다. 질질 끄는 듯한 소리는 바로 젖은 대걸레가 계단 바닥에 쓸리는 소리였다. 나는 안도의 숨을 내쉬었다.

하지만, 이내 안도의 숨은 식어버렸다. 이상하게도 청소부의 얼굴에서 눈을 뗄 수가 없었다. 모자 챙 아래로 살짝 드러난 이마. 정확히는 미간에 콩알만 한 점이 내 눈을 잡아당겼다. 나는 그의 얼굴 정면을 훔쳐보았다. 한 걸음 두 걸음 좀 더 다가갔다.

주의 깊게 보니 낯이 익었다. 화장실이나 로비나 복도에서 몇 번 스쳤을 때는 전혀 느끼지 못했다. 혹시, 하며 나는 바지주머니에서 접은 전단지를 꺼냈다. 전단지 사진 속 모습과 비교해보았다. 콩알만 한 점이 걸렸지만, 모습이 달라졌다는 건 감안해야 했다. 나이는 얼추 비슷할 것 같았다. 오십 중반쯤. 나는 그녀의 오빠일지도 모른다는 생각에 살짝 긴장이 되었다. 벌써부터 정선화의 기뻐 놀라는 표정이 그려졌다. 청소부는 대걸레봉을 앞뒤로 움직이면서 내가 선 계단참을 꼼꼼히 닦은 뒤, 아래칸으로 내려가고 있었다.

나는 그의 움직임에 시선을 고정하며 그를 따라 계단을 내려갔다. 그러고는 달려들어 청소부의 모자를 홱 벗겼다. 그가 고개를 돌리며 동그래진 눈으로 나를 빤히 보았다.

"아니, 뭡니까?"

나는 그의 얼굴을 정면으로 보았다.

아니었다. 정선화의 오빠는 아니었다. 전혀 다른 사람이었다. 하지만 저 낯익은 얼굴에 나는 더 강렬한 긴장을 느꼈다. 이목구비 그리고 체격까지 이리저리 살폈다.

이윽고, 나는 나도 모르게 입을 동그랗게 벌렸다. 그가 누군지 알아본 것이다. 달라지긴 했다. 근육질에 단단했던 체구는 형편없이 말라 있었다. 뿐만 아니라, 핼쑥한 얼굴하며 헤어스타일도 달랐다. 청소부복까지 입고 있으니 더 다른 사람으로 보일 수밖에. 무심히 보고 지나간다면 못 알아볼 정도였다. 미간에 콩알만 한 점을 가진 사람은 흔한 게 아니었다. ……그는, 구종휼의 운전기사였다.

나는 그를 뚫어지게 응시했다. 끔찍하게 일그러진 내 모습을 거울 속에서 비로소 알아본 것처럼.

이자가 왜 여기 이 모습으로 있는 건가.

나는 가슴에서 둥둥거리는 소리를 느꼈다. 주위를 살핀 뒤, 작은 목소리로 물었다.

"나 기억 안 나요?"

"에이, 마윤수 상담사님. 갑자기 그게 무슨 소립니까."

청소부는 동그래진 눈을 껌벅이며 미소 지었다. 나는 숨을 몰아쉰 뒤, 물었다.

"해마에 언제부터 일했어요?"

그는 나를 이상하다는 듯 흘겨보았다.

"뜬금없이 왜 그런 질문을 합니까? 여기서 오랫동안 청소 일을 해왔습니다만. 뭐 잘못됐습니까. 무슨 문제라도?"

연기하는 건 아닐까. 그의 눈을 뚫어지게 응시했다. 뜯어보고 찔러봤다. 연기가 아니다. 정말 나를 마윤수 상담사로 보는 눈빛이었다. 자신이 K를 죽였다는 사실뿐만 아니라, K의 시신을 함께 암매장했던 나 박영원도 기억 못하는 눈빛이었다. 나는 더는 아무 말도 건넬 수가 없었다. 다리에서 힘이 다 빠져나가 금방이라도 주저앉을 것만 같았다.

내 머릿속에서 어떤 목소리가 속삭였다.

'그 역시 편집됐어. 이 세상에 조절되고 편집되지 않은 것은 없어.'

그 생각은 내 머리 곳곳에서 울리고 있었다. 나는 뒷걸음질 치며 층계참으로 올라섰다. 걱정스런 눈빛으로 "어디 몸이 안 좋으신 겐가?" 하고 묻는 청소부에게 아무것도 아니라고 손을 내저었다.

청소부, 아니 운전기사는 편집됐다. 이 경우는 부분 편집 정도가 아니라, 나와 같은 경우였다. 완전히 다른 사람인 것이다. 청소부가 구종홀의 운전기사였다는 사실을 증명할 방법은 없다. K의 죽음의 진실 역시 밝힐 방법도 없다. 증거도 증인도 아예 없기 때문이다.

결국 나만 남았다. 내가 편집됐다는 사실을, 이 사람들이 다 편집됐다는 무서운 진실을 알고 그걸 말할 수 있는 사람. 바로 나뿐이었다.

하지만 나의 말을 어떻게 증명해야 할지 나는 아무것도 알 수 없었다. 내가 보이지 않는 손을 똑똑히 목격했다고, 그것은 망각의 다른 이름인 시간처럼, 많은 진실과 숨 가쁜 외침을 덮어버렸다고 설명할 방법이 없었다.

나는 청소부의 마른 등을 바라보았다. 그는 아래 층계참에서 대걸레 봉을 앞뒤로 움직이며 구석구석을 닦고 있었다. 먼지 하나 남김없이.

사무실로 돌아온 나는 책상에 엎드린 채 가만히 숨만 쉬었다. 청소부의 표정이 눈앞에서 떠나지 않았다. 아무것도 모르

는 맑은 표정. 박영원인 나를 알아보지 못하는 멍한 눈빛. 나는
목이 터져라 외쳐도 어느 누구의 귀에도 닿지 않는 꽉 막힌 관
속에 갇힌 기분이었다. 이제 내가 무얼 할 수 있을까.

K를 생각했다. 죽어가던 K의 모습이 생생하게 떠올랐다. 그
가 기다리고 있다는 생각이 들었다. K가 나를 부르고 있는 걸
느꼈다.

나는 퇴근하자마자, 시외버스를 탔다.

✝

두 시간 만에 도착한 곳은 한적한 마을 입구였다. 사방 구분
이 되지 않을 정도로 어둠이 깔려 있었다. 가로등이 있지만, 희
미한 빛으로 드문드문 서 있어 소용이 없었다. 도로를 따라 나
는 계속 걸었다. 밀려오는 잡념을 머릿속에서 비워내며 계속 걸
었다. 암매장한 그날 밤처럼 음산한 분위기에 휩싸인 발길이 무
거웠다.

드디어 멀지 않은 곳에 주유소가 보였다. 그 뒤로 난 작은 길
을 계속 올라가면 K가 누워 있는 야산 중턱으로 이어진다. K를
묻은 그 지점은 지금쯤 어떤 모습일까. 상상했다. 삼 년이 지났
으므로 주위의 나무와 바위와 잡풀의 모양새 따위도 어떤 식
으로든 시간의 흐름을 드러낼 것이다. 발걸음을 재촉했다. 야산

348

중턱으로 이어지는 경사로에 들어서면서 나는 손전등을 꺼내 켰다.

얼마쯤 갔을까. 비로소 전방 10미터쯤 세 그루의 소나무가 비슷한 간격으로 서 있는 곳이 노란 빛 속에 들어왔다. 그 뒤로 벤치처럼 납작하게 긴 바위가 있고, 그 지점에서 왼쪽으로 일곱 걸음쯤 되는 곳에 K가 있다. 그곳을 향해 손전등을 겨누면서 걸어나갔다. 허리까지 무성하게 자라나 있던 잡초에 숨어 있던 거대한 모기떼가 야릇한 소리를 내며 얼굴을 향해 달려들었다. 나는 마구 손을 흔들면서 풀을 헤치고 앞으로 나아갔다.

이윽고 도착한 곳에 멈춰 서서 손전등을 아래로 이리저리 비추었다. 무성한 잡초와 자잘한 자갈들뿐이었다.

바로 여기야. K가 누워 있는 곳.

내 눈은 발밑 땅속으로 빨려 들어갔다. 지금 K가 나를 올려다보고 있을까. 그대로 선 채 나는 움직이지 않았다. 아니 움직일 수가 없었다. 적막이 포박하듯 나를 감쌌다.

그때 어디선가 알 수 없는 낯선 소리가 들렸다. 얼어붙은 나는 숨을 멈추었다. 조금씩 시선을 돌려 어둠을 응시했다. 어둠은 이럴 때 완벽하고 무한한 스크린이 된다. 작은 소리든 스치는 바람이든 딱딱한 돌이든 부드러운 풀이든 내게 말을 거는 상대가 되는 것이다. 정신을 차리자. 나는 거듭 속으로 되뇌었다. 하지만 자꾸 머릿속에선 어둠을 향해 희미한 이미지를 불러내고 있었다. K가 창백한 얼굴을 한 채 치뜬 눈으로 잡초더미

속에서 불쑥 일어설 것만 같다.

역시 K가 창백한 얼굴로 나를 보고 있었다.

'너만 아니었으면, 네가 나를 살려줬으면, 그날 그들의 탐욕의 거래가 지금의 공포가 되지는 않았을 거야. 세상에 알려 막았을 텐데.'

그러나 K는 없었다. 섬뜩하면서도 서글픈 그의 모습은 상상일 뿐이었다. 그의 언사도. 다시 보니 K가 보였던 그 자리엔 비죽이 나온 바위가 있었다. 소리는 나뭇가지에서였다. 나뭇가지가 미세하게 흔들리는 게 느껴졌다. 새가 날아간 모양이었다. 그래, 새였을 것이다. 나는 가까스로 마음을 진정시켰다. 그런데도 얼굴과 손에 소름이 돋고 뒷덜미의 털이 쭈뼛 곤두섰다. 무릎을 감싼 거친 잡초들이 K의 손처럼 느껴진 때문이었다. K를 암매장한 뒤로 그를 보기 위해 처음 온 것인데 이렇게 떨고 있는 내가 싫었다. 명치가 답답해지면서 목구멍으로 밀려오는 구토와 싸웠다. 구토. 그것은 나를 향한 혐오였다. 그건 분노이기도 했다.

귓전에서 맥박 뛰는 소리가 울려 퍼졌다. 생각이 굳어지고 있었다. 단단해지는 깨달음. 그건 내가 인정하기를 주저했던 사실이었다. 죽음마저 은폐된 K와 내가 다르지 않다는 사실 말이다.

그 순간 진동이 바지주머니에서 느껴졌다. 핸드폰이다. 나는 소스라치게 놀라 핸드폰을 꺼냈다.

정선화였다. 통화 버튼을 누르자, 그녀는 낮에 왜 전화를 급하게 끊어버렸냐고 물었다. 내가 머뭇거리자 그녀가 계속 파고들었다.

"무슨 일이 생겼군요. 그렇죠?"

그녀는 무슨 일인지 말해보라고 재촉했다. 나는 구종휼이 V신문사 사장이던 당시 그의 운전기사를 해마에서 봤다고 말했다. 그녀는 내 이야기를 가만히 들은 뒤, 조심스럽게 자신이 짐작한 것을 확인하듯 내게 묻기 시작했다. 나는 손전등을 발 아래로 비추며 K의 손처럼 움직이는 잡초의 물결을 주시했다. 시선이 떨리고 있었다. 내가 왜 구종휼의 운전기사를 찾으려고 했는지, 해마에서 그가 청소부가 되어 있다는 사실에 왜 절망하는지 그녀는 정확하게 짚어냈기 때문이었다. K가 그 운전기사 손에 죽는 걸 목격했냐는 그녀의 질문이 날아왔을 땐 숨이 멎는 것 같았다.

그녀는 짐작하고 있었던가. 두려움인지 놀라움인지 알 수 없는 느낌에 혀가 얼른 움직이지 않았다. 그녀의 질문 하나 하나가 날아올 때마다 내 몸이 무너지는 기분이었다. 전화선 너머 실망한 표정을 짓고 있을 그녀가 그려졌다. 나는 뜸을 들인 뒤, 마지못해 고백했다. 내 말을 다 들은 그녀의 답변은 짧고 단단했다. 솔직하게 말해줘서 고맙다는 것. 그뿐이었다. 나는 조심스럽게 물었다.

"실망했죠? 나란 사람."

침묵. 나는 숨을 멈추고 눈을 감았다. 잠시 뒤, 그녀의 담담한 목소리에 눈을 떴다.

"좋아요. 그럼 이제 어떻게 할 셈이에요?"

나는 얼른 답변할 수 없었다. 어둠 속에서 K를 꺼내주어야 한다는 생각 속에 막연히 움츠리고 있었으니까. 손전등이 비추는 잡초들을 내려다보았다. 잡초들이 내 발목을 어루만지는가 싶었는데 그게 아니라 어쩐지 내 무릎을 휘감아 오르는 느낌이었다. 무언가가 땅 밑에서 기어 나올 것만 같았다. K가 내게 말을 걸고 있는 것 같았다. 발견되기를 간절히 갈망하는 것 같았다.

나는 꾹 문 입술을 열었다.

"시술층으로 잠입할 계획이에요."

문득 입술 밖으로 튀어나간 말이었지만, 즉흥적인 가벼운 말은 아니었다. 내 의식 안에 섬세하고 긴 뿌리를 박고 있던 말이었으리라.

"정말이에요?"

금방이라도 핸드폰 밖으로 튀어나올 듯한 흥분 섞인 어조였다.

"언제?"

"바로 내일."

"나도 가요."

"안 돼요."

나는 잘라 말했다. 혼자 갈 것이고 다녀와서 확보한 자료들을 공유하겠다고 약속했다. 그녀는 고집이 셌다.

"나도 가야 해요. 잠입에 대해서는 내가 당신보다 노련할걸. 내가 누구야, 르포작가잖아요. 해마 내부를 탐사할 절호의 기회인데 내가 놓칠 수 없죠."

"위험한 일이에요."

나는 안 된다고 거듭 말했다. 웃음소리가 건너왔다.

"지금 나 생각해서 하는 말이에요? 지난번에 그 꽃다발 준 거 갖고 나한테 이래라저래라 하는 거라면 난 사양해요. 난 내 일에 철저한 사람이거든. 그리고 벌써 오빠의 목소리가 들리는 것 같다고요. 날 막지 말아요."

그녀의 얼굴이 눈앞에 보이는 듯했다.

의욕과 자신감으로 반짝이는 얼굴. 영혼이 느껴지는 눈빛. 그녀의 고집을 꺾을 수 없을 것 같았다. 무엇보다도 내가 그녀를 신뢰하고 있었다. 언 몸으로 따뜻한 실내에 들어와 난로 앞에서 몸을 녹일 때처럼 몸 안에 미지근한 기운이 퍼지는 그런 기분이 드는 것이다.

"좋아요. 그럼 이렇게 합시다."

나는 내일 해마로 전화해서 마윤수 상담사 앞으로 상담예약을 하되, 오후 다섯 시쯤으로 하라고 설명했다.

"상담실에서 보자 이거로군요."

"같이 움직여야 해요. 일단……."

나는 풀밭 위에 주저앉아 머릿속에서 재배열되고 생성되는 잠입 과정에 대한 생각들을 하나하나 꺼내기 시작했다. 마치 오래전부터 궁리했던 것처럼. 어둠 속에서 잡초들이 내 어깨와 뒷목을 천천히 어루만지는 게 느껴졌다.

+

다음 날 새벽. 나는 탁자 위 재떨이에 가득 찬 담배꽁초를 보고 있다. 한숨도 자지 못했다. 정신은 그 어느 때보다 투명했다. 밤새 해마시술층이 어떤 모습일지, 거기서 무엇을 보게 될지 상상했다. 병원 수술실 같은 공간 구조로 되어 있을까. 그들이 사용하는 기구나 약품들은 어떤 것들일까. 해마군단이라 불리는 시술진들은 어떤 얼굴을 가지고 있을까. 상상할수록 막연하고, 두려웠다.

L에게 전화했다. 깨어 있었는지 신호 두 번 만에 그가 전화를 받았다.

"그래, 너구나. 새벽부터 뭐냐."

그의 목소리는 여전히 차가웠다.

"너한테 할 말이 있어."

"할 말? 오호라. 내가 짐작한 게 맞는 모양이군. 이 새벽에 전화한 걸 보니."

"나도 그동안 혼란스러웠어. 안개 낀 것처럼 기억도 희미했었고 말야. 너도 알잖아."

"그건 내가 알 바 아니야. 네가 무슨 수작을 하는지 알고도 모르는 척하는지 너란 놈이 난 무섭거든. 왜 K를 죽인 건지나 말해. 왜 죽였어?"

나는 숨이 탁 막혀 침을 겨우 삼켜야 했다.

"내가 죽인 게 아니야. 현장에서 구하지 못한 거라고. 믿어 줘."

"개소리 집어치워! 네가 죽였잖아. 내가 너를 모를 줄 아니? 이 사회에 너 같은 기회주의자가 얼마나 말을 상황에 따라 이해관계에 따라 쉽게 바꾸는지 신물 나게 봐왔어. 어떻게 너 같은 놈이 지껄이는 소릴 진실이라고 믿을 수 있겠냐."

나는 구종휼 운전기사를 해마에서 봤다고, 살인자는 바로 그였다고 말하고 싶었지만 입안에서 혀가 굳어버렸다. 그의 말을 강하게 부정할 자신이 없었다. L 말마따나 살인자는 나였는지 모른다. K 외에도 내가 죽이고 지우고 편집해버린 모든 것. 그건 어쩌면 나 자신이었는지도 모른다.

나는 숨을 가다듬고 겨우 입을 열었다.

"그래. 더는 뒤로 빼지 않겠다. 다 모든 게 내 탓이야. 네가 아는 나에 대해서든 나는 더는 할 말이 없어. 네가 날 그렇게 봤다면 할 수 없는 것이고, 내가 그런 놈일 뿐인 거지. 그래, 다 인정해. 하지만 이 말만은 믿어줬으면 좋겠다. 만약 내가 죽고 대신 K가 살아 돌아올 수 있다면 그렇게 하고 싶다는 거야. 지금 이건 솔직한 심정이라고."

차가운 웃음소리가 귀를 찔렀다.

"이 새벽에 네가 개그하는 소릴 듣게 될 줄은 몰랐는걸. 그래. 아주 웃긴다 웃겨. 너의 솔직한 심정이라. 재밌군."

그렇다. 내 말을 L이 쉽게 이해해주리라 생각한 건 아니다. 하지만 지금 내가 털어놓을 수 있는 창문은 L뿐이었다. L은 K의 죽음을 의심하고 K가 남긴 말을 지금까지 기억하고 간직해온 동료였다. L이라면 K를 위해서라도 내 말을 언젠가는 믿어줄 것이다.

"실컷 조롱해. 그래야 나도 조금이나마 마음을 가라앉힐 수 있을 것 같네."

전화선 너머 그의 으르렁거리는 숨소리가 들려왔다.

"내가 널 가만히 두지 않을 거야. 살인한 죗값을 치르게 할 거라고."

"제발 그렇게 해주길 바란다. 그러기 위해선 내가 박영원이란 걸 증명해야 할 거야."

"또 수 쓰는 거냐?"

"아니. 너도 알다시피 내가 누군지 밝히려고 애를 썼지만, 실패했잖아. 네가 원하는 대로 날 죗값을 치르게 하려면 내가 K의 죽음을 밝힐 수 있도록 나의 정체를 증명하는 걸 도와달라는 거야."

"웃기지 마."

"제발이다. 이건 날 위해서가 아니라, K를 위해서 부탁하는
거야. 밝혀야 될 진실을 위해서라고."

그의 숨소리는 폭발 직전의 풍선 같았다.

"이 개자식이 이 새벽에 왜 전화한 거야. 내가 눈치를 챘다 싶
으니까 겁이 났나?"

"좋아. 지금 당장은 내 말이 개소리로 들릴 거야. 다만, 한 가
지 너한테 말해둘 게 있어."

나는 잠시 망설였다. 하지만 결심한 일이었다.

"말해봐!"

짜증 섞인 성급한 말투였다.

"일주일 안에 나한테서 연락이 안 오면 내가 네게 보낸 편지
를 열어보고 터뜨려."

"편지? 그게 뭐야?"

"지금 말할 수 없어. 그때 가서 열어보면 알게 될 거다."

나는 긴 말을 생략하고 전화를 끊었다. 시간이 없었다.

인터넷 전자메일에 접속했다. 편지를 작성하기 시작했다. 해
마 내부에서 수집해 정리한 내용에서부터 K가 묻힌 장소, '미래
로' 모임이 있던 그날 그가 죽기까지 사건의 전말, 내가 구종휼
의 운전사를 찾아달라고 부탁한 이유, 해마의 모든 비밀스런 불
법시술에 대해 식약청이 연루됐을 정황 그리고 그 외의 것들에
대해서도 숨김없이 정리해 적었다. 장문의 고백이자 폭로였다.

그걸 작성하는 동안 재떨이에 꽁초가 무덤처럼 쌓였다. 작성을 끝내고 일주일 뒤 편지가 열리도록 예약 발송을 선택해 전송했다. 눈을 꼭 감고 하늘 상공에서 낙하하는 기분이 이럴 것 같았다. 몇 초 후의 일을 두려움 없이 맞서겠다는 용기. 그건 바로 순수한 나였다. 그 무엇도 아닌 나 자체.

일주일 뒤면 L은 낱낱이 알게 될 것이다. 그날 '미래로' 모임에 참석한 자들이 누군지까지.

시계를 보니 곧 출근 준비를 해야 할 시간이었다.

✝

뜻밖에 정선화는 생각보다 일찍 왔다. 예약 시간을 오후 다섯 시쯤으로 잡으라고 했는데 오전 열한 시로 잡은 것이다.

상담실 테이블 너머 마주 앉은 그녀에게 내가 낮은 소리로 다그치듯 말했다.

"왜 이리 일찍 왔어요. 내가 오후로 잡으라고 했잖아요. 그래야 업무 마감시간 즈음해서 같이 움직이기가 수월하다고."

그녀가 들고 온 두툼한 종이백을 내게 건네며 말했다.

"그랬죠. 하지만 생각이 달라졌어요."

"이런. 이렇게 엇박을 치면 일을 그르쳐요."

"내말을 들어봐요. 내가 먼저 올라가서 둘러보고 싶었어요.

먼저 올라가서 그곳에서 찍은 사진을 곧바로 핸드폰으로 전송할게요."

나는 답답했다. 혼자 가면 위험할 수 있다고 고집 피우지 말라고 설득했다. 하지만 그녀는 아랑곳하지 않고 눈을 반짝였다.

"나만 믿어요. 난 제법 잠입에는 자신 있다니깐. 내가 먼저 가서 정찰을 하는 거라구요. 당신은 내가 보낸 사진이랑 메시지 확인하고 후발로 올 때 단단히 준비하고 나랑 합류하면 돼요. 그러면 우리 잠입 작전은 당신이 계획했던 것보다 더 완벽을 기할 수 있어요. 어때요?"

"미치겠군."

나는 숨을 몰아쉬며 고개를 저었다. 난감했다. 이 겁 없는 여자는 이번에도 제멋대로였다. 나는 정선화와 나를 마지막 시술조의 시술신청자로 올려 엘리베이터에 같이 오를 생각이었다. 물론 변장한 채 아무렇게나 작성한 시술신청서를 가지고서 말이다. 그런데 먼저 올라가겠다니. 이 여자를 어떻게 말릴 것인가.

나는 말없이 잠시 그녀의 눈을 들여다보았다. 그러곤 힘겹게 입술을 뗐다.

"정말 괜찮겠어요? 마음이 안 놓여서 그래요."

정선화는 자신만만한 미소를 물었다.

"걱정은 집어치우고, 그럼 어제 얘기하다 만 그 헬멧 이야기나 어서 해봐요. 헬멧 마취가스 말이에요."

나는 일전에 고은님에게 들은 이야기를 토대로 설명해주었다. 시술준비의 마지막 단계에서 안내원이 헬멧을 씌워주는데, 문제는 헬멧을 쓰면 헬멧 뒤에 버튼을 안내원이 누르자마자 마취가스가 뿜어져 나온다는 것. 그 가스를 마시면 약 한 시간 이상 의식을 잃게 되므로 그 가스를 절대 마시지 말 것. 문이 닫히면 곧바로 헬멧을 벗으면 되니까 어떻게든 엘리베이터 안으로 들어가 문이 닫힐 때까지 숨을 쉬지 않고 버틸 것.

정선화가 웃으면서 말했다.

"아, 별거 아니네. 그런 거라면 걱정 말아요. 나 산소마스크 없이 약 일 분 동안 숨 안 쉬고 잠수도 해본 사람이라구요."

나는 한숨을 내쉬고는 차갑게 말했다.

"그렇게 자신만만하다니. 좋아요. 그럼 당신 먼저 올라가요. 대신, 조심해야 돼요."

그녀는 고개를 끄덕였다.

"시술신청서나 어서 작성해줘요. 시술 종류는 뭘로 할까. 그냥 A형 시술신청서로 하는 게 좋겠네."

나는 모니터에 시술 상담 화면을 띄웠다.

"시술 사유는?"

"퀴즈 서바이벌 참가라고 하는 게 무난하겠죠. 은근히 이거 흥분되는걸요. 이건 무슨 지옥으로 가는 열차 티켓을 끊는 기분이네요."

그녀는 모니터 화면을 힐끔대며 긴장한 표정을 지우려는 듯 연방 내게 미소를 지었다. 나는 재빨리 키보드를 두드려 상담

내용을 아무렇게나 작성한 뒤, 결제비용이 찍힌 청구내역서와 시술신청서를 프린터에서 뽑아 건넸다.

"자, 그럼 수납창구에 가서 비용을 결제하고, 10층 복도 끝에 엘리베이터 쪽으로 가요. 거기 대기 중인 시술준비요원에게 시술신청서를 주고 안내에 따르면 돼요. 단."

그녀가 내가 할 다음 말을 씩씩한 어조로 이었다.

"단, 헬멧가스를 마시지 말 것."

나는 손을 내밀었다.

"조심해요."

"걱정 말아요. 사진과 메시지를 기대하세요. 곧 우리 위에서 합류해요."

그녀는 내 손을 꼭 잡고 아래위로 힘 있게 흔들며 미소를 지어 보였다. 나는 손끝에서 전해지는 온기를 느끼며 잡은 손을 힘주어 흔들었다. 그러곤 한 번 더 조심하라는 말을 건네며 손을 꼭 쥐어주었다. 그녀가 가볍게 미간을 찌푸리며 웃음기 묻은 눈빛을 들었다.

"아프잖아요. 이제 놔요."

"고마워요."

"뭐가?"

"다."

숨소리처럼 뱉은 그 말에 그녀가 가만히 내 눈을 들여다본다. 그녀의 눈가에 부드러운 곡선이 지나간다.

"싱거운 소리 말고 이따가 제대로 준비하고 올라와요."

내가 손을 놔주자, 그녀는 입술 사이로 흰 치아를 보이며 시술신청서와 청구내역서 종이를 내게 흔들어 보였다. 그러고는 씩씩하게 상담실 문밖으로 나갔다. 나는 그녀가 사라진 상담실 문을 가만히 숨을 삼키며 바라보았다.

✝

정선화에게서 아무런 연락이 없었다. 문자메시지도 오지 않았고, 사진 전송도 없었다. 시간은 계속 갔다. 그사이 나는 네 명의 고객에게 상담을 진행하고 시술신청서를 작성해주면서 수시로 핸드폰을 확인했다. 답답한 가슴이 온몸을 마비시키는 것 같았다.

전화를 해볼까.

나는 상담실에서 나오자마자, 비상계단 통로로 가서 문을 닫고 핸드폰을 꺼내 번호를 찍었다. 하지만 다시 번호를 지웠다. 뭔가 잘못됐다는 생각이 자꾸만 밀려왔다. 어쩌면 생각했던 것보다 더 위급한 상황이 발생했는지도 몰랐다. 나는 미칠 것 같은 조급한 마음에 핸드폰으로 경찰 신고 번호를 찍었다.

하지만 이 역시 통화를 누리지 않고, 번호를 지워버렸다. 어떻게 말해야 경찰을 납득시킬 수 있을까. 아무것도 생각나지 않았다. 정선화가 해마센터 시술층에 올라가서 소식이 끊겼다고 말하면 그들이 뭐라고 받아들일지 뻔했다. 또한 신고하는 나를 누구라고 해야 할지도 막막했다. 업무 마감시간이 다가오고 있었다.

마음이 급해진 나는 생각 끝에 사무실로 뛰어갔다.

내 책상 밑에 숨겨둔 종이가방을 들고 나와 빈 상담실을 찾아 들어갔다. 그러고는 문 밖에 상담 중이라는 표시판을 걸고 문을 잠갔다.

재빨리 키보드를 두드려 상담내용을 거짓으로 정리 등록한 뒤, 결제 비용이 찍힌 청구내역서와 시술신청서를 프린터에서 뽑았다. 그러기까지 약 이십 분이 걸렸다. 나도 모르게 손이 후들거리고 있었다.

종이가방에서 가발을 꺼냈다. 어딘가 후줄근해 보이는 긴 장발 스타일 가발이었다. 하필 이런 걸 골라온 정선화의 장난스러움을 탓할 시간은 없었다. 나는 머리를 숙여 가발을 꼼꼼히 착용한 뒤 종이가방에서 손거울을 꺼내 모습을 살폈다. 이어 턱수염을 붙이고, 타원형 빨간색 뿔테 안경을 썼다.

이 정도면 날 못 알아보긴 하겠군.

나는 상담실 문을 밀고 고개를 빼 복도를 살핀 뒤, 밖을 나섰다. 태연한 걸음걸이로 수납창구로 가서 비용을 현금으로 결제하고, 비상계단 통로로 해서 10층으로 올라갔다.

나는 비상계단 문을 조금 열어 밖을 살폈다. 역시 고은님이 보였다. 그녀는 빈 휠체어 앞에서 바쁘게 움직이고 있었다.

제발 저만치 가버려. 제발.

나는 긴장한 채 숨을 골랐다. 잠시 뒤였다. 마침 전화가 왔는지 고은님은 유니폼 상의 주머니에서 핸드폰을 꺼내며 휴게실 쪽으로 걸어갔다. 그때였다. 나는 재빨리 달려가 빈 휠체어에 앉았다. 타이밍이 좋았다. 다가온 다른 안내원이 내 시술신청서를 받아보고는 혈압을 재고, 동공 상태를 확인하는 등등 간단한 검사를 시작했다.

그런데 일 분도 안 되어 고은님이 달려오는 게 아닌가. 그녀는 내 옆에서 내용을 작성하던 안내원에게 미소를 지었다.

"고마워. 오늘따라 전화가 잦네. 그거 이리 줘."

고은님이 서류철을 받아들고는 내게 인사를 했다.

"어서 오세요. 오늘 날씨 많이 덥죠?"

나는 대답하지 않고, 고개만 까딱였다. 그녀는 서류철에 눈을 주다가 다시 나를 빤히 보았다. 그러고는 고개를 갸웃하더니 애벌레만큼이나 두툼한 뻘건 입술을 벌려 미소를 짓는 게 아닌가. 나는 심장 소리가 귀에 붙어버리는 기분이었다.

"어머, 자기야. 여기서 뭐해?"

나는 나도 모르게 얼굴 표정이 굳어버렸다.

"웬 가발을 다 쓰고. 이 타원형 빨간색 뿔테 안경은 또 뭐야. 이 턱수염도."

나는 아랫입술을 꾹 물었다. 환한 표정이 된 그녀가 손바닥을 제 볼에 대며 말했다.

"자기 오늘 내 생일인 거 기억하고 있었구나. 감동이야. 이런 이벤트까지 해서 날 놀래켜줄 생각도 다하고."

생일? 생각났다. 생일 이야기를 한 적이 있었다. 그게 오늘이었나. 제길. 미칠 것만 같았다. 이제 어떻게 해야 할지 알 수 없었다. 나는 손목을 들어 시계를 보았다. 시간은 냉정하게 쉼 없이 사라지고 있었다. 그녀가 들뜬 목소리로 계속 말했다.

"자기야, 고마워. 아까 내가 계속 전화했는데 내 전화 안 받더니 이런 이벤트로 날 깜짝 놀래키려고 그랬던 거야? 업무시간 다 끝나가니까 퇴근하자마자, 우리 좋은 데 가자. 안 그래도 자기랑 내 생일 때 꼭 같이 가려고 내가 예약해 둔 데가 있거든. 자, 일어나."

낭패였다. 일단 위기를 넘겨야 했다. 나는 무조건 알았다고 억지 미소를 보이며 휠체어에서 일어섰다. 얼른 비상계단 쪽으로 걸음을 옮겼다.

어떻게 해서든 엘리베이터에 올라야 한다는 생각뿐이었다. 다시 시계를 보았다. 업무 마감시간까지 얼마 남지 않았다. 비상계단 문을 살짝 열어 로비 쪽을 살폈다. 엘리베이터로 들어갈 휠체어마다 고객들의 머리엔 헬멧이 씌워졌다. 잠시 뒤 안내원들이 헬멧마다 라벨을 붙이기 시작했다. 이어 문이 열린 24인승 엘리베이터에 휠체어 여섯 대가 들어갔다. 휠체어가 안정적으로 자리를 잡을 수 있도록 설치된 것인지 승강기 안에는 휠체어 바퀴용 안전틀 같은 것이 보였다. 문이 닫혔다. 방금 올라간 휠체어 여섯 대가 마지막조인지 엘리베이터 앞에는 안내원이 자리를 정리하고 있었다.

나는 시계를 보고는 비상계단 벽에 등을 대고 가만히 기다렸다.

십 분쯤 지났을까. 문을 조금 열어 밖을 살폈다. 엘리베이터 앞에는 안내원이 보이지 않았다. 아무도 없었다. 나는 문밖으로 천천히 고개를 빼 통로 좌우를 살폈다. 재빨리 엘리베이터 앞으로 다가가 열림 버튼을 눌렀다.

버튼에 불이 들어오지 않았다. 옆 엘리베이터로 걸음을 옮겼다. 마침 버튼과 층수표시판에 불이 들어와 있다. 하지만 시술이 끝난 고객이 내려올 때만 움직이는지 버튼이 먹지 않았다. 얼마나 기다려야 할까. 일전에 고은님 말로는 시술은 오래 걸리지 않는다고 했지만, 그래도 그게 한 시간이었다. 기다릴 수 있을까. 오늘 시술층으로 잠입하려면 저 엘리베이터가 마지막이었다. 저걸 타지 못하면 올라갈 방법이 없었다.

나는 도로 비상계단 문 안으로 몸을 숨겼다. 문을 살짝 열어 확인하며 기다렸다. 핸드폰을 꺼내 액정을 보았다. 전송된 메시지는 고은님 것뿐이었다. 부재중 전화도 고은님 것이었다.

일 분이 겨우 지났다. 시간이 얼어붙었는지 시계 초침은 조롱하듯 천천히 움직이는 것 같았다. 다시 통로문을 열어 밖을 살폈다. 아까와 마찬가지다. 시계를 보니 이제 이 분이 지났을 뿐이었다. 아무래도 여기서 더 지체했다가는 미칠지도 몰랐다.

나는 일어서서 아래층으로 달렸다. 방법이 하나 남아 있었다.

8층쯤 달려 내려왔을 때였다. 밑에서 올라오는 고은님과 눈이 마주쳤다.

"어딜 그렇게 뛰어가. 이제 곧 퇴근시간이니까 정문 앞에서 봐."

잔뜩 기대에 찬 표정이었다. 나는 심장이 쪼그라드는 기분을 느끼며 겨우 말을 뱉었다.

"미안해. 나 급히 갈 데가 있어."

그녀의 눈이 동그래지면서 미간에 주름이 생겼다.

"어디? 오늘 나 생일인 거 알잖아."

그녀는 달려들듯 다가와 내 팔을 세게 잡았다. 나는 미안하다고, 급한 일이 생겼다고 거듭 말했다. 그녀의 얼굴이 무섭게 굳어졌다. 내 팔을 쥔 손에 더 악력이 가해졌다. 성난 눈이 흔들렸다.

"싫어. 안 돼. 오늘은 나랑 있어야 해. 오늘만큼은 안 된다고. 내 생일이란 말이야. 내 생일!"

조급함으로 내 몸이 타버리는 기분이었다. 마음은 이미 저 아래로 달리고 있었다.

"그건 네 생일이 아니야. 정신 차려."

너무 답답하고 급한 나머지 나도 모르게 튀어나간 말이었다. 쓸데없는 말을 했다는 걸 나는 이내 깨달았다.

"그게 무슨 소리야. 내 생일이 아니라니?"

지금 그걸 나는 설명해줄 시간이 없었다. 설명한다 한들 먹힐 이야기도 아니었다.

"아니야. 그냥 해본 소리야. 그러니까 이 팔 놔줘."

그녀의 손에 힘이 더 들어갔다. 손가락 끝이 옷을 뚫고 내 살 속으로 파고들 것만 같았다.

"그럼, 아까 그 이벤트는 뭐야? 내 생일이라서 날 즐겁게 해주려고 놀래키려고 그랬던 거 아니었어?"

그녀의 얼굴은 더 험악하게 일그러졌다. 울 것 같은 표정이었지만, 금방이라도 나를 내동댕이칠 기세였다.

"설명할 수 없어. 팔 아파."

어떻게든 넘어가자. 넘어가야 한다.

"뭐야, 대체. 아까 그 변장은 뭐냐고!"

"설명할 수 없다고 했어. 빨리 내 팔 놔."

"못 놔. 아무리 생각해도 이상해."

그녀는 부릅떴던 눈을 가늘게 하고는 내 얼굴을 살폈다. 나는 아무 말도 못하고 숨을 가다듬었다. 고은님을 떼어내야 한다는 생각뿐이었다.

그녀의 힘준 눈이 반짝였다.

"아까 엘리베이터 앞에서 그 여자 봤을 때 눈치챘어야 했는데."

"뭘? 무슨 소리지?"

"지난번에 내가 저녁 먹자고 했을 때 선약이 있다면서 뛰어나가더니 어떤 여자 차에 탔잖아. 그 여자가 차에 나와서 서 있었을 때 얼굴을 봤었어. 그 여자가 여길 왜 또 왔어? 무슨 사이지?"

"그냥 상담고객이야."

"상담고객? 그래, 이따가 그 여자랑 만나러 가겠다 이거지? 내 생일인데도 말이야."

"억지 부리지마. 급한 일이 있어. 어서 팔 놔."

"못 놔. 자기야. 윤수 씨. 오늘 내 생일이라고."

"난 마윤수가 아니야. 제발 놔."

"마윤수가 아니라니. 윤수 씨, 왜 그래?"

"제발 날 마윤수라고 부르지 마. 너도 네 이름은 고은님이 아니라고. 알았어? 정신 차려!"

"무슨 그런 이상한 소리가 어딨어. 자기야말로 정신 나갔구나. 미쳤어."

"그래. 미쳤어. 다 미쳤다고. 너도 미쳤어. 미쳤다는 걸 자각하지 못할 뿐이지."

"내가 미쳤다고? 지금까지 날 사랑한 거 아니었어? 자기?"

"사랑 좋아하시네. 사랑 타령은 집어치워. 네가 누군지부터 찾아봐. 넌 네가 아니라는 걸 알게 될 거야. 넌 실종된 누군가

일 뿐이라고."

"단단히 미쳤어."

"어서 놔. 제발."

나는 있는 힘껏 그녀의 꽉 쥔 팔을 떼어내 벽 쪽으로 밀쳤다. 그러고는 부리나케 아래로 달려 내려갔다. 뒤에서 그녀가 울부짖는 소리가 들렸다. 계단 통로를 울리는 쿵쾅, 소리가 내 뒤통수를 쫓고 있었다.

6층쯤 내려갔을 때 우악스런 손가락이 내 뒷머리를 잡아챘다. 나는 그녀의 상체가 내 어깨를 누르면서 덮치는 바람에 계단참에 고꾸라지고 말았다. 등 뒤로 그녀가 악쓰며 쏟아내는 소리가 들렸다.

"오늘 내 생일이야. 나랑 약속했잖아. 약속 지키란 말야."

그 소리는 천둥처럼 계단 통로를 뒤흔들었다.

나는 뒤를 돌아보았다. 그녀의 이마 위쪽으로 선홍색 피가 반짝였다. 내가 몸을 일으키자 그녀는 다시 내 팔을 꽉 잡았다. 나는 소리쳤다.

"네 생일 따윈 없어! 너는 네가 아니니까!"

나는 그녀의 손아귀에서 팔을 빼려고 안간힘을 썼다. 목뒤와 뺨으로 땀이 흘러내렸다. 나는 이를 악무는 신음을 토해내고는 겨우 그녀를 떼어내 힘껏 밀쳐냈다. 그때 비상계단 문이 열리면서 다섯 명의 여자 직원들이 나타났다.

"무슨 소리가 이리 요란해?"

고은님은 그들을 향해 괴성 같은 울음소리로 소리쳤다.

"빨리 잡아! 나를 밀었어. 나를 이렇게 만들었다고."

여자들이 놀란 표정으로 내게 다가왔다. 고은님의 시술준비 팀 동료들이었다. 그녀들 또한 편집된 인간들이자 실종된 누군가였고, 자신이 누군지 모르는 프로그램 된 로봇 같은 인간들이었다. 그녀들은 벌게진 얼굴로 나를 향해 빠른 걸음으로 다가왔다. 비난의 소리를 합창하듯 내게 꽂으면서. 나는 있는 힘껏 계단을 뛰어 내려갔다. 귀를 울리는 그녀들의 발소리 너머 고은님의 울부짖는 소리가 멈추지 않고 쫓아왔다.

나는 4층쯤 구르듯 내려와 급히 비상계단 문밖으로 빠져나갔다.

복도로 달려 화장실로 뛰어 들어갔다. 맨 안쪽 용변 칸에 들어가 문을 잠갔다. 식은땀이 났다. 빨리 나가야 하는데 엄두가 나지 않았다. 화장실 밖에 그녀들이 와 있는 건 아닐까.

잠시 숨을 고르는데, 익숙한 목소리가 들려왔다.

"마윤수가 왜?"

나는 살짝 문을 밀어 틈새로 밖을 살폈다. 세면대 앞에 있는 두 남자. 둘 중에 오른쪽은 국진원이었다. 그렇다. 국진원이 일하는 사무실이 있는 곳이 4층이었다.

다른 목소리가 말했다.

"그 친구 어딘가 이상하지 않아? 그런 눈치 못 챘어?"

"이상한 거?"

"그래. 마윤수 그 친구 이상하다는 말이 돌아. 어젠 청소하는 그 점박이 아저씨 알지? 그 아저씨한테도 이상한 소릴 했대. 자기 기억 안 나냐고, 언제부터 여기서 일했냐고 말야. 늘 보던 사람한테 마치 오랜만에 만난 사람처럼 소스라치게 놀라면서 묻더라는 거야. 그리고 전화만 오면 무슨 공작요원처럼 주위를 살피면서 계단 통로로 달려가고 말야. 뭔가에 쫓기는지 늘 눈을 잔뜩 키우고 다니는데 웃긴다니까 아주. 아무튼 마윤수 좀 이상해. 사람들이 다 쉬쉬하며 한마디씩 한다고."

"그래?"

"넌 그렇게 생각 안 해? 친한 사이잖아."

국진원이 어깨를 으쓱했다.

"뭐 그리 친한 건 아니야. 아는 정도랄까. 사실은 말야. 얼마 전부터 식당에서 하도 따라다니면서 아는 체하고 그러기에 얘기 좀 나눠봤더니 말이 잘 통하더라고. 취향이나 생각하는 것도 많이 일치하기에 친근감이 들고 해서 좀 어울려 다녔지. 사실은 그 찰거머리 고은님이랑 만나는 거 지겨워서 떼버리려던 찰나였거든. 그 찰거머리한테 안 시달리려고 그 친구와 일부러 붙어 다닌 거야. 아무튼 그런 식으로 자주 만나 얘기를 나누게 된 건데, 언제부터인가 그 친구가 좀 이상하더라고. 나한테는 뭐라고 그랬는지 알아? 내가 말을 안 해서 그렇지 그걸 다 말하면 네 입이 벌어져서 안 다물어질걸."

"뭔데."

"자기가 뭐 나랑 과거 기억이 같다나. 그것도 그 기억이 죽은 어느 공무원의 기억이라나 뭐라나 그런 소릴 하는 거야. 또 내 이름이 원래의 내 이름이 아니라는 둥. 자기랑 내가 편집된 인간이라는 둥. 또 맥줏집에서 맥주 먹다가 TV 뉴스에 나온 구종휼 뉴미디어통신 위원장을 구종휼 사장님이라고 부르더라고. 나 그때 완전히 웃겨서 뒤로 넘어가는 줄 알았어. 하루 결근했을 때는 말야, 내가 어디 아픈가 해서 연락했더니 밤에 만나자는 거야. 만나보니 멀쩡했어. 그러고는 한다는 말이 기억이 안 난다는 거야. 해마센터에서 자기가 하는 일이 어떤 건지도 하나도 모른다면서 나보고 가르쳐달라더라고."

"이야, 보통 심각한 게 아닌 거 같은데."

이내 두 남자는 화장실을 나갔는지 발소리와 목소리가 문 쪽에서 사라졌다. 나는 양변기 뚜껑 위에 앉아 숨을 몰아쉬었다. 하얀 눈들은 사방에 있었다. 이제 나는 고립된 것이다. 이미 이전부터 고립되어 있었는지도 모른다. 시간이 없었다.

용변 칸에서 나와 화장실 문밖으로 고개를 빼 살폈다. 재빨리 튀어나가 마침 열린 엘리베이터에 탔다. 다행히 내려가는 승강기였다.

1층에 도착해 문이 열리자마자, 나는 회전문을 향해 뛰었다.

"마윤수!"

나는 흠칫 놀라 멈췄다. 숨을 겨우 삼키며 뒤를 돌아보았다.

곱슬머리였다. 그는 동료와 서서 대화 중에 나를 본 모양이었다.

"퇴근하나?"

"으응."

"아까 은님 씨가 찾더라. 아주 씩씩대면서 말야. 무슨 사랑싸움을 격렬하게 했기에 그러냐. 아주 난리도 아니더라."

"그래? 나는 모르는 일인데. 미안, 나 먼저 갈게."

무조건 밖으로 달려 나갔다. 공기 속에 어느 때보다 강렬한 콘크리트 냄새가 떠다니는 것이 느껴졌다. 습기 때문일 것이다. 비를 재촉하는 기운이 살갗을 파고들었다.

나는 빌딩 뒤 공터 쪽으로 달렸다. 산책로 옆으로 이차선 도로가 보였다. 녹색 철망 너머 잔디 한가운데를 가로지르는 도로다. 곧바로 눈앞에 해마빌딩 지하주차장 입구가 보였다.

✝

나는 지하주차장 입구를 두른 지붕 난간 뒤에 몸을 감춘 채, 네 시간을 그냥 흘려보냈다. 잠입할 기회를 엿보며 검은 차들이 입구로 진입하고 빠져나가는 것을 지켜봤지만, 번번이 기회를 놓쳤다. 솔직히 엄두가 나지 않았다. 몸을 움직일라치면 하도 떨려 주춤거렸다. 게다가 철문이 올라가고 내려가는 사이와 검은 차들이 들어가고 나가는 사이를 가늠하는 것도 여간 오금을 저리게 하는 게 아니었다.

정선화는 왜 아무런 메시지도 없는 걸까. 걱정과 후회가 밀려왔다. 나는 고개를 돌려 해마빌딩 시술층 쪽을 올려다보았다.

시술이 이루어지는, 베일에 가려진 시술층. 그곳 내부는 어떤 모습일까, 거기서 나는 어떤 광경을 보게 될까. 막상 잠입하려니 온몸이 서늘해지면서 불안감을 떨쳐버릴 수가 없다. 어느 외계의 땅도 아니고, 이 지구의 내가 사는 땅 위의 빌딩 몇 개 층일 뿐인 그 공간이 이토록 막연하고 공포스러운 미지로 여겨질 줄은 몰랐다. 하지만, 나는 곧 그 안의 내부 구석구석을 사진에 담을 것이다. 그게 성공한다면 해마의 비밀주의와 실체를 밝히는 작은 시작이 된다.

괴괴한 정적 너머 질주하는 차들의 타이어 소리가 나른하게 들려왔다. 이건 밤의 소리였다. 외로움의 소리였다. 존재감이 희석된 자만 들을 수 있는 말라버린 시간의 소리였다. 나는 이제 어떻게 될까. 되돌릴 순 없는 걸까. 다시 돌아갈 수는 없나. 지금 나는 무언가에 떠밀려 벼랑 끝에 서 있는 기분이다.

눈을 들자, 갑자기 정신이 번쩍 들었다.

온다.

저 멀리 곡선도로를 타고 검은색 리무진이 미끄러져오는 게 보였다. 쉼 호흡을 했다. 이번엔 타이밍을 놓치면 안 된다. 철문이 올라가길 기다렸다. 차량의 움직임을 잘게 시선으로 잘라내며 계산했다. 숨을 고르고 침을 삼켰다.

이윽고 올라간 철문은 리무진이 입구 속으로 미끄러지자 다시 내려오기 시작했다.

하나, 둘, 셋. 지금이다.

나는 전력 질주를 해서 철문 밑으로 몸을 힘껏 굴렀다. 바닥에 구른 몸 여기저기가 불에 타오르는 듯 화끈거렸다. 몸을 추스르며 겨우 일어서는 사이, 등 뒤로 철문이 완전히 내려왔다. 완벽한 차단의 소리는 육중하고 차가웠다. 나는 바닥을 짚고 일어서 벽에 바짝 붙었다. 숨이 턱까지 차올랐다. 긴장으로 바짝 힘이 들어간 온몸 구석구석이 뻐근했다.

주위를 둘러보았다. 어스름해서 얼른 눈에 들어오지 않았지만, 곧 방향을 잡을 수 있었다. 나선형으로 돌면서 내려가는 통로가 길게 이어졌다. 나는 벽과 천정에 붙은 희미한 조명을 따라 주위를 살피며 안으로 들어갔다.

어두침침한 진입 통로를 지나자, 탁 트인 넓은 공간이 나왔다. 사위는 적막했다. 시계를 보니 시각은 새벽 한 시가 조금 넘었다. 안으로 계속 들어갔다. 벽과 기둥에 붙은 층수 표시를 보았다. 지하 3층이다. 곳곳에 검은색 차량이 서 있었다. 벽 쪽 기둥 옆으로 검은색 리무진이 눈에 들어왔다. 심 교육관은 기둥 건너편 엘리베이터를 탔을 것이다.

나는 곧장 엘리베이터 앞에 섰다. 층수표시판에 붉은 색 숫자가 쉬지 않고 바뀌고 있다.

올라가고 있어.

바뀌는 숫자. 상승하는 숫자. 그게 바로 그의 존재였다. 11층에서 숫자가 멈춘다. 11층까지만 직행으로 운영되는 엘리베이터였다.

나는 2호 엘리베이터의 버튼을 눌러 도착한 엘리베이터에 올라섰다. 위잉-. 빠르게 수직 상승하는 소리가 귓가를 차갑게 스쳤다. 붉은색 숫자가 바뀔 때마다 나는 숨을 삼키며 심장 소리를 들었다.

11층에서 엘리베이터 문이 열렸다.

덮치는 백색 빛. 순간 손등으로 눈을 가려야 할 만큼, 통로는 환했다. 화이트실버 톤인 천장과 벽과 바닥이 은은한 조명을 받아 반짝였다. 계속 이어지는 미로 같은 통로. 대뇌피질의 수많은 주름을 닮았다. 그래서일까. 어쩐지 머릿속에, 뇌 속에 들어와 있는 느낌이었다. 무서울 정도로 적막했다. 나는 소리에 집중했다. 그러나 귀를 파고드는 소리는 아무것도 없었다.

심 교육관은 어디로 갔을까.

일단 카메라를 꺼내 통로를 찍었다. 번호가 붙은 수많은 방의 모습도 사진에 담았다. 상상도 못한 장면들이었다. 방들은 하루에도 수십 건의 시술을 소화해내는 시술실일 것이다. 하지만 모두 블라인드가 내려져 있는데다 불이 꺼져 있었다. 창문 가까이 눈을 바짝 대어보았다. 아무것도 보이지 않았다. 문손잡이를 돌려봤지만, 문 역시 잠겨 있었다. 문마다 오로지 번호판만 붙어 있을 뿐이었다. 끝없는 번호들. 기분 나쁜 적막이 휘돌았다. 사람 냄새가 사라진 지 아주 오래된 비현실적인 공간이라는 생각이 들 정도였다.

정선화는 어디 있을까. 나는 그녀를 생각하며 두 갈래 길이 나오는 커브 지점에서 망설이다가 오른쪽으로 돌았다. 불 꺼진 방들은 계속 이어졌다.

계단을 올라 위층으로 갔다. 똑같은 풍경이 펼쳐졌다. 기척을 느낄 수 없었다. 나는 소리를 내지 않도록 조심하면서 통로를 두리번거리며 걸어 나갔다. 방마다 문손잡이를 돌려보았다. 역시 잠겨 있었다.

그때, 앞쪽 복도 끝에서 소리가 들렸다.

발소리다.

누군가가 있다. 소리가 가까워온다. 신경이 팽팽하게 곤두섰다. 숨을 곳이 필요했다. 급한 마음에 불 꺼진 방들의 문손잡이를 손에 잡히는 대로 마구 돌려봤다. 움직이지 않았다. 심장이 타버릴 지경이었다. 뒷걸음치다가 뒤돌아 달렸다. 커브를 돌았다. 엘리베이터가 앞에 보였다. 하지만 기다리고 서 있을 여유가 없었다.

비상계단 쪽으로 달렸다. 위로 올라갈 수밖에 없었다. 발소리는 계속 들려왔다. 무조건 계단을 뛰어올랐다. 중간 문을 살짝 열어 밖을 살핀 뒤, 통로로 나갔다. 역시 통로만 환할 뿐, 방들은 불이 꺼진 채 어둠에 잠겨 있었다. 어디로 가야 할지 몰라 두리번거리고 있는데, 문이 살짝 열린 방이 눈에 들어왔다.

문 안으로 몸을 들였다. 깜깜했다. 암흑 그 자체였다. 문을 소리 안 나게 닫은 뒤, 허리를 낮춰 발끝으로 바닥을 가늠하며 더듬더듬 어둠 속으로 들어갔다. 이 방은 시술실일까. 손에 무언가가 만져졌다. 더듬어봤다. 얼른 뭔지 알 수 없었다. 의자 같기도 하고 책상 같기도 했지만, 온갖 선이 이어져 있고 크고 작은 손잡이와 버튼들이 손에 스쳐 지나간 걸 보면 의자도 책상도 아닌 것 같았다. 아무것도 알 수 없다는 생각에 기분이 오싹했다. 어둠 속에 그것은 꿈틀대는 것도 같았다. 천천히 미세하게 움직이는 무언가일지도 몰랐다. 나는 그것에서 손을 떼고 뒤로 물러섰다.

온몸에 퍼지는 전율을 느꼈다. 아무것도 모르기에 상상 속에 그것은 무엇이든 될 수 있었다. 불을 켜고 싶은 격렬한 욕구와 싸웠다. 정신을 차리자고 스스로를 다독이고는 벽 쪽으로 바짝 붙어 바닥에 주저앉았다. 숨을 가다듬고 시선을 어둠의 일부가 되게 했다.

그러자, 온갖 생각들이 주위를 맴돌았다. 희미한 상들이 눈앞에 나타났다. 기자 새내기 시절 K와 L 사이에 앉아 맥주를 마시며 카메라 앞에서 어깨동무를 하고 포즈를 취하던 한때, 운전기사의 손에 죽어가던 K의 부릅뜬 눈, 절망을 말하던 백혈병 피해자의 하얗게 말라 부르튼 입술, 자신의 남자 앞에서 날 외면하던 아내의 싸늘한 표정, 그리고 기억을 팔겠다며 횡설수설하다가 울음을 터트린 오십대 남자의 냄새와 퀭한 눈빛까지.

내 가슴은 서서히 고통으로 차올랐다.

그때였다.

"흐흐흐흑-."

어디선가 웃음소리가 들렸다. 나는 숨이 멈추었다. 공포가 혈관을 통해 들어왔다. 고개를 이리저리 돌렸다. 어둠뿐이다. 소리는 어디서 들리는지 알 수 없었다. 소리는 어두운 허공의 여러 방향에서 들리는 것 같았다. 스피커가 설치되어 있는 걸까.

"박영원."

적막과 어두운 허공을 가르며 들리는 소리. 문득 떠올랐다. 보이지 않는 스피커에서 증폭되어 흘러나오던 실체 없는 음성. 심 교육관의 목소리였다.

이곳에 있는 것인가. 그는 역시 지하주차장 입구에서 날 봤어. 내가 여기까지 올라오기를 기다린 거야.

나는 재킷 속에 있는 소형녹음기의 작동 버튼을 눌렀다. 호흡을 고른 뒤, 겨우 용기를 내 떨리는 목소리로 물었다.

"날 박영원이라고 부르는 걸 보니 당신은 그동안 날 지켜보고 있었군."

"자기 자신을 알아보는 자는 표가 나는 법이지. 간혹 시술 실패가 없진 않겠지만, 그게 자네여서 유감이군."

나는 정신이 하나도 없었다. 비현실적인 공간 속에 갇힌 기분이었다. 호흡이 기묘하게 빨라지고 심장이 격렬하게 고동치는 것을 느꼈다. 침착하자. 공포에 휘말리면 끝장이다. 나는 어둠 속에서 눈을 부릅떴다. 작동 중인 소형녹음기가 재킷 주머니에 있다는 걸 상기하며 물었다.

"내가 무슨 시술을 언제 어떻게 받은 거지?"

떨리는 목소리였다. 그런데 그는 내 질문과 상관없는 말을 꺼냈다. V신문사 옥상에서 나를 만났던 삼 년 전 이야기였다. 나는 숨이 턱까지 치고 올라오는 걸 느꼈다. 구종휼 사장이 신호를 주기에 그 뒤로 나를 지켜봤다는 대목에서였다.

"자네는 예상대로 자살할 생각을 했더군. 회피하고 싶었던 거야. 모든 걸 잊고 싶었던 거지. 죄책감 때문이 아니라, 회피하고 싶어서 말야. 안 그래? 그러니 내 제의를 따라온 거지."

"내가 당신의 제의를 따랐다고?"

그럴 리가 없다. 그건 내가 아닐 거라고 말하고 싶었지만, 입이 계속 떨렸다.

"난 죽음 외에 회피할 수 있는 다른 비상구에 대해 설명했지. 다른 이의 기억으로 새 삶을 살 수 있는 시술이 있다고 말이지. 처음엔 V신문사 사옥 옥상에서 나를 보자마자 알아보더군. 한 식집에서 봤다면서 말야. 금세 나와 대화를 시작했어. 내 제의에 호기심을 표하던걸."

믿을 수 없었다. 겨우 혀를 움직였다.

"거짓말. 그럴 리 없어."

"자넨 조금 망설였지만, 내 한마디에 솔깃해하던걸. 한번 내가 떠본 건데 재밌게도 덥석 내 제의를 집어삼키는 거야. 자넨 인간의 비겁함과 나약함을 제대로 내게 보여주더군. 내가 자네를 강제로 납치한 게 아니라고."

나는 구토하듯 악을 썼다.

"아니야! 아니라고!"

"그런데 자넨 뭘 알고 싶어서 여길 숨어든 거지?"

그가 비아냥댔다.

"삼 년 전 그날 밀실에서 오고 간 내용이 뭐야!"

나는 떨리는 목소리에 힘을 주어 소리쳤다.

"저런. 흥분하지 말게. 다 사회의 안정과 성장을 위한 일이니까. 해마는 이 사회 전체의 세세한 기억을 관리하고 있지. 완벽하고 성공적인 사회를 향해 가기 위해 곪은 부분은 치료하고 불필요한 부분은 삭제하는 일이야 필요한 일이 아닌가. 사람이든 사회든 편집이 필요한 거라고."

"그런 말은 집어치워! 당신들 짓거리 다 불법이야. 그렇게 당당하고 필요한 일이라면 왜 은밀히……."

"나는 욕망하고 편집한다. 고로 나는 존재한다. 순수한 자아는 없다……."

꺼졌다. 갑자기 깜깜함 허공에서 뭔가 잘려나가 흐름이 단절된 느낌이었다.

"이봐!"

"나는 욕망하고 편집한다. 고로 나는 존재한다. 순수한 자아는 없다…… 나는 욕망하고 편집한다. 고로 나는 존재한다. 순수한 자아는 없다……."

반복되는, 실체 없는 음성.

내가 누구와 이야기한 거지. 어두운 허공에 대고 소리치고 중얼거린 건가. 조금 전의 대화가 비현실적으로 느껴졌다. 실제였다는 확신이 들지 않았다. 정신이 멍했다. 이마에 땀이 흘렀다. 벽에 기댔다. 몸이 떨렸다. 구부린 다리에 힘이 빠졌다. 머릿속에서 어서 나가라는 속삭임이 계속 경고를 보냈다.

나는 엉거주춤 일어나 더듬거리며 문 쪽으로 갔다. 문손잡이를 돌려 살짝 연 뒤, 고개를 빼 통로를 살폈다. 조용했다. 통로로 나왔다. 갑자기 어둠 속에서 나온 탓에 눈부신 하얀빛에 방향감각이 사라진 것 같았다. 좌우로 고개를 돌려봐도 휘어지고 이어진 통로들이다. 비상계단으로 가려면 어디로 가야 할지 알 수 없었다. 사방을 살피며 오른쪽으로 달렸다. 커브를 돌자, 두 갈래의 통로가 이어졌다. 뭐가 나타날지 알 수 없었다. 아무것도 보이지 않았다.

잠시 망설이다가 왼쪽 통로 쪽으로 걷기 시작했다. 한 걸음씩 옮길 때마다 두려움이 몰려왔다. 내 발소리가 점점 더 크게 들리는 것 같았다. 누군가 뒤에서 쫓아오지 않는지 뒤를 돌아보았다.

그때였다. 소리. 발소리가 들린 건 앞쪽이었다. 발소리는 가까워지고 있었다. 선택의 여지가 없었다. 곧바로 뒤를 돌아 달려 오른쪽 통로로 빠졌다. 통로 좌우로 계속 불 꺼진 방들이 이어졌다.

얼마쯤 달렸을까. 5미터 전방에 불 켜진 방 하나가 눈에 들어왔다. 나는 숨을 고르고 재빨리 다가갔다. 안에 누군가가 있을까. 얼른 재킷주머니에서 소형카메라를 꺼내 손에 꼭 쥐었다. 손이 떨렸다. 창문 가까이 갔다. 침대가 보였다. 침대 위에는 사람이 누워 있다.

문을 열고 들어갔다. 발소리를 최대한 줄이면서 침대 쪽으로 갔다. 심장이 요동쳤다.

시체일까. 그냥 쉬거나 잠에 빠진 시술진에 속한 사람들일까.

하얀 비닐 커튼을 젖히고 좀 더 다가갔다. 사람이 누워 있는 침대는 대략 스무 개가 넘어 보였다. 침대 사이로 들어가 누워 있는 사람들을 살펴보았다.

왼쪽에서 일곱 번째. 가만히 보니 낯익은 얼굴이었다. 어디서 봤을까. 나는 오래지 않아 생각해냈다. 이 남자는 GBC 방송 파업을 이끌고 있는 노조위원장 B씨였다. TV 뉴스에서 몇 번 봤기에 얼굴을 알아볼 수 있었다. 나는 B씨의 볼을 다급히 두드렸다.

"이봐요. 눈떠요."

그는 깊이 잠이 들었는지 움직이지 않았다. J씨나 권 총무의 사례가 머릿속을 스쳐 지나갔다. B씨가 깨어나면 어떤 상황이 펼쳐질지 눈에 보이는 듯했다. 옆 침대의 다른 사람들에게 시선을 돌렸다. 침대 사이로 이리저리 발걸음을 옮겼다. 잠에 빠진 사람들의 숨소리가 방 안을 메웠다. 이들의 존재가 성가시고 불편한 자들은 누구인가? 그들은 은밀히 요청했으리라. 성가신 자들의 기억과 사고를 관리하고 편집해줄 것을. 한 인간의 시간이자 존재이며, 시간의 흐름에 따라 기억을 편집하고 정리하고 보관하는 기억 관리소가 해마가 아닌가.

재빨리 방 안의 장면들을 카메라에 담았다. 결정적인 증거가 될 장면들이기에 정신없이 카메라의 버튼을 눌러댔다. 손이 떨렸다. 이마에 맺힌 땀을 손등으로 훔치며 뒤를 돌았을 때, 카메라 렌즈 속으로 한 여자의 얼굴이 들어왔다.

순간 목구멍까지 비명이 치밀어 올랐지만, 나는 입술을 꾹 물었다. 호흡을 집어삼키며 눈에서 카메라를 내렸다.

정선화였다.

자는 듯 평온한 얼굴이었다. 나는 머릿속이 하얘지면서 온몸에 전율을 느꼈다. 그녀의 양 볼을 두드렸다. 그녀는 움직이지 않았다.

이럴 수는 없어.

내 입에서 나도 모르게 흐느낌이 새어 나왔다. 몸 깊숙이 뜨거운 무언가가 치솟았다. 소리를 지르고 싶었지만, 한 손으로 입을 막은 채 신음만 흘렸다.

그날 K를 나는 왜 살리려고 뛰어들지 않았을까. 운전기사의 손에서 그를 살렸다면, 지금 이런 섬뜩한 광경을 목도하는 일은 없었을 것이다. 이게 다 내 비겁함과 하잘것없는 욕망 때문이라고 생각하자, 나는 나를 용서할 수가 없었다. 이 도시가 프로그램된 듯 얼굴과 말을 바꾸고 마리오네트처럼 움직이는 사람들로 넘쳐나는 이 기묘한 현상도, 이 여자가 이곳에 이렇게 누워 있는 것도 결국 나 때문이라는 생각에 나는 숨을 쉴 수 없었다. 정선화가 깨어난다면 어떻게 말과 표정을 바꿀지 상상만 해도 소름이 끼쳤다. 얼른 그녀의 어깨를 잡고 일으켰다. 우선 갈 수 있는 곳까지 그녀를 업고 가야 했다. 축 늘어진 그녀는 일으켜 앉히기도 무거웠다.

제발 일어나. 일어나라고. 여길 나가야 해. 제발.

나는 겨우 그녀를 등에 업고 문 쪽으로 걸음을 옮겼다.

한 걸음. 두 걸음.

동작을 멈춘 건 세 걸음째였다. 밖에서 발소리가 들린 것 같았다. 관자놀이가 심장 소리로 타들어가는 걸 느꼈다. 어떻게 해야 할지 아무것도 떠오르지 않았다. 할 수 없이 그녀를 다시 원래대로 누이고, 재빨리 창가 쪽 침대 밑으로 숨었다.

문 뒤로 방역복 같은 하얀색 복장을 한 두 사람이 나타났다. 그들이 내 쪽으로 다가왔다. 거리는 3미터쯤이다.

나는 이를 악물고 일어나 일단 주위에 있는 의자를 닥치는 대로 집어 들고 방어했다. 사방으로 의자가 부딪치고 나뒹구는 소리가 요란하게 방 안을 울렸다. 그들은 아랑곳하지 않고 빠르게 움직이며 포위해왔다. 나는 그들을 피해 계속 뒤로 물러서면서 출입문 쪽을 흘깃 보았다. 있는 힘껏 달리면 잡히지 않고 거기까지 갈 자신이 있었다. 그런 뒤, 그 문을 통해 복도로 나가서 달릴 수 있을 것이라고 생각했다. 저들의 움직임을 주시하는 사이 순간적으로 정선화에게 시선을 주었다. 이 상황에서 그녀를 업고 나가는 건 불가능했다. 일단 나가야 한다.

침대 사이를 돌아 문 쪽으로 내달렸다.

하지만, 나는 문턱에서 붙잡혔다. 발버둥 쳤다. 벗어나지 못하면 끝장이다. 힘껏 팔다리를 움직였다. 발로 걷어차고 무릎으로 한 놈의 다리 사이를 공격했다. 심장이 둥둥 뛰는 소리가 귀에서 거세게 울렸다. 한 놈이 내 바지 밑단을 붙잡았지만, 나는 다시 걷어찼다. 온몸에 불이 붙은 것처럼 정신을 차릴 수가 없다. 달렸다. 계속 달렸다.

엘리베이터가 있는 쪽이 어디지? 비상계단은 어디 있는 거야?

방향감각이 없다. 혀가 바싹 타들어갔다. 나를 쫓는 발소리가 점점 커졌다. 나는 달렸다. 넘어졌고, 뒹굴었고, 일어나 다시 달렸다. 통로는 좌측과 우측으로 계속 이어졌다. 우주만큼이나 광활하고 신비한 상아빛 구불구불한 뇌 속을 헤매는 기분이다. 나는 어디쯤 헤매고 있는 것일까? 나는 누구일까?

이 상황이 악몽인지 현실인지조차 구분이 가지 않는다.

〈끝〉

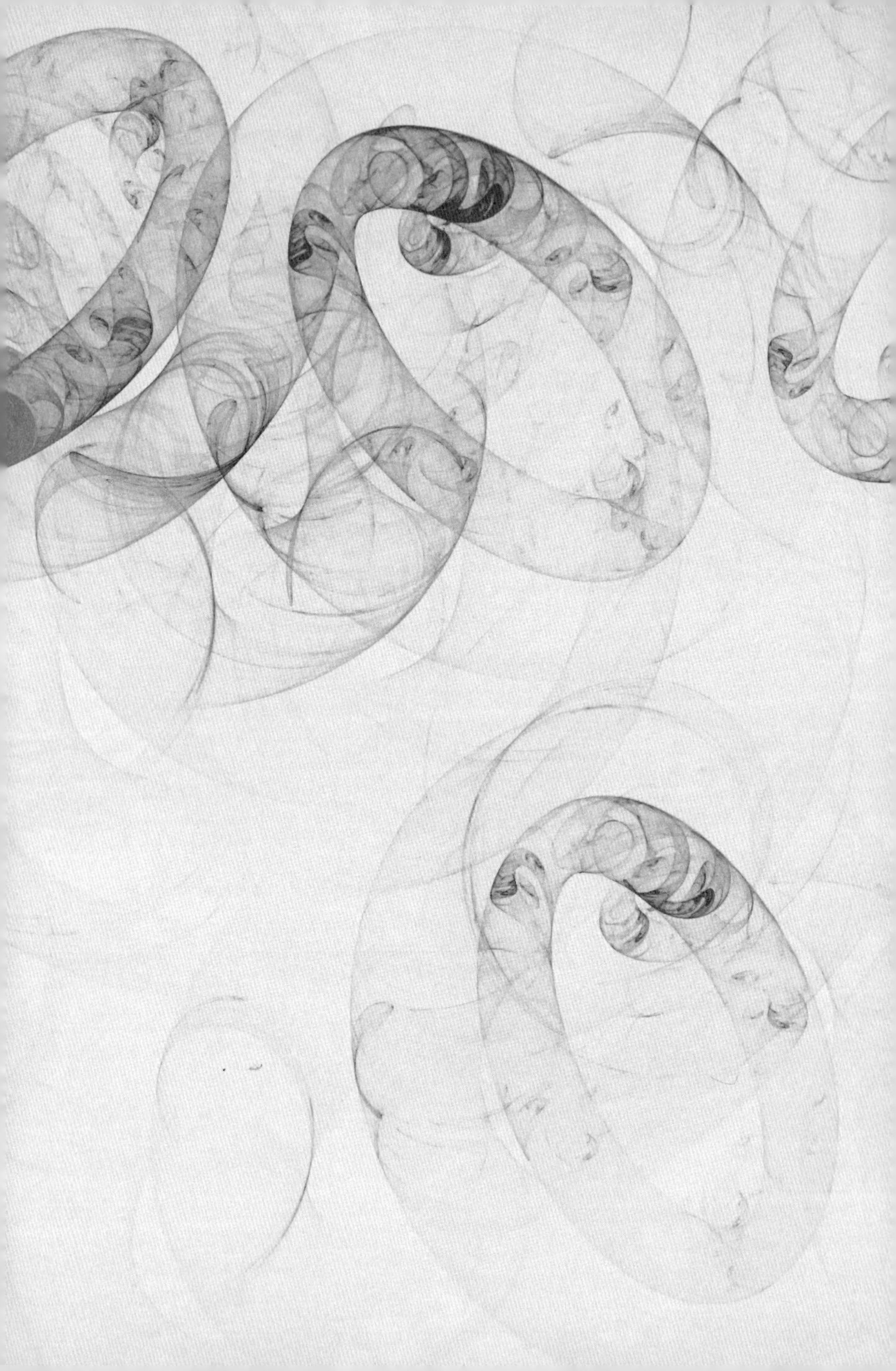

소설가가 되고 나서 세상에 첫 장편소설을 발사한다.

어느 지점에 떨어질지, 폭파됐을 때 영향이 미칠 그 반경 정도는 어떨지, 공감과 재미와 의미의 파편이 얼마나 독자의 얼굴 근육을 움직일지 알 수 없지만, 눈을 꾹 감고, 일을 저지르는 삐딱이처럼 발사 스위치를 힘껏 누르는 일. 기분 참, 알싸하다.

그런 뒤, 나는 머릿속을 싹 비운다. 다음 소설을 준비하기 위해서라도 그리고 작은 보폭이나마 겨우 움직이기 위해서.

이 소설은 아주 당연하고도 익숙한 문장에서 비롯되었다. 시간이란 건 결국 존재이며, 그 존재를 이루는 것이 바로 한 인간의 기억이라는.

인간의 머릿속을 노니는 수많은 정보와 사유와 상식적인 의미들을 생각했다. 과연 그중에서 자신의 생각이라고, 기억이라고 하는 것들을 얼마나 신뢰할 수 있을까. 그런 것들이 과연 한 인간의 정체성이란 것을 근거해줄 수 있을까. 나는 누군가가 의도적으로 주입한 정보를 진실이라고 믿고 떠벌리고 있는 건 아닐까.

그렇다면, 그건 살아 있는 마리오네트가 아니고 무엇일까. 나는 정녕 나인가. 나는 누구인가.

그런 생각들이 꼬리에 꼬리를 물다가 어느 순간 살아 움직이는 마리오네트들이 주위 곳곳에서 보이기 시작했다. 그건 끔찍하고 암울한 경험이었기에 나는 잠시 눈을 감고 고개를 흔들었다.

소설 구상 단계에서 내 머릿속에서 맴돌기 시작한 단어와 개념들도 그리 유쾌하거나 아름다운 것들은 아니었다. 자살, 경쟁, 우민화, 메모리, 세뇌, 습관, 소마(《멋진 신세계》 속에서), 조종, 조작, 은폐, 인간 개조, 기억 편집, 증거, 정체성, 왜곡 기사…… 결국, 이런 것들이 어우러져 내 머릿속을 자궁 삼아 〈해마도시〉가 완성되었다.

조지 오웰의 〈1984〉, 프란츠 카프카의 〈변신〉, 주제 사라마구의 〈눈먼 자들의 도시〉 같은 소설들을 읽었을 때 느꼈던 공포를 현실에서 더 체감한다는 소릴 자주 듣게 되는 요즘이다. 세상은 달라지고 눈부실 정도로 나아진 것 같은데, 더 힘들고 암울하다고 느끼는 건, 단지 모습과 양태와 주체가 조금 달라졌을 뿐, 궁극적 현실은 그대로이기 때문이리라.

삶은 반복되고 있었는지도 모른다.

갑과 을, 약자와 강자의 갈등의 시간들은 봉준호 감독의 〈설국

열차〉처럼 지금도 가차 없이 질주하고 있는지도 모른다. 그것을
망각하지 않게 해주는 것이, 바로 소설이라는 믿음이 내겐 있다.

　소설을 쓰는 동안 아낌없이 격려해주신 조동선 선생님께 특별
한 감사를 드리며, 변함없는 우정과 미소로 지켜봐준 문우들에
게 고마움을 전한다. 그리고 언제나 나를 믿어준 아버지와 어머
니께 진심으로 감사의 인사를 드린다. 마지막으로 소설이 세상에
나오도록 힘써준 새움출판사에 따뜻한 인사를 드린다.

2013년 11월

김휘